Abby M. Burnsteen

Am Abend von Übermorgen - FANTASY

AF189490

1. Auflage 2019

Lektorat: Friederike Ramin
Bilder von Gudrun Leyendecker
Sämtliche Inhalte sind urheberrechtlich geschützt
und dürfen ohne die ausdrückliche schriftliche Genehmigung
in keiner Art und Weise (elektronisch, in Bild, Ton oder
Sprachform)
weiter verwendet, vervielfältigt, kopiert
oder in jeglicher Form abgespeichert werden.
Biografische Information der deutschen Nationalbibliothek:
Die Deutsche Nationalbibliothek verzeichnet
diese Publikation in der Deutschen Nationalbibliografie;
detaillierte biografische Daten sind im Internet
über http://dnb.dnb.de abrufbar.

© 2019 Leyendecker, Gudrun
Herstellung und Verlag: BoD – Books on Demand,
Norderstedt
ISBN: 9783750414433

FSC
www.fsc.org

MIX

Papier aus ver-
antwortungsvollen
Quellen
Paper from
responsible sources

FSC® C105338

AM ABEND VON ÜBERMORGEN

ABBY M. BERNSTEEN

FANTASY - ROMAN

MAGIE DER WIRKLICHKEIT

Intro:

Nostalgie

Bonn am Rhein und der Venusberg im Jahre 1965.
Leona wohnt mit ihren Schwestern, ihren Eltern und dem Hund Bodo in der damaligen Bundeshauptstadt Bonn in dem Nobelviertel Bonn Venusberg.
Zu dieser Zeit hatte man in den Haushalten Telefone an festen Kabelschnüren. Handys besaß die damalige Jugend nicht.
Dafür gab es zur Unterhaltung eine Menge Diskos und Tanzlokale, etliche Kinos und viele Partys.

Fantasy

Ein kleiner Seerosenteich und Renate sorgen mit einem mysteriösen Gerät für reichlich Verwirrung.
Um eine kranke Freundin zu retten fährt Leona mit der Tante ihrer Schulfreundin in das zauberhafte Venedig.
Sie verliebt sich in einen außergewöhnlichen Mann.

(Bilder dazu im Anhang)

1. Kapitel

Das bunte Laub raschelte unter unseren Füßen, wie frierende Arme reckten sich die Äste der Bäume in die Höhe. Ein tröstlicher Sonnenstrahl wagte sich über den herbstlichen Wald.

„Gehst du morgen mit zur Demo, Leona?" erkundigte sich meine Freundin Leni.

„Ich muss morgen arbeiten. Was ist denn los? Um was geht es da?"

Sie sah mich vorwurfsvoll an. „Es geht wie immer um den Frieden. Wir demonstrieren gegen den Krieg."

„Schade, das ist auch mein Thema. Nachdem unsere Eltern diesen letzten, schrecklichen Krieg nicht verhindert haben, sind wir jetzt an der Reihe und werden allen zeigen, wie man es besser macht."

„Auf jeden Fall", stimmte mir Leni zu. „Und da gibt es immer verschiedene Möglichkeiten. Frei nach dem Satz: Stell dir einmal vor, es gibt Krieg und keiner geht hin. Oder durch große Aufklärungskampagnen, so wie man es in unserer Schulzeit schon verschiedentlich begonnen hat."

„Richtig! So etwa zweimal im Monat haben wir Dokumentationsfilme vom letzten Weltkrieg gesehen. Da konnte man das Gruseln lernen. Gewalt, Verletzte, Tote, brutale Verbrechen und natürlich überall zerstörte Städte. Ich kann dir gar nicht sagen, was ich alles für Gefühle hatte. Gänsehaut und Magendrücken, und in der Brust ist es mir auch ganz eng geworden. Es gab wahrscheinlich keine von uns in der Klasse, die sich nicht im Stillen gesagt hat: So etwas darf nie wieder passieren."

Leni nickte. „Mein Bruder ist davon nicht überzeugt. Er wird demnächst Soldat und glaubt, dass sich die Völker gegenseitig die Zähne zeigen müssen, damit sie vor dem Krieg Angst haben. Ich weiß noch, als er klein war, wollte er zu Karneval unbedingt ein Cowboy sein und eine

Pistole haben, aber Mama hat ihm keine gekauft, weil sie generell gegen Waffen ist."

„Vielleicht hat er jetzt einen Nachholbedarf", vermutete ich. „Es könnte sein, dass er dann selber bei den Übungen dort sieht, wie schrecklich diese Kriegsspiele sind."

„Ja, das hoffe ich. Denn wir können nicht wieder alles auf später verschieben und von unseren Enkeln einmal erwarten, dass sie eine bessere Welt schaffen. Wir haben jetzt die Gelegenheit, wir können daran arbeiten. Kannst du dir nicht morgen freinehmen in der Buchbinderei und stattdessen mitkommen?"

„Unmöglich, Leni! Wir bekommen morgen eine ganze Partie Bücher von der Universität, und zwei Kolleginnen von mir sind krank, außerdem haben wir noch ein paar Lederbände zu restaurieren und zwei Fotoalben herzustellen. Das sind alles Terminarbeiten. Mein Chef würde mir den Kopf abreißen."

Der Wald vor uns lichtete sich, auf einer großen Wiesenanlage grüßte uns im spärlichen Sonnenschein das Garten-Restaurant „Waldau". Hinter den großzügigen Spielplätzen mit knorrigen Kletterbäumen standen verregnete Gartentische aus Metall, umrahmt von Gartenstühlen, die sich wie traurige Gerippe hilflos gegen die Tischplatten lehnten.

„Ich gehe morgen einfach mal nicht zu der Vorlesung", verriet mir Leni. „Bald haben wir sowieso Semesterferien, dann wird es etwas ruhiger. Nehmen wir einen Tee da drinnen?"

„Den kann ich mir gerade noch leisten. In drei Tagen gibt es wieder Geld, da füllt sich mein Konto wieder auf."

„Ich lade dich ein, Leona! Solange ich noch bei meinen Eltern wohne, verwöhnt mich mein Vater noch immer ganz schön mit Taschengeld. Er ist ganz stolz auf mich, dass ich studiere. Ich kann es immer noch nicht verstehen, dass du jetzt in der Buchbinderei arbeitest, obwohl du doch nicht dumm bist. Du könntest auch Lehrerin werden wie ich."

Ich schüttelte den Kopf. „Nein, mein Traum ist es, Schauspielerin zu werden. Das weißt du doch. Aber der Weg dorthin ist eben für mich lang. Erst mache ich meine Lehre zu Ende, dann gehe ich auf die Kunsthochschule in Köln. Und wenn ich das erst mal geschafft habe, dann werde ich meinen Vater schon überzeugen, dass ich ein gewisses Talent habe, und dieser Beruf sehr anständig ist."

Sie lächelte verständnisvoll. „Ich glaube, davon wäre mein Vater auch nicht begeistert, wenn ich ihm sagte, dass ich Schauspielerin werden will. Nicht, weil er etwas gegen diesen Beruf hat, sondern weil man schon ziemlich berühmt sein muss, um damit gutes Geld zu verdienen."

Das kleine Schild mit der Aufschrift „Geöffnet" zeigte uns am Eingang des Restaurants, dass wir den weiten Weg nicht umsonst hinter uns gelegt hatten. Wir traten in den stilvoll eingerichteten Raum, der sowohl von den nostalgischen Wandlampen als auch von Kerzen auf den mit weißen Tischtüchern bedeckten Tischen beleuchtet wurde.

„Geld ist nicht alles", fand ich. „Ein Beruf, der dir wirklich Spaß macht, der dir liegt, und der dein Traumberuf ist, das ist viel mehr wert, als viel Geld zu verdienen."

Sie sah mich skeptisch an. „Wenn wir etwas für den Frieden tun wollen, dann musst du schon mehr tun. Es gibt ganz viele Kitschfilme, die fast gar keinen Unterhaltungswert haben. Jetzt nach dem Krieg hätten sie die Gelegenheit, viele Filme zu produzieren, die die Menschen zum Frieden erziehen."

Wir setzten uns in eine gemütliche Ecke und bestellten uns Pfefferminztee bei der freundlichen Bedienung.

„Ich habe keinen Einfluss auf die Filme, in denen ich mitspielen werde, aber vielleicht kann ich mir aussuchen, in welchen ich eine Rolle übernehme."

Aus dem Lautsprecher ertönte ein Blues von Louis Armstrong, Leni wiegte sich dazu leicht hin und her. „Wo gehen wir morgen Abend tanzen? Im „Violetta" oder im „Old Saddle"?"

„Hast du denn dazu überhaupt noch abends Lust, wenn du den ganzen Tag bei der Demo warst?"

Sie lachte. „Dazu doch immer! Das weißt du doch! Also, wohin gehen wir?"

Ich überlegte. „Das Violetta erinnert mich noch zu sehr an Paule. Dort waren wir immer tanzen, ein schönes Paar. Er mit schwarzer Hose und weißem Hemd und ich in meinem weißen Minikleid mit den Spitzen. Das leuchtete ganz schön im violetten Licht."

„Aber im Old Saddle müssen wir ein Gedeck bezahlen, da gibt es keine einzelnen Getränke."

„Keine Sorge, Leni! Heute lädst du mich zum Tee ein und ich dich morgen zum Gin-Fizz. Ich habe auch noch etwas im Sparschwein. Die haben auf jeden Fall gute Musik, viel Blues und Foxtrott."

„Ja, ich überlege auch noch. Vielleicht gehen wir doch lieber woanders hin. Im Old Saddle sind oft nur Pärchen und die einzelnen Männer sitzen an der Theke und trinken. Was hältst du vom Sixteenhundred-Club?"

Ich verzog das Gesicht. „Nee, ich finde das immer so makaber, wenn man da hinuntersteigen muss in dieses tiefe Loch, wo vor dem Krieg einmal der Keller eines Hauses gestanden hat. Da kommen mir immer so grausige Bilder in den Kopf. Dann gehen wir doch lieber ins Piccadilly. Am Rhein ist zwar auch noch die Datscha, aber die Männer dort sind zu alt für uns."

„Da gehen auch viele Verheiratete hin", wusste Leni. „Auch ohne ihre Frauen. Und die schleppen dann immer junge Mädchen ab."

„Nein, danke! Das muss ich nicht unbedingt haben."

Leni lachte und sah mich etwas mitleidig an. „Du träumst ja immer von einem besonders netten Ehemann und einer Familie mit vielen Kindern, stimmt's? Wie willst du das denn mit deinem Beruf als Schauspielerin verknüpfen?"

„Das geht doch. Schau dir doch mal die Magda Schneider an! Sie hat ihre Tochter auch mit zum Film gebracht. Die spielen sogar zusammen. Besser kann es gar nicht sein." Die Bedienung brachte uns weiße Porzellankännchen mit heißem Wasser, zwei Tassen, die Teebeutel und hübsch eingepackte Stücke Würfelzucker. Auf jedem Papier prangte ein Bild der „Waldau".

Leni sah der jungen Frau nach. Sie zeigte auf die weiße Leinenschürze, die sie mit einer Schleife auf dem Rücken zusammengebunden hatte. „Schau mal, wie die Spitzen gestärkt sind, bestimmt mit der neuen Wäschestärke."

Wir versenkten die Teebeutel im heißen Wasser.

„So kommt unsere Bett- und Tischwäsche immer von unserer Wäscherei", wusste ich. „Ich mag das, wenn der Mann mit dem Lieferwagen kommt und all das gestärkte Leinen in unserer Halle auf den Tisch legt. Es duftet immer so frisch."

„Meine Mutter wäscht das alles selbst, das ist schon allerlei Arbeit. Aber ich erinnere mich noch gut an meine Großmutter, die hat die weiße Wäsche immer zum Bleichen auf die Wiese gelegt. Kannst du dich daran noch erinnern?"

Ich nickte. „Ja, und an das viele Eingemachte, und an die Hühner von meinem Opa und die Kartoffelkäfer auf den Feldern. Ich erinnere mich an die bunten Bohnen, die mein Großvater trocknete, von denen sich meine Schwestern und ich immer eine Hand voll erbettelten, um uns daraus Ketten zu basteln."

Leni lächelte. „Wir sind nach dem Krieg geboren, Gott sei Dank! Wir haben einige schöne Kindheitserinnerungen. Fleißig und brav und motiviert haben unsere Eltern versucht, alles wieder aufzubauen. Ich glaube, sie waren damals mächtig froh, als der Krieg zu Ende ging."

„Meine Eltern sprechen nur selten davon. Ich glaube, sie sind froh, das Ganze vergessen zu können."

„Wobei wir wieder am Anfang wären. Du willst also wirklich morgen nicht mit zu der Demo gehen, obwohl du dafür bist, dass es in Zukunft keinen Krieg mehr geben soll? Kannst du denn deinem Chef nicht erklären, wie wichtig es ist, da mitzugehen?"

Ich schüttelte den Kopf. „Nichts zu machen, Leni. Er ist furchtbar streng, er würde mir das nicht nur vom Gehalt abziehen, er würde mir auch vorwerfen, ihn zu boykottieren."

„Du Ärmste! Aber jetzt weißt du auch, warum ich unbedingt studieren will. Nein, natürlich nicht nur deswegen. Und wahrscheinlich werde ich später auch von meiner Rektorin kuschen müssen. Aber überleg dir das noch mal mit der Schauspielerei! Da ist es auch nicht so leicht, nach oben zu kommen."

**

2. Kapitel

Daran dachte ich noch am anderen Morgen, als mir mein Chef eine ganze Partie Bücher aus der Pathologie der Bonner Universität auf den Tisch stellte.

„Das muss bis nächsten Donnerstag fertig sein", setzte er mich unter Druck. „Auseinandernehmen, ausbessern und zur Heftmaschine bringen!" ordnete er an. „Nachher kannst du noch für den Lederband von Professor Tiflis den Goldschnitt machen. Ich muss gleich noch mal zum Bundeshaus, da gibt es noch eine ganze Partie Broschüren. In der Zeit musst du auch ein bisschen auf den Laden aufpassen. Aber vermutlich wird es heute ruhig sein. Wir haben den letzten Samstag im Monat."

„Gut, Herr Hahnemann. Kommt Ihre Frau heute nicht mehr? Ich weiß nicht, ob ich mit unserem Lehrling das heute allein schaffe."

„Oh, du machst das schon. Meine Frau ist übers Wochenende mit den Kindern bei ihrer Mutter. Ich setze auf dich. Ihr werdet von mir ja auch überdurchschnittlich gut bezahlt. Dann brauchst du heute Mittag nicht so gründlich den Boden zu schrubben, nur ein bisschen durchkehren. So schmutzig wird es ja heute hier nicht."

Ich schwieg dazu und beobachtete durch das Seitenfenster, das einen Blick ins Büro erlaubte, dass er sich noch ein paar große Scheine aus der Ladenkasse mitnahm.

Ich nahm das Werkzeug aus meiner Tasche und begann, die Bücher Lage für Lage auseinanderzunehmen. Mit dem weißen, seidigen Papierband klebte ich die Stellen, die versehrt waren und stapelte alles sorgfältig wieder auf.

Die Glocke der Eingangstür läutete, und ich sah durch das Verbindungsfenster, dass ein junger Mann das Büro betreten hatte, das gleichzeitig als Verkaufsraum diente.

Ich wischte mir die Hände an meinem weißen Nylonkittel ab und eilte nach nebenan. Ein großer, schlanker Mann mit blaugrünen Augen und braunem, lockigen Haar begrüßte mich.

„Guten Tag! Kann ich hier meine Examensarbeit binden lassen?" erkundigte sich.

„Ja, das geht. Ich hoffe, das muss nicht sofort sein. Ich bin nämlich heute mit dem Lehrling allein hier und müsste sonst meine Arbeit unterbrechen. Wie viele Exemplare sind es denn?"

Er sah mich aufmerksam an. Irgendwie zu tief in die Augen, fand ich. „Ich habe sechs Exemplare, aber die müssen nicht heute fertig werden. Ich hatte nämlich auch gar nicht damit gerechnet, dass es so schnell geht. Bis wann kann ich sie zurückhaben?"

„Bis Dienstag schon. Ich hoffe, Sie haben nicht zu nah bis an den Rand geschrieben. Der wird nämlich immer noch einmal beschnitten. Möchten Sie sie fest gebunden oder einfach nur hinten und vorn mit einem Pappdeckel, hinten geklammert, mit einem Textilband als Rücken?"

„Dann zeigen Sie mir doch einmal, wie das alles aussieht!" bat er mich.

Ich präsentierte ihm einige Vorlagen und ließ ihn wählen.

„Können Sie mir einen Rat geben, was am besten passt?"

„Worüber haben Sie denn Ihre Arbeit geschrieben?"

„Jura."

„Uff", machte ich und kratzte mich am Kinn. „Vielleicht nehmen Sie mausgrau und einfachen Karton. Wenn Sie später ihre Doktorarbeit schreiben, können Sie immer noch etwas Festgebundenes verwenden."

Er lächelte. „Haben Sie heute Abend schon etwas vor?"

Ich nickte. „Ja, ich gehe mit einer Freundin tanzen."

„Vielleicht können Sie mir auch verraten wohin? Gehen Sie vielleicht in die Beethovenhalle oder in das Rhein-Hotel?"

Sollte ich ihm verraten, dass diese beiden Orte für uns am Monatsende zu teuer waren? Lieber nicht, er sollte nicht denken, dass wir nicht mit Geld umgehen könnten.

„Nein, heute Abend wollen wir es mal nicht so steif haben. Wir hatten ans Piccadilly gedacht, ganz locker und so."

„Hm, ja. Kenne ich auch. Ganz netter Schuppen, gegenüber vom Bahnhof. Ist mir meist ein bisschen zu voll. Werde mal vorbeischauen, wenn es nicht stört."

Wurde ich ein bisschen rot? Ich hoffte, nicht. „Glaube ich nicht", versuchte ich, so beiläufig wie möglich hervorzubringen. „Wir gehen ja nicht dorthin, um zu quatschen, sondern um ein bisschen zu tanzen. Darauf kommt es uns an. Meine Freundin Leni und ich, wir lieben das. Als wir noch gemeinsam zum Gymnasium gingen, haben wir uns oft nachmittags getroffen und zu Schallplattenmusik getanzt."

Himmel! Warum hatte ich jetzt so viel ausgeplaudert?! Wie eine 16-jährige, und dabei war ich schon 18 Jahre alt und erwachsen.

„Ich heiße übrigens Ulrich. Und wie heißen sie?"

„Leona. Das wollte mein Vater so. Ich sollte so königlich, selbstbewusst und stolz wie ein Löwe werden. Und natürlich auch so kämpferisch."

Verflixt. Irgendwas an seiner Gegenwart reizte mich anscheinend dazu, alles von mir zu erzählen. Jetzt musste ich versuchen, mich zurückzunehmen.

Er dagegen lächelte. „Passt zu dir, nur dein langes, dunkles Haar, das glatt ist und so schön seidig glänzt, passt so gar nicht als Löwenmähne. Dann lass ich dir mal meine gesammelten Werke hier. Wir sehen uns, spätestens am Dienstag."

Er hob winkend die Hand und verließ geheimnisvoll lächelnd den Raum.

Ich hob die Augenbrauen. Was war das? Fand ich ihn jetzt eigentlich nett oder nicht? Er hatte irgendetwas, etwas, das mich anzog. Aber ich wusste nicht, was. Während ich mich weiter mit der Partie Bücher beschäftigte, dachte ich über ihn nach.

Eigentlich war er gar nicht mein Typ, nicht schwarzhaarig, und er hatte auch keine braunen Augen. Aber er wirkte ganz nett mit seiner schmalen Nase und den sensiblen Lippen. Sommersprossen hatte er auch, erinnerte ich mich. Das passte wohl zu dem rötlichbraunen Haar. Aber ein Jurist?! Sind das nicht alles Haarspalter und rechthaberische Personen? Und trotzdem fühlte ich mich auf irgendeine Weise von ihm angezogen. Würde ich mich freuen, wenn er heute Abend auftauchte?

„Warum nickst du denn mit dem Kopf?" fragte mich Heinz, der Lehrling, der unbemerkt neben mich getreten war.

„Hab ich das? Ich glaube, ich werde alt."

„Herr Hahnemann hat gesagt, dass du mir heute zeigst, wie der Goldschnitt geht. Das brauche ich nämlich für mein Wochen-Heft, für nächste Woche für die Berufsschule. Vielleicht kannst du mir auch ein bisschen beim Zeichnen helfen. Das kannst du doch immer so gut, damit könnte ich meine Note ungeheuer verbessern."

„Ach, der Goldschnitt, dass ist ganz einfach. Der Schnitt wird ganz sauber und blank gemacht, dann brauchst du ein Eiweiß, das du mit einem Pinsel auf dem Schnitt verteilst. Und wenn du das alles schön gleichmäßig getan hast, legst du die hauchdünne Goldfolie darauf. Wenn Sie sich schön fest angesaugt hat und ein bisschen trocken ist, dann gebe ich dir ein weiches Tuch, mit dem du das Gold ein bisschen glänzend polieren kannst. Das ist dann schon alles. Du musst nur ein bisschen aufpassen, das Gold ist hauchdünn und könnte sich zusammenfalten, dann kannst du es nicht mehr gebrauchen. Und wenn es soweit ist, bekommst du mit Herrn Hahnemann unheimlichen Krach, weil er es nämlich gar nicht gern sieht, wenn man sein Material verschwendet."

„Dann guck ich dir natürlich nur zu", entschied Heinz und schlenderte zu seinem Arbeitstisch hinüber.

Und während sich die auseinander genommenen, alten Bücher auf einem großen Brett zu einem hohen Turm stapelten, schweiften meine Gedanken ab zum Feierabend mit Leni.

***

3.Kapitel

„Es ist heute alles ganz friedlich abgegangen bei der Demo", erzählte mir Leni auf dem Weg zum Piccadilly. „Die Polizei war brav und hat nicht einmal die Wasserwerfer benutzt."

„Und wie wart ihr?"

„Natürlich auch brav. Wir demonstrieren schließlich für den Frieden, da müssen wir immer ein gutes Beispiel sein. Wir hatten uns auch toll herausgeputzt, alle mit Rüschenblusen, die Jungen mit Rüschenhemden und viele Blumen hatten wir dabei wie die echten Hippies.. Ich hatte auch wieder ein schönes Schild gemalt mit den Worten: „Love no war". Die meisten hatten Schilder und Fahnen mit dem Wort „Peace" darauf, und ein paar sogar alles in Deutsch. Hat sich auch schön angehört, wie wir gesungen haben, auch etwas von den Beatles. Du hättest wirklich dabei sein müssen, du hast etwas verpasst."

„Tut mir leid, Leni. Es ging wirklich nicht. Mein Chef war sowieso nicht gut drauf. Ich war mit unserem Lehrling ganz allein in der Werkstatt, überhaupt auch im Geschäft. Denn Herr Hahnemann hat sich natürlich mal wieder verdrückt, und ich habe ihn bis zum Ladenschluss gar nicht mehr gesehen. Musste dann abschließen und den Schlüssel mitnehmen. Vermutlich machte er sich einen schönen Tag, heute, während seine Frau mit den Kindern bei den Großeltern ist."

„Oh weh! Das war aber dann schlimm für dich. Dann hattest du keinen guten Vormittag."

„Wie man's nimmt. Einen Lichtblick gab es schon."

„Du hast dir vom Eissalon von eurem Lehrling einen Riesenbecher Eis holen lassen?" vermutete sie.

„Nein. So toll war es nun auch wieder nicht. Ein Kunde war da, ein Jurastudent, der gerade fertig geworden ist. Die von der Uni kommen ja immer zu uns und lassen ihre Arbeiten bei uns binden."

Leni grinste. „Hast du's gut. Ich habe an der Uni noch keine Juristen kennengelernt. Wie war er denn? Süß oder nicht?"

„Vielleicht kannst du dir darüber selbst eine Meinung bilden, nachher. Er stellte mir nämlich in Aussicht, dass er eventuell im Piccadilly auftaucht."

„Und wie war er? Erzähl doch mal was von ihm!"

„Schon ganz nett. Also auf den ersten Blick ist er nicht mein Typ, aber sein Mund gefällt mir irgendwie."

„Hey? Sonst sind es doch immer die Augen, die dir gefallen müssen. Und du schwärmst doch für Adlernasen!"

Ich hob kurz die Schultern. „Für gewöhnlich schon. Aber vielleicht ist es jetzt schon zu lange her, seit ich keinen Freund mehr hatte. Und mit 18 Jahren sind andere Frauen schon verheiratet. Hätte ich im Mittelalter gelebt, würde ich jetzt schon von einer großen Kinderschar umringt."

Wir überquerten die Straße vor dem Bahnhof und strebten auf das Piccadilly zu. „Schade, dass das Café Krimmling und das Café Kranzler schon geschlossen haben, mein Vater hat mir für heute Abend etwas spendiert. Zu gern hätte ich dich zu einer Tasse Schokolade mit einem dicken Häufchen Sahne eingeladen."

„Ich bin doch dran mit dem Einladen", erinnerte ich sie.

Im Piccadilly war es wie gewöhnlich jeden Samstagabend sehr voll. Wir bahnten uns einen Weg an den jungen Männern vorbei, die an der Theke saßen und suchten uns einen freien Sitzplatz in der hinteren Ecke des Raumes.

Leni wurde als erste zum Tanzen aufgefordert. Sie sah bezaubernd aus mit ihren blonden Locken, die ihr bis auf die Schultern fehlen. Eigentlich hatte sie sonst auch glattes Haar, aber sich heute vermutlich wegen der Demo etwas zurecht gemacht und auf Lockenwicklern geschlafen.

Ich beobachtete sie eine Weile und überlegte, warum sich ihr letzter Freund wohl von ihr getrennt haben mochte. Ich fand sie perfekt. Hübsch, klug, zielbewusst, fleißig und bescheiden. Vielleicht war es falsch, bescheiden zu sein. Ich nahm mir vor, das für mich selbst auch noch herauszufinden.

„Und ich dachte, sie wollten heute Abend hier tanzen?" hörte ich eine sanfte Männerstimme an meinem Ohr. Ich schaute auf und sah in Ulrichs Gesicht.

„Ich tanze doch nicht mit jedem", behauptete ich, weil ich mich erinnerte, ihm gegenüber erwähnt zu haben, dass mein Name etwas mit Stolz zu tun hatte.

Er lachte. „Willst du mit mir tanzen?"

„Wenn du gut tanzt, gern."

Er nahm mich bei der Hand und führte mich mitten in das Gewühl der Tanzenden hinein. Ja, und dann merkte ich es, er tanzte nicht nur sehr gut, sondern wir harmonierten auch in bisher von mir noch nie gekannter Weise. Wir tanzten alles durch, Blues, Foxtrott, langsamen Walzer und Rock ‚n' Roll, alles, was die Musik so hergab. Und es passte, machte mir einen Riesenspaß. Also hatte ich doch Recht gehabt, irgendetwas an ihm zog mich an.

Während Leni mit verschiedenen Partnern tanzte, ließ mich Ulrich nicht mehr aus den Augen.

Zu später Stunde wurde die Musik leiser, die langsamen Tänze beliebter. Hier und da knutschen einige Paare, die sich in etwas dunklere Ecken verzogen hatten.

Mein Tanzpartner zog mich näher an sich, es fühlte sich angenehm an. Ob ich auf dem Weg war, mich in ihn zu verlieben. Eine kleine Warnglocke läutete in mir. Wie war das doch das letzte Mal gewesen? Zieht verliebt sein nicht automatisch auch Schmerz nach sich?

Ich rückte ein wenig ab von ihm und sah auf meine Uhr.

„Oh Schreck!" rief ich aus. „Ich muss nach Hause. Wenn ich mich jetzt nicht beeile, krieg ich den letzten Bus nicht mehr. Und dann müsste ich den ganzen Weg laufen.

Leni hatte ebenfalls bemerkt, dass es sehr spät geworden war. Sie verabschiedete sich von ihrem Tanzpartner und steuerte auf uns zu. „Wir müssen los. Bist du soweit?"

Ulrich begrüßte sie und stellte sich vor. „Ich bin mit dem Auto da. Darf ich euch nach Hause fahren?"

Leni musterte ihn ausgiebig und sah dann mich an. „Ich glaube, wir können ihm vertrauen. Dann lass uns mal losschieben, bevor wir zu Hause Ärger kriegen."

Ulrich half uns höflich in den Mantel und begleitete uns hinaus. Ein Stück weit rechts hinter dem Hauptbahnhof lag der Rheinuferbahnhof, unweit davon gab es Parkplätze. Dort hatte unser Begleiter sein Auto, einen VW-Käfer, abgestellt, und er zeigte sich wie ein vollendeter Kavalier, als er uns höflich die Türen aufhielt. Während der Fahrt konnte ich feststellen, dass ich an seinem vorsichtigen Fahrstil nichts auszusetzen hatte. Wir nannten ihm unsere Adressen. Zuerst brachte er Leni nach Hause, dann hielt er vor dem Gartentor meiner Eltern. Als er sich von mir verabschiedete, hatte ich nicht vor, ihn zu küssen. Aber als plötzlich seine Lippen auf meinen lagen, fand ich Gefallen daran, wie zart er mich berührte. Es wurde ein langer Kuss, der mich völlig durcheinander brachte. Hatte ich mich jetzt unbemerkt verführen lassen oder hatte ich es die ganze Zeit selbst gewünscht und gewollt? Ich riss mich rasch von ihm los und rief ihm ein „Gute Nacht" zu. Während ich den Weg zu unserer Haustür hinauslief, dachte ich bei mir: das ist also ein Jurist, und er kann küssen, dass man sich ganz verzaubert fühlt.

***

4.Kapitel

In der Nacht lag ich noch lange wach und wälzte mich hin und her. Ich holte ein Buch aus meinem Bücherregal und begann, darin herumzublättern. Es war eins aus meiner Jugendzeit und beschrieb das Leben von Merians Tochter, deren Zeichnungen ich oft bewundert hatte. Solch ein Talent müsste man haben! Ja, ich zeichnete und malte auch gern, aber ich wusste, so ganz ohne Hilfe würde ich nie in dieser Richtung perfekt sein.

Das Blättern im Buch half auch nichts, immer wieder wanderten meine Gedanken zu Ulrich zurück. Er war doch so gar nicht mein Typ, war ich trotzdem im Begriff, mich zu verlieben? Oder war ich einfach zu lange allein gewesen?

Irgendwann fiel ich dann in einen kurzen tiefen Schlaf. Mein Wecker klingelte, denn heute sang unser Chor im Gottesdienst. Also schnell in den kleinen Waschraum, der an unsere Schlafzimmer grenzte, dort weckte mich das kühle Wasser. Noch während ich mit der Morgentoilette beschäftigt war, klopfte es an der Tür. Es war Monika, meine ältere Schwester, eine von den beiden Zwillingen.

„Beeile ich! Wir müssen gleich los!"

„Wo ist denn Marlis? Ist sie schon fertig?" fragte ich von drinnen zurück.

„Nein, sie muss sich gleich noch frisieren. Sie ist gerade noch mit dem Hund draußen. Bodo hat heute Morgen schon fürchterlich gejault."

Ich beeilte mich, um meiner Schwester Platz zu machen.

„Warst du gestern Abend tanzen?" fragte sie mich.

„Ja, im Piccadilly. Und wo wart ihr?"

„Auf der Party bei Andreas. Wir haben Kartoffelsalat mitgenommen. Irgendwie hatten wir uns nicht gut abgesprochen, denn es gab nachher dreimal Kartoffelsalat. Der Heringssalat hat diesmal gefehlt. Aber die Bowle war gut, es war Pfirsichbowle mit viel

Weißwein. Die Herren hatten ordentlich etwas mitgebracht."

„Und wie war der Keller? Schön dekoriert?"

Ja, wirklich Klasse! Der Boden ist total glatt, prima zum Tanzen, an den Wänden haben sie Plakate von den tollsten Jazzmusikern und den Rest der Wände mit Farbe bemalt. An der einen Wand siehst du einen Palmenstrand mit dem Meer. Die Lichterketten sind in unterschiedlicher Farbe, du kannst helles Licht oder rotes Licht einschalten."

„Super, Monika, und wie sind die Eltern von Andreas? Haben sie euch in Ruhe gelassen oder sind sie oft hereingeschneit?"

Sie riss die Augen auf. „Die waren gar nicht da, wir hatten einen sturmfreien Keller. Marlis hat Victor dort getroffen, und sie waren den ganzen Abend zusammen. Aber ich habe mit Andreas' kleinem Bruder getanzt, dem Wolfgang. Der ist ganz nett, aber leider ein bisschen zu jung für mich."

Marlis kam mit dem Pudel von draußen herein. „Zieht euch warm an", riet sie uns. „Außerdem regnet es draußen." Sie holte ein Handtuch und rieb das Fell des Hundes trocken.

Wir wollten gerade zur Kirche, als Marlis auf mein rechtes Bein zeigte. „So kannst du aber nicht zum Chor gehen! Du hast da eine dicke Laufmasche."

„Ach, du Schreck! Geht schon vor! Dann muss ich mir schnell noch neue Strümpfe anziehen. Kann ich mir notfalls ein paar Nylonstrümpfe von dir leihen?" wandte ich mich an Monika. Ich wusste, dass sie immer genügend Vorrat stapelte.

„Na klar! Aber du musst dich beeilen. Die Glocken läuten schon, und unsere liebe Chorleiterin hat es gar nicht gern, wenn wir erst so spät auftauchen. Die anderen haben sich nämlich schon eingesungen."

„Hauptsache, wir kommen", scherzte ich.

Ich eilte zurück ins Haus und zog mir neue Strümpfe an. In diesem Augenblick riss ein kleiner Knopf an meinem Strumpfhalter.

„Verflixt, jetzt muss ich mir da auch noch einen anderen anziehen", jammerte ich.

Es dauerte eine ganze Weile, bis ich fertig war.

Als ich zum Gartentor heraus kam, eilte Helma auf mich zu. Sie wohnte etwa 300 Meter von unserem Haus entfernt in einer der alten Baracken, die neben einem kleinen Seerosenteich unversehrt den Krieg überlebt hatten.

„Ich brauche dich einmal ganz schnell. Hast du gerade etwas Zeit, Leonie?"

„Ich bin auf dem Weg zur Kirche, wir singen da gleich im Chor, meine Schwestern und ich. Ich kann da nicht einfach so wegbleiben."

Sie sah mich flehend an. „Bitte! Es ist wirklich ganz wichtig."

„Um was geht es denn? Ist jemand krank bei euch, Helma?"

„So ungefähr. Nein, ich weiß es nicht. Es ist nichts, wobei ein Arzt helfen könnte."

„Dann erzähl doch mal! Wer ist es denn? Jemand von deinen Geschwistern?"

„Nein, es geht um meine Tante. Du weißt doch, sie hatte einen Mann, der im Krieg Pilot war und abgestürzt ist. Und jetzt hantiert sie schon den ganzen Tag mit etwas herum, das ihr Hermann hinterlassen hatte."

„Hat sie sich verletzt oder ist sie trübsinnig?"

„Nein, es hat etwas mit dem komischen Ding zu tun, es ist irgendetwas Elektronisches. Aber irgendwie ist da etwas Ungeheuerliches dabei."

„Hat sie einen Stromschlag bekommen? Man muss vorsichtig sein mit der Elektrizität."

„Ach, Unsinn! Du musst einfach einmal mitkommen. Ich glaube, das ist etwas ganz Modernes, etwas, das in der

Zukunft eine große Bedeutung hat, so wie die Raketen oder so, etwas mit Visionen."

„Jetzt machst du mich aber doch neugierig. Aber warum muss ich denn sofort mitkommen? Geht das nicht auch später, wenn ich aus der Kirche komme?"

„Nein, das ist ein Experiment, und das geht nur jetzt."

„Ich verstehe nur Bahnhof, aber wenn es wirklich so dringend ist, dann lass ich den Chor mal ausfallen. Dann habe ich aber auch bei dir mal wieder was gut. Okay?"

„Natürlich. Im Frühling bekommst du von mir wieder den schönsten Flieder von unseren Büschen, den magst du doch so gern. Und ich überlege mir auch noch irgendetwas, womit ich dir eine Freude machen kann. Hauptsache, du kommst jetzt sofort mit mir mit."

Ich ging neben ihr her, den Waldweg entlang und versuchte, mit meinen frisch geputzten Schuhen den Pfützen und matschigen Stellen auszuweichen, während sie voraneilte. Aus irgendeinem Grund mochte ich diesen Weg nicht. Wenn ich ihn zu dieser Zeit allein ging, schaute ich oft besonders aufmerksam in das dichte Geäst der Büsche, die sich im Herbstnebel versteckten. Nach drei Wegbiegungen lagen die Baracken, deren dunkles Holz vom Regen feucht glänzte, vor uns. Feiner Rauch stieg aus einem Kamin. Der Seerosenteich schien schwarzes Wasser zu tragen und träumte wie leblos vor sich hin.

Gleich an der Tür der ersten der drei Baracken klopfte Helma, dreimal kurz hintereinander und einmal nach einem größeren Abstand.

Eine Frau unbestimmbaren Alters mit grauen dauergewellten Locken öffnete die Tür und ließ uns rasch hereinkommen. Hinter uns schloss sie eilig von innen ab.

Nachdem sie mich im Dämmerlicht hinter Helma erkannt hatte, wies sie uns einen Platz auf dem braunen Sofa an.

Vom Herd holte sie aus einem Topf mit einem Schöpflöffel ein dunkelrotes Getränk und füllte es in zwei große Tassen. „Das ist ein guter Punsch, genau das

Richtige für dieses feuchte Herbstwetter. Hier! Probiert ihn mal! Er wird euch ein bisschen aufwärmen!"

Sie reichte uns die Tassen und ließ uns probieren.

Als wir ihr beteuerten, dass uns der Punsch schmeckte, nickte sie erfreut und bückte sich, um unter dem Schrank einen Karton hervorzuziehen.

Feierlich stellte sie ihn auf den Tisch und holte mehrere flache Geräte heraus, die mit etlichen Knöpfen und Kabeln versehen waren. Anschließend öffnete sie ein vergoldetes Kästchen, aus dem sie eine merkwürdige Brille herausholte, die einer Taucherbrille ähnelte, nur mit dem Unterschied, dass man nicht durch sie hindurch sehen konnte. Dazu gehörte ein schwarzer Metallbogen, für die Ohren waren an den Seiten schwarze Muscheln befestigt, die mich an unseren Telefonhörer erinnerten.

„Was ist das?" fragte ich neugierig. „Ich habe schon einmal etwas von einer 3D Brille gehört. Ist das so etwas?"

Helmas Tante schüttelte den Kopf. „Nein. Das ist etwas viel Fortschrittlicheres. Das hat mein Mann erfunden in seinem Forschungslabor. Er hatte es DVR genannt: Die virtuelle Realität. Und es ist etwas ganz Neues. Damit kann man unglaubliche Dinge sehen, wie in einem Film und alles ist lebensecht."

„Also doch eine Art 3D Brille", vermutete ich.

„Nein, du kannst mit deiner virtuellen Umgebung interaktiv werden. Du bist mittendrin in diesem Film, es ist eine multisensorische Aktion. Du bist wirklich mittendrin in dem Geschehen."

Ich konnte mir keine genaue Vorstellung davon machen. „Da hat Ihr Mann ja etwas Großartiges erfunden. Und welchen Film soll ich mir jetzt so unbedingt ansehen?"

„Deinen eigenen, Leona. Ein Stück von deiner Zukunft."

Ich begann zu lachen. „Soll das ein Witz sein?"

Sie sah mich empört an. „Denkst du vielleicht, ich mache Witze. Dieses kostbare Erbe hat mir mein Mann hinterlassen. Ich wusste bisher selbst nicht, was das war. Aber gestern habe ich alle seine Briefe noch einmal durchgesehen, die er mir von der Front geschickt hat. Ich hatte, nachdem ich die Nachricht von seinem Tod bekam, die anderen, die noch später hier eintrudelten nicht mehr aufgemacht. Es war zu schmerzlich für mich. Aber gestern Abend habe ich den Mut gehabt, alle seine Briefe zu lesen. Und in seinem letzten Brief war die Gebrauchsanleitung für das DVR-Gerät. Ich war sehr erschrocken, als ich es benutzte."

„Und was soll ich jetzt damit? Warum probiert es denn Helma nicht aus?"

„Mein Mann hat als letzten Wunsch dazugeschrieben, das es kein anderer aus unserer Familie benutzen darf außer mir und einer fremden Testperson, die noch nicht 21 ist, weiblich ist und ihre Ausbildung noch nicht beendet hat. Sie muss Tiere mögen und den Krieg verabscheuen. Da hat Helma gleich an dich gedacht, weil das alles auf dich zutrifft. Und mein Hermann hat mir versprochen, dass du nach Abschluss des Testes genau wissen wirst, was du damit machen musst. Deswegen bin ich doch schon so wahnsinnig gespannt. Vielleicht müssen wir irgendwo einen Krieg verhindern."

Ungläubig sah ich sie an. Bestimmt war in diesem Punsch Alkohol drin, und sie hatte zu viel davon genascht. Aber offensichtlich war sie nicht von ihrem Vorhaben abzubringen, jetzt musste ich ihr erst einmal die Freude machen und diese komische Brille aufsetzen.

„Und was passiert dann gleich mit mir? Sie haben es doch auch schon ausprobiert. Sie müssen doch wissen, was Sie da gesehen haben?"

„Das weiß ich auch", verriet mir die Tante. „Aber ich bin mir nicht sicher, ob da meine Fantasie mit mir durchgegangen ist. Und deswegen brauche ich dich als Testperson. Du darfst dir auch dafür von mir alles wünschen, was du magst, soweit es mit meinen Mitteln erschwinglich und in meinen Kräften steht."

Ich beschloss, es endlich hinter mich zu bringen. „Muss ich irgendetwas Besonderes machen oder an etwas denken?"

„Ja, damit sollte man anfangen, um es zu testen. Kennst du irgendeinen Menschen noch nicht sehr gut, von dem du etwas mehr wissen möchtest."

Ich überlegte, dann fiel mir Ulrich ein. „Ich kenne einen Studenten, über den ich nicht viel weiß." Während ich das sagte, kam ich mir selbst sehr dumm vor. Was machte ich hier? Gab es jetzt hier irgendwelche optischen Täuschungen? Würde auch mich der Punsch gleich vernebeln?

Sie setzte mir die merkwürdige Brille mit den vielen Kabeln auf. „Ich habe jetzt hier einen winzigen Kasten. In dem kann ich jetzt alles verfolgen, was du siehst. Und daran ist ein Schalter, um die Präsentation zu beenden, wann man es will. Sag mir also Bescheid, wenn du aus dieser Realität hinauskommen möchtest. Dann sag einfach: „Stopp, Renate!""

Ich sah in die Brille, alles war dunkel. „Ich sehe nichts", teilte ich den anderen mit.

„Ich habe auch noch nicht eingeschaltet. Einen Moment noch. Gleich bin ich soweit!"

Ein Klick sagte mir einen Augenblick später, dass sie eingeschaltet hatte. Ich sah nach vorn zur Seite und nach hinten. Es wurde überall ganz hell um mich herum. Ich erinnerte mich daran, dass ich an Ulrich denken wollte. Zuerst stellte ich mir sein Gesicht vor und dann seine ganze Figur. Es schien zu lächeln und näherte sich mit seinem Mund meinem Haar. „Du duftest heute wieder so gut", flüsterte er mir ins Ohr. Wir tanzten den Blues, der allgemein „Steh-Blues" genannt wurde, weil man eng aneinander geschmiegt, sich fast nur auf der Stelle ein wenig in den Hüften hin und her wiegte. Ich trug das weiße Kleid mit den Spitzen, und er eine schwarze Stoffhose, dazu ein schneeweißes Hemd, das hell leuchtete.

„Es ist spät. Ich bringe dich jetzt nach Hause", raunte er mir ins Ohr. Ich ließ mich von ihm hinausführen und folgte ihm in ein Auto. Es war nicht der VW-Käfer, es war eine größere Limousine.

„Wo ist dein Auto?" fragte ich ihn erstaunt.

„Heute habe ich mir das Auto meiner Eltern geliehen. Sie sind in Urlaub geflogen, da brauchen sie es nicht." Höflich hielt er mir die Beifahrertür auf und schloss sie, nachdem ich eingestiegen war. Langsam und vorsichtig lenkte er den Wagen bis zu dem kleinen Parkplatz, der sich, von Wald umgeben, dem Gartentor meiner Eltern gegenüber befand. Wenn es hell war, parkten dort die Eltern, die ihre Kinder zum Kindergarten brachten, die Mitglieder des Kirchenchors oder Gemeindemitglieder, die ein Anliegen an den Pfarrer hatten. Heute war der Parkplatz leer und lag im Dunkeln.

Ulrich küsste mich zärtlich auf den Hals. „Wir kennen uns jetzt schon ein Jahr, und wir haben uns immer noch nicht richtig geliebt. Er begann mich auszuziehen, zärtlich, aber zielstrebig.

Ich hielt seine Hand fest. „Ja, wir kennen uns jetzt ein Jahr lang, aber du hast noch nie etwas davon gesagt, ob wir auch zusammenbleiben wollen. Du hast noch nie vom Heiraten gesprochen. Ich hatte eigentlich vor, damit zu warten, bis ich wenigstens verlobt bin."

Er sah mich verständnislos an. „Weißt du eigentlich, in welcher Zeit wir leben? Um uns herum leben Hippies, Blumenkinder und Kommunen. Und jeder liebt jeden, weil Sex etwas Gutes ist, etwas Schönes. Nach all den Schrecklichkeiten des Krieges wollen wir jetzt Frieden und Liebe. Wir verstehen uns doch und fühlen etwas füreinander, warum sollen wir uns da nicht lieben?"

„Ich habe es mir etwas anders vorgestellt. Ich wünsche mir das wirklich mit jemandem, der vorhat, mit mir zusammenzubleiben."

Er nahm seine Hände und schob sie unter mein Kleid. „Wir sind wirklich schon so lange zusammen. Das siehst du doch selber. Und wir haben Gefühle für einander, das ist doch Grund genug. Wenn wir es heute nicht tun, dann kannst du auch aussteigen und nach Hause gehen."

Ich erschrak. Wollte er mich erpressen? Wer so zu mir sprach, der liebte mich nicht. Und ich hatte immer an seine zärtlichen Gefühle geglaubt, weil sein Mund und seine Hände stets zärtlich gewesen waren. Aber jetzt? War das normal? Waren so alle Männer?

Es schmerzte mich, ich fühlte mich tief getroffen. Ich nahm meine Handtasche, öffnete die Autotür und lief eilig hinüber zum Gartentor.

Eigentlich erwartete ich, dass er mich zurück rief, deswegen verlangsamte ich den Schritt. Aber er blieb im Auto sitzen und rührte sich nicht, auch nicht, als ich noch etwas umständlich an der Tür hantierte.

Das war ja ein Albtraum! Nein, da musste ich schleunigst heraus. Was sollte ich tun? Wie konnte ich aus diesem Film aussteigen? Mit einem Mal fiel es mir ein, ich musste irgendetwas sagen. Was war es doch gleich? Ach ja: „Stopp! Renate!" Ich rief es ganz laut und mit aller Kraft. Die Bilder vor mir verschwanden im Nebel, ich vermisste den Klick.

„Was ist los? Ist der Film jetzt abgebrochen?" Ich schob mir die Brille vom Kopf.

Helmas Tante schüttelte den Kopf. „Nein, er läuft noch weiter. Ich habe gesehen, dass er sich später noch bei dir entschuldigt hat, dieser Ulrich, nach ein paar Tagen."

Sie blickte weiter auf das Bild. „Möchtest du nicht wissen, was weiter geschieht? Da läuft es gerade im Schnelldurchlauf."

„Mein Leben im Schnelldurchlauf?"

„Sein Leben im Schnelldurchlauf. Ja, er ist ein guter Jurist geworden. Übrigens spielt er auch Klavier. Ja, er hat auch eine sensible Seite. Und jetzt sehe ich es, er heiratet. Ziemlich spät."

„Siehst du die Braut?"

„Nur von hinten. Ich kann nicht sehen, wer sie ist. Dann kommen hier viele einsame Jahre. Er hat keine Kinder. Aber er steigt ganz gut in die Politik ein. Er ist in einer der größten Parteien Deutschlands, seine Frau übrigens auch. Ja, sie wollen immer noch den Frieden. Sie haben viel darüber geredet in ihrem Leben. Aber es ist nicht viel passiert. Da, jetzt sehe ich es, sie leben nebeneinander her, seine Frau und er. Er ist noch gar nicht so alt, dann hat der Krebs bekommen ...“

„Nein, das will ich jetzt gar nicht hören“, bat ich sie, aufzuhören. „Das ist nicht mein Leben. Auf gar keinen Fall.“

Doch sie legte immer noch nicht den Schalter um. Endlich atmete sie auf. „Er ist dann doch noch einigermaßen alt geworden, keine Sorge. Aber ich konnte einen kleinen Blick auf die Frau tun, die zuletzt neben ihm saß. Sie sah nicht aus wie du. So sehr kann sich ein Mensch nicht verändern.“ Laut hörbar legte sie den Schalter um.

Ich schüttelte mich. „Was war das? Habe ich geträumt? War ich betrunken? Oder was ist das hier für eine Zauberei?“

Sie sah mich eindringlich an. „Das war keine Illusion. Das ist moderne Technik. Mein Mann ist der heutigen Technik weit voraus gewesen. Das hier ist die Zukunft. Es tut mir leid, dass ich weiter geschaut habe. Aber das musste sein, es sollte doch ein Hinweis kommen auf dieses Gerät und auf das, was mit ihm geschehen soll. Ich fürchte, wir müssen noch einmal von vorn anfangen, versuche, dich auf jemand anderes zu konzentrieren.“

Ich schüttelte energisch den Kopf. „Auf gar keinen Fall! Das mache ich nicht noch mal. Dann muss Helma jemand anderes finden.“

Sie sah mich betrübt an. „Das geht leider nicht. Man darf die Person nicht wechseln. Das geht jetzt nur mit dir. Aber ich mach dir einen Vorschlag: du kannst jetzt erst einmal nach Hause gehen und so weitermachen wie bisher. Tu so, als sei nichts geschehen. Und in den nächsten Tagen, wenn du dich wieder an irgendjemand erinnerst oder dich auf jemanden konzentrieren willst, dann kommst du wieder her. So lange will ich schon auf dich warten."

Sie reichte mir ein neues Glas mit Punsch, aber ich lehnte ihn dankend ab, stand auf und eilte zur Tür.

„Soll ich dich nach Hause bringen?" bot sich Helma an.

„Nein. Das brauchst du nicht. Es sind ja nur ein paar Schritte, und ich mach jetzt einen Dauerlauf."

Tante Renate schloss die Tür auf und ließ mich heraus. Was war das jetzt für ein Albtraum gewesen. Die Nebel um mich herum macht mir keine Angst mehr, dieses Erlebnis war viel schlimmer gewesen.

Die Kirchgänger strömten gerade aus den Flügeltüren heraus, als ich das Backsteingebäude erreichte. Ich hatte also unseren Auftritt verpasst und schlich mit einem schlechten Gewissen um die Ecke bis zu unserem Gartentor. Dort wartete ich auf meine Zwillingsschwestern.

Monika sah mich missbilligend an. „Was war los, Leona? Hast du die Strümpfe nicht gefunden?"

Ich hoffte, dass mich meine undeutliche Sprache nicht verriet. „Mein Strumpfhalter ist gerissen. Und als ich an der Kirche ankam, war es schon zu spät." Na, jedenfalls war das nicht gelogen.

Damit gaben sich meine beiden Schwestern zufrieden.

***

32

5. Kapitel

Den ganzen Sonntag über fanden meine Gedanken immer wieder zu dem Erlebnis in der Baracke zurück. Mein Verstand versuchte, eine natürliche Erklärung zu finden. Natürlich, das musste irgendein Trick sein. Normalerweise konnte man einen Film vor sich sehen, mit einem gewissen Abstand. Aber schon bei 3D fühlte man sich näher in das Geschehen mit einbezogen. Hier hatte sich alles rundherum um mich abgespielt, mit Geräuschen, Bewegungen. Offenbar gab es da besondere Sensoren, die mich in meine eigenen Gedanken hineinschauen ließen.

Aber waren das wirklich meine Gedanken gewesen? Befürchtungen aus der Tiefe meines Inneren? Ich vermochte das Rätsel nicht zu lösen und lenkte mich ab. Es gab Kaffee und selbst gebackenen Kuchen, Marlis präsentierte ihn stolz.

Später drehten wir eine Runde durch den Kottenforst und führten Bodo dabei an die frische Luft.

Am Abend kam Leni noch einmal vorbei und erzählte mir, dass sie mit ihren Eltern einen Ausflug ins Siebengebirge unternommen hatte. Während ihr gehbehinderter Vater mit der Drachenfelsbahn nach oben gelangt war, hatten Leni und ihre Mutter den steilen Weg zu Fuß zurückgelegt.

„Und wie war es bei dir? Hat sich Ulrich noch einmal bei dir gemeldet?"

Ich schüttelte den Kopf. „Nein, ich habe ihm nicht unsere Telefonnummer gegeben. Er wird vermutlich am Dienstag in die Buchbinderei kommen und seine Examensarbeiten abholen."

„Richtig, dann siehst du ihn ja sowieso wieder. Der ist wirklich total nett. Den solltest du dir warmhalten. Und ihr habt auch so gut zusammen gepasst. Mann, was habt ihr toll getanzt! Ihr seid das ideale Paar."

„Meinst du, es stört ihn, dass sich gerade einen Handwerksberuf erlerne, während er studiert hat?"

Leni schüttelte den Kopf. „Nein, solche Standesunterschiede gibt es nicht mehr. Du weißt doch, wie das in den Firmen immer zugeht. Ganz viele Chefs heiraten ihre Sekretärinnen. Übrigens habe ich dir was aus der Zeitung ausgeschnitten. In Bonn wird demnächst ein Film gedreht, und da suchen sie Komparsen. In Godesberg, im Rhein-Hotel Dreesen werden sie sich alle Personen ansehen, die mitmachen wollen. Dann kannst du ja mal in das Filmgeschäft hineinschnuppern."

„Was ist das denn für ein Film und wer spielt damit?"

„Ich glaube, ein Film mit dem berühmten Heinz Grünberg und der Rosi Berghoff. Soll etwas schön Schmalziges werden, so richtig mit Herz und Schmerz. Das ist doch was für dich. Vielleicht verliebst du dich da auch lieber in einen Schauspieler, dann könnt ihr euch immer was vorspielen", scherzte sie.

Auf ihre Anspielung ging ich nicht näher ein. „Ja, der Grünberg und die Berghoff, das sind besondere Schauspieler, mit denen würde ich gern zusammenarbeiten. Siehst du, das sind zwei Schauspieler, die reich sind und alles erreicht haben. Sie sind berühmt, sie können sich exklusive Rollen aussuchen, und werden von allen Leuten bewundert und umschwärmt. Wenn man mich als Komparsin nimmt, bekomme ich bestimmt auch ein Autogramm von der Berghoff, vielleicht sogar ein Foto mit Autogramm."

„Ich möchte keine Schauspielerin sein", fand Leni. „Da kommt es immer drauf an, dass sie schön sind und keine Falten haben. Aber was ist dann, wenn sie alt werden? Weißt du, wie die Berghoff im Alter aussieht, und ob sie da noch was verdient?"

„Wenn man in die Zukunft schauen könnte, dann wüsste man, was einmal später mit ihr los ist. Das wüsste ich schon ganz gern."

„Lieber nicht. Wer weiß, was einem im Leben noch alles begegnet, Leona. Das möchte ich gar nicht wissen. Das ist schon gut eingerichtet, dass der Mensch nicht weiß, was ihm die Zukunft bringt. Sonst hätte er vermutlich gar keinen Mut, so weiter zu leben. Nein, darauf kann ich verzichten."

„Mich würde schon interessieren, was einmal aus der Berghoff wird, Leni. Vielleicht könnte man dann auch manchen Menschen warnen, damit er Gefahren ausweichen kann oder einfach den richtigen Weg geht."

„Da mache ich mir keine Sorgen. Ich bin ganz zuversichtlich, dass ich immer den richtigen Weg gehe. Und wenn ich wirklich mal in eine Sackgasse gerate, dann muss ich eben umkehren."

„Aber denk doch mal an deinen letzten Freund", forderte ich sie auf. „Du hattest solchen Liebeskummer. Wenn du das rechtzeitig gewusst hättest, wie er ist, hättest du dich bestimmt nicht auf ihn eingelassen. Stimmt's?"

Sie sah mich irritiert an. „Was hast du bloß? So etwas weiß man eben nicht vorher. Dann hat man eben mal Pech, aber beim nächsten Mal ist man dann vermutlich etwas schlauer."

„Ja, weißt du", ich druckste ein wenig herum. „Wenn nun der Mensch eigentlich sein ganzes Leben schon in sich trägt, also, ich meine, wenn man von seinem Charakter auf seine Entscheidungen schließen kann, dann könnte man sich doch quasi errechnen, vielleicht sogar mit irgendeiner Maschine, was aus ihm wird."

„Das hört sich aber sehr verrückt an. Solche Maschinen wird man bestimmt nie erfinden. Man wird bestimmt auch nie maschinell Gedanken lesen können."

„Na, ja, überleg doch einmal genau, wie das bei der Polizei zugeht. Die Kommissare müssen sich ganz in die Täter hineinversetzen, in deren Gedankengänge, um zurückzuverfolgen, was sie zu der Tat trieb. Das ist dann zum Beispiel auch die Spur zum Täter. Ich meine, die

Entwicklung vom Gedanken zur Tat und wieder zurück von der Tat zu den Gedanken."

Leni lachte laut. „Oh, was wälzt du heute für Probleme! Und das am Sonntagabend. Was ist denn los mit dir? Ist dir heute etwas Besonderes begegnet?"

Ich war drauf und dran, ihr etwas zu sagen. Aber was dann? Erst einmal würde sie mir überhaupt nicht glauben, und dann verlangte sie bestimmte Beweise. Aber Helma und Tante Renate würden mir vermutlich sehr böse sein, und wer weiß, was dann passierte.

Nein, ich musste schweigen, so schwer mir das auch fiel.

„Ich glaube das macht nur den November-Monat. Da grübelt man halt so viel. Aber wir haben ja zum Glück schon den 27. des Monats, da sind die düsteren Tage bald vorbei. Ich freue mich schon auf die adventlich geschmückten Zimmer und die Kerzen. Ich mag diese romantische Zeit. Aber danke für den Tipp mit den Komparsen. Ich werde mich auf jeden Fall dort mal vorstellen gehen."

„Ja, mach das. Jetzt muss sich aber wieder nach Haus. Wir essen gleich zu Abendbrot und meine Eltern legen immer Wert auf Pünktlichkeit." Sie erhob sich von der hellen Eckbank.

„Du kannst auch hier mit uns essen. Du bist herzlich eingeladen. Wir essen immer am Sonntag erst abends ein warmes Gericht. Und es ist wirklich genug da. Ob wir nun fünf oder sechs Personen sind, das macht nichts aus."

„Lieb gemeint, Leona. Aber das kann ich meinen Eltern nicht antun. Ich bin so oft weg, und nutze doch alle Vorteile im Elternhaus. Da muss ich ihnen wenigstens mal am Sonntag Abend die Freude machen und ihnen beim Essen Gesellschaft leisten. Bei euch ist das etwas anderes. Deine Eltern haben drei Kinder, da fällt es nicht auf, wenn eins mal nicht da es. Ich bin Einzelkind, da muss ich schon manchmal Rücksicht nehmen."

Ich brachte sie zu Tür und winkte ihr nach. Auf meiner Uhr sah ich, dass ich bis zum Abendessen noch eine

Stunde Zeit hatte. Jetzt oder nie, dachte ich, jetzt würde sich herausstellen, ob das Ganze heute Vormittag nur eine Halluzination gewesen war. Rasch zog ich mir den Mantel über, verließ das Haus und eilte den Weg entlang zu den Baracken. Es war ganz still zwischen den Bäumen, und ich versuchte, die Angst wegzujagen, mit der mich die Dunkelheit überfallen wollte. Der Weg kam mir vor wie eine Ewigkeit, endlich stand ich vor der Barackentür.

Ich hatte das Klopfzeichen noch nicht vergessen und machte mich auf diese Weise bemerkbar.

Helmas Tante öffnete mir die Tür. Sie war nicht die Spur verwundert, dass ich sie heute noch einmal aufsuchte, sondern ließ mich, ohne zu fragen, eintreten.

„Ich habe alles noch so aufgebaut gelassen", verriet sie mir. „Ich habe geahnt, dass es dir keine Ruhe lässt, Leona."

„Ja, das stimmt. Ich habe die ganze Zeit darüber nachgedacht. Mein Verstand hat mir gesagt, dass so etwas nicht möglich ist. Aber dann habe ich auch einige Gegenargumente gefunden."

Sie lächelte. „Ich bin gespannt."

„Also mit den Erfindungen, das war ja immer so. Zuerst glaubte man es nicht, und die Erfinder wurden ausgelacht, aber irgendwann hat man dann doch herausgefunden, dass es immer schon Menschen gab, die ihrer Zeit voraus waren. Ich denke auch an den Schriftsteller der so viel über Technik und Erfindungen geschrieben hat, die später alle zur Realität wurden. Und wenn man einmal bedenkt, dass es auch eigentlich keine Farben gibt, dass sie nur entstehen durch Lichtbrechung, dann kann man sich auch vorstellen, dass irgendwann einmal Dinge erfunden werden, die man heute noch für Illusion hält. Was man heute alles schon messen kann, welche Ströme und Energien! Wer weiß, wie das in 50 oder 100 Jahren aussieht. Irgendwann ist für alles das erste Mal. Und was ist schon Realität, diesen Begriff müsste man auch erst mal klären."

„Richtig. Und ich musste mir selbst auch erst meine Gedanken darüber machen. Ich habe es auch nicht geglaubt, bis ich es selbst erfahren habe. Aber du bist bestimmt nicht gekommen, um mit mir darüber zu reden. Ich nehme an, du möchtest dir wieder etwas anschauen?"

„Ja, aber es geht diesmal nicht um diesen Mann, diesen Ulrich."

„Das geht auch gar nicht. Für jeden Menschen kann man im Allgemeinen nur einmal hineinschauen, Leona." Sie reichte mir die Brille mit den Hörern. „Und auf wen wirst du dich jetzt konzentrieren?"

„Mich interessiert die Zukunft der Schauspielerin Rosi Berghoff."

„Das ist eine wirklich gute Schauspielerin", fand auch Tante Renate. „Ich bewundere sie sehr. Ich glaube, ich habe fast alle Filme von ihr gesehen. Jetzt bin ich selber neugierig."

Sie legte den Schalter um, der leise klickte.

Ich hielt die Hörer noch einmal ein Stück vom Ohr weg. „Darf man das denn machen, einfach so aus Neugier?"

„Im Grunde genommen machen wir das nicht nur aus Neugier. Wir wissen beide, dass wir so lange in die Zukunft schauen müssen, bis wir den Hinweis von Hermann finden. Du brauchst also kein schlechtes Gewissen zu haben."

Beruhigt legte ich mir die Hörer wieder an. Ich konzentrierte mich in Gedanken auf Rosi Berghoff und entdeckte staunend, dass vor meinen Augen ein Bild von ihr entstand.

Selbstbewusst lief sie mir entgegen. „Du möchtest ein Autogramm von mir?"

„Oh ja, gern. Sie spielen wirklich fantastisch, ich bin ein großer Fan von Ihnen."

Majestätisch drehte sie den Kopf und lächelte mich wohlwollend an. „Das ist reizend von dir." Sie entnahm ihrer Handtasche ein Foto und einen vergoldeten Füllfederhalter und malte schwungvoll eine Wellenlinie auf das Bild. Mit einiger Fantasie konnte man sich vorstellen, dass es Rosi Berghoff heißen sollte. Was für eine Diva! Allein dieses schwungvolle Unterschreiben war wie die Szene eines Films.

„Und jetzt, Kleines, darfst du dir alle Filme von mir ansehen, die ich bisher zu berühmten Filmen gemacht habe." Sie trat zurück in die Dunkelheit.

Vor mir tauchten die Lichtbildtheater vieler Städte aus aller Welt auf, hell erleuchtet mit blinkender Werbung. Ein Film-Titel reihte sich an den anderen, überall leuchtete der Name „Rosi Berghoff". Eine Premiere folgte der anderen. Und rings umher standen teure Limousinen in der Nähe, Herren im Smoking und Frauen in Pelzen stolzierten herbei, drehten sich wie die Pfauen, bevor sie in den Kinos verschwanden. Alles wechselte schnell, und doch schien sich auch alles ständig zu wiederholen. Vor jedem Kino entdeckte ich Frau Berghoff in immer wieder neuen raffinierten, glitzernden Abendkleidern mit Pelzjäckchen oder Stolen. Wie eine Königin schritt sie über lange rote Teppiche und neigte leicht den Kopf, wenn sie ein riesiger Beifall umjubelte.

Mit einem Mal entdeckte ich neue Titel und neuere Autos, bald waren es Modelle, die ich noch nie gesehen hatte. Von Mal zu Mal schienen sich die Limousinen in die Länge zu ziehen und öffneten noch mehr Türen, um ihre prominenten Gäste heraus zu lassen.

Ich trat etwas näher heran und sah Rosi Berghoff etwas deutlicher. Tatsächlich, nicht nur die Autos hatten sich verändert. Auch ihr Gesicht wurde mir immer fremder, und das lag nicht nur an den neuen Frisuren, sondern auch an kosmetischen Eingriffen. Ihre Nase, ihre Lippen, ihr Kinn und ihre Wangen, all das hatte Veränderung erfahren.

Doch ehe ich auf sie zugehen und sie begrüßen konnte, erschienen wieder neue Bilder. Die Licht -Reklame wurde zusehends kleiner und blinkte nicht mehr, die Filmtheater konzentrierten sich jetzt auf wenige, bestimmte Länder.

Zwar wurden die Autos immer noch größer, aber die Schar der Fans und Verehrer verkleinerte sich, und die Lautstärke des Beifalls war von einem großen Meeresrauschen zu einer leisen Brise geschrumpft.

Unermüdlich liefen die Bilder weiter, ich konnte sehen, wie schnell die Zeit verging. Und ehe ich mich versah, waren die Kinos verschwunden und Rosi Berghoff lief einsam in einer kleinen Wohnung umher. Ein paar Bilder weiter saß sie frustriert in einem winzigen Zimmer, das Gesicht bis zur Unkenntlichkeit entstellt, voller Narben und Flecken.

Statt Beifall hörte ich den Regen, der vom Wind an das Fenster geworfen wurde.

„Stopp! Renate! Bitte hör auf damit! Das ist total erschütternd. So etwas hätte ich mir nicht träumen lassen."

Ich riss die Hörer und die Brille von meinem Kopf. „Wie kann so etwas nur passieren?

Erst reich und wunderschön, majestätisch, talentiert, eine Frau von Welt, eine richtige Königin, und dann so eine einsame Frau, von den Aktionen ihres Lebens und den Operationen gezeichnet, arm und unglücklich."

„Ja, so etwas passiert leider, wahrscheinlich öfters, als man denkt. Aber von dieser Frau Berghoff hätte ich das auch nicht gedacht. Sie wirkt sehr selbstbewusst und dominant. Vermutlich ist ihr Gehabe gar nicht echt, vermutlich spielt sie selbst ihre eigene Rolle. Vielleicht ist sie auch sehr abhängig vom Beifall der Menschen. Und wenn der dann erst einmal ausbleibt, kann man vermutlich schon resignieren und das Leben für mehr oder weniger sinnlos halten."

„Auch mein Traum ist es, Schauspielerin zu werden. Aber ich bin sowieso nicht so hübsch wie die meisten Schauspielerinnen. Deswegen habe ich auch andere Pläne. Ich möchte gerne Charakterrollen spielen, das geht auch noch im Alter. So eine liebe faltige Omi oder eine alte, verschrobene Detektivin. Es gibt doch genug kleine und große Rollen für alte Menschen. Dahin kann man doch bestimmt im Alter ausweichen."

„Vielleicht, Leona. Aber im Schauspielgeschäft beruht auch Vieles auf Jugend und Schönheit und Makellosigkeit. Bei Rosi Berghoff ist die Schönheit quasi ihr Markenzeichen, die wird von den Zuschauern besonders geliebt. Ihr Können sieht vielleicht nicht jeder."

„Ich jedenfalls weiß, wie ich mich zu verhalten habe. Auf das Vergängliche kann man sich eben nicht verlassen, auch nicht bei der Schauspielerei. Aber jetzt haben wir wieder keinen Hinweis von Ihrem Mann gefunden, was mit dem Gerät geschehen soll. Und wie geht das jetzt weiter?"

Tante Renate verzog das Gesicht. „Ja, dann fürchte ich, dass wir in einigen Abständen immer weitermachen müssen. Wenn du Fragen zu dem Schicksal von irgendeinem Menschen hast, meldest du dich einfach bei mir, und wir sehen weiter, was wir für Informationen aus dem DVR-Gerät erhalten. Eine andere Möglichkeit sehe ich nicht. Bist du damit einverstanden?"

Ich seufzte leise. „Es wird mir nichts anderes übrig bleiben. Wir wollen natürlich nicht, dass mit dem Gerät irgendetwas Schlimmes passiert. Ich hoffe, dass wir damit vielleicht auch noch mehr anfangen können, als wir jetzt glauben. Ich wünsche mir, dadurch etwas ganz Schlimmes auf der Welt verhindern zu können. Dann hätte die Sache doch etwas Gutes. Vielleicht sehe ich mir in der nächsten Zeit einmal das Leben irgendeines berühmten Politikers genauer an. Vielleicht kann ich jemandem helfen einen voreiligen Schritt zu tun, unüberlegt zu handeln. Dann hätte das Ganze wirklich einen Sinn."

„Du machst das schon, Leona. Ich gehe ja nicht mehr so viel unter die Menschen. Aber du bist noch jung und sehr unternehmungslustig. Du kannst jeden Tag neue Leute treffen. Damit werden wir bestimmt schnell weiterkommen. Denn ehrlich gesagt, mir ist es auch etwas unheimlich mit diesem Gerät hier."

„Das kann ich gut verstehen. Stell dir doch vor, die Geheimdienste vieler Länder wüssten etwas davon, dann wären sie alle hinter diesem Gerät her und dein Leben stünde bestimmt in Gefahr."

„Ja, ich bin froh, dass Hermann niemandem etwas davon gesagt hat. Und ich bin auch sehr froh, dass dieser letzte Brief erst nach Kriegsende hier ankam. Wer weiß, wo er in der Zwischenzeit gesteckt hat, in welchem Briefkasten auch immer. Nach dem Krieg wurde die Post nicht mehr untersucht und kontrolliert, da muss ich nicht befürchten, dass jemand vom Inhalt Kenntnis genommen hat."

„Richtig. Das wäre vielleicht eine Katastrophe geworden, denn wer weiß, was man mit diesem Gerät alles machen kann. Wenn so etwas in falsche Hände gerät, könnte jemand diese fortgeschrittene Technik auch für negative Manipulationen nutzen. Und außerdem vielleicht auch nur die ganz banale Neugier der Menschen befriedigen. Ich stelle mir gerade vor, ich wüsste, was die Zukunft für unsere hübsche Stadt Bonn bringt. Das ist jetzt die Bundesstadt Deutschlands, relativ klein, aber doch sehr vornehm. Früher war es einmal Berlin. Aber das ist jetzt geteilt."

Tante Renate nickte. „Vornehm ist es zwar nicht gerade hier in unseren Baracken, aber hier auf dem Venusberg wohnen doch sehr viele bekannte Politiker. Und wer hat nicht auch schon hier alles gewohnt. Lübke wohnt noch hier, Brentano hat hier gewohnt…"

„Nur der Kanzler Erhard, der wohnt nicht hier oben, der wohnt unten neben dem Bundeskanzleramt. Aber ich finde, es sieht schon immer sehr feierlich aus, wenn hier die Minister im schwarzen Mercedes mit der Standarte herumgefahren werden und vorne und hinten die weißen Mäuse ihr Geleit geben. Vielleicht wäre es einmal interessant, in die Zukunft zu gehen und zu schauen, ob wir einmal in Deutschland statt eines Kanzlers eine Kanzlerin haben?"

„Oh, Politiker sind hier leider ausgeschlossen. Das stand in der Anleitung von Hermann, Wissenschaftler und Forscher auch. Ich weiß nicht, warum, mich würde sehr interessieren was man in der Medizin alles machen kann, wie sich da die Zukunft entwickelt. Aber jetzt wird es Zeit für mich, zur Ruhe zu kommen. Soll ich dich ein Stück nach Hause begleiten? Ich muss sowieso noch meinen Hund für diesen Tag zur letzten Runde hinausführen."

Ich nickte erfreut. „Es ist schon richtig dunkel draußen, da findet man Begleitung immer schön, vom Menschen, aber auch vom Hund."

Tante Renate lief ins Nebenzimmer und kam mit dem weißen Spitz zurück, der mich erst einmal anbellte und sich erst auf gutes Zureden seines Frauchens mit mir anfreundete. Sie nahm eine Leine in die Hand und rief ihn zu sich.

„Tobby! Wo gehen wir jetzt hin?"

Er spitzte die Ohren, sah sie aus großen braunen Augen an und lief zur Haustür.

„Fantastisch", fand ich. „Wie verständig doch dieses Tier ist. Ob man auch eines Tages die Gedanken der Hunde lesen kann?"

Tante Renate ließ uns hinaus und zog die Tür zu. „Gut, dass wir nicht alles aus der Zukunft wissen. Manches würde uns bestimmt Angst machen."

***

6. Kapitel

Mit Spannung erwartete ich den Dienstag. In der Buchbinderei waren wir wieder vollzählig. Sogar Frau Hahnemann arbeitete wieder mit. Der alte Drucker, Herr Bergmann steckte uns mit seiner guten Laune an. Er erzählte von der Hochzeit einer seiner Töchter, die am vergangenen Wochenende stattgefunden hatte. In der Frühstückspause versammelten wir uns in seinem kleinen Reich, wo er uns, umgeben von Buchstaben und Farbe, alle Details des Festes bereitwillig schilderte. Die beiden Gesellen Hans-Josef und Friederike und sogar der Lehrling Heinz hörten gespannt zu, was Bergmann zu erzählen hatte.

Plötzlich hielt er inne und sah Friederike augenzwinkernd an. „Und, Kleine? Wann ist es denn bei dir so weit?"

„Oh, Bernd und ich, wir sind doch noch nicht einmal verlobt. Bis wir heiraten, wird es noch eine ganze Weile dauern."

Sein Lächeln weitete sich zu einem breiten Grinsen. „Das glaube ich aber nicht. Warum willst du uns denn nicht verraten, dass du schwanger bist. Wir sind doch hier unter uns."

Friederike wurde rot. „Das ist doch noch gar nicht sicher. Ich war doch noch gar nicht beim Arzt."

„Aber Rieke, das glaubst du doch selbst nicht. Ich sehe das einer Frau auf drei Meilen an. Schließlich habe ich vier Kinder, und von meinen ältesten Töchtern bin ich schon fünfmal Großvater. In solchen Dingen habe ich Erfahrung."

„Woran willst du das denn sehen, Horst? Ich bin doch überhaupt noch nicht dick."

Er grinste immer noch. „Dafür habe ich ein Auge. Und dir sehe ich es im Gesicht an. Deine Augen sind anders, dein ganzer Gesichtsausdruck."

Sie lachte verlegen. „Vielleicht hast du Recht? Ich bin mal neugierig, was Bernd dazu sagt."

Herr Hahnemann störte unseren gemütlichen Plausch. „Frühstück ist vorbei, meine Damen und Herren. Es gibt noch viel zu tun. Ich bezahle euch hier nicht zu Quatschen!"

Eilig schlossen wir unsere Butterbrotdosen und Thermosflaschen, packten alles in unsere Spinde und eilten zu unserem Arbeitsplatz an die großen Arbeitsplatten.

Heute arbeitete ich weiter hinten bei den Einbänden. Heinz, der Lehrling, schmierte mit Leim ein, und ich versah die Buch-Umschläge mit neuen Kunstledereinbänden. Von diesem Platz aus konnte ich nur einen winzigen Spalt vom Büro sehen.

Die Examensarbeiten von Ulrich standen bei den fertigen Arbeiten im Regal. Wenn er in der Mittagspause kam, würde ich ihn bedienen können, ansonsten musste er wohl mit Herrn oder Frau Hahnemann vorlieb nehmen, die im Büro einiges zu tun hatten.

An diesem Tag schien die Zeit langsamer als sonst vorbei zu gehen. Ich schaute öfters auf die große Uhr an der Wand, zäh rückten die Zeiger vorwärts.

Vor der Mittagspause lief Heinz mit einem Zettel zu jedem der Anwesenden und nahm Bestellungen für den Einkauf auf. Gleich um die Ecke gab es eine Frittenbude. Wer gut bei Kasse war, konnte sich von dort etwas mitbringen lassen. Im Sommer durfte Heinz sogar etwas früher losgehen, denn zwei Straßen weiter lockte der italienische Eissalon mit verschiedenen Eissorten. Außer dem bekannten „Vanille", „Schokolade" und „Erdbeer", gab es Zitroneneis, Himbeereis, die Sorte „Nuss" und sogar „Banane". Im letzten Sommer hatten sie nun auch „Aprikose" hinzugefügt, und wer viel Geld im Portmonee hatte, konnte sich auch einen „Bananensplit" bestellen. Doch jetzt im Winter hatte dieser beliebte Eissalon geschlossen. Der Besitzer kehrte jedes Jahr im Herbst mit seiner Familie in sein Heimatland, nach Italien zurück und blieb dort bis Anfang März.

Heute spendierte Bergmann zur Feier der Hochzeit seiner Tochter für alle eine Runde Pommes Frites mit Mayo oder Ketschup.

Herr Hahnemann mischte sich ein: „Aber macht da heute kein Hochzeitsgelage daraus. Die Bücher für das Juridikum müssen heute noch raus. Ebenso die Kästen für die Firma Lipper. Und Heinz, dich brauche ich nachher für die Fahrt nach Köln. Das Mathematische hat auch ein Partie Bücher für uns."

„Verdammt, wer hat mein Falzbein?" schimpfte Hans-Josef.

Das war ärgerlich, diese weißen Falzbeine waren teuer, im Original sogar aus Elfenbein.

„Das ist ja aber auch eine Lotterwirtschaft" schimpfte Hahnemann. „Passt doch auf euren Kram auf!" Fluchtartig verließ er die Werkstatt.

Hans-Josef grinste. „Ich weiß doch immer, wie man den Chef vergrault. Offenbar hat er heute schlechte Laune. Wahrscheinlich hat er sich wieder mit seiner Frau gestritten. Wenn die sonntags abends von ihren Eltern kommt, haben die immer Zoff. Bring mir noch eine Cola mit. Auf das Wasser hier habe ich heute keinen Bock."

Heinz zog mit der Liste ab.

Das Büro hatte sich mit Kundschaft angefüllt, Ulrich war nicht dabei.

„Mittag!" rief Hans-Josef fröhlich und holte seine Zigaretten aus dem Spind. „Dann bin ich erst mal draußen", teilte er uns mit und eilte in den Hof.

Ich nutzte die Gelegenheit, um zu Horst Bergmann zu gehen, der sich gerade aus seiner Thermosflasche einen heißen Kaffee einschenkte.

„Sag mal, Horst, wie hast du das eigentlich gemacht, vorhin mit Friederike? Hast du einfach geraten oder hast du ihr wirklich etwas angemerkt?"

Er sah mich belustigt an. „Was denkst du denn von mir?! So etwas sehe ich sofort. Warum fragst du? Also, bei dir sehe ich, dass alles völlig normal ist. Du bist nicht schwanger. Wolltest du mich jetzt auf die Probe stellen?"

„Nein, das wollte ich nicht. Und du hast auch Recht, ich bin nicht schwanger. Von wem auch?! Ich mache mir nur seit ein paar Tagen besondere Gedanken über solche Phänomene. Also zum Beispiel Naturereignisse, die man sich nicht erklären kann. Oder eben so etwas wie jetzt bei dir. Ist das jetzt eine besondere Gabe?"

„Vielleicht habe ich eine gute Beobachtungsgabe", meinte er und sah mich fragend an. „Vielleicht bekommt man darin Übung, wenn man auf Schwangere sieht."

Ich seufzte leicht. „Ehrlich gesagt, ich habe Friederike überhaupt nichts angesehen. Für mich sehen ihre Augen genauso aus wie immer, und das übrige Gesicht auch."

Er nahm einen Schluck von seinem Kaffee. „Also für mich hat das nichts Übersinnliches, Leona. Ich hoffe, dass dich nicht irgendjemand beschwindelt. In der heutigen Zeit muss man ziemlich aufpassen. Die Leute sind aus dem Gröbsten heraus, der Krieg ist vorbei, und wir haben überall Hochkonjunktur. Die Wirtschaft blüht, das zieht natürlich auch so etwas nach sich. Viele sind fleißig und arbeiten, und der Rest will sich das Geld auf betrügerische Weise und auf lau aneignen. Sei vorsichtig mit solchen Leuten!"

„Ach, nein. So etwas ist das nicht. Es geht auch überhaupt gar nicht um Geld. Glaubst du, dass man irgendwie in die Zukunft sehen kann?"

„Na ja, wenn du an den Wetterbericht denkst, das stimmt schon meist. Einmal bin ich einer Zigeunerin begegnet, die hat mir aus der Hand gelesen. Tatsächlich ist alles eingetroffen, was sie mir vorausgesagt hat. Aber ansonsten, so etwas wie eine Zeitmaschine, das wird es in den nächsten paar Jahrhunderten sicherlich noch nicht geben."

Ich kramte in meinen Gedanken. „Wenn man alles in kleinste Teilchen auflöst und dann einfriert und später wieder zusammensetzt, das könnte so eine Art Zeitreise sein. Aber diese Zigeunerin, vielleicht hatte sie eine guten Menschenkenntnis und hat dir angesehen, was du für ein Typ bist. Dann hat sie daraus geschlossen, was du magst und was nicht. Du siehst schon wie ein netter Opa aus, sicher hat sie dir Kinder prophezeit, oder?"

„Genau das hat sie. Und zwar genau vier Töchter."

„Vielleicht hat sie zufällig richtig geraten. Bei anderen wiederum hat sie vielleicht falsch gelegen. Hat sie dir sonst noch etwas Wichtiges gesagt, Horst?"

„Nein. Die anderen Sachen waren banal. Sie hat mir gesagt, dass ich eine gute Frau hätte und immer genug zu essen. Dass ich mir nie Sorgen zu machen brauchte, und dass ich keine Feinde habe."

Ich betrachtete ihn genau. „Das sind, glaube ich, alles Dinge, die man aus deinem Gesicht herauslesen kann. Du machst einen zufriedenen Eindruck. Da kann man es sich schon vorstellen, dass du mit einer Frau nicht unglücklich bist. Du bist nicht dünn, deshalb ist sie davon ausgegangen, dass du genug zu essen hast. Und du siehst humorvoll aus, daraus hat sie bestimmt geschlossen, dass du dir keine Feinde machst. Und die vier Kinder? Du siehst kinderlieb aus, finde ich. Hattest du zu der Zeit schon ein Kind?"

„Ja, schon zwei Töchter. Aber das wusste sie nicht, das habe ich ihr nicht erzählt. Also, Leona, erzähl schon! Wer will dir ein X für ein U vormachen?"

„Ach, ich habe da irgendetwas gelesen, in einer Zeitschrift. Da gibt es Wissenschaftler, die an einer Maschine arbeiten, mit der man in die Zukunft sehen soll. Meinst du, sie werden damit Erfolg haben?"

„Kann ich mir nicht vorstellen. Vielleicht sind das Leute, die sich für das Geld anderer interessieren und hoffen, dass jemand in ihr Projekt einsteigt."

„Nein, Horst! Die forschen nicht für Geld. Das ist einfach nur aus Interesse und Wissensdrang. Es geht da wirklich nicht um Finanzielles."

Heinz rief uns aus der Werkstatt. „Die Fritten sind da, Mahlzeit! Es wird alles kalt!"

Wir unterbrachen das Gespräch und eilten in den winzigen Waschraum, in dem es nur ein einziges Waschbecken gab, und säuberten uns die Hände.

„Das Gespräch können wir gern ein andermal vertiefen", schlug er mir vor.

Während wir uns in der Werkstatt den Imbiss schmecken ließen, zogen sich die Beiden, Herr und Frau Hahnemann in ihre Wohnung zurück, die über der Werkstatt lag.

„Hab gehört, dass die bauen wollen", wusste Hans-Josef. „Das könnte für uns besser werden. Dann sind wir vermutlich nicht mehr so oft unter Kontrolle.

„Komisch!" meinte Friederike. „Die liegen sich doch ständig in den Haaren. Und jetzt wollen die sich ein Haus bauen? Aber das war bei meiner Tante genauso. Erst haben sie sich ein Haus gebaut, und dann haben sie sich scheiden lassen. Ein Haus scheint oft der letzte Versuch zu sein, eine Ehe zu retten."

Horst widersprach ihr. „Vielleicht wird das jetzt langsam Mode, aber früher war das nicht so. Viele haben sich nach dem Krieg ein Haus gebaut, aber davon sind auch die meisten Paare noch verheiratet. Ich habe den Eindruck, dass die Menschen immer verrückter werden, je besser es ihnen geht und je weiter wir uns von dem letzten Krieg entfernt haben. Gehst du noch zu den Demos, Leona?"

„Ja, im Allgemeinen schon. Aber am Samstag konnte ich nicht mitgehen, da musste ich hier arbeiten. Der Chef hat mich sowieso mächtig unter Druck gesetzt. Ich hoffe, dass ich beim nächsten Mal wieder mitgehen kann. Unsere Generation will der Welt wirklich zeigen, dass es auch ohne Krieg geht."

Heinz wandte sich an den Drucker. „Du warst doch bestimmt im Krieg. Wie war das bei dir? Wird es jemals wieder Krieg geben?"

„Ach mein Junge. Das war damals eine ganz andere Zeit. Das könnt ihr euch gar nicht vorstellen. Wir sind alle froh, dass wir das vergessen konnten. Ich denke, niemand aus meiner Generation, erinnert sich gern daran. Das waren Zeiten, da sind aus Menschen Bestien geworden. Aber es gab auch Freunde und Kameradschaft. Seid froh, dass ihr in einer besseren Zeit geboren seid. Deswegen freue ich mich auch so für meine Töchter, dass sie in einer friedlichen Zeit leben können. Und wie es scheint, haben unsere Politiker im Bundeshaus auch alles ganz gut im Griff. Ein bisschen sozialer könnte es noch sein für uns Arbeiter. Die Reichen stopfen sich ganz schön wieder die Taschen voll, das bringt jetzt die ganz Linken wieder auf die Palme. Aber wenn mir die Fritten jetzt schmecken sollen, dann erzähle ich lieber nichts vom Krieg."

„Wird es denn wieder einen geben?" bohrte Heinz weiter.

„Das weiß nur der Himmel, mein Junge. Aber irgendwer wird schon irgendwann wieder einen anfangen, fürchte ich. „Lass uns das Thema wechseln! Was hast du nun vor, Friederike? Wollt ihr heiraten?"

„Das müssen wir schon", sie legte das angebissene Pommes-frites-Stäbchen zur Seite. „Oh, ich glaube, mir wird schlecht davon. Wer mag die weiter essen? Meine Eltern schmeißen mich raus, wenn ich das Kind alleine groß ziehen will. Die sind noch vom altmodischen Schlag und schimpfen auf Hippies und Blumenkinder und regen sich über die Kommunen auf. Da bleibt Bernd dann wohl nichts anderes übrig, wenn er mit mir zusammenbleiben will, als mich zu heiraten. Seine Eltern sind auch ziemlich konservativ. Der Großvater hat noch die strenge preußische Erziehung, und der Vater war sogar bei den Nazis. Mit dem haben sie nach dem Krieg eine Entnazifizierung gemacht."

„Dabei waren viele", wusste Horst. „Aber viele wollen davon jetzt nichts mehr wissen. Einige schämen sich, ganz im Stillen. Solch eine Zeit wird ganz bestimmt nicht wiederkommen, dass die Ultra-Rechten etwas zu sagen haben. Dafür werden unsere Politiker schon sorgen."

„Dein Wort in Gottes Gehör!" wünschte Friederike. „Mein Kind soll einmal nicht einem Diktator hinterher laufen, sondern in einer Demokratie aufwachsen."

Horst verstand es geschickt, wieder das Thema zu wechseln und erzählte Anekdoten von der Hochzeit seiner Tochter.

Dabei verging die Zeit schnell, pünktlich um eins erschienen die beiden Hahnemanns wieder im Büro. Der arbeitsreiche Nachmittag begann.

Etwa zwei Stunden später sah ich von meinem versteckten Platz aus, wie Ulrich den Verkaufsraum betrat. Frau Hahnemann bediente ihn, erschien in der Werkstatt, griff nach den Examensarbeiten und brachte sie ihrem Kunden. Ich beobachtete, wie die beiden ein paar Worte miteinander wechselten. Ob er nach mir gefragt hatte? Sicherlich nicht, sonst hätte sich Frau Hahnemann vermutlich nach mir umgedreht oder durch das Fenster der Werkstatt gezeigt. Vielleicht wollte er mich auch nicht in Verlegenheit bringen vor meiner Chefin. Nun ja, wenn er mich wieder sehen wollte, er wusste ja, wo ich arbeitete und wo ich wohnte. Aber wollte ich ihn überhaupt wiedersehen? Wenn er nun tatsächlich mich einmal vor solch eine Wahl stellen würde, wie ich es auf dieser interaktiven Zeitreise erlebt hatte?

Irgendwie konnte ich mir das von ihm nicht vorstellen, er sah so verständnisvoll aus.

Und schon hatte er den Verkaufsraum verlassen und ließ mich in zwiespältigen Gedanken und Gefühlen zurück.

Pünktlich um 17:00 Uhr legten wir heute unser Werkzeug zusammen, hängten die mit Klebstoff und Leim befleckten Kittel an die Haken und begannen die Werkstatt zu säubern. Horst räumte die Druckerei auf, während Hans-Josef kehrte und wir, Friederike und ich, die Arbeitsplatten säuberten. Heinz hatte die Aufgabe, mit einem großen Messer die festgebackenen Leimflecken vom Linoleumboden zu lösen.

20 Minuten später verließen wir mit gewaschenen Händen die Firma Hahnemann.

Am Springbrunnen gegenüber vom Kaiserplatz wartete Leni überraschenderweise auf mich.

„Heute ist zwar erst der 29. November, aber mein Vater hat mich heute schon mit Taschengeld überrascht. Da muss ich dich unbedingt ins Woki einladen."

Dieses Wochenschau-Kino mit dem Namen Woki, das nicht weit von der Werkstatt lag, wenige Meter vom Bonner Münster entfernt, unterschied sich durch mehrere Kriterien von den vielen übrigen Lichtspieltheatern in der Bonner Innenstadt.

Eine Vorstellung dauerte nur eine Stunde, und in dieser Zeit wurden die Zuschauer vielseitig unterhalten. Die Wochenschau enthielt die neuesten Nachrichten aus aller Welt. Ein Kurzfilm, ab und zu ein Western, manchmal Filme mit unterschiedlichem Genre, nahm etwa 20 Minuten der Zeit in Anspruch. Ein kleiner Comicfilm brachte die Gäste zum Lachen, dazwischen gab es viel Werbung. Dazu konnte man sich am Kassenhäuschen verschiedene Süßigkeiten kaufen, beliebt waren aber auch die Phasen, in denen eine Verkäuferin kleine Schachteln mit Eispralinen anbot.

Wir fanden zwei Plätze in der mittleren Stuhlreihe. Praktisch fanden wir es, dass man zu jeder Zeit hinein- und hinausgehen konnte, sogar mitten im Hauptfilm. Gewöhnlich sollte man nach einem Durchgang, also nach etwa einer Stunde, den Kinoraum wieder verlassen, aber die meisten Zuschauer blieben länger, manchmal sogar 2-3 Durchläufe. Damit dies nicht überhand nahm, ordnete die Kino-Leitung ab und zu zwischendurch Kontrollen an, denn an den Tickets konnte man ungefähr feststellen, wann der Kinobesucher den Vorstellungsraum betreten hatte.

Heute gab es einen Western mit Fuzzi, das war nicht nach unserem Geschmack. In der Wochenschau gab es einige Informationen zu unserem neuen Kanzler Erhard, und im

Zeichentrickfilm ärgerten sich Tom und Jerry und brachten uns zum Lachen. Ein bisschen enttäuscht von der mageren Ausbeute des Programms schlug Leni vor, einmal kurz über den Weihnachtsmarkt zu schlendern, der sich auf dem Münsterplatz aufgebaut hatte.

Bei dem Spielwarengeschäft Puppenkönig blieben wir stehen und bestaunten die riesige Spielzeug-Eisenbahnanlage, die im großen Schaufenster viele Kinder begeisterte. Hell erleuchtet grüßten uns auf dem Platz vor der alten Hauptpost die zahlreichen, mit Lichterketten umkränzten Weihnachtsbuden, aus denen uns unterschiedliche Gerüche entgegen drangen. Hier war es Anis und Gewürze, dort der Duft von etwas Gebratenem, an anderer Stelle duftete es nach Zimt und Glühwein und wieder an einer anderen Bude nach gebrannten Mandeln.

Leni schnupperte in der Luft herum. „Magst du einen Glühwein, Leona? Ich lade dich ein."

„Von Glühwein habe ich erst einmal genug. Ein Kräutertee genügt mir auch."

Nachdem wir uns mit dem heißen Getränk aufgewärmt hatten, erfreuten wir uns an der Weihnachtsmusik, die überall aus den Lautsprechern drang. Sie verbreitete mit all den bunten Lichtern harmonische Gefühle und eine Vorfreude auf das Fest.

Es gab so viel zu sehen, dass wir beschlossen, nach diesen ersten Eindrücken abzubrechen und in den nächsten Tagen den Besuch auf dem Weihnachtsmarkt noch einmal zu wiederholen. Zum Abschluss besuchten wir das Bonner Münster, in dem festliche Orgelmusik erklang. Am Marienaltar „Maria Rat" stellten wir Kerzen auf und zündeten sie an. Nach einem kleinen Gebet verließen wir das Gotteshaus.

„Eigentlich bist du doch evangelisch", bemerkte Leni. „Wir haben überall getrennte Schulen, evangelische und katholische. Wieso zieht es dich dann immer so in das Bonner Münster?"

„Es hat eine besondere Atmosphäre, irgendetwas Heiliges. Ja, ich bin evangelisch getauft, aber ich könnte mir gut einmal vorstellen, auch katholisch zu werden. Irgendwann einmal beschäftige ich mich näher mit diesem Thema."

„Jetzt habe ich ganz vergessen, dich zu fragen, wie es mit Ulrich gelaufen ist. Erzähl mal! Seid ihr euch wieder begegnet?"

„Nein, ich hatte Pech. Frau Hahnemann hat ihn bedient. Vielleicht sollte es einfach nicht sein."

„Schau mal, Leona! Hier drüben in dem Schreibwarengeschäft gibt es schon Kalender für das neue Jahr. Wie schnell doch die Zeit immer vergeht! Manchmal macht mir das richtig Angst. Jetzt ist das Jahr 1965 schon fast vorbei. Was wird uns wohl das Jahr 1966 bringen?"

Ich dachte an das DVR-Gerät. Vermutlich würden wir damit alle Rätsel lösen können. „Lassen wir uns einfach überraschen, bis Silvester werde ich mir einmal alle Wünsche aufschreiben, die ich an das neue Jahr habe."

***

7. Kapitel

Nach ein paar Tagen, an denen sich nichts Besonderes ereignete, traf ich Tante Renate am Parkplatz vor dem Briefkasten, als ich dort für meinen Vater die Post einwarf.

„Ich brauche noch einmal deine Hilfe, Leona", bat sie mich. „Es ist ein bisschen kompliziert. Könntest du bitte noch einmal zu mir kommen?"

„Wenn du magst, komme ich jetzt gleich mit. Um was geht es denn?"

Während wir den Waldweg bis zu den Baracken gingen, klärte sie mich auf.

„Es geht um eine dunkle Vergangenheit. Um meine Schwester. Sie war eine wunderschöne, liebe und kluge Frau. Vor dem Krieg war sie verliebt in einen jungen Mann, der evangelischer Pfarrer werden wollte. Die beiden liebten sich sehr, aber er ist schon in den ersten Tagen des Krieges ums Leben gekommen. Sie war sehr traurig und hat viele Tage und Nächte nur geweint. Wir alle haben versucht, sie zu trösten, aber es hat nichts geholfen. Sie war doch noch so jung, und hatte das ganze Leben vor sich, aber eines Nachts, hat sie sich dann doch das Leben genommen. Das hat natürlich auch das ganze Leben von mir und den anderen Verwandten überschattet, wie du dir bestimmt vorstellen kannst."

„Oh das tut mir sehr leid. Das ist sehr traurig gewesen, und ich kann mir vorstellen, wie Sie darunter gelitten haben! Herzliches Beileid!"

„Ach, Kindchen, sag doch Du zu mir. Ich habe dich doch aufwachsen sehen von klein an, du bist doch schon mit meiner Helma in die Volksschule gegangen. Jeden Geburtstag hast du hier mit ihr gefeiert in unserer kleinen, armseligen Behausung. Und du hast sie jedes Jahr eingeladen in euer schönes neues Haus, obwohl dort zu den Geburtstagen immer alle Kinder von den Regierungsräten kamen und auf unsere Helma herabgesehen haben. Du hast immer treu zu ihr gehalten, ohne Standesdünkel. Das werde ich dir nie vergessen, also sag auf jeden Fall Du zu mir!"

„ Gern. Aber wie kann ich dir nun helfen?" Ich sah sie etwas ratlos an.

„Es ist jetzt schon viele Jahre hier, seitdem meine Schwester starb, genau 25 Jahre, und die schlimmsten Wunden sind geheilt. Natürlich werde ich immer noch traurig, wenn ich daran denke. Doch das ist es nicht, es ist etwas passiert, was mich erneut mit diesem Thema Selbstmord in Verbindung bringt."

„Was ist es denn?"

„Ich habe Helma in der letzten Zeit beobachtet. Sie hat oft Stunden, da wirkt sie sehr traurig. Ich habe mit ihrer Mutter darüber gesprochen, die leider selber körperlich sehr krank ist und sich nicht sehr viel um Helma kümmern kann. Wie du bestimmt weißt, ist der Vater auch vor drei Jahren gestorben, er war selbst sehr krank und seiner Frau keine große Stütze. Helmas Mutter meinte, unsere Schwester Helene, das ist die, die sich das Leben genommen hat, sei früher auch schon immer traurig gewesen, auch in ihrer Jugend."

„Also, du meinst, dass Helma Depressionen hat und Helene sich vielleicht das Leben gar nicht genommen hätte, wenn sie nicht auch schon eine Vorgeschichte mit Depressionen gehabt hätte?"

„Genau das meine ich. Und jetzt kannst du dir vielleicht schon vorstellen, warum ich dich hierher gebeten habe." Wir sahen die Baracke vor uns. Über dem Seerosenteich leuchtete der Mond.

Ich sah sie irritiert an. „Nein. Ich weiß nicht, wie ich da jetzt helfen kann. Soll ich mich etwa auf Helene konzentrieren? Aber die lebt doch gar nicht mehr."

Renate schloss die Tür auf, knipste das Licht an dem schwarzen Drehschalter an.

„Nein. Das geht natürlich nicht. Helene ist in irgendeiner anderen Welt, ich hoffe im Paradies."

Sie wies mir den Platz am Tisch, wo sie das Gerät schon aufgebaut hatte.

„Das glaube ich auch fest", beteuerte ich ihr. „Gott hat ihr bestimmt nach diesem schwierigen Leben hier auf der Erde einen schönen Platz im Himmel reserviert."

„Ja, danke dir, Leona! Jetzt habe ich folgende Bitte: Versuche dich bitte einmal auf Helma zu konzentrieren. Sie ist heute nicht da, wie du bestimmt weißt, macht sie demnächst ihre Prüfung als Kindergärtnerin, und dass ist eigentlich ein Beruf, in dem man viel Freude hat. Bitte schau doch einmal in ihr zukünftiges Leben, damit wir wissen, ob sie wirklich depressiv krank ist und die Gefahr besteht, dass sie sich auch irgendwann einmal das Leben nimmt. Das müssen wir dann unbedingt verhindern. Diese Krankheit ist doch schrecklich, und ich habe mich einmal informiert, mit welchen grausigen Methoden momentan diese Kranken behandelt werden."

„Damit habe ich mich noch gar nicht beschäftigt. Ich habe nur gehört, dass es viele beruhigende Medikamente gibt, wie zum Beispiel Valium oder Haloperidol. Irgendwie werden die Kranken damit ruhiggestellt oder in so eine Art Trance versetzt."

„Wenn das nur alles wäre! Man setzt sie mehrere Tage hindurch unter eine Art von Narkose und lässt sie schlafen, immer weiter schlafen. Aber viel schlimmer als das, ist die Elektroschockbehandlung."

„Um Himmelswillen! Was ist denn das? Das hört sich sehr gefährlich an. An einem elektrischen Schlag kann man doch sterben."

„Ja, das kann man. Aber bei dieser Elektroschockbehandlung werden die Patienten mit Stromstößen behandelt, und ich habe Schreckliches darüber gehört. Das alles will ich doch unserer lieben Helma nicht zumuten. Da habe ich mir gedacht, wenn du ein bisschen in ihre Zukunft hineinschaust, dann sehen wir, ob da eine Gefahr für sie besteht, und ob es vielleicht in der Medizin bessere Möglichkeiten gibt, gegen diese Krankheit vorzugehen."

„Das kann ich gut verstehen, dass du mich jetzt gefragt hast, Renate. Denn über dieses Thema spricht man heute nur hinter vorgehaltener Hand. Ich glaube, die Familien schämen sich sogar, wenn sie einen Kranken mit Depression in der Familie haben, oder noch schlimmer, wenn einer Selbstmord begeht."

Tante Renate nickte. „Genauso ist es. Vielleicht liegt es daran, dass sich die Bezugspersonen schämen, weil sie sich schuldig fühlen. Weil sie denken, die Kranken werden vielleicht nicht gesund, weil man sie nicht gut genug behandelt, nicht richtig verwöhnt. Ich habe mir ein Buch darüber gekauft. Die Familie ist das nicht schuld, sie müssen nur lernen, mit den Patienten richtig umzugehen. Das ist gar nicht einfach, auf jeden Fall darf man sie nicht isolieren oder ihnen jeden Gefallen tun. Das ist grundverkehrt."

„Ich habe mich noch nicht so viel damit auseinandergesetzt", gestand ich ihr. „Aber vielleicht kommen wir jetzt weiter, wenn ich mich auf Helma im DVR-Gerät konzentriere."

Sie legte mir die Brille und die Ohrhörer an und startete das Gerät.

Ich versuchte, mir Helma genau vorzustellen. Eine kleine, blonde junge Frau mit einem blassen Gesicht und zarter Stimme. Ich sah ihre blauen Augen, die mich etwas unglücklich ansahen und ihre schmalen Lippen, die aussahen, als wollten sie lieber schweigen statt reden.

„Ich bin müde", sagte sie nach einer Weile. „Und es hat doch alles keinen Sinn. Es gibt viel Schlimmes auf der Welt, und ich bin traurig darüber. Und ich bin traurig, weil ich nicht helfen kann. Und ich bin traurig, weil in mir etwas ist, das mich lähmt, und das mich manchmal ganz leer macht, wie eine dunkle Höhle, in der man sich fürchten muss. Dann will ich da heraus, und ich will fortlaufen, vor mir selbst und vor der Angst, die mich jagt.

Ich laufe weg, aber sie holt mich immer wieder ein, und ich laufe und laufe, bis ich müde werde, müde im Kopf, zu müde für alles. Dann befinde ich mich wieder in diesem Loch. Aber es hat keinen Boden, und man kann darin versinken. Manchmal möchte ich mich da rein versinken lassen, aber ich habe das Gefühl, dass ich dann nie wieder da rauskomme. Es ist immer ein Wechsel zwischen dem Rennen und verfolgt werden, der Unruhe, die mich treibt und dieser Lähmung, die alle meine Gefühle im Griff hat und sie aussaugt, bis alles leer ist."

„Hast du schon Medizin genommen, Helma?" wandte ich mich an sie.

„Ohne Medizin könnte ich es gar nicht aushalten. Ich nehme sie schon seit Jahren. Ich war schon bei vielen verschiedenen Ärzten und mein Magen macht mir auch schon Probleme wegen der vielen Medikamente. Alles haben Sie mit mir etwas versucht, ich war schon in verschiedenen Kliniken und bei allen Ärzten der Umgebung in Behandlung. Aber niemand konnte mir helfen. Ich habe auch schon versucht, einmal alles zu beenden, mit Tabletten. Aber man hat mich wieder zurückgeholt, damit ich dieses verdammte Leben weitermache. Keiner hat dafür Verständnis, keiner weiß, wie ich mich fühle. Keiner sieht, wie schlecht es mir geht. Das geht nicht immer so weiter, das kann keiner von mir verlangen, Leona."

„Aber was kann man dagegen tun. Wie kann ich dir helfen?"

„Mir kann keiner helfen. Die Ärzte haben alles ausprobiert. Ich habe schon viele Therapien hinter mir."

„Aber es muss doch etwas geben, Helma. Gegen jede Krankheit wird irgendwann einmal ein Mittel erfunden. Das, was du einnimmst, das sind doch nur Beruhigungsmittel, aber keine wirkliche Medizin, die dich heilt. Konnten dir denn die Therapien nicht helfen?"

„Manchmal schon ein bisschen, wenn die Therapeuten Verständnis für mich hatten. Manchmal ist es ein bisschen besser, aber nie wirklich für lange. Und dann fängt alles immer wieder von vorn an."

„Was wünscht du dir denn? Was möchtest du? Gibt es irgendetwas, was du schön findest, Helma?"

„Ich wünsche mir nur, dass dieser Zustand bald aufhört, egal wie oder wodurch."

Ich seufzte. „Bitte denk doch noch einmal nach, ob du irgendetwas gehört hast, von einem guten Arzt oder einer guten Medizin."

Sie sah mich misstrauisch an. „Du willst mich auch nur hinhalten."

„Nein Helma! Ich will dir wirklich helfen. Hast du einmal von einem Medikament gehört, dass bei Depressionen wirklich hilft, zum Gesundwerden."

„Ja, einmal habe ich davon gehört. Es gibt einen Arzt, der heißt Dr. Rosen. Der hat zusammen mit einem Apotheker in einem kleinen Pharmaziebetrieb ein Medikament erfunden, das in den Menschen die positiven Hormone stimuliert und im Gehirn etwas anregt, wieder normal positiv zu fühlen, ganz normal Lust auf Aktivität zu entwickeln."

„Aber das ist doch ganz wunderbar. Dann kann man doch von jetzt an allen Kranken, die Depressionen haben, helfen", freute ich mich.

„Oh nein, so einfach ist das nicht. Dieser Dr. Rosen ist zu allen großen pharmazeutischen Fabriken hin und hat versucht, das Rezept dort zu verkaufen, damit es in großem Stil hergestellt werden kann. Aber alle Firmen haben abgelehnt, keiner will das Medikament herstellen. Und Dr. Rosen hat selbst nicht so viel Geld, um auf eigene Faust eine große Menge dieses Medikamentes herzustellen."

„Aber dann kann man doch dafür Werbung machen. Man kann damit an die Öffentlichkeit gehen. Man kann die Zeitungen darüber schreiben lassen. Man muss die Menschen informieren, damit sie auch nach dem Produkt verlangen. Man sollte zum Gesundheitsminister und den anderen Politikern gehen. Man muss einfach alles versuchen und Menschen fragen, die Geld besitzen. Irgendjemand wird das ganze schon sponsern."

„Das ist es ja gerade, weswegen Dr. Rosen auf einer Reise ist. Während der Apotheker weiterhin hier das Produkt verbessert, damit es eventuell noch verträglicher ist, und es natürlich auch in kleinen Mengen schon herstellt, reist Dr. Rosen in der Welt herum, in alle Länder, und er versucht die Menschen dafür zu interessieren."

„Konntest du nicht schon bei dem Apotheker eine kleine Menge des Produktes kaufen, Helma?"

„Nein, dieses Produkt muss erst im Handel erlaubt sein. Vorher darf er es mir nicht verkaufen. Und dazu muss eben Dr. Rosen erst jemanden finden, der sich hinter das Medikament stellt. Wie ich dir schon sagte, dafür ist er jetzt unterwegs."

„Wo ist er denn jetzt? Wo kann man ihn denn jetzt erreichen?"

„Er ist auf dem Weg zu einem Professor Conti, der wohnt in Venedig. Damit er nicht von allen möglichen Leuten belästigt wird, lebt er dort inkognito. Aber Dr. Rosen hat herausgefunden, wo dieser Conti wohnt, und den will er besuchen. Aber jetzt bin ich müde. Für mich ist das sowieso schon zu spät, ich halte es nicht mehr so lange aus. Wer weiß, was dieser Professor zu dem Medikament sagt. Solange kann ich mich nicht mehr quälen. Dafür müsst ihr alle Verständnis haben."

„Bitte, liebe Helma! Tut mir noch einen einzigen Gefallen! Mir zuliebe! Wir waren doch immer gute Freundinnen. Erinnerst du dich noch an meine Geburtstage? Du hast mir immer den Flieder aus eurem Garten mitgebracht und dazu eine Tafel Schokolade. Ich habe mich immer sehr darüber gefreut. Bitte tu mir einen einzigen Gefallen!"

„Ja, du warst immer sehr nett zu mir, nicht wie die anderen in der Schule, die über mich gelacht haben, deren Väter alle im Bundeshaus gesessen haben und zuerst in den Beamten-Wohnungen in der Nähe der Universitätsklinik gewohnt haben. Die haben alle immer auf mich heruntergeschaut und über mich gelacht."

„Tust du mir einen einzigen Gefallen?"

„Was ist es denn?"

„Ich will mit diesem Dr. Rosen und dem Professor Conti sprechen. Ich will alles versuchen, dass dieses Medikament so schnell wie möglich hergestellt werden kann. Gib mir etwas Zeit, damit ich nach Venedig fahren kann."

„Zeit, das ist für mich eine Horrorvorstellung. Die Zeit, weil sie nicht vorübergehen will, aber auf der anderen Seite auch vor mir davonläuft. Wir haben jetzt hier die Jahrtausendwende, es ist jetzt schon Mitte Dezember des Jahres 1999. Alle Leute bereiten sich auf die große Wende vor. Ganz viele fürchten den Weltuntergang, der für das Jahr 2000 schon mehrmals prophezeit wurde. Ich will dieses neue Jahrtausend auf diese Art und Weise nicht mehr erleben."

„Dann gib mir bitte bis Silvester Zeit! Ich will bis dahin alles versuchen."

„Nein! Das ist mir viel zu lange. Außerdem ist mir Weihnachten ein Gräuel. Alle Leute freuen sich darauf und wollen in Harmonie und Liebe mit viel Gefühl dieses Fest feiern. Aber dieser Tag ist ein bitterer für mich. Von all diesen schönen Gefühlen, die die Menschen um mich herum haben, kann ich nichts empfinden. Nichts, gar nichts! Es quält mich, wenn ich sehe, wie andere sich freuen und fröhlich sind. Und für mich bleiben nur Kälte und Leere und Tränen, falls ich noch welche davon habe. Nein, so lange Zeit kann ich dir auf keinen Fall geben."

Ich sah sie flehend an. „Bitte! Dann sag mir, wieviel Zeit du mir gibst!"

„Du weißt, was du mir damit antust?! Das sind jetzt noch einige Tage, die ich länger leiden muss, nur für dich, weil du diese verrückte Idee hast, eine Möglichkeit für das Medikament zu finden. Aber du bist meine Freundin, für dich will ich leiden. Ich gebe dir genau drei Wochen Zeit. Das ist noch bis zum Weihnachtstag. Aber wenn du mir bis zum Heiligen Abend mittags um 12:00 Uhr keine gute Nachricht bringen kannst, dann kann ich dir nichts versprechen, dann werde ich gehen wie meine Tante."

„Bitte warte auf jeden Fall, bis ich wieder zurück bin. Ich weiß noch nicht, wie ich jetzt diese Reise machen soll, aber ich werde alles versuchen, mir bei meinem Chef Urlaub zu nehmen, mit meinen Eltern zu reden, ich werde einfach alles tun, damit ich nach Venedig fahren kann. Hoffentlich schneit es im Moment noch nicht in den Alpen, denn du weißt ja, dass es im Winter sehr schwierig ist, über das Gebirge zu kommen. Du musst auch wissen, dass eine Fahrt ziemlich weit ist, und ich dafür auch viele Stunden brauche. Bitte berücksichtige das und warte auf jeden Fall, bis ich wieder zurück bin!"

„Das kann ich dir nicht versprechen, Leona. Ich habe dir gesagt, ich warte bis zum 24. Dezember mittags. 12:00 Uhr und keine Minute länger."

„Warte einmal! Dieser Dr. Rosen, in welchem Jahr hat er das Medikament erfunden? Und in welchem Jahr hat er die Reise gemacht?"

Das Bild von Helma verblasste, vor meinen Augen wurde alles dunkel. Ich riss mir die Brille und die Hörer im Kopf und wandte mich an Tante Renate. „Was soll ich denn jetzt machen? Irgendetwas ist doch mit der Zeit nicht richtig. Wenn Helma doch gerade im Jahr 1999 war, und ich jetzt meine Reise antrete, dann bin ich doch viel zu früh in Venedig. Wir haben jetzt das Jahr 1965. Da werde ich doch weder den Arzt noch den Professor antreffen."

„Ich glaube nicht, dass du dir darüber Sorgen machen musst, Leona."

Selbstverständlich reise ich mit dir, wenn du wirklich diese Reise machen möchtest."

„Das ist doch ganz klar! Natürlich mache ich für Helma diese Reise! Ich muss ihr unbedingt helfen! Aber ich weiß nicht so genau, wie."

„Wir nehmen natürlich das DVR-Gerät mit, das ist gar keine Frage. Und wir werden auf dieser Reise auch versuchen, uns damit wieder in die Zeit einzuloggen. Wichtig wird es dann vor allen Dingen, in Venedig zu sein. Ich bin ganz sicher, dass wir dort in die richtige Zeit kommen. Mir ist nämlich jetzt der ganze Zusammenhang klar geworden."

„Mir gar nicht. Ich habe ganz viele Fragen und verstehe die Welt nicht mehr. Aber ich werde das trotzdem durchführen, keine Sorge. Das habe ich Helma versprochen, und das mache ich. Also, welcher Zusammenhang besteht nun bei der ganzen Sache, Renate?"

„Hermann! Hermann ist der Zusammenhang. Er möchte, dass Helma nicht genauso stirbt wie Helene. Und er hat mir und jetzt auch dir den Auftrag gegeben, dafür zu sorgen, dass Helma wieder gesund wird. Dafür ist der Apparat notwendig, wahrscheinlich nicht für den Weltfrieden, aber um Helma das Leben zu retten. Und dafür müssen wir beide unbedingt mit dem Gerät nach Italien fahren."

Ich überlegte. „Du hast Recht! Das ergibt einen Sinn. Sie ist ja auch seine Nichte. Hermann wollte, dass seine Nichte wieder gesund wird, dass man sie rettet. Und vielleicht nicht nur sie, sondern auch viele andere Kranke. Vielleicht gibt es ja dann die Möglichkeit, diese schreckliche Krankheit vollkommen zu heilen. Komm, Renate! Wir müssen einen Plan machen!"

Sie sah mich groß an. „Bist du wirklich entschlossen, so etwas Verrücktes wie diese Reise zu machen? Du kannst niemandem wirklich etwas davon erzählen, jedenfalls nicht die Wahrheit. Diese verrückte Geschichte würde dir keiner glauben. Also, was willst du deinen Eltern und deinem Chef erzählen, wenn du bei deiner Absicht bleibst?"

„Natürlich bleibe ich dabei, das habe ich Helma und jetzt auch dir versprochen. Ich werde dir helfen, soweit ich kann. Bei meinem Chef, das wird leicht werden. Er wird zwar ziemlich meckern, wenn ich so kurzfristig Urlaub nehme, weil er dann immer behauptet, das bringt ihm die ganzen Partien durcheinander. Aber neulich waren ja auch alle anderen krank, da musste ich alles allein machen. Natürlich werde ich sagen, dass es um eine kranke Person geht, um die ich mich kümmern will oder muss, und das ist gar nicht gelogen. Es geht um Helma und ihre Krankheit."

„Und was willst du deinen Eltern und deinen Schwestern sagen? Hast du dafür auch schon eine Idee?"

„Ich glaube, da kann ich dann wirklich nicht bei der Wahrheit bleiben, und muss etwas erfinden, das wäre sonst leicht zu durchschauen, dass wir etwas scheinbar Verrücktes tun. Aber was hältst du davon, wenn du ein bisschen mitschwindelst?"

„Wenn es uns hilft, und wenn es Helma hilft, dann bin ich dazu bereit. Also, wie ist dein Plan?"

„Es gibt da verschiedene Möglichkeiten. Du könntest behaupten, du hast eine Reise für zwei Personen gewonnen, und keiner hat Zeit, dich zu begleiten. Du könntest auch behaupten eine Verwandte von dir in Venedig sei krank, und niemand hätte Zeit, dich zu begleiten. Aber vielleicht könntest du auch sagen, dass es um deine eigene Gesundheit geht, dass wir dort einen Arzt aufsuchen wollen. Und diese Version ist dann auch etwas weniger gelogen."

„Ja, und ich muss meiner Familie weismachen, dass du unbedingt einmal Venedig sehen willst und deswegen mitkommst. Und du sagst deiner Familie, dass aus meiner Familie niemand mitkommen kann, aus Zeitmangel. Eine verworrene Geschichte. Hoffentlich fliegen wir damit nicht auf."

„Hauptsache, wir schaffen das! Wir können jetzt auf niemanden Rücksicht nehmen, und solche kleinen Notlügen müssen wir uns leider dabei genehmigen, wenn wir Helma wirklich helfen wollen."

„Gut, dann fange ich schon einmal mit den Vorbereitungen an. Wann fahren wir los? Es fängt schon an, dunkel zu werden. Heute werden wir das nicht mehr schaffen. Ich werde mich einmal bei der Bahnauskunft erkundigen, wann die Züge fahren. Ein Auto habe ich nicht, genauso wenig wie du, Leona. Hast du überhaupt schon einen Führerschein?"

„Nein. Auch meine Schwestern haben noch keinen. Das ist eine sehr teure Angelegenheit, und für ein Auto hätten wir sowieso noch kein Geld. Aber ich glaube, jetzt, wo der Winter vor der Tür steht, und wir durch die Alpen müssen, wäre eine Autofahrt auch zu gefährlich. Mit dem Zug sind wir sicherer. Gut, während du dich um die Auskünfte für die Bahn kümmerst, regele ich das mit meinen Eltern. Meinen Chef werde ich dann auch noch anrufen müssen. Aber das bringe ich schon hinter mich. Hauptsache, wir können gleich morgen früh los."

„Dann lasse ich für uns eine Zugverbindung in den frühen Morgenstunden heraussuchen, dann sind wir bestimmt am Abend in Venedig. Ich werde mir die Strecke heute Abend noch einmal auf dem Atlas anschauen. Da gibt es bestimmt ein paar Bahnhöfe, an denen wir umsteigen müssen."

„Wir schaffen das", versprach ich ihr, und wir gaben uns die Hand darauf.

***

7. Kapitel

Bei meinen Eltern angekommen, war es nicht schwer, sie von der Notwendigkeit meiner Reise als Begleiterin von Tante Renate zu überzeugen.

„Es ist nicht unbedingt die ideale Jahreszeit für eine Reise nach Venedig, aber wenn du Renate damit einen Gefallen tust, warum nicht, Kind", meinte meine Mutter. „Schließlich hast du die letzte Zeit hart gearbeitet und dir keinen Urlaub gegönnt."

„Und wer bezahlt diese Reise?" erkundigte sich mein Vater.

„Darüber haben wir noch nicht gesprochen, Papa. Aber ich denke, dass Tante Renate über meinen Fahrtkostenzuschuss schon nachgedacht hat. Du weißt ja, wie gern ich verreise."

Marlis mischte sich ein. „Für dich ist es besser, wenn du nicht im Sommer nach Italien fährst."

„Warum?" fragte ich irritiert.

„Ach, denk doch mal nach! Sommer, Sonne, Strand, temperamentvolle Italiener. Vielleicht verliebst du dich dort noch."

„Unsinn! Dafür habe ich jetzt gar keinen Kopf. Das ist für mich jetzt so etwas wie eine Dienstreise."

Meine beiden Schwestern halfen mir beim Kofferpacken, meine Mutter füllte mir eine Proviantbox, und mein Vater zückte das Portmonee und spendete mir 20 DM Taschengeld.

Schwieriger war es, meinem Chef am Telefon klarzumachen, dass ich als Arbeitskraft in den nächsten Tagen ausfiel.

„Das bringt unseren ganzen Zeitplan durcheinander", meinte er vorwurfsvoll. „Gerade jetzt, in der Zeit vor Weihnachten, gibt es immens viel zu tun. Da hast du dir aber wirklich einen schlechten Zeitpunkt ausgedacht. Kannst du diese Reise nicht verschieben?"

„Es tut mir leid, das geht wirklich nicht. Wenn ich den Zeitpunkt bestimmen könnte, würde ich gern auf Sie Rücksicht nehmen. Ich verspreche Ihnen, dass ich Sie beim nächsten Mal früher unterrichte."

„Hatte er dir gekündigt?" fragte Monika grinsend.

„Wenn er mich nicht so dringend brauchte, hätte er es liebend gern getan, glaube mir."

Marlis reichte mir eine Tafel Schokolade aus ihrem Geheimdepot. „Hier! Du fährst ja nicht in die Sonne. Da kann dir die Schokolade unterwegs nicht wegschmelzen."

In der Nacht fand ich nicht viel Schlaf. Immer wieder musste ich an Helma, Dr. Rosen und Professor Conti denken.

Alles erschien mir so unwirklich, fast so, als hätte ich nur geträumt. War Helma wirklich Suizid gefährdet? Gab es diesen Dr. Rosen und den klugen Professor Conti wirklich? Oder war diese Geschichte nur eine Illusion, ein Spiegel meiner Fantasie oder der von Tante Renate?

Da mein Vater über Bonn nach Köln zu seiner Arbeitsstelle fuhr, bot es sich für ihn an, Tante Renate und mich bis zum Bonner Bahnhof mitzunehmen. Es war noch dunkel, als uns vor dem Bahnhof aussteigen ließ und uns eine gute Fahrt wünschte.

Tante Renate erwarb die Fahrkarten und prägte sich unsere Reiseroute ein.

Bald schon saßen wir in einem modernen Eisenbahnwaggon.

Der erste Zug führte uns von Bonn nach Mannheim am Rhein entlang. Wir erfreuten uns an den Ausblicken zu beiden Seiten der Fenster. Auf den Weinbergen grüßten uns die alten Burgen, altertümliche Städtchen boten romantische Blicke mit winkeligen Gassen und urigen Fachwerkhäusern.

Tante Renate bediente uns mit Kaffee aus der Thermosflasche, die Wurst- und Käse Brote aßen wir mit großem Appetit.

„Hast du auch den DVR-Apparat mitgenommen?" fragte ich überflüssigerweise.

„Natürlich, das ist das Wichtigste. Ich habe auch mal im Telefonbuch nachgeschaut, ob ich den Dr. Rosen oder den Professor Conti irgendwo finde, aber offenbar sind sie erst später in die Öffentlichkeit getreten. Also zwischen den Jahren 1965 und 1999."

„Zum Glück ist Venedig nicht so groß, da werden wir die beiden vermutlich finden."

„Venedig ist ein Traum, bestimmt jetzt auch im Winter", überlegte Tante Renate. „Leider haben wir weder die Zeit, noch das Geld für eine Gondelfahrt, und wahrscheinlich nicht einmal den Kopf dafür frei."

„Da hast du leider Recht." Ich betrachtete einen alten Raddampfer, der sich den Fluss entlang schob. „Wusstest du eigentlich, dass mein Großvater 1920 als Kriminalkommissar mit einigen Kollegen dazu berufen wurde, die Rhein-Polizei zu gründen, die heutige Wasserschutzpolizei? Er hat sogar dafür einen Orden bekommen."

„Ich habe ganz dunkel so etwas im Gedächtnis, Leona. War dieser Orden nicht sogar von der holländischen Königin Wilhelmina?"

Ich nickte eifrig. „Ja, das war noch nach dem ersten Weltkrieg, da hat sich Holland mit Deutschland zusammengeschlossen für dieses Vorhaben. Denn damals gab es noch Piraten auf dem Rhein."

„Das kann man sich gar nicht vorstellen" fand Tante Renate. „Und das am Anfang des 20. Jahrhunderts."

„Sie haben keinen einfachen Beruf gehabt, diese Rheinpolizisten", wusste ich. „Mein Großvater musste den Rheinschiffern helfen, ihre Schiffe heil und beladen von der holländischen Grenze bis nach Koblenz zu bringen. Und zur Verteidigung hatten sie dafür als Waffen nur die Gummiknüppel."

„Warum denn das?" erkundigte sich Tante Renate.

„Deutschland hatte gerade den ersten Weltkrieg verloren, und zu dem Zeitpunkt, wurde es dann der Rhein-Polizei untersagt, Waffen zu tragen. Offensichtlich hatten die anderen Länder nun Angst, mit Waffen könnte es Revolten geben."

„Sag mal Lena! Sollen wir einmal versuchen, ob wir mit dem DVR-Gerät auch in die Vergangenheit schauen können?"

„Lieber nicht, vielleicht dürfen wir das nicht, damit das Gerät nicht überstrapaziert wird, und vielleicht ist diese Anwendung nach rückwärts auch gegen das Betriebssystem. Damit könnten wir dann einen Defekt verursachen. Das wäre eine Katastrophe! Überleg doch mal, wenn wir deswegen dann nicht mehr die Kontakte zu Dr. Rosen und Professor Conti herstellen könnten!"

„Um Himmelswillen, ja. Das können wir wirklich nicht riskieren."

Kurz vor Mannheim passierten wir den Rhein, bevor wir am nächsten Bahnhof in einen weiteren Zug umgestiegen. „Und jetzt?" fragte Tante Renate. „Die Fahrt ist noch sehr lange. Die nächste Station zum Umsteigen ist München. Sollen wir lieber noch Kontakt aufnehmen mit dem Doktor und dem Professor damit wir sie nicht verpassen?"

„Hier im Zug? Das Abteil ist voll besetzt. Ich glaube, die anderen Leute würden ganz schön dumm gucken."

Renate seufzte. „Wenn ich mich nicht ablenke, überfällt mich wieder die Angst, wir könnten zu spät kommen."

„Mach dir keine Sorge!" versuchte ich, sie zu beruhigen. „Ich glaube, Hermann hat dir die Möglichkeit gegeben, Helma zu retten. Sonst hätte er dich nicht auf so ungewöhnliche Weise gerade jetzt kontaktiert."

In Heidelberg stieg eine Mutter mit zwei kleinen Kindern in den Zug. Die beiden Mädchen plauderten unbefangen mit allen Reisenden. Renate und ich hatten Spaß daran und wussten das eine oder andere Spiel, mit dem man sich auch ohne Spielzeug die Zeit vertreiben kann. Die beiden Mädchen hatten ihren Spaß daran. So verging die Zeit schnell, und wir waren überrascht, als es plötzlich in der Durchsage hieß: Wir erreichen München in wenigen Minuten."

Während der nächsten Etappe konnte keine Langeweile aufkommen, denn kurz hinter München tauchten Berge auf, die leuchtende Schneemützen trugen. Später hoben sich zu beiden Seiten die hohen Bergmassive der Alpen empor, auch sie hatten sich schon in winterliches Weiß gekleidet. Die österreichische Grenze passierten wir unbehelligt

Am Brenner hielt der Zug eine ganze Weile. Dort kontrollierte die österreichische Grenzpolizei und danach die italienische gemeinsam mit dem Zoll sämtliche Wagen des Zuges.

Ein gut aussehender italienischer Carabinieri grüßte mich auf Deutsch. „Kommst du das erste Mal nach Italien?"

Ich nickte und sah, dass er mich mit wunderschönen, dunklen Augen anblickte.

„Ja, bisher hatte ich noch keine Gelegenheit."

„Es wird dir gefallen", meinte er und lächelte mich an. Dieses Lächeln traf mich wie Amors Pfeil mitten ins Herz. Ich fühlte mich, als hätte jemand in mir ein Feuer angezündet.

„Ich habe schon viel darüber gelesen, ich freue mich schon darauf." antwortete ich ihm leise.

„Wohin genau geht es?" wollte er wissen.

„Nach Venedig", teilte ich ihm mit und verlor mich in dem tiefen Blick, mit dem er mich ansah.

„Schön", meinte er. „Aber lange nicht so schön wie die Dolomiten. Besuch mich doch dort einmal! Läufst du Ski?"

„Nein. Dort im Rheinland, wo ich lebe, gibt es nur wenig Schnee. Ich kann gar nicht Ski fahren."

„Ich könnte es dir beibringen", bot er mir an und schrieb mir auf ein Stück Papier seinen Namen und seine Adresse. Danach erbat er sich auch von mir dieselben Auskünfte und notierte sie in ein kleines Büchlein.

Ein Kollege mahnte ihn, mit ihm zu kommen und den Zug eiligst zu verlassen. Aber bevor er der Aufforderung nachkam, nahm er meine Hand und drückte mit seinen Lippen einen zarten Handkuss auf den Handrücken. Ich saß wie erstarrt da. Es hatte sich angefühlt, wie ein Zauber, so als ob eine Fee mich berührt und mir diese Sternstunde geschenkt hätte.

Erst als er mit seinem Kollegen das Abteil verlassen hatte, fand ich wieder Worte.

„Was hältst du davon, Renate?"

Sie hatte ebenfalls Mühe, die Sprache wieder zu finden. „So etwas habe ich auch noch nicht erlebt, Kleines! Da haben wir uns diese Reise aber ganz anders vorgestellt. Nicht so romantisch. Nicht so zauberhaft!"

Ich seufzte berauscht. „Irgendwie kann ich gar nicht glauben, dass dies jetzt gerade kein Traum ist."

Renate lächelte geheimnisvoll. „Was meinst du, sollen wir jetzt einmal das DVR-Gerät fragen? Dieses Mal haben wir doch einen triftigen Grund. Und es geht nicht in die Vergangenheit, sondern in deine Zukunft."

Ich schüttelte den Kopf. „Bitte! Nein! Das dürfen wir nicht tun, obwohl ich dir liebend gern nachgeben würde. Wie gern würde ich wissen wollen, ob ich ihn jemals wiedersehe. Aber es geht jetzt um Helma. Da dürfen wir nichts riskieren. Wir müssen alles tun, um dieses Gerät so weit wie möglich zu schonen."

„Du hast natürlich Recht, Leona. Ich wollte dir nur die Gelegenheit geben, etwas Wichtiges über deine Zukunft zu erfahren. Das ist doch so, oder? Du siehst nämlich aus, als hättest du dich Hals über Kopf verliebt, Leona!"

Ich seufzte erneut. „Sieht man es mir so sehr an? Ich weiß selbst nicht, was mit mir geschehen ist. Aber ich werde auf jeden Fall meine Neugierde zähmen."

Als der Zug weiter fuhr, fielen wir beide in ein müdes, aber angenehmes Schweigen. Ich wettete dafür, dass Tante Renate an ihre Nichte dachte und sie sich wieder Sorgen machte, ob wir vielleicht zu spät kämen. Meine eigenen Gedanken wanderten allerdings zu dem Fremden, in dessen Augen ich geschaut hatte.

Ich träumte eine ganze Weile so vor mich hin, hingerissen von meinen Gefühlen.

Nachdem sich etwas später der erste Zauber gelegt hatte, überlegte ich mit klarem Kopf die Situation.

Nein, wahrscheinlich war es wichtig, diesen zauberhaften Moment einfach zu vergessen. Es ist doch ganz allgemein bekannt, dass solche Urlaubsflirts nichts bringen, solche Bekanntschaften als Partnerschaft zum Scheitern verurteilt sind.

In diesem Moment fiel mir Ulrich ein, und auch sein erster Kuss. Wie war dieser Moment gewesen? Tatsächlich begann ich zu vergleichen. Ulrich war mir wirklich sehr sympathisch, mehr noch, es gab eine besondere Harmonie zwischen uns. Und doch, eben, diese besondere Sternstunde hatte mir gezeigt, dass es mehr gab. Und zwar etwas, dass sich anfühlte wie ein himmlischer Zauber, wie ein magischer Moment, der von einem überirdischen Schicksal bestimmt ist. Das lag bestimmt nicht daran, dass dieser Italiener so unverschämt gut ausgesehen hatte. Es lag an der Magie, die ich gespürt hatte. Es war, als ob uns in dem Festhalten unserer Blicke auch gleichzeitig unsere Seelen begegnet wären.

Ach, da hatte ich mich doch wieder in dieser Verliebtheit verloren.

Wieder nahm ich mich zusammen und ermahnte mich dazu, dieses Ereignis ganz nüchtern zu betrachten. Also, er lebt in Italien, ich in Deutschland. Wie sollte da die Kommunikation funktionieren? Wie lange dauerte schließlich die Reise eines Briefes, wenn man ihn in das ferne Land abschickte! Die Ferngespräche sind unbezahlbar teuer. Wann würde ich jemals wieder nach Italien reisen können?

Ja, im Augenblick schien er daran interessiert zu sein, mich kennenzulernen und mich wiederzusehen. Aber wie lange würde das Interesse anhalten, wenn wir erst einmal weit voneinander entfernt waren, wenn wir uns nicht sehen konnten?

Tante Renate holte mich aus meinen schwankenden Überlegungen zurück, in die Gegenwart. „Magst du jetzt ein Butterbrot oder einen Apfel, es ist mal wieder Zeit für eine Pause."

Mühsam wachte ich aus meinen Gedanken auf.

„Ich habe jetzt absolut keinen Hunger."

Renate lachte. „Ja, ja, du willst wohl von jetzt ab von Luft und Liebe leben, das sieht dir so gar nicht ähnlich. Und das lasse ich auch nicht durchgehen, du musst dich nämlich stärken. Du weißt doch, wir haben noch so viel vor. Da kannst du nicht einfach zusammenklappen. Ich brauche doch deine Hilfe."

Endlich gab ich nach und schälte mir einen Apfel. „Weißt du, was ich gern wüsste?"

„Keine Ahnung, Leona, hat es etwas mit dem unbekannten Fremden zu tun?"

„Nein, diesmal nicht. Ich dachte, ob es mal in der Zukunft vielleicht etwas verbesserte Technik für die Kommunikation gibt. Andere Telefone, zum Beispiel welche, die man herumtragen kann, wie zum Beispiel die Funkgeräte bei der Polizei."

Renate lachte. „Du hast aber komische Ideen. So viel wird doch gar nicht telefoniert. Na gut, eine Verbesserungen wäre das schon. Dann würde sich vor allen Dingen auch in den Familien mit Kindern etwas verändern. Möglicherweise würden sich nämlich nicht mehr alle um ein Telefon streiten. Dann hätte nämlich jeder eines. Wie ist das denn bei euch? Streitet ihr drei Mädchen euch auch, wer gerade telefonieren darf?"

Ich nickte lächelnd. „Ertappt. Genauso ist es bei uns. Wenn Marlis mit ihrer Freundin spricht, will auch Monika gerade in dieser Zeit unbedingt telefonieren."

Nachdem wir noch eine Weile von einer zukünftigen neuen Telefontechnik fantasiert hatten, meldete sich der

Lautsprecher des Zuges mit einer interessanten Mitteilung: der Bahnhof von Verona wurde angekündigt.

„Wieder ein Stück weiter. Wieder etwas näher an Venedig", freute sich Renate. „Das größte Stück unserer Reise haben wir jetzt hinter uns gebracht. Jetzt heißt es, nur noch ein einziges Mal umsteigen."

„Zu schade, dass wir keine Zeit übrig haben, uns diese Stadt einmal anzusehen" bedauerte ich. „Hier in Verona kann man sich ganz viel Geschichte anschauen, und es gibt so viele historische Gebäude. Verona ist die Stadt von Romeo und Julia."

„Weißt du, wenn wir alles erledigt haben und Helma wieder gesund ist, dann werde ich solange sparen, bis ich dir zum Dank noch einmal eine Reise nach Italien spendieren kann. Dann hast du auch die Möglichkeit, deinen Romeo wieder zu sehen."

„Er heißt doch nicht Romeo, sondern Giovanni. Das klingt auch viel schöner."

Am Bahnhof stiegen wir aus und in den nächsten Zug ein, der durch einen Teil von Venetien fuhr, vorbei an einer hügeligen Landschaft, die an den Berghängen in der Dunkelheit hell erleuchtete Städtchen verriet.

Je weiter der Zug fuhr, umso mehr stieg die Spannung bei Renate und mir, Aufregung machte sich in uns breit. Um sich abzulenken entnahm Renate ihrer Handtasche ein Stück Papier und begann, die Details eines Plans aufzuschreiben.

„Also, zuerst suchen wir uns natürlich eine Unterkunft, sie muss so gelegen sein, dass wir von da aus gut alle unsere Unternehmungen in die Stadt starten können."

Sie sah erneut aus dem Fenster und entdeckte an den Berghängen die angestrahlten Kirchen und Burgen. „Eigentlich wie in unserem Rheintal", überlegte sie. „Fantastisch! Wie viele Schätze dieses Land doch birgt!"

„Richtig, und Venedig ist voll davon. Wollen wir jemandem vom Tourismusbüro bestechen oder klappern wir alle Hotels und Pensionen ab, um Dr. Rosen und Professor Conti zu finden?"

„Das ist eine Überlegung wert. Wenn der Professor berühmt ist und hier Vorträge hält, könnten wir vielleicht auch einmal auf Plakate achten oder an einer Uni fragen. Möglicherweise gibt er ja Vorlesungen oder hält öffentliche Vorträge."

Renate notierte verschiedene Punkte, so vergaßen wir bald die Zeit und staunten überrascht, als wir aus dem Fenster blickten und entdeckten, dass neben uns eine Wasserfläche schimmerte. Noch während wir vermuteten, dass wir in der Dunkelheit über den Eisenbahnsteg zu Lagune fuhren, wurde uns die Ankunft in Venedig schon durch den Lautsprecher in allen Sprachen angekündigt.

Ein magisches Bild bot sich uns: Wir sahen vor uns in schimmerndem Licht die Silhouette der märchenhaften Stadt, die sich aus der Dunkelheit erhob und gegen die Nachthimmel strahlte wie ein Bild aus tausend und einer Nacht. Mit leicht quietschenden Bremsen hielt der Zug, dann gab es einen kurzen Ruck. Erleichtert atmeten wir auf: Venedig hatten wir unversehrt erreicht, unser erstes Ziel. Und damit rückte auch die heikle Aufgabe näher, Dr. Rosen und Dr. Conti zu finden, und sie zu überzeugen, dass dieses außergewöhnliche Medikament unbedingt hergestellt werden musste.

***

8. Kapitel

Ganz nah am Bahnhof, der Stazione, wie es dort hieß, fanden wir nach kurzem Umschauen eine Unterkunft, eine kleine Pension mit dem Blick auf einen Nebenkanal des bekannten Canale Grande, der sich wie ein großes „S" durch Venedig zieht.

Der Besitzer der winzigen Pension, Vittorio, begrüßte uns überschwänglich wie alte Bekannte und führte uns in das einfache, aber gemütlich eingerichtete Doppelzimmer.

Nachdem wir uns etwas erfrischt hatten, fragte uns Vittorio, ob er uns in irgendeiner Weise behilflich sein könnte. Diese freundliche Einladung nahm Renate sofort zum Anlass, ihn nach Conti zu fragen, wobei sie ihm selbstredend die übrige Geschichte verschwieg.

Vittorio bedauerte es sehr, dass er uns persönlich in dieser Angelegenheit nicht weiterhelfen konnte, weil er noch nie etwas von diesem Professor gehört hatte. „Aber, wer etwas über einen derartigen Mann wissen kann, das ist Roberto. Er organisiert nämlich in der Stadt alle Veranstaltungen, egal welcher Art. Ich gebe euch seine Adresse, dann könnt ihr direkt morgen einmal bei ihm vorsprechen."

Im Anschluss daran zeigte er uns eine kleine Osteria, in dem wir gut und preiswert essen könnten.

Renate überredete mich mit vielen guten Worten dazu, mit ihr dort einen Imbiss einzunehmen. Ich bereute es nicht, es gab Spaghetti mit einer pikant gewürzten Kräutersauce, dazu natürlich Parmesankäse. Der Inhaber dieser Osteria hatte offensichtlich Gefallen an Renate gefunden und lud uns zu einem Glas Rotwein ein, der, wie uns der nette Italiener wortreich mitteilte, aus dieser Gegend stammte. Er mundete ausgezeichnet, aber er zeigte eine unbekannte Wirkung bei uns, schon nach wenigen Schlucken fühlten wir uns etwas schwindelig.

Renate gähnte. „Ich glaube es wird Zeit, ins Bett zu gehen. Wir sind früh aufgestanden, dann die lange Reise, die für mich schon ein bisschen anstrengend ist, die ganze Aufregung und nun der Wein. Das ist zu viel. Bist du nicht auch der Meinung?"

„Ich bin auch schon müde", gestand ich ihr, „und gegen etwas Schlaf in einem bequemen Bett hätte ich jetzt nichts einzuwenden."

Renate zahlte die Rechnung, und der Besitzer ließ es sich nicht nehmen, ihr und mir eine in Papier eingewickelte große Praline zu schenken, auf der das italienische Wort für Kuss zu lesen war. Renate lächelte vor sich hin. „Diese Italiener sind immer sehr galant."

Kurze Zeit später lagen wir in der Pension in unseren Betten, Renate wünschte mir eine gute Nacht und erinnerte mich an den bekannten Aberglauben: „Was man in der ersten Nacht in einem fremden Bett träumt, das geht in Erfüllung."

Mich selbst wunderte es überhaupt nicht, dass ich von Giovanni träumte. Ich sah uns in den Dolomiten, wo er mich mit einem kleinen 500er Fiat über die Passstraßen fuhr, alle vier Pässe rund um die Sella, und an jedem Pass hielt er an, um mich zu küssen. Dann überreichte er mir einen goldenen Ring. Er war groß und breit und zeigte goldene Blumen auf der Außenseite. Innen entdeckte ich die Initialen unserer Namen. Ich steckte mir den Ring selbst an, und als ich mich nach Giovanni umschaute, war er verschwunden.

Erschrocken wachte ich auf. Was hatte das zu bedeuten?

Renate, die sich bereits am Waschbecken gewaschen hatte und angezogen war, hörte sich meinen Traum aufmerksam an.

„Nun, so merkwürdig finde ich diesen Traum gar nicht. Vielleicht schickt er dir einmal diesen Ring per Post, zur Verlobung vielleicht. Dann musst du ihn dir natürlich selbst anstecken. Und dabei wird er dann auch nicht neben dir stehen. Also doch eine ganz einfache Erklärung."

Irgendetwas gefiel mir an der Geschichte nicht, aber ich wollte mir diesen Tag im wunderschönen Venedig nicht verderben, deswegen schob ich die Gedanken an diesen Traum schnell ganz weit weg.

Wir frühstückten auf dem Campo Santa Margherita, saßen in warmen Mänteln an einem kleinen Tisch, von dem wir einen guten Blick auf den Fischmarkt hatten. Kleine Spatzen leisteten uns Gesellschaft und erhofften sich ein paar Brotkrümel, die wir ihnen mitleidig zuwarfen.

Etwas später suchten wir Roberto auf, der mit seinem Palazzo im Stadtviertel Dorsoduro wohnte. Offenbar hatte uns Vittorio schon angekündigt, denn wir wurden schon von seiner Sekretärin erwartet, die uns in das Vorzimmer seines Büros führte, dass offenbar in seinem Haus eingerichtet war.

„Signore Berlino kommt gleich", teilte sie uns auf Englisch mit, da weder wir der italienischen Sprache mächtig waren, noch sich die Sekretärin in Deutsch verständigen konnte.

Wir mussten nicht lange warten, Roberto erschien schon kurze Zeit später und begrüßte uns in einwandfreiem Deutsch. „Mein Freund Vittorio hat Sie schon angekündigt. Ich will alles für Sie tun, meine Damen! Wie kann ich Ihnen also helfen?"

„Wir suchen Professor Conti, einen bekannten Mediziner, für den wir eine wichtige Nachricht haben", begann Renate.

„Ach, ja? Das hat mir auch Vittorio schon verraten. Ich habe meine Sekretärin beauftragt, in allen Pensionen und Hotels nachzufragen, ob ein Professor Conti gemeldet ist, sogar in den Privatzimmern. Aber ich muss Ihnen leider die Mitteilung machen, dass er dort nicht zu finden war. Das ist sehr bedauerlich. Ich dachte, ich kann Ihnen vielleicht sonst irgendwie noch weiterhelfen."

Renate und ich sahen uns enttäuscht an.

„Das ist ja entsetzlich! Es geht nämlich auch um meine Nichte in Deutschland, sie hat eine seltene Krankheit. Wir hatten die Hoffnung, dieser geniale Professor könnte uns in irgendeiner Form einen Rat geben."

„Das tut mir sehr leid", bedauerte Roberto Berlino. „Diesen Herrn gibt es bei uns hier leider in Venedig nicht. Ich habe mich nämlich schon im Meldeamt nach einem Professor Conti erkundigt, es wohnt auch in der ganzen Stadt niemand mit diesem Namen, jedenfalls kein Professor."

Renates Gesicht drückte Verzweiflung aus. „Wirklich nicht? Und dafür haben wir jetzt extra diese weite Reise gemacht, weil man mir gesagt hatte, dass ein Signor Conti hier anzutreffen sei."

Berlino überlegte „Also, genau genommen, einen Signor Conti gibt es schon, er wohnt hier gleich um die Ecke mit seiner Großmutter. Aber er wird demnächst erst anfangen zu studieren, und ich weiß nicht einmal, was."

„Oh, vielleicht ist er verwandt mit diesem Professor", richtete ich mich an den freundlichen Italiener. „Vielleicht kennt er diesen Professor und kann uns weiterhelfen. Wären Sie dann so freundlich, uns seine Adresse zu geben?"

„Aber selbstverständlich, wenn ich Ihnen damit weiterhelfen kann. Soviel ich allerdings weiß, hat er keine weiteren Verwandten mehr außer seiner Großmutter. Aber man soll immer alles versuchen. Und ich wünsche Ihnen dazu weiterhin viel Glück. Meine Sekretärin wird Ihnen gleich draußen den Namen und die Adresse aufschreiben. Sollten Sie dann noch irgendwelche Wünsche oder Fragen haben, wenden Sie sich gern wieder an mich. Ich wünsche Ihnen noch einen schönen Aufenthalt in unserer zauberhaften Stadt!"

„Wir haben noch nicht viel davon gesehen, nur gestern Abend, als wir ankamen, diese märchenhafte Silhouette. Heute im Tageslicht bietet sich uns nun schon ein bisschen mehr. Wir haben auch vor, wenigstens ein paar

Eindrücke während dieser kurzen Reise mit nach Hause zu nehmen."

„Wenn Sie schon einmal hier sind, müssen Sie sich unbedingt alles genau anschauen, den Markusplatz, den Dogen-Palast, die Seufzerbrücke, die Rialtobrücke, einige Kirchen und Museen, ohne ein Minimum davon gesehen zu haben, sollte man Venedig nicht verlassen. Wussten Sie schon, dass Venedig die „Heitere" genannt wird, die Serenissima, weil sie eine heitere, ehrwürdige alte Dame verkörpert, und zwar eine sehr schöne und edle?"

Wir schüttelten beide den Kopf. „Leider hatten wir bis jetzt noch nicht dazu die Gelegenheit, uns näher mit dieser besonderen Stadt zu beschäftigen", bedauerte Renate.

„Dann müssen Sie das unbedingt aber jetzt in Angriff nehmen. Nehmen Sie sich wenigstens einen Tag Zeit, das wird sie davon überzeugen, dass sie wieder einmal hierher kommen müssen. Diese Stadt ruft einen aus der Ferne, immer wieder. Ich war selbst einmal eine ganze Weile in Mailand, bin aber dann zurückgekehrt in das Haus meiner Eltern. Wer sich einmal in diesen Ort verliebt hat, der weiß, dass es auch immerwährende Liebe gibt."

„Das haben Sie sehr schön gesagt", fand ich und dachte an Giovanni. Was müsste es schön sein, traumhaft schön, mit ihm jetzt hier durch die Stadt zu spazieren. Arm in Arm oder Hand in Hand in dieser märchenhaften Kulisse.

Berlino verabschiedete sich mit überschwänglichen Gesten von uns, seine Sekretärin schrieb uns Contis Anschrift auf und bald standen wir draußen am Canale Grande und sahen uns etwas ratlos an.

„Was nun, Leona? Das Ganze wird immer schwieriger, je mehr wir uns in diese Geschichte hinein begeben. Ich hatte so darauf gehofft, dass wir hier auf Professor Conti treffen. Ich glaube, wir müssen tatsächlich noch einmal das DVR-Gerät benutzen."

„Ach, lieber noch nicht. Du findest ja auch, dass wir es nicht überstrapazieren wollen. Lass uns lieber erst einmal zu der angegebenen Adresse gehen. Vielleicht ist es doch irgendein Verwandter von diesem Professor, der im Moment vielleicht noch in irgendeiner anderen Stadt wohnt."

Sie willigte ein und wir suchten, mit dem Stadtplan, den uns Vittorio am Morgen ausgehändigt hatte, die Adresse des jungen Mannes heraus, die wir schon nach wenigen Minuten fanden. Der alte Palazzo sah aus, als ob er dringend eine Renovierung benötigte, trotzdem hatte er seinen Charme und verzauberte uns mit seiner schlichten Bauweise.

Auf unser lautes Klopfen gegen die alte hölzerne Tür, öffnete uns eine alte Dame mit weißem Haar. Sie sah sehr gepflegt aus und trug einen eleganten Morgenmantel.

Nachdem wir ihr unser Anliegen vorgetragen hatten, lächelte sie bedeutungsvoll. „Sie suchen einen Professor Conti? Nun, dann sind Sie vielleicht Ihrer Zeit ein wenig voraus. Mein Enkelsohn ist ein sehr begabter, interessierter junger Mann. Er hat sich gerade für das Medizinstudium eingeschrieben, und ich bin sicher, dass er einmal ein sehr guter Arzt werden wird."

Einen Moment lang verschlug es uns die Sprache. In meinem Kopf begann es zu rotieren. Natürlich, wir waren im Jahr 1965. Das Treffen von Dr. Rosen und dem Professor fand erst im Jahr 1999 statt. Da war es natürlich kein Wunder, dass Conti momentan noch angehender Student war.

Renate schien die gleichen Gedanken zu haben. „Dürfen wir denn Ihren Enkelsohn einmal aufsuchen? Ist er vielleicht zu Hause?" wandte sie sich an die ältere Dame.

„Das tut mir leid, er ist unterwegs. Aber wenn Sie vielleicht heute am Nachmittag noch einmal wiederkommen, dann können Sie ihn gewiss hier antreffen. Ich lade Sie gern zu einer Tasse Tee ein."

Wir sagten ihr zu, dankten ihr und verabschiedeten uns für den Moment von dieser freundlichen Signora.

„Wir waren wirklich etwas dumm", fand Renate. „Wir hätten uns auch gleich denken können, dass dieser Conti jetzt noch kein Professor ist."

„Sei nicht so streng mit uns, wer kommt schon mit dieser Zeitrechnung klar?! Es ist nicht einfach, immer in die Zukunft und wieder zurück zu denken, und alles dabei klar im Kopf zu behalten."

Renate lächelte. „Siehst du, und deswegen hat es der liebe Gott so eingerichtet, dass man sich nicht so wirklich auf die Zukunft besinnen kann. Das wird dann wirklich zu kompliziert. Im Alltagsleben sollte man also hübsch bei der Gegenwart bleiben. Das bedeutet natürlich nicht, dass man keine Pläne schmieden soll. Aber man kann eben nicht alles vorausberechnen."

„Ja, da hast du recht. Es wäre wirklich zu kompliziert für einen Menschen, wenn er in seine ganze Zukunft schon nach Belieben hinein sehen könnte."

„Aber jetzt gehen wir wieder zurück in unsere Pension, und werfen doch noch einmal das DVR-Gerät an", entschied Renate. Ich habe mir übrigens heute Morgen noch einmal die Gebrauchsanweisung genau durchgelesen, um nichts falsch zu machen. Man darf in das Leben jeder Person nur einmal hinein sehen, in besonderen Notfällen auch zwei Male. Also dürfen wir noch einmal irgendwann in dein Leben hineinschauen, wenn es wichtig wird und daher dürfen wir auch in das Leben von Conti beruhigt schon einmal schauen. Damit könnten wir uns nämlich vergewissern, ob dieser angehende Student wirklich der richtige Conti ist."

Ich war skeptisch. „Bist du davon überzeugt, dass wir den Apparat wirklich nicht zu sehr strapazieren? Wir sollten sehr vorsichtig sein und sparsam mit diesen Energien umgehen."

„Du hast Recht, Leona. Aber im Augenblick stehen wir vor wichtigen Entscheidungen. Da sollten wir auch nichts unversucht lassen Vielleicht sollten wir dann auch noch einmal in Helmas Leben hineinschauen. Wir könnten erfahren, ob sie es geschafft hat, von den Depressionen loszukommen."

„Können wir denn die Augenblicke bestimmen, die wir alle aus der Zukunft sehen? Wenn wir nur noch einmal hineinschauen können, dann ist das zu riskant. Da finde ich es sinnvoller, wir versuchen in die Zeit hinein zu schauen, wo diese Depressionen zum Problem geworden sind. Im Augenblick scheint mir Helma nämlich noch nicht richtig krank zu sein. Lass uns lieber den Moment erhaschen, wo es bei ihr gefährlich wird."

Sie nickte. „Gut, das sehe ich ein. Das ist wohl sinnvoller. Wir wollen ja etwas verhüten und verhindern und nicht einfach nur neugierig sein und etwas wissen wollen, was dann möglicherweise auch tragisch enden muss."

Wir eilten zurück zur Pension Vittorio und schlossen uns im Zimmer ein. Bei zugezogenen Vorhängen stellte Renate das DVR-Gerät an, während ich versuchte, mich völlig auf Helma zu konzentrieren und sie vor meinen inneren Augen auferstehen zu lassen. Dabei stellte ich die Frage: „Wann ist aus deiner etwas trübsinnigen Stimmung, die du ab und zu einmal hattest, eine richtige Depression geworden? Und wann wurde sie so schlimm, dass du ernsthaft krank wurdest. Wann wolltest du mit dem Leben abschließen, zum ersten Mal?"

Helma erschien, erst wie ein heller Schein, dann immer deutlicher. Sie trat auf mich zu in einem schwarzen Kleid. „Ich will keinen Besuch haben, geh wieder fort! Ich möchte für mich allein sein. Bleibt ihr nur draußen in eurer Welt!"

„Wo bist du denn, Helma?"

„Das weißt du doch, in der Nervenklinik oben auf dem Venusberg. Hier um mich herum sind alles Leute, denen es auch so schlecht geht wie mir. Die verstehen mich. Was willst du noch von mir?"

„Welches Jahr haben wir, Helma?"

„Was stellst du für dumme Fragen? Denkst du vielleicht, ich bin verrückt? Nein, mein Verstand ist ganz klar. Wir haben jetzt das Jahr 1995, und das weißt du ganz genau. Oder warum willst du, dass ich mit dir darüber rede? Willst du mich testen?"

„Ach nein, ich bin heute tatsächlich so durcheinander. Tut mir leid, dass ich dir so eine dumme Frage gestellt habe. Manchmal weiß ich nicht einmal welcher Wochentag ist. Vermutlich habe ich zu viel zu tun im Moment."

„Da hast du es gut, Leona! Ich wünschte, ich hätte so viel zu tun. Ich wünschte, ich könnte etwas tun. Aber du kannst ja nicht verstehen, wie schlecht es mir geht. Niemand kann das, und deswegen möchte ich auch keinen Besuch mehr."

Ich sah auf ihr Kleid und zeigte darauf. „Ist es denn nicht vielleicht deswegen, dass du so traurig bist und dass es dir so schlecht geht?"

„Ach, Unsinn! Das versuchen mir viele Leute einzureden. Ich war früher schon ab und zu traurig. Und als mein Verlobter zwei Tage vor unserer Hochzeit verunglückte, war das der schlimmste Tag meines Lebens für mich, aber diese schlimme Krankheit, die mich am normalen Leben hindert, die hat damit überhaupt gar nichts zu tun. Niemand weiß, woher das kommt. Vielleicht ist es ja sogar ein Virus, der sich im Gehirn festsetzt. Möglicherweise wird irgendwann einmal jemand eine Medizin der gegen erfinden. Aber ich weiß noch nicht, ob ich wirklich darauf warten kann."

„Die Ärzte wollen dir bestimmt helfen", versuchte ich ihr Hoffnung zu geben. „Gib dich nicht auf! Ich werde für dich beten."

„Du kannst für mich beten, damit ich erlöst werde", bat sie mich. „Aber lass mich jetzt in Ruhe. Ich habe nichts mehr zu tun mit der Welt, in der du lebst. Meine Welt ist sinnlos, weil sie von Schmerz und Unruhe und Kälte angefüllt ist. Und ich bete zu Gott, damit der mich erlöst."

„Ja, ich bete für dich. Aber zuerst bete ich dafür, dass du gesund wirst. Denn im Moment bist du hier, auf der Erde. Und ich werde nichts unversucht lassen, dir zu helfen."

Sie zeigte ein schwaches Lächeln auf dem Gesicht.
„Niemand kann mir helfen. Aber trotzdem Danke!"
Ihr Bild verschwand, alles wurde dunkel.

Renate stellte das DVR-Gerät aus und sah mich aus verweinten Augen an, immer noch liefen Tränen an ihren Wangen herunter. Ich reichte ihr ein Taschentuch und nahm sie in den Arm.

„Wir werden ihr helfen, unbedingt, Renate! Das verspreche ich dir. Wir werden nachher diesen Conti besuchen und alles wird bestimmt gut werden."

Sie trocknete sich die Augen. „Gut, ich glaube es dir. Lass es uns weiter versuchen. Jetzt müssen wir unbedingt in das Leben von Conti schauen. Kannst du dich auf ihn konzentrieren?"

„Nein, ich habe ihn doch noch nicht gesehen. Wie sollte ich mich da auf ihn konzentrieren können?"

„Ich habe ein Foto im Flur des Palazzo gesehen. Da konnte man ihn gut erkennen, gemeinsam mit seiner Oma. Ich bin jedenfalls sicher, dass er es war. Ein hübscher, schwarzhaariger junger Mann mit dunklen, sprechenden Augen. Sehr klug, sehr intelligent. Er sah seiner Großmutter sehr ähnlich. Wir können es gemeinsam schaffen. Konzentriere du dich ein bisschen auf die Großmutter, und stelle dir dabei einen Enkelsohn vor. Ich werde mich auf das Foto dieses jungen Mannes konzentrieren und setze mich zu dir an das Gerät. Es muss irgendwie klappen, wir müssen es versuchen."

„Gut! Versuchen wir es", stimmte ich ihr zu.

Sie schaltete das Gerät ein, setzte sich neben mich und nahm mich in den Arm.

„Und jetzt möchten wir uns mit Professor Conti verbinden, der mit seiner Großmutter hier im Palazzo am Campo Santa Margherita Numero zwölf wohnt", wünschte sie.

Ich konzentrierte mich auf die Großmutter und versuchte, mir ihr Gesicht als männliche Person vorzustellen, männlich und auch um einiges jünger."

In diesem Moment tauchte vor meinen Augen ein Mann auf, ein alter Mann mit schneeweißen Haaren. Er stützte sich auf einen Stock mit einem goldenen Knauf. Sein apartes, faltiges Gesicht verriet immer noch, dass er einmal ein sehr schöner Mann gewesen sein musste.

„Guten Tag! Das ist schön, dass Sie sich Zeit für mich nehmen", sprach ich ihn an. „Es tut mir leid, dass ich Sie störe. Ich bin ein bisschen verwirrt, können Sie mir sagen, ob Sie wirklich Signor Conti sind, der berühmte Professor?"

Der ältere Herr nickte. „Ja, da bin ich. Professor Conti aus Venedig. Und ich bin immer noch stolz darauf, dass ich hier im Haus meiner Großmutter eigenständig leben kann, ohne fremde Hilfe, obwohl ich schon 80 Jahre alt bin. Wir haben Sie denn zu mir gefunden? Nachdem Venedig von den Touristen zu überlaufen war, haben wir doch verfügt, dass nur noch ein Teil der Besucher zu dieser späten Stunde sich in der Serenissima aufhalten darf."

„Sie haben Recht, Professor Conti. Ich habe auch ein besonderes Anliegen. Und wirklich, mit der Zeit hat sich in Venedig sicher Vieles verändert. Jetzt sind wir ja auch im Jahr…, im Jahr…". Ich machte eine Pause, um ihn zum Sprechen zu bewegen.

„Wir haben das Jahr 2025." Er schüttelte den Kopf. „Sie sind aber verwirrt! Was haben Sie denn für ein Anliegen?"

„Sie haben ja nun schon einer große und lange Karriere hinter sich", begann ich. „Können Sie sich vielleicht noch an Dr. Rosen erinnern, der sie etwa vor 26 Jahren aufgesucht hat, wegen eines Medikamentes, das die pharmazeutische Industrie nicht herstellen wollte?"

„Ja, daran kann ich mich sehr gut erinnern. Denn ich habe erst in diesem Jahr eine Schweizer Firma gefunden, die dieses Medikament nun endlich herausbringt und damit allen Kranken helfen kann. Ich habe die ganzen Jahre mit Professor Rosen dafür gekämpft. Wir sind immer noch gut befreundet. Er ist ja um einiges jünger als ich, im Jahr

1969 geboren, also gerade mal 56 Jahre alt. Und er wird sicherlich noch eine erfolgreiche Zukunft vor sich haben." Ich sah ihn verzweifelt an und stotterte. „Aber da brauchte er doch dieses Medikament viel früher. Da war eine Patientin, die brauchte dieses Medikament unbedingt im Jahr 1999, als er das erste Mal bei Ihnen war. Ist sie denn gestorben? Was ist aus ihr geworden? Um Himmelswillen, sagen Sie mir bitte, was er Ihnen darüber gesagt hat."

„Richtig, ich erinnere mich an die Patientin. Das war eine Deutsche, der er das Medikament unbedingt verabreichen wollte. Ich habe ihm geraten, dieses Medikament, das ich wirklich für ausreichend überprüft hielt, an ihr als Testperson auszuprobieren. Er wollte es sich überlegen und auch einmal mit seiner Mutter darüber sprechen."

„Mit seiner Mutter? Was hat denn seine Mutter mit seinen Patienten zu tun?"

„Ja, das ist eine sehr ernste Geschichte. Wie ich Ihnen schon sagte, er ist 1969 geboren. Das war in Deutschland eigentlich eine Zeit, in der es den Menschen sehr gut ging. Das Wirtschaftswunder blühte noch, die Menschen hatten sich nach dem Krieg erholt und wurden zum Teil schon wieder sehr übermütig. Das Problem dieses Dr. Rosen war wohl sein Vater. Er und sein Bruder genossen durch ihn leider keine gute Erziehung. Der Vater war von Beruf ein Heizungsbauer, er hat als Meister einen winzigen Handwerksbetrieb gehabt. Vermutlich war er neidisch auf seine beiden klugen Söhne, denn er versuchte mehr oder weniger unbewusst, ihnen das Leben sehr schwer zu machen. Es hätte nicht viel daran gefehlt, da hätte er ihnen schon im Kleinkind-Alter den Willen gebrochen. Aber seine Mutter hat immer mit allen Kräften dagegen gearbeitet. Sie hat ihre beiden Söhne immer unterstützt, und ihnen Mut gemacht, damit sie ihren Weg gehen. Der Vater war ein ziemlich apathischer Typ, nicht gerade fleißig und ohne jeden Ehrgeiz. Zu Hause hat er dann immer mit seinen Söhnen herumgeschimpft, sie ständig getadelt, ihnen unentwegt vorgebetet, dass sie dumm und faul seien. Er hat nichts unversucht gelassen, sie zu demütigen und zu unterdrücken. Trotzdem haben sie sich davon nicht beirren lassen, zum Glück hatte die Mutter sich viel Zeit genommen, ihren beiden Jungen den Weg in ein selbstständiges Leben zu zeigen. Mit Lob und Unterstützung hat sie nicht gespart und natürlich auch ihre Liebe gezeigt, damit sich ihre Kinder als wichtige und wertvolle Menschen fühlen konnten. So haben denn auch beide Jungen das Abitur gemacht. Der jüngere, Rolf, ist Lehrer geworden und Vinzenz, der ältere, ist dann Arzt geworden, unser Dr. Vinzenz Rosen."

Ich staunte. „Gut, soweit kann ich Ihnen folgen. Aber wieso hat er in dieser Sache seine Mutter gefragt. Wenn er doch ein guter, verantwortungsvoller Arzt war, musste er doch nicht seine Mutter fragen."

„Richtig. Ich bin auch sicher, dass er seine Entscheidung nicht von seiner Mutter abhängig gemacht hat, denn er war ein sehr kompetenter Arzt. Aber seine Mutter war wohl irgendwie auf irgendeine Art und Weise bekannt oder verwandt mit dieser Patientin, die, wie es mir jetzt gerade einfällt, Helma geheißen hat."

Ich öffnete staunend den Mund und konnte es nicht fassen. „Ja, genau um die geht es. Hat er ihr dann nun am Ende das Medikament gegeben?"

In diesem Moment verschwand Conti vor meinen Augen und es wurde dunkel.

Ich riss mir den Hörer und die Brille vom Kopf und sah Renate an. „Was meinst du? Können wir noch einmal an diesen Conti herankommen?"

Sie hob die Schultern. „Ich weiß es nicht. Er war ja nun schon ziemlich alt. Überlegt doch mal, 80 Jahre alt. Was wir noch machen können, ist, wenn wir ihn nachher besuchen, ihm auch viel Mut zuzusprechen für sein Studium und für seine Aufgabe, das Leben der Menschen zu retten. Aber jetzt habe ich fast den Eindruck, dass wir bald wieder zurück müssen nach Deutschland, um diesen Dr. Rosen zu finden."

„Du vergisst, dass dieser Dr. Rosen noch gar nicht geboren ist, liebe Renate. Wir müssen sehen, wo wir diesen Heizungsbauer oder Heizungsinstallateur, oder was auch immer er ist, finden, denn dessen Sohn wird wohl dann dieser Dr. Vinzenz Rosen sein. Irgendwo wird man schon seine Firma finden, denn wenn seine Frau deine Nichte kennt, müsste er doch eigentlich in unserem Umkreis leben."

„Ja, das ist anzunehmen. Wir müssen dann dort unbedingt Acht geben, wen dieser Heizungsbauer geheiratet hat. Und mit dieser Frau müssen wir uns verbünden, damit sie weiß, welche besondere Aufgabe der Sohn einmal hat. Das ist jetzt unser einziger Weg. Aber ich bin sicher, dass wir das schaffen."

„Ich bin auch sehr zuversichtlich, Renate. Sie soll ja eine sehr vernünftige Frau sein, die ihre Kinder mit Liebe erzieht. Dann wird sie auch Verständnis für unser Anliegen haben. Vielleicht können wir auch einmal ganz vorsichtig Helma fragen, ob sie diese Frau Rosen kennt."

Renate nickte erfreut. „Richtig, dass ist auch eine Möglichkeit. Denn nun wissen wir ja glücklicherweise, dass Helma noch nicht wirklich krank ist. Noch hat sie ab und zu einmal Stimmungen. Da werde ich sicherlich jetzt schauen, wie ich ihr dabei helfen kann. Aber diese eigentliche, gefährliche Depression fängt, wie wir wissen, erst später an. Da können wir also noch eine ganze Weile positiv entgegenwirken."

„Meinst du auch, dass wir diesen Unfall verhindern können, den ihr zukünftiger Verlobter haben wird?"

„Das weiß ich nicht, Leona. Ich weiß nicht, wie weit wir Schicksal spielen können, ob wir eine Möglichkeit haben, so etwas zu verhindern. Zuerst jedenfalls ist es unsere Aufgabe, Helma zu retten. Denn das hat uns Hermann aufgetragen. Dafür hat er uns dieses Gerät geschickt. Die ganze Welt werden wir sicherlich nicht retten können, leider."

Ich seufzte. „Gut, machen wir erst einmal eins nach dem anderen. Aber ich bin froh, dass es wenigstens ein Licht am Horizont gibt. Denn als dieser Dr. Conti sagte, dass das Medikament noch gar nicht auf dem Markt ist, war ich total schockiert."

„Ich auch", gab Renate zu. „Ich hatte schon das Schlimmste befürchtet. Aber nun ist diese Firma Rosen für uns das nächste wichtige Ziel und eine große Hoffnung. Bist du mir sehr böse, wenn wir heute Abend mit dem Nachtzug schon wieder zurück nach Deutschland fahren?"

„Nein, ich kann dich doch verstehen. Wir sind doch im Zeitdruck, und wir haben uns vorgenommen, alles zu tun, was in unserer Macht steht. Und das bedeutet jetzt, so schnell wie möglich diese Firma Rosen zu finden und die Frau des Heizungsbauers."

Mit einem hoffnungsvollen Lächeln auf dem Gesicht packte Renate das DVR-Gerät in den Karton. Wir sammelten unsere herumstehenden Utensilien ein und packten die Koffer.

Nachdem Renate bei Vittorio unsere Rechnung beglichen hatte, bat sie ihn um Erlaubnis, das Gepäck noch eine Weile zu betreuen, da wir den Besuch bei Conti nicht versäumen wollten.

„Aha! Sie haben Glück gehabt? Sie haben diesen Professor Conti gefunden?" freute sich Vittorio.

„Nicht direkt", bedauerte Renate. „Aber es besteht eine große Hoffnung, dass uns der junge Herr Conti trotzdem weiter bringt. Insofern haben Sie uns schon sehr geholfen. Vielen Dank!"

Er schenkte uns zum Abschied eine kleine Flasche Limoncello, mit dem Hinweis, dass dieser Zitronenlikör aus eigener Herstellung stammte.

Da wir noch ein wenig Zeit hatten, gönnten wir uns nun einen kleinen Rundgang durch Venedig. Wir bestaunten den Campanile am Markusplatz, besichtigten den Markusdom, betrachteten die Seufzerbrücke und setzen uns für ein Stündchen an die Hafenausfahrt an den Canal di Giudecca und beobachteten, wie sich die Gondeln und Motorboote an den riesigen Überseedampfern vorbeischoben. Nach einem großen Eis, das Renate spendierte, durchquerten wir ein paar winkelige, schmale Gassen und sahen in die eine oder andere Kirche hinein, um Eindrücke zu sammeln, die wir als Andenken mit nach Hause nehmen konnten.

Die Sonne stand schon schräg am Himmel, als wir am Palazzo der älteren Dame klopften.

Diesmal öffnete uns ein junger Mann, freundlich und gutaussehend, und ich erkannte sofort die Ähnlichkeit mit seiner Großmutter und auch mit dem alten Mann, den wir zuvor im DVR-Gerät gesehen hatten.

Er führte uns in einen Saal, der mit seinem Inventar an das alte Venedig erinnerte. Stilmöbel verteilten sich auf weichen, kostbaren Teppichen, die Wände schmückten eindrucksvolle Gemälde, vorwiegend Porträts aus der Familiengeschichte, und von der Decke herab hing ein kostbarer Leuchter aus Murano-Glas.

Auf den bequemen Sesseln, die mit kostbarem Stoff bezogen waren, nahmen wir Platz und hofften, dass Conti das Gespräch beginnen würde.

Seine Großmutter brachte uns Tee und ließ uns danach mit ihrem Enkelsohn allein. Der junge Mann sah uns der Reihe nach an und holte dann verspätet seine Vorstellung nach. „Mein Name ist Renato Conti, und meine Großmutter hat mir erzählt, dass Sie einen Professor Conti suchen. Den gibt es leider in unserer Familie nicht. Wie kann ich Ihnen trotzdem helfen?"

„Eigentlich haben wir einen Professor Conti gesucht", verriet ihm Renate. „Er soll eine große Kapazität sein, der vielen Menschen hilft."

Conti lächelte. „Das habe ich auch einmal vor. Ich glaube, die Menschheit braucht solche Menschen, und ich werde alles daran setzen, auch einmal ein guter Arzt zu werden. Ich habe jedenfalls schon eine Zusage von der Universität. Für Medizin interessiere ich mich schon lange, in der Bibliothek nebenan werden Sie daher einige Fachbücher finden, die ich schon gelesen habe."

„Da ist ihre Großmutter bestimmt sehr stolz auf sie", vermutete Renate. „Wir sind auf der Suche nach einem Spezialisten, der sich näher mit dem Thema Depression befasst."

„Oh, das ist ein heikles Thema", fand Conti. „In der heutigen Zeit wird noch viel zu viel darüber geschwiegen, es ist in vielen Ländern ein Tabuthema. Und die Behandlungsergebnisse sind noch nicht zufriedenstellend. In diesem Bereich muss wirklich noch sehr stark geforscht und untersucht werden. Aber es ist schon interessant, dass Sie gerade davon sprechen, denn genau dieses Gebiet interessiert mich sehr, weil es in unserer Familie auch einmal jemanden gab, der darunter zu leiden hatte."

„Eine nahe Verwandte?" wagte sich Renate zu fragen.

„Ja, eine Cousine von mir. Sie war Künstlerin, sehr sensibel und viel zu sanft für diese Welt. Dieses Leben hat sie hier nicht ertragen und ist ins Wasser gegangen. Tatsächlich habe ich einmal nachgeforscht, dass es in fast jeder Familie solch einen Fall irgendwann einmal gibt. Deswegen habe ich mir vorgenommen, mich einmal auf dieses Thema zu spezialisieren. Und wem wollen Sie helfen, Signora?"

„Einer Nichte von mir. Von Zeit zu Zeit ist sie etwas melancholisch, aber ich mache mir Gedanken darüber, dass es sich durch irgendeinen negativen Anlass einmal verschlimmern könnte."

„Das ist denkbar", fand er. „Dann sollten Sie so schnell wie möglich vorsorglich etwas dagegen tun. Meiner Meinung nach sind ein paar ganz banale Dinge auch sehr wichtig. Die Person sollte insgesamt so gesund wie möglich leben. Das bedeutet, viel frische Luft und

Bewegung, gesunde Ernährung und einen sinnvollen Kontakt zu netten, verständnisvollen Menschen. Ein guter Beruf, der zu ihr passt, wäre wünschenswert. Das alles wären schon einmal gute Vorbedingungen, die natürlich nicht eine Therapie ersetzen. Und für die kann ich Ihnen natürlich noch keine Ratschläge geben, da ich noch nicht kompetent genug bin. Aber eines sage ich Ihnen, wenn ich eines Tages einmal in diesem Bereich arbeite, dann werde ich mich für alles einsetzen, was den Menschen mit dieser Krankheit hilft."

„Und wenn einmal jemanden zu Ihnen kommt, der ein neues, gutes Medikament erfunden hat, dass diesen Kranken hilft, werden Sie ihm helfen? Werden Sie das Medikament auf ihre Wirksamkeit überprüfen und dafür sorgen, dass es vertrieben wird?"

Er sah Renate etwas befremdet an. „Sie stellen mir aber merkwürdige Fragen. Natürlich würde ich das. Ich brenne für die Medizin, für den Beruf als Arzt. Und ich wünsche mir nichts mehr, als dass andere Menschen nicht in der Art leiden müssen wie meine Cousine."

Renate wischte sich eine Träne aus den Augen. „Dann, lieber Signor Conti wünsche ich Ihnen von Herzen alles Gute und allen erdenklichen Erfolg für ihren Beruf. Ich werde für Sie beten und wünsche Ihnen Gottes Segen."

Er sah sie gerührt an. „Das ist aber freundlich von Ihnen! Es hat mich sehr gefreut, Sie kennen zu lernen. Ich wünsche Ihnen auch von ganzem Herzen, dass Sie einen Arzt finden, der Ihrer Nichte helfen kann. Bleiben wir doch in Kontakt! Wann immer Sie wollen, können Sie mich besuchen oder mir schreiben."

Renate bedankte sich bei ihm und teilte ihm mit, dass unser Besuch in Venedig schon heute endete, versprach ihm aber, sich aus Deutschland einmal zu melden.

Die Verabschiedung von ihm fiel sehr herzlich aus, und er wünschte uns eine gute Heimreise. Seine Großmutter sahen wir nicht mehr, wie uns Conti mitteilte, hatte sie sich etwas zur Ruhe gelegt.

Erleichtert spazierten wir zurück zur Pension.

„Und, Leona? Was hältst du jetzt davon?"

„Es fügt sich alles wie ein gutes Schicksal. Ich bin sehr zuversichtlich. Er wird bestimmt dafür sorgen, dass Dr. Rosen mit seinem Medikament Erfolg haben wird."

Wir verabschiedeten uns von Vittorio, der uns beide in den Arm nahm wie alte Bekannte. Er ließ es sich nicht nehmen, uns zum Bahnhof zu begleiten und die Koffer zu tragen.

Er winkte uns lange nach, als der Zug mit uns Venedig verließ. Der Abschied von dieser zauberhaften Stadt fiel mir nicht leicht, und ich wusste intuitiv, dass ich eines Tages wieder zurückkommen würde.

„Jetzt bist du bestimmt froh, dass du bald in dein normales Leben zurückkommst", vermutete Renate. „Dann bist du wieder in deiner Buchbinderei, gemeinsam mit deinen netten Kollegen, du kannst dich wieder mit deiner Freundin Leni treffen, mit ihr ausgehen, ins Kino und zum Tanzen, und du kannst dich auf deine Karriere als Schauspielerin freuen. Denn das willst du doch immer noch, oder?"

„Das war schon als Kind mein großer Traum, und er ist es immer noch. Und ich glaube an die Prophezeiung der Zigeunerin, die ich letztes Jahr auf dem Weihnachtsmarkt traf."

Renate sah mich erstaunt an. „Davon weiß ich noch gar nichts? Das hast du mir noch gar nicht erzählt. Wenn du an so etwas glaubst, warst du ja geradezu ideal für Hermanns Vorhaben, dich mit dem DVR-Gerät zu beschäftigen. Dann bist du ja bereit, an Dinge zu glauben, die man nicht mit bloßem Auge sieht. Was hat der denn diese Zigeunerin gesagt?"

„Nun, sie hat mir bestätigt, dass man mich später in verschiedenen Rollen im Fernsehen ansehen kann. Sie hat mir viel Gutes für die Zukunft geweissagt. Sie hat auch einmal von einer bedeutenden Reise gesprochen, die eine

Entscheidung mit sich bringt. Ich glaube, die Entscheidung war, mit dir mitzufahren, nach Italien."

„Hm", machte Renate. „Da hast du dich dann auch ganz spontan entschlossen. Denn schließlich hätte dir dein Chef auch kündigen können. Du hast dich entschieden, mir bei meinen Recherchen zu helfen. Du hast dich entschieden, dieses merkwürdige DVR-Gerät zu benutzen, und das hat dir schließlich auch schon einige Ängste gemacht. Ganz schön mutig warst du."

„Halb so wild. Ja, du wunderst dich vielleicht, warum ich dieser Zigeunerin glaube? Vielleicht weil ich es glauben will. Vielleicht aber auch, weil ich es in meinem Inneren selber weiß. Vielleicht, weil ich einfach den Willen habe, diesen Weg zu gehen, wenn mich nicht irgendetwas zu sehr aufhält. Aber sie sah auch nicht aus, als wollte sie mich betrügen, sie sah aus, als könnte sie mehr wahrnehmen, als das, was man sieht. Und ich bin sicher, dass ich deswegen nicht im Streit mit meinem Glauben bin. Denn ich glaube an Gott und an seine Wege. Aber selbst in der Bibel steht, dass er Menschen die Fähigkeit gegeben hat, mehr und weiter zu sehen als andere. Warum also nicht auch einer Zigeunerin?!"

Die Zeit bis Verona verging schnell. Im nächsten Zug packte Renate mehrere Gebäckstücke aus, die sie in Venedig als Proviant noch kurz vor unserer Abreise eingekauft hatte. Während wir damit unseren knurrenden Magen beruhigten, tanzten die Reiseeindrücke in unseren Köpfen herum.

„Unglaublich, dieser Conti", fand Renate. „Er ist noch so jung, und hat doch schon solche großen Ziele. Man sieht es ihm tatsächlich an, dass er darauf brennt, Menschen zu helfen. Ich bin ganz begeistert von ihm."

Ich stimmte ihr zu. „Was für ein Glück für Helma! Was für ein Glück für viele kranke Menschen. Jetzt wünsche ich mir nur noch, dass wir mit dieser Frau Rosen gut zurechtkommen. Wenn sie schließlich diejenige ist, die ihren Sohn doch noch dazu ermutigt, Helma zu helfen, dann ist sie ein wichtiger Meilenstein für uns. Vermutlich wird sie dann in meinem Alter sein. Oder vielleicht ein bisschen älter."

„Die Begegnung wird bestimmt sehr merkwürdig sein", überlegte Renate. „Wir wissen dann schon mehr über sie, als sie selbst. Wir wissen, dass sie 1969 ihren ersten Sohn bekommt, und später noch einen zweiten. Wir wissen, dass sie es sehr schwer haben wird mit ihrem Mann, und können ihr gar nicht dabei helfen. Aber vielleicht trennt sie sich dann auch irgendwann wieder von ihrem Partner. Schließlich werden es heutzutage immer mehr Scheidungen, von denen ich gehört habe. Sie sollte schließlich nicht ein ganzes Leben lang mit solch einem Partner belastet sein."

„Sicherlich können wir ihr nicht alles sagen", stimmte ich ihr zu. „Eigentlich schade, wir könnten ihr Mut machen. Auch, dass sie sich freuen kann, zwei so nette Söhne zu haben."

Gegen 22:00 Uhr erreichten wir den Brenner, der Zug hielt an, wie auf der Hinfahrt betraten einige Carabinieri die Wagen. Ein kleiner dicker Uninformierter betrachtete meinen Ausweis eingehend. „Bitte nehmen Sie einmal Ihren Koffer und kommen Sie mit mir hinaus, wir müssen etwas klären."

Ich erschrak. „Hat mir jemand etwas in den Koffer geschmuggelt?"

„Soll ich mitkommen?" mischte sich Renate ein.

Er winkte ab. „Nein, Sie können hierbleiben. Es ist auch nur eine Routineangelegenheit, vermutlich eine Verwechslung. Sie müssen nicht erschrecken, Signorina."

Ich folgte ihm hinaus in ein kleines Büro, wo ein uninformierter Carabiniere, der mir den Rücken zu drehte, schon auf mich wartete. Mein Begleiter eilte an mir vorbei in den Nebenraum.

„Guten Tag", machte ich mich bemerkbar. „Was möchten Sie von mir?"

Der Uniformierte nahm seine Mütze ab und drehte sich zu mir um. Es war Giovanni. „Ich möchte dich einmal heiraten. Ich habe jede Minute an dich denken müssen. Ich kann dich einfach nicht vergessen, Amore!"

Mein Herz hüpfte vor Freude, ganz wild und laut, sodass ich das Gefühl hatte, er könnte es hören. Sagen konnte ich nichts, aber meine Augen sprachen genug.

Er nahm mich in die Arme und küsste mich, genau so, wie ich es im Traum erlebt hatte. Um mich herum schien alles still zu stehen, die Welt versank. Es gab nur noch uns beide im innigen Kuss.

Ich weiß nicht mehr, wie lange er gedauert hatte, vielleicht eine Ewigkeit, aber trotzdem schien es uns nicht genug. In diesem Augenblick kam der Begleiter wieder aus dem Nebenraum. „So, Giovanni, mehr kann ich jetzt nicht mehr für dich tun, jetzt muss ich die Signorina wieder in den Zug zurückbringen, damit er nicht ohne sie abfährt, auch wenn euch Beiden das jetzt gar nicht schlecht gefällt."

Giovanni küsste mich noch ein letztes Mal, dann hielt er meine Hand fest und sah mir tief in die Augen: „Per sempre", sagte er, „für immer, Amore! Ich habe mir schon einen Ring für dich ausgesucht. Den schicke ich dir. Er passt zu dir, ein breiter Goldreif mit Blumen, aber bevor ich ihn dir schicke, lasse ich noch unsere Initialen eingravieren."

Ich konnte mein Glück noch nicht fassen, mir war es genauso schwindlig wie am Abend zuvor, als mir der Rotwein zu Kopf gestiegen war. Wie in Trance folgte ich meinem Begleiter, der mich mit meinem Koffer wieder zu Renate in das Abteil brachte.

Sie empfing mich mit einem sorgenvollen Blick. „Was war los? Was wollten sie von dir?"

Doch als sie meinen Blick sah, wusste sie Bescheid und reimte sich alles zusammen.

„Giovanni war da, nicht wahr?"

„Ja", hauchte ich. „Und er ist mein Schicksal. Ich weiß es, und ich werde ihn immer lieben. Es ist, als hätte ich ihn wieder gefunden, nach langer, langer Zeit, den Menschen, den ich immer schon gesucht habe, der mich vervollständigt, mit dem meine Seele tanzen will."

Während sich der Zug in der Dunkelheit langsam in Bewegung setzte, nahm sie mich in den Arm. „Ich wünsche dir alles Glück dieser Welt, und auch diesen Mann, wenn er wirklich gut zu dir ist."

Die Tränen liefen mir über die Wangen, und ich wusste nicht, ob aus Freude, weil wir uns gefunden hatten oder aus Traurigkeit, weil ich jetzt so viele Kilometer weit von ihm weg fuhr und genau wusste, dass es in der nächsten Zeit kein Wiedersehen gab. Wann würde ich ihn wiedersehen?

An Renates Schulter weinte ich mich leise in den Schlaf.

Kurz vor München weckte sie mich, indem sie mir die Wangen tätschelte. „Es wird Zeit, Kindchen. Gleich geht es hinaus in die kalte Nachtluft. Im nächsten Zug kannst du dann weiterschlafen."

Wir hatten nur einen kurzen Aufenthalt auf dem zugigen Bahnhof. Im Zug nach Mannheim wärmten wir uns zunächst mit einem heißen Kaffee auf, danach kuschelten wir uns noch einmal in die Ecke und fielen in einen leichten Schlaf bis kurz vor Mannheim. Ein Fahrgast schimpfte laut, weil er schlafend seinen Bahnhof verpasst hatte und weckte die Reisenden in unserem Abteil.

Auch der Mannheimer Bahnhof zeigte sich von seiner unfreundlichen Seite. Kalter Wind versuchte, unsere Kleidung zu durchdringen. Wir trippelten eine ganze Weile hin und her, um uns warm zu halten. Doch die Bewegung brachte nicht viel, ziemlich durchgefroren stiegen wir für die letzte Etappe unserer Reise in den Zug nach Bonn.

Die ersten Kilometer dieser Fahrt eilte der Zug durch die Dunkelheit, später, nachdem wir den Loreley-Felsen passiert hatten, begrüßte uns das Morgenlicht, erst ganz sanft, und dann immer heller werdend mit einer freundlichen Sonne.

Wir erreichten Bonn in den Vormittagstunden, vom Bahnhof aus nahmen wir einen Bus bis auf den Venusberg. Von dort wählten wir den Fußweg bis zu dem roten Backsteinbau der Kirche, wo wir uns etwas müde, aber in hoffnungsvoller Erwartung herzlich verabschiedeten und uns trennten.

„Und grüß mir deinen Giovanni, wenn du ihm schreibst!" rief mir Renate hinterher.

„Das tue ich ganz gewiss", versprach ich ihr. Und zwar noch heute."

***

9. Kapitel

Meine Mutter war die erste, die von meinen Erlebnissen erfuhr. Allerdings sparte ich einiges aus. Das DVR-Gerät verschwieg ich und auch unsere Zeitreisen, aber ich erzählte ausgiebig von der zauberhaften Stadt Venedig, von Vittorio, einem Studenten namens Conti, der uns begegnet war und sogar von Giovanni.

„Ich habe dir direkt angesehen, dass etwas Besonderes mit dir los ist", verriet mir meine Mutter. „Ich wünsche dir wirklich, dass alles so bleibt für euch beide. Aber es ist möglich über solche Entfernungen hinweg. Du weißt es ja selbst, bei Papa und mir war es auch vor unserer Heirat eine riesige Entfernung über mehrere Jahre hinweg."

Ich lächelte. „Oh ja, ich weiß. Du hattest Sehnsucht in Sachsen und er inzwischen hier im Rheinland, das sind immerhin auch eine ganze Menge Kilometer. Und trotzdem seid ihr euch treu geblieben, habt geheiratet und liebt euch immer noch."

Sie nahm mich in den Arm. „Ja, trotz aller Widrigkeiten vor unserer Ehe und während unserer Ehe. Und dann war da auch noch der Krieg, und viele Männer sind nicht wieder heimgekommen zu ihren Frauen. Entweder, weil sie gefallen sind, oder weil sie sich eine neue Heimat gesucht haben. Aber dein Papa ist wieder zurückgekommen. Was für ein Segen!"

Ich lachte. „Ja, was für ein Segen! Sonst wäre ich gar nicht geboren worden."

„Das ist wirklich ein Glück", fand sie, setzte sich an das Klavier und spielte mein Lieblingslied aus „My fair Lady". Ich drehte mich dazu im Kreis und sang, ich dachte dabei an Giovanni und stellte mir vor, dass er jetzt mit mir tanzte.

„Deine Freundin Leni war auch gestern hier", verriet sie mir. „Sie konnte es gar nicht begreifen, dass du so spontan nach Italien gefahren bist und deinen Chef sitzen gelassen hast. Das hat sie dir gar nicht zugetraut. Du wärst sonst immer so brav und hättest viel zu viel Respekt vor diesem despotischen Mann. Natürlich habe ich ihr erklärt, dass diese Reise für dich keine Vergnügungsfahrt ist, sondern dass du Renate helfen wolltest. Da meinte sie: „Ja dann, das sieht schon eher nach meiner Freundin Leona aus". Ich glaube, sie wollte dir auch etwas Wichtiges erzählen. Wenn ich mich nicht irre, hat sie sich in einen Kommilitonen verliebt. Sie hat mir jedenfalls ganz viel von einem jungen Mann erzählt, der neben ihr in der Vorlesung gesessen hat. Sie haben sich die ganze Zeit unterhalten, aber nichts von dem Lehrstoff mitbekommen. Das gibt bestimmt ein gutes Paar ab, ein Lehrerehepaar."

„Gab es sonst noch etwas, was ich vielleicht wissen muss, Mama?"

„Ja, da war noch ein Ulrich an der Tür, den hat Marlis hereingelassen und ihn kurz hier ins Wohnzimmer geführt. Er wollte dich zum Tanzen abholen, mitten in der Woche."

„Ach ja, der", sagte ich gedehnt und wenig interessiert.

„Na ja, er wird sich schon wieder melden. Er ist übrigens Jurist."

„So, Jurist?" wunderte sich meine Mutter. „Wenn man so nach dem Klischee geht, danach sah er gar nicht aus. Und als er unser Klavier erblickte, steuerte er direkt darauf los. Er spielt tatsächlich ganz gut, wir haben es vierhändig versucht."

Ich schluckte. „Er spielt also Klavier."

„Ja, zuerst war ich auch irritiert, aber wenn man es genau nimmt, daran ist doch nichts Besonderes. Es gibt bestimmt noch mehr Klavier spielende Juristen. Ist daran irgendetwas falsch?"

„Nein", stotterte ich. „Eigentlich habe ich es geahnt."

„Geahnt?"

„Na ja, er hat doch so die typischen Hände, oder? So feine und lange Finger, und Musik hat er auch im Blut beim Tanzen."

„Ach so, aber jetzt wollen wir erst mal gemeinsam etwas Vernünftiges zu uns nehmen. Du siehst so aus, als hättest du lange nichts mehr gegessen."

„Das stimmt. Irgendwie war immer etwas anderes wichtig, das Essen war Nebensache."

Wir wechselten zur Küche hinüber, wo wir uns gemeinsam aus Schinken, Eiern, Käse und einem schmackhaften Bauernbrot ein herzhaftes Frühstück zubereiteten.

„Was hast du jetzt vor, Kleines? Willst du morgen wieder arbeiten gehen? Du hattest dir doch für ein paar Tage Urlaub genommen."

„Ja, und es ist jetzt bestimmt nicht aus Faulheit, aber ich werde diese Tage auch nicht in die Buchbinderei gehen, sondern Renate noch ein bisschen helfen. Jetzt, wo ich bei meinem Chef sowieso schon in Ungnade gefallen bin, kann ich den Rest der Zeit auch noch wegbleiben."

„Schön, dann wird sich die Gute bestimmt freuen, und es wird dir auch bestimmt nicht schaden, einmal ein paar Tage etwas kürzer zu treten. Ich habe sowieso den Eindruck, dass dein Chef ziemlich skrupellos ist und keinen seiner Mitarbeiter schont."

„So ist es leider, Mama. Und so schnell werde ich wohl auch keinen neuen Urlaub bekommen. Deswegen werde ich diese Zeit gut nutzen."

„Wenn dieser Ulrich wiederkommt, vermutlich soll ich ihn dann lieber abwimmeln?" fragte sie und lächelte wissend.

„Ja, das wäre mir ganz lieb. Aber ich werde es ihm auch selber sagen, wenn ich ihn noch einmal treffe, dass es keinen Zweck mit uns Beiden hat. Es tut mir zwar leid, dass du jetzt keinen Schwiegersohn bekommen wirst, der Klavier spielen kann. Aber wenn sich tatsächlich meine Träume erfüllen, dann wirst du dich über diesen Schwiegersohn in spe auch nicht beklagen können. Er hat so viel Herz, es geht so ein sonniges Strahlen von ihm aus."

Ihr Lächeln blieb. „Wenn du von ihm erzählst, strahlst du selber. Wer dich ich so zum Leuchten bringt, muss schon ein besonderer Mensch sein."

Im Esszimmer setzten wir uns auf die Eckbank. Der Öl-Kamin bullerte vor sich hin, die Flammen des Feuers züngelten auf und ab und warfen einen hellen Schein auf den Boden davor, wo Bodo in seinem Körbchen lag und vor sich hin träumte. Als ihm seine Nase jedoch signalisierte, dass etwas Essbares auf dem Tisch stand, sprang er auf, setzte sich vor mich hin und bettelte.

„Oh ja, er ist wirklich etwas Besonderes. Ich weiß zwar noch gar nicht was, aber ich spüre es. Es steckt so viel Leben in ihm. Er ist ein Macher, dass fühle ich. Irgendwie imponiert mir das, wenn Menschen Energie haben, und etwas damit anzufangen wissen. Das ist etwas, dass ich auch will, ich will die Welt bewegen. Ich habe immer noch den Wunsch, Frieden in die Welt zu bringen, selbst wenn ich Moment keine Zeit für die Demos habe."

„Das kann ich gut verstehen. Es sind auch nicht immer die großen Dinge, die alles weiterbringen. Ich habe mir als Kind die Welt auch ganz anders vorgestellt, als sie ist. Sogar mein Leben ist ganz anders verlaufen, als ich es mir dachte. Aber ich bin froh darüber wie es jetzt ist. Und ich bin sehr glücklich, besonders über meine drei Mädchen, die alle einen guten Charakter haben."

„Jetzt bist du aber voreingenommen, Mama. Du bist stolz auf uns Kinder, das ist toll. Aber wir sind überhaupt nicht perfekt. Und ich glaube sogar, dass wir alle noch sehr viel lernen müssen."

„Dafür sorgt das Leben schon, mein Schatz. Und Perfektionismus gehört nicht in diese Welt, dann wären wir schon im Paradies. Danach streben sollte man schon, aber glaube mir, es ist ein unbefriedigendes Verlangen. Ich bin allein schon deswegen froh, weil ihr alle gesund seid."

Ich nickte eifrig. „Dafür bin ich auch dankbar. Es gibt so viele grausame Krankheiten, davon hört man jeden Tag.

Gibt es eigentlich bei uns jemanden in der Familie, der unter Depressionen gelitten hat?"

„Nicht, dass ich wüsste. Aber ich glaube, früher hat man nicht so sehr darauf geachtet. Wenn die Menschen traurig waren, konnten sie es sich trotzdem nicht leisten, sich ins Bett zu legen. Da gab es sicher viele Menschen mit versteckten Krankheiten. Über sowas hat man natürlich auch nicht gesprochen, auch heute gibt es nur Wenige, die offen darüber reden."

„Wir haben in Italien diesen angehenden Studenten Vincenzo Conti getroffen, der hat die Notwendigkeit erkannt, sich stärker mit dieser Krankheit und den Betroffenen auseinander zu setzen. Er ist sehr motiviert, und ich traue ihm einiges zu."

„Da habt ihr ja dann einige interessante Menschen kennen gelernt. Die Reise war sehr kurz, aber anscheinend auch trotzdem intensiv. Und was gedenkst du da jetzt zu tun. Willst du auch anfangen zu studieren und Therapeutin werden?"

„Nein, das ist wohl nicht mein Weg. Ich bin wohl eher dazu geeignet, Menschen zu unterhalten und ihnen eine Freude zu machen. Wenn ich einmal Schauspielerin bin, hole ich die Leute aus den Alltagssorgen heraus und sorge dafür, dass sie sich gut entspannen können."

„Das ist auch eine gute Idee und auch sehr wichtig. Außerdem musst du dich noch nicht unbedingt heute festlegen. Hauptsache, du fängst erst einmal mit etwas an, das dir richtig erscheint. Willst du dich vielleicht gleich noch etwas hinlegen?"

„Nein, ich möchte noch einmal zu Renate hinüber, vielleicht gibt es dort noch etwas für mich zu tun."

Wir ließen uns das Frühstück schmecken, und meine Mutter ließ sich noch einige Details von der Eisenbahnfahrt erzählen, besonders von dem schicksalhaften Ereignis auf dem Brennerpass. Nachdem ich ihr noch ein bisschen beim Aufräumen der Küche geholfen hatte, spazierte ich den Waldweg entlang zu den Baracken am Seerosenteich.

Ich klopfte nur leise, weil ich sicher gehen wollte, Renate nicht im Schlaf zu wecken. Die Tür öffnete sich sofort.

„Habe ich dich gestört, Renate?"

„Nein. Ich hatte mich zuerst ein Stündchen hingelegt, aber vor Aufregung konnte ich nicht schlafen. Mir ging so vieles durch den Kopf, da konnte ich einfach nicht abschalten. Wie du dir denken kannst, habe ich alle Telefonbücher durchforstet nach einer Heizungsfirma Rosen, aber ich habe nichts gefunden. Das ist grauenvoll. Jetzt wollte ich gerade die Auskunft anrufen, und nachfragen, ob es hier in Bonn und in der Umgebung überhaupt Personen gibt, die den Namen Rosen tragen. Dann werde ich sie einfach alle abtelefonieren."

„Das wird nicht einfach. Hoffentlich ist er überhaupt aus diesem Umkreis. Stell dir einmal vor er kommt erst im Jahr 1968 oder so in diese Gegend gezogen? Oder aber, was genauso schlimm wäre, wenn Helma in den nächsten Jahren irgendwo anders hinzieht und dann dort von einem Dr. Rosen behandelt werden will. Das wäre katastrophal."

„Wollen wir lieber nicht an das Schlimmste denken! Setz dich und nimm dir einen Kaffee. Ich habe mir gerade ein Heft hingelegt und einen Stift. Ich beginne schon mal mit der Liste."

Sie wählte die Nummer der Auskunft und notierte sich alle Personen aus Bonn und der Umgebung mit dem Namen „Rosen".

Sie schrieb eine ganze Weile, wiederholte Namen und Telefonnummern und schrieb erneut.

Als sie den schwarzen Telefonhörer auf die Gabel legte, sah sie enttäuscht aus.

„Es gibt in Bonn alleine 22 Personen mit diesem Namen. Im Umkreis dann noch einmal 55 Personen dazu, das macht insgesamt 77 Leute, die infrage kommen. Und am Ende des Gesprächs, sagte mir die Dame von der Auskunft, ich sollte auch bedenken, dass es Menschen gibt, die sich gar nicht mit Namen und Nummer in das Telefonbuch eintragen lassen. Aber du kannst dir vorstellen, dass alles wird mich nicht entmutigen. Selbst wenn das Ganze jetzt keinen Sinn hat. Ich kann nicht einfach so dasitzen und Däumchen drehen."

Nachdem sie sich mit einer Tasse Kaffee gestärkt hatte, begann sie mit dem Telefon-Marathon. Von allen 77 Personen, erreichte sie nur 17, davon wollten ihr allerdings fünf keine Auskünfte am Telefon geben.

„Die restlichen 60 sind bestimmt heute gerade bei der Arbeit, wir haben einen Wochentag, und es ist noch nicht Mittagszeit. Ich denke, da wird es besser sein, es heute Abend noch einmal zu versuchen. Und mach dir keine Sorgen wegen der fünf anderen von eben. Von denen lassen wir uns einfach noch einmal die Anschriften geben, und ich suche sie dann persönlich auf. Machen wir das so?"

„Musst du denn nicht wieder arbeiten, Leona?"

„Nein, ich habe noch Urlaub, und da stehe ich dir dann zur Verfügung. Wir können direkt anfangen."

Glücklicherweise gab es zu jeder der fünf Personen, die im Stadtbezirk Bonn wohnten, eine Adresse. Ich steckte den Zettel in meiner Handtasche. „Und jetzt kannst du beruhigt zwei, drei Stündchen schlafen", schlug ich ihr vor. „Ich habe für meine Arbeit in der Buchbinderei eine Dauerfahrkarte, kann also kostenfrei jetzt vom Berg herunterfahren und die verschiedenen Adressen abklappern."

Sie zögerte. „Es ist gefährlich für dich allein. Soll ich nicht lieber mitfahren?"

„Auf keinen Fall. Wenn wir zu zweit an den Haustüren auftauchen, könnte man uns für ein Betrügerpärchen halten. Vor mir allein hat eine liebe Hausfrau keine Angst."

Nach einigem Überlegen gab sie nach. „Gut, aber versprich mir, vorsichtig zu sein. Und es muss ja auch nicht heute alles auf einmal sein. Wir haben doch noch ein paar Tage Zeit."

„Mach dir keine Sorge! Ich schaffe das schon", versprach ich ihr.

Ich kehrte noch einmal nach Hause zurück, um mir einen wärmeren Schal, Handschuhe und eine Mütze zu holen, dann machte ich mich voller Elan auf die Suche.

Gleich bei der ersten Adresse im Raum Poppelsdorf öffnete mir eine ältere Frau, die mir bereitwillig Auskunft gab. „Ich habe keinen Sohn, überhaupt keine Kinder, und ich war auch nie verheiratet. Sonst habe ich auch gar keine Familie mehr. Daher kann ich Ihnen nicht weiterhelfen. Möchten Sie vielleicht eine Tasse Kaffee?"

Offensichtlich war es ihr langweilig, und sie fühlte sich allein, aber mein Auftrag erlaubte es mir nicht, unnötige Pausen einzulegen, daher wünschte ich ihr noch einen schönen Tag und verabschiedete mich.

Die nächste Adresse einer Person mit dem Namen „Rosen" war eine Familie im Stadtteil Endenich. Ein kleines Mädchen öffnete mir die Tür, wurde dafür aber von ihrer Mutter gerügt, weil sie einer Fremden zum Einlass verholfen hatte. Gestresst fragte die junge Frau nach meinen Wünschen und ich teilte ihr mit, dass ich einen jungen Mann mit dem Namen Rosen suchte. „Tut mir leid, mein Mann ist zurzeit als Matrose auf hoher See, aber ich glaube nicht, dass sie ihn suchen. Er ist fast nie an Land, was möchten Sie denn von ihm?"

„Ich suche einen Herrn Rosen, der vom Beruf Heizungsbauer ist. Trifft das vielleicht auf ihren Mann zu?"

Sie schüttelte den Kopf. „Nein, er hat Koch gelernt. Und das macht er jetzt auch auf den Schiffen. Und meine Kinder sind gerade erst im Kindergarten und in den ersten Jahren der Schule, das dauert noch eine ganze Weile, bis sie sich einen Beruf aussuchen können."

Daraufhin folgte von mir die Frage nach weiteren Verwandten, die denselben Namen tragen, aber wie es sich herausstellte, hatte ihr Mann weder Brüder noch Cousins, überhaupt niemanden im fraglichen Alter.

Ich ließ mich nicht entmutigen. Bei der nächsten Adresse fand ich ein älteres, sehr freundliches Ehepaar, das nur eine Tochter besaß, die nach Hamburg gezogen war und dort einen Herrn Hansmann geheiratet hatte. Auch sie hatten keine Verwandten im fraglichen Alter. Allmählich fand ich schon etwas Routine bei meinen Recherchen, die mir allerdings bei der vierten Adresse nicht behilflich war. Die etwa 60-jährige Frau beschimpfte mich und wollte wegen meiner angeblichen Belästigung die Polizei holen. Durch ihr Gezeter versammelte sich die ganze Nachbarschaft um mich herum. Ich floh zunächst einmal eiligst um die Ecke, um später noch einmal zurückzukehren und bei einer Nachbarin zu klingeln. Bei ihr fragte ich nach, ob diese unfreundliche Dame, vielleicht Söhne hätte.

„Zum Glück nicht", meinte die Nachbarin lachend. „Machen Sie sich nichts aus dem Geschrei! Der ist es immer langweilig, sie hat nichts zu tun, und freut sich, wenn sie einmal tüchtig Ärger machen kann. Da kamen Sie vermutlich gerade recht."

Die letzte Adresse gehörte zu einem alten Mann, einem Witwer, dessen Sohn vor einiger Zeit an einer unheilbaren Krankheit gestorben war. Auch bei ihm hatte ich den Eindruck, dass er sich allein fühlte, und sich gerne noch eine Weile mit mir unterhalten hätte. Mit Bedauern verabschiedete ich mich und wünscht ihm noch einen schönen Tag. Dabei kam ich mir jedoch ein bisschen hilflos vor, hatte ich doch den Eindruck, dass er die restlichen Stunden des Tages etwas trostlos verbringen würde.

Ich hakte den letzten Namen der Liste ab und spazierte zum Bahnhof, um meinen Bus zum Venusberg zu erreichen. Dort traf ich Leni, die gerade von der Universität kam und mich freudig begrüßte.

„Na du Weltenbummlerin!" begrüßte sie mich. „Das ist doch wirklich die Höhe, dass du einfach wegfährst, ohne mir Bescheid zu sagen. Und dann auch noch in das traumhafte Venedig, wohin sich jede junge Frau sehnt."

„Ich hatte leider keine Gelegenheit mehr, dir vorher Bescheid zu sagen. Dazu ging alles viel zu schnell. Und da ich ja jetzt schon wieder hier bin, kannst du dir auch vorstellen, dass wir nicht wirklich viel Zeit hatten, uns all die herrlichen Gebäude und Gassen anzusehen. Aber das, was wir gesehen haben, reicht gerade, um zu wissen, dass ich eines Tages dorthin wiederkehre."

„Ich habe auch fest vor, einmal diese Stadt zu besuchen, Leona. Insgeheim wünscht man sich ja solch ein Ziel für eine Hochzeitsreise. Aber damit wird es wohl nichts. Ich habe einen super netten Typ kennengelernt, wir können uns immer gut unterhalten, aber von Romantik hält er nichts."

Ich schielte sie von der Seite her an. „Ah, du bist verliebt, sagenhaft, was alles in so kurzer Zeit passieren kann."

„Na ja, nicht wirklich verliebt. Aber er ist trotzdem toll, wir können miteinander reden ohne Pause. Das habe ich bisher bei meinen Freunden noch nicht erlebt. So etwas könnte mir schon auf Dauer gefallen. Er ist allerdings nicht so sehr für das Tanzen, aber ich werde ihn dir nächste Woche bei meiner Geburtstagsparty vorstellen. Bin mal gespannt, was du von ihm hältst."

„Ein Foto hast du sicherlich von ihm noch nicht? Dann könnte ich ein bisschen über seinen Typ in seinem Gesicht lesen."

„Nein! Ich sagte dir doch, er ist überhaupt nicht kitschig. Er könnte es nicht verstehen, wenn ich ein Foto von ihm im Portmonee habe. Und bei der nächsten Demo wollen wir zusammen gehen. Er ist fast immer dabei, und macht ungeheuer viel für den Frieden. Bis jetzt hat er in einer Kommune gewohnt, mit ziemlich vielen Frauen zusammen. Aber jetzt hat er entschieden, dass er mehr Ruhe braucht zum Studieren. Deswegen ist er noch mal zurück zu seinen Eltern gezogen. Dort hatte er ein hübsches Zimmer im Dachstuhl."

„Das kennst du schon?" staunte ich.

„Ja, er doch den Umgang mit Frauen gewohnt. Gestern Abend hat er mich mit nach Hause genommen. Aber es ist nichts passiert, nicht einmal ein Kuss."

„Oh! Schade! Und wie sind seine Eltern?

„Die habe ich noch nicht kennengelernt. Die waren im Theater, aber ich glaube, Oliver hatte sowieso keine Lust, mich offiziell vorzustellen. Er ist in allem nicht so förmlich. Und wie war es bei dir? Deine Reise war zwar unheimlich kurz, aber auch das kann eventuell sehr intensiv sein."

„Das stimmt. Und genauso war es." Ich erzählte ihr die Version, die ich auch schon für meine Mutter verwendet hatte, alles außer der Suche nach einem Professor Conti und die Anwendung des DVR-Geräts.

Sie umarmte mich freudig. „Dann hast du dich also auch verliebt, am gleichen Tag wie ich. Ob wir auch einmal am gleichen Tag heiraten werden? Aber bist du dir überhaupt so sicher, dass du dich mit Giovanni nicht in irgendeine romantische Illusion hineinsteigerst? Meinst du, du kannst aus der Entfernung eine vernünftige Beziehung aufbauen?"

Ich sah sie überrascht an. „Seit wann bist du so unromantisch? Bisher haben wir immer die gleichen Chansons von dieser hübschen Hansösin gesungen, die uns in Stimmung bringt. Ich habe nicht daran gedacht, etwas aufzubauen. Es ist einfach die Liebe, die mich gepackt hat. Was willst du dagegen tun? Gib es doch zu, bei dir ist es auch nicht anders."

„Hm, ja. Eigentlich hast du Recht, ich träume auch vom weißen Brautschleier und dem Rosenstrauß, den ich dann meinen Brautjungfern zuwerfen kann. Ich bin doch noch nicht so weit mit der Emanzipation wie meine Kommilitoninnen. Dann musst du jetzt wohl fleißig Italienisch lernen."

„Natürlich, gleich morgen besorge ich mir ein Wörterbuch und eine Grammatik. Und dann schreibe ich ihm natürlich einen Brief. Ich hab jetzt schon wahnsinnig viel Sehnsucht nach ihm. Da hast du es wirklich besser, du siehst Oliver jeden Tag in der Uni."

„Ja, vielleicht ist es nicht so romantisch wie bei dir, aber es fühlt sich gut an. Übrigens, du warst doch mit Helmas Tante in Italien. Ich habe lange nichts mehr von Helma gehört. Was macht sie eigentlich? Hat sie auch einen Freund?"

„Mir hat sie jedenfalls noch nichts davon erzählt, Leni. Ich glaube, es läuft alles ganz normal bei ihr. Du könntest sie zu deiner Geburtstagsparty einladen."

„Lieber nicht, Leona. Sie passt nicht besonders zu meinem Freundeskreis. Ich mag sie ganz gern, aber meine Freunde finden sich schon etwas komisch. Und sie kommt auch aus diesen Baracken. Der Krieg ist doch schon eine ganze Weile vorbei. Da wird es Zeit, dass die mal endlich dort ausziehen."

„Die Menschen dort haben allerhand Schlimmes erlebt, da ist die Zeit vielleicht ein bisschen länger stehen geblieben. Es sind alles sehr nette Leute, die dort wohnen, ich bin mit ihnen befreundet."

Leni lächelte nachsichtig. „Da bist du immer schon etwas komisch gewesen, und hast dich viel mit Außenseitern beschäftigt, und mit Menschen, die der unteren Schicht angehören."

„Ach, wenn du dich jetzt reden hören könntest! Ich denke, du gehst mit mir sonst zu den Demos für den Frieden. Wenn du dich jetzt schon so von deiner ehemaligen Mitschülerin distanzierst, bloß weil sie in den Baracken wohnt, dann glaube ich nicht daran, dass es so weit her ist mit deiner Toleranz. Und tolerant muss man sein, wenn man sich den Frieden wünscht und danach strebt."

Leni protestierte. „Das ist etwas ganz anderes. Wir arbeiten global für die Völkerverständigung."

Ich verzog den Mund. „Dann musst du erst mal bei dir selbst anfangen. Solange du gegen Helma Vorurteile hast, ist es nicht weit her mit deiner Toleranz."

Gekränkt schwieg sie. Als der Bus an der Endhaltestelle anhielt, fiel unser Abschied zum ersten Mal nicht herzlich aus. Mit einem unterkühlten „Tschüss" gingen wir auseinander.

***

10. Kapitel

Nach dem Abendessen suchte ich noch einmal Renate auf. Sie hatte inzwischen einige Telefonate geführt und auch vermehrt aufschlussreiche Antworten erhalten, bisher jedoch noch keine Handwerker mit dem Namen Rosen entdecken können.

„Wir haben jetzt noch 26 Namen, die wir überprüfen müssen. Und sie alle konnte ich bis jetzt nicht telefonisch erreichen. Bevor ich aber weitere Pläne schmiede, muss ich dir noch etwas Besonderes erzählen. Ich hatte eben ein seltsames Erlebnis", berichtete sie mir, „und zwar, als ich mit Tobby draußen war."

Ich setzte mich neben sie an den Küchentisch, auf dem sie das DVR- Gerät aufgebaut hatte.

„Hast du für irgendjemanden in die Zukunft geschaut?"

„Nein, draußen war es, am Seerosenteich. Es war so neblig heute, weißt du, die richtigen November-Nebel. Es war wie ein helles Licht über dem Wasser, und dann sah ich sie, meine Schwester Helene. Sie sah aus wie eine Elfe, mit Flügeln, trug ein weißes Kleid und ihr langes blondes Haar in Locken über den Schultern herunterhängend. Ich hatte das Gefühl, dass sie mich ansah, aber nicht traurig, so wie sie es in der letzten Zeit ihres Lebens war, sondern heiter und gelöst. Trotzdem schien sie ihre Lippen zu bewegen, als wenn sie mir etwas sagen wollte. Ich fragte einfach mein Herz, was sie wohl zu mir sprechen könnte. Und da wusste ich es. Von irgendwoher sieht sie uns zu und bittet uns, weiter zu machen für Helma und all die Menschen, die Depressionen haben. Das hat mir viel Mut gemacht, und meine ganze Müdigkeit war wie weggewischt."

„Was für ein schönes Erlebnis, Renate! Du musst dir keine Sorgen machen wegen der 26 Personen, die wir noch nicht identifiziert haben. Ich habe doch noch Urlaub, natürlich werde ich in den nächsten Tagen alles daran setzen, diesen Handwerker zu finden. So schwer kann das doch nicht sein."

„Ich danke dir, Leona! Das werde ich dir nie vergessen. Und im Übrigen habe ich noch eine sehr gute Nachricht für dich. Vorhin war ich drüben bei Helma, wir haben zusammen etwas zu Abend gegessen. Sie war wieder völlig normal, fröhlich und guter Dinge und freut sich über ihre Erfolge beim Lernen. Es gab nicht das kleinste Anzeichen für Traurigkeit, geschweige denn für eine Depression. Sie wirkte munter und aktiv, optimistisch und voller Vorfreude auf ihre berufliche Laufbahn. Es ist also tatsächlich im Moment noch keine Gefahr im Verzug. Natürlich werde ich mir auch das zu Herzen nehmen, was dieser Conti in Italien gesagt hat. Ich werde mit darauf achten, dass Helma gesund lebt für Körper und Seele."

Ich freute mich mit ihr. „Das ist wirklich eine wahnsinnig gute Nachricht. Tatsächlich motiviert mich das jetzt für die Arbeit in den nächsten Tagen. Wir müssen es schaffen und wir werden es schaffen."

Sie nickte zuversichtlich. „Das glaube ich auch. So jetzt werde ich das Gerät noch einmal vorsichtig reinigen und wieder einpacken, damit nichts daran geschieht."

Sie reichte mir den Zettel mit den 26 Adressen, die sie erstaunlicherweise alle aus Telefonbüchern oder von der Auskunft erfahren hatte. „Und jetzt fühle ich mich besser, ein bisschen entspannt, aber sehr müde. Ich werde jetzt etwas von dem Schlaf nachholen, den ich auf der Reise versäumt habe. Ja, Kindchen, du bist noch jung. Du merkst das noch nicht so stark, aber wenn du erst einmal so alt bist wie ich, dann fällt einem schon einiges schwerer."

„Trotzdem findest du noch Verehrer", erinnerte ich sie lächelnd. „Vielleicht reisen wir beide noch einmal zusammen nach Venedig."

Ich verabschiedete mich von ihr und trat hinaus vor den See, der im Halbdunkel dalag.

Nebel zogen über ihn hinweg, und ich wartete eine Weile, ob ich etwas Besonderes sah, aber es tat sich nichts.

Nachdenklich spazierte ich nach Hause. Ob sich Renate das Bild nur eingebildet hatte? Oder gab es wirklich solche geheimnisvollen Erlebnisse. Gewiss, mit dem Verstand war das nicht zu erklären, aber immerhin konnte ich es mir vorstellen.

Am Gartentor meines Elternhauses angekommen, entdeckte ich Ulrich, der sich etwas frierend die Füße vertrat.

„Hast du Lust, mit mir etwas auszugehen, Leona?"

Ich sah ihn mit großen Augen an. „Das fällt dir früh ein. Bist du immer so spontan?"

„Ja, warum nicht. Manche Dinge, die man lange vorausplant, sind nicht zu verwirklichen. Aber spontan klappen manche Unternehmungen. Deine Mutter hat mir von deiner Reise erzählt, das war doch auch ziemlich spontan, oder?"

Ich lächelte. „Sehr sogar. Aber ich hatte auch einen triftigen Grund, ich wollte unbedingt jemandem helfen."

„Dann sei doch auch einmal für dich spontan", empfahl er mir.

„Was hattest du dir dann für heute vorgenommen? Wo wolltest du hin?"

„Ach, vielleicht nur so ein bisschen herumfahren. Heute habe ich das Auto meiner Eltern dabei. Sie sind zum Skifahren in die Alpen, da können sie ihr Auto sowieso nicht gebrauchen."

„Oh!" machte ich gedehnt. „An das Auto habe ich schlechte Erinnerungen. Diese Episode möchte ich lieber überspringen, auf diese Erfahrung kann ich verzichten. Und außerdem, ich möchte auch nicht später eine Politikerin werden, die ständig nur schwafelt. So stelle ich mir mein Leben nicht vor."

Er sah mich irritiert an. „Wie bitte? Das musst du mir aber alles jetzt näher erklären. Wieso kennst du das Auto meiner Eltern? Und wer verlangt von dir, dass du eine Politikerin wirst?"

Ich deutete auf den Parkplatz, zeigte auf die große Limousine, die als letztes Auto in der Reihe stand. „Ist das dort etwa nicht das Auto deiner Eltern?"

Überrascht sah er mich an. „Doch, natürlich. Woher weißt du das? Spionierst du mir etwa hinterher?"

„Nicht wirklich. Es ist mir aber schon einmal im Zusammenhang mit dir begegnet. Eine lange Geschichte, aber jetzt nicht so wichtig. Ich will ganz ehrlich zu dir sein, Ulrich. Du bist wirklich ein netter Mann, und ich habe sehr gern mit dir getanzt. Da haben wir wirklich prächtig harmoniert. Und du bist mir auch ungeheuer sympathisch. Aber auf dieser Reise gab es ein Naturereignis, und ich habe die Liebe meines Lebens kennengelernt. Und vermutlich werden wir irgendwann einmal heiraten."

Er begann, laut zu lachen. „Eine Reisebekanntschaft! Ich hatte dich wirklich für klüger gehalten, oder vielleicht auch nicht. Ist er wenigstens aus Bonn oder der Gegend von hier?"

„Nein, uns trennen mindestens 800 km. Aber das hat nichts zu bedeuten, Gefühle können jede Entfernung überbrücken."

„Dann ist er etwa Italiener? Wie konntest du denn auf so etwas hereinfallen? Die sind immer total schnell begeistert und machen dir Komplimente und überschütten dich mit Liebesschwüren. Aber ich kann dir verraten, das geht auch alles schnell wieder vorbei. Und dann sitzt du da mit gebrochenem Herzen. Wie kannst du nur so naiv sein?!"

„Es ist echt, was ich fühle. Und ich habe gespürt, dass bei ihm auch alles echt ist. Wie lange so etwas anhält? Das weiß, glaube ich, kein Mensch. Aber darüber will ich mir jetzt auch gar keine Gedanken machen. Lauf du ruhig deiner Karriere nach! Die große Partei wird stolz auf dich sein."

Er schüttelte verwirrt den Kopf. „Wenn ich es nicht besser wüsste, würde ich denken, dass du dir in Italien ein Hitzestich geholt hast. Aber wir haben ja Winter, da muss dir wirklich ein Casanova sehr den Kopf dreht haben, dass du den Verstand verloren hast."

„An deiner Grammatik musst du aber für deine Karriere noch etwas feilen", riet ich ihm. „Hast du es im Deutschunterricht nicht gelernt: nach dem Wort „wenn", soll man im Nachsatz niemals das Wort „würde" gebrauchen, das ist die Regel. Und wenn du demnächst Klavier spielst, dann lieber nicht Schumann und Brahms, die sind zu romantisch."

„Dann war es das jetzt also mit uns, Leona?"

„Von mir aus können wir ruhig Freunde bleiben", schlug ich ihm vor.

„Frauen und Männer können nie Freunde sein", teilte er mir mit. „Ich habe für dich ein Buch im Auto, das wollte ich dir eigentlich schenken. Es heißt „Psychoanalyse der Liebe" und ist von Sigmund Freud. Damit wollte ich dich ein bisschen vorbereiten auf die Beziehung zwischen uns, ich hatte das Gefühl, dass du die Liebe noch nicht in allen Farben und Formen kennst."

„Danke für das Buch. Es ist bestimmt sehr interessant. Aber wenn du meinst, dass wir keine Freunde werden können, kannst du das Buch auch behalten."

„Schade", sagte er. „Ich hätte dir sehr gern gezeigt, wie sinnlich die Liebe sein kann. Aber es soll eben nicht sein."

„Tut mir leid", zeigte ich ein leichtes Bedauern. Oder war es Mitleid? „Natürlich können zwei Menschen etwas voneinander lernen. Aber irgendwie habe ich bei dir das Gefühl, dass du mein Lehrer sein möchtest. Und wenn ich mich als deine Schülerin fühle, könnte ich keine Beziehung mit dir haben. Ich wünsche dir alles Gute für dein Leben, und viel Erfolg für deinen Beruf. Ich spüre, dass du einmal einen guten Posten haben wirst. Und eine passende Frau findest du auch."

„Da mache ich mir jetzt noch keine Gedanken drüber. Das Heiraten ist für mich nicht wichtig."

„Ja, ich weiß. Du bist lieber spontan." Ich hielt ihm die Hand hin zum Abschied.

Er nahm meine Hand nicht, sondern drückte mich kurz. „Alles Gute auch für dich!"

Ich fühlte es im Magen, endgültige Abschiede sind nie besonders bekömmlich. Zum Glück wusste ich, dass er seinen Weg gehen würde, und ich wusste ganz sicher, dass sein Weg nicht mein Weg war.

Ich sah mich nicht noch einmal um, sondern ging den Weg entlang, der zu unserem Haus führte. Marlis und Monika erwarteten mich im Esszimmer, wo sie sich mit Handarbeiten beschäftigten. Während Marlis einen dicken Winterpullover strickte, beschäftigte sich Monika mit der Nähmaschine, um ein Sofakissen zu nähen.

„Jetzt musst du uns aber alles genau von der Reise erzählen", forderte mich Marlis auf. „Und erzähl uns nicht, du hättest nichts erlebt. Das glauben wir dir sowieso nicht, weil Mama schon so komisch gelächelt hat. Du weißt ja, sie kann sich absolut nicht verstellen. Dazu ist sie eine viel zu ehrliche Haut."

Erneut erzählte ich die Version, die ich bereits zwei Male vorgetragen hatte, sparte aber nicht mit den Details über Giovanni. „Ich hoffe, dass er mir bald ein Foto schickt, damit ich euch euren zukünftigen Schwager vorstellen kann. Das wünsche ich mir jedenfalls. Ich weiß, dass einem das Leben nicht jeden Wunsch erfüllt, aber dieses Mal habe ich eine Hoffnung."

Marlis zog die Augenbrauen hoch. „Du bist aber optimistisch. Wie lange willst du denn das über so eine Entfernung hinweg aufrechterhalten?"

Ich sah sie vergnügt an. „Ich hoffe, nicht so lange. Ist dir schon aufgefallen, dass ich im heiratsfähigen Alter bin?"

„Aber was ist mit deinem Beruf? Willst du hier alles schmeißen? Wo wollt ihr leben? Willst du etwa in den Süden ziehen? Hast du dir all das auch schon einmal gut überlegt? Die Menschen dort haben schon eine ganz andere Mentalität."

„An eine so sonnige Mentalität könnte ich mich schon gewöhnen", behauptete ich. „Und jetzt nach dem Krieg werden sich alle Länder in Europa schon viel mehr zusammenschließen, die Grenzen werden offener, man wird viel toleranter, wir alle tun sehr viel für eine Welt, die in Zukunft ohne Kriege auskommen kann."

„Ich glaube, du hast in der letzten Zeit versäumt, die Zeitung richtig zu lesen. Ist es dir nicht entgangen, was hier gerade mit den Deutschen und Italienern passiert?"

Ich sah sie irritiert an. „Was meinst du denn damit? Es ist doch alles friedlich. Auch an den Grenzen waren die Menschen überall sehr freundlich. Und in Italien natürlich auch."

„Dann ist wohl die ganze Geschichte mit den Fremdarbeitern an dir vorbeigegangen, Leona. Die kommen nämlich im Moment in großen Scharen aus Italien in unser Land. Das ist auch wohl so vereinbart, sie kommen aus dem Süden und suchen alle Arbeit. Im Moment geht das auch sehr gut, weil nämlich viele deutsche Handwerker ihre Schäfchen im Trockenen haben und ein bisschen bequem geworden sind, manche sogar faul. Ich habe es drüben auf der Baustelle auf der Apfelallee selber gesehen. Die deutschen Handwerker haben alle um 12:00 Uhr Schluss gemacht und sind nach Hause gegangen, weil sie genug verdient und keine Lust mehr hatten. Es ist so viel gebaut worden in den letzten Jahren und wird auch momentan noch so viel gebaut, dass sie sehr wählerisch sein können und nicht alles machen müssen, was man ihnen anbietet. Da kommen jetzt diese Italiener gerade recht als Fremdarbeiter, auch wenn sie manche freundlicherweise Gastarbeiter nennen. So werden sie aber gar nicht behandelt. Es gibt eine Menge Menschen, die hässliche Schimpfamen für sie haben, zum Beispiel den Namen Spaghettifresser. Besonders im Ruhrgebiet herrschen ganz schlimme Zustände. Man

steckt sie dort in unmenschlich kleine und schmutzige Unterkünfte und bezahlt ihnen nur einen Mindestlohn. Dafür müssen sie sich dann noch beschimpfen lassen. Ich könnte mir vorstellen, dass es deinem Giovanni nicht gefallen würde, hier so behandelt zu werden. Und wenn er seine Arbeit dort erst einmal gekündigt hat, wird es für ihn schwer sein, hier etwas Ähnliches zu finden. Hier müssen die Italiener nämlich erst einmal die Drecksarbeit machen, an denen die Deutschen kein Spaß mehr haben."
Ich atmete tief. „Oh, ist das wirklich so? Da habe ich mich wohl in den vergangenen Tagen tatsächlich mit so vielen anderen Dingen beschäftigt, dass ich diese Entwicklung gar nicht mitbekommen habe. Aber Giovanni ist fleißig, er würde bestimmte eine Arbeit finden. Nur, ich kann mir gar nicht vorstellen, dass er sich hier richtig wohlfühlt. Mir dagegen wird es nichts ausmachen, in den sonnigen Süden zu ziehen, in dieses Land, das so viel Kunst und Kultur beherbergt."
Monika mischte sich ebenfalls ein. „Wenn man nach Italien in Urlaub fährt, ist das wirklich schön. Aber die meisten Gegenden dort sind wesentlich bescheidener und ärmer, als es hier in Deutschland ist. Und in den Familien geht es auch noch ganz anders zu. Die Frauen sind lange nicht so emanzipiert wie hier. Das kannst du dir gleich abschminken, dass du dich dann dort so frei bewegen kannst. Hast du überhaupt schon mal mit Papa darüber geredet?"
„Nein, natürlich noch nicht! Wann denn auch?! Wir haben uns bis jetzt noch nicht gesehen. Natürlich wird er Bedenken haben, so wie du und Marlis und jeder normale Mensch. Aber dieses Wort Bedenken spricht doch schon für sich selbst. Man muss über etwas nachdenken, es sich von allen Seiten genau anschauen, Vor- und Nachteile abwägen. Es ist sicher vieles dort anders, aber muss deswegen dort alles schlechter sein? Sicherlich werde ich erst mal mir dort alles anschauen. Wir wollen ja auch nicht gleich heiraten, Giovanni dachte an eine Verlobung.

Und das bedeutet, dass man sich wünscht, dass man für immer zusammenbleibt, und dass man hofft, dass man es auch schafft. In einer Verlobungszeit kann man dann sehen, ob man sich getäuscht hat. Aber mit diesem Versprechen zeigt man eben, dass man den ehrlichen Willen hat, zusammen zu bleiben."

„Na, wenn du das so siehst", räumte Monika ein, „dann hast du ja auch noch Zeit, darüber nachzudenken. Ich hatte schon befürchtet, dass ihr morgen Hochzeit machen wollt. Dann würde ich aber an deiner Stelle jetzt schon anfangen, etwas Geld zu sparen, damit du bald wieder nach Italien reisen und dieses Land erst einmal kennenlernen kannst."

„Genau das habe ich vor. Und außerdem hast du vergessen, dass Giovanni seine Arbeitsstelle nicht im Süden Italiens hat, sondern ganz im Norden, an der österreichischen Grenze. Mit dem Zug sind das nur ein paar Stunden."

„Was ist denn eigentlich mit diesem Ulrich, der hier inzwischen bei uns nach dir gefragt hat? Ist das denn kein Heiratskandidat für dich?" wollte Marlis wissen, legte ihr Strickzeug beiseite und steckte sich eine Salzstange in den Mund.

„Nichts für mich. Er experimentiert noch mit der Liebe. Für feste Beziehungen ist er noch nicht zu haben."

Monika lachte. „Du bist auch noch jung. Du könntest auch noch experimentieren. Schau doch mal, wie viele Freundinnen und Freunde von uns in den Kommunen leben. Die experimentieren alle."

„Vielleicht bin ich zu altmodisch. Aber das ist sowieso für mich nicht wichtig, ich habe einfach gespürt, dass Giovanni der Richtige für mich ist. Das weiß man einfach, wenn man das so erlebt hat, wie ich."

Die beiden zeigten sich amüsiert.

„Ja, wenn man frisch verliebt ist, dann ist alles in der Welt eben rosenrot", fand Monika. „Aber warte erst mal, wenn etwas Zeit vergangen ist, dann normalisiert sich alles wieder."

Hatte sie eben „rosenrot" gesagt? Es erinnerte mich an die Suche nach Dr. Rosen und dem Handwerker, den wir so verzweifelt suchten.

„Es heißt rosarot", wusste ich.

„Na dann heißt es eben rosarot", räumte sie ein. „Aber rosenrot passt auch. Er ist bestimmt so ein Typ, der alles mit Blumen macht. Er schenkt dir Rosen, wenn er in dich verliebt ist, und er schenkt dir Rosen, wenn er irgendetwas angestellt hat und sich bei dir entschuldigen will."

Ich grinste. „Ihr könnt mich gar nicht ärgern. Ich bin einfach glücklich, und das lasse ich mir von niemandem nehmen. Ihr könnt sagen, was ihr wollt, an ihn zu denken ist einfach himmlisch."

„Wir wollen dich ja gar nicht ärgern", beteuerte Marlis. „Wir freuen uns, wenn du glücklich bist. Aber wir wollen dich auch ein bisschen warnen, dass du jetzt nicht nur alles rosenrot siehst, sondern auch ein bisschen an die Schattenseiten denkst."

Ich schüttelte energisch den Kopf. „Die Schatten kommen von allein, wo Sonne ist, ist auch Schatten, aber daran muss ich jetzt noch nicht unbedingt denken."

***

11. Kapitel

Mit der Adressenliste machte ich mich am anderen Tag wieder auf die Suche nach den Personen mit dem Namen Rosen. Am Vormittag hatte ich kein Glück. Überall, wo ich auf den Klingelknopf drückte, schien niemand zu Hause zu sein.

Enttäuscht entschloss ich mich zu einer kleinen Mittagspause im Haus meiner Eltern. Meine Mutter, die als einzige um diese Zeit zu Hause war, begrüßte mich freudig.

„Es ist Post für dich gekommen, mein Schatz." Sie hielt mir einen dicken Brief hin, auf dem italienische Briefmarken prangten. Vorsichtig öffnete ich ihn mit einem Küchenmesser, um ihn nicht mehr als nötig zu verletzen.

Giovanni schrieb auf eine wunderschöne Postkarte, die eine Schneelandschaft in den Alpen zeigte, teils in Italienisch, teilweise in Deutsch:

„Carissima Leona, Amore, hoffentlich geht es dir gut! Ich vermisse dich sehr. Leider kann ich nicht fort von hier. Und du weißt, mia amata sposa (meine geliebte Braut), dass ich dich gerne besuchen würde, aber hier nicht weg kann. Ob du es vielleicht möglich machen kannst, mich zu besuchen? Vielleicht sogar zu Weihnachten oder zum Anfang des Jahres? Das ist mein größter Wunsch! Ich habe dir ein kleines Päckchen geschickt, und ich hoffe, dass du es bald bekommst. Schreibt mir bitte, ich vermisse dich. Ich liebe dich! Ti amo und a presto! (Bis bald)".

Ich reichte die Karte meiner Mutter zum Lesen. „Ich bin so glücklich, Mama. Was hat eigentlich Papa gesagt? Konntest du schon mit ihm sprechen?"

„Eigentlich wollte ich das dir überlassen, aber deine vorwitzigen Schwestern konnten natürlich den Mund nicht halten. Da habe ich ihm lieber schon einmal das Nötigste erzählt, damit er sich nicht aufregt. Denn deine

Schwestern haben nicht mit ihren Scherzen gespart und alles sehr dramatisch dargestellt."

„Und? Was hat er gesagt? War er sehr schockiert?"

„Er hat eine Weile gar nichts gesagt. Ich dachte schon, er wollte nicht darüber reden. Aber endlich meinte er: „Es wird nicht alles so heiß gegessen, wie es gekocht wird. Warten wir erst einmal alles ab." Mehr kam da nicht von ihm darüber, danach ist er wie immer zur Arbeit gefahren."

Ich hob die Augenbrauen. „Das ist wirklich nicht viel. Aber immerhin ist er nicht ausgerastet. Möglicherweise denkt er, dass sich das Ganze wieder von allein erledigt. Vielleicht nimmt er an, dass sich unsere Gefühle in der Zeit, in der wir uns nicht sehen, verflüchtigen werden. Immerhin, es beruhigt mich schon, dass er nichts dagegen gesagt hat."

Wir nahmen gemeinsam einen kleinen Imbiss ein, Milchreis mit Butter und Zucker und Zimt, das war eines unserer gemeinsamen Lieblingsessen. Nachdem ich mit ihr das Geschirr gespült hatte, küsste ich sie auf die Wange und zog wieder los.

„Was auch immer du da machst für Renate, ich wünsche dir dafür Glück", rief sie mir hinterher.

Der Nachmittag gestaltete sich fast so ergebnislos wie der Vormittag bis auf eine einzige Ausnahme. Eine Person mit dem Namen Rosen stellte sich als Kinderarzt, als Dr. Rosen vor, ein grauhaariger Mann frühen Rentenalter.

Meine Hoffnung war groß, als ich ihn nach einem Sohn fragte.

„Ich mag Kinder sehr, deswegen bin ich auch Kinderarzt geworden, aber ich habe leider nie eigene Kinder gehabt. Deswegen haben meine Frau und ich ein Kind adoptiert."

Meine Hoffnung wuchs. „Das ist schön", antwortete ich höflich. „Auch mit einem adoptierten Kind kann man Freude haben. Ich hoffe für Sie, dass es so ist."

Er nickte. „Oh ja, Melanie ist eine große Freude für uns. Sie ist tatsächlich in meine Fußstapfen getreten und ebenfalls Kinderärztin geworden. Sie können sich vorstellen, wie stolz wir auf sie sind."

„Dann hat Sie das Leben doch noch reich beschenkt", beteuerte ich ihm. „Arbeitet sie mit Ihnen gemeinsam in der Praxis?"

„Ja, und sie wird einmal meine Praxis übernehmen."

In meinem Kopf rotierte es. Vielleicht war unser Dr. Rosen gar kein Mann? Aber sie war doch Waise und hatte keinen Handwerker zum Vater oder doch? Würde man das jemals herausbekommen? Oder heiratete sie vielleicht einen Mann, einen Doktor, der Neurologe war und bei der Heirat ihren Namen annahm?

„Was für eine Freude! Ist sie denn auch verheiratet?"

„Ja, mit einem Klinikdirektor. Den hat sie kennen gelernt, als sie Assistenzärztin war. Sie sind sehr glücklich miteinander. Die beiden verstehen sich sehr gut, deswegen suchen sie auch schon nach einem Ausweg für ihre Situation."

„Bitte? Ich kann Ihnen im Moment nicht ganz folgen, Herr Dr. Rosen."

„Ja, stellen Sie sich das vor. Die beiden werden ebenso kinderlos bleiben wie wir. Nun überlegen sie auch, ob für sie eventuell eine Adoption infrage kommt. Sie dachten eventuell schon an ein Kind aus Afrika. Aber im Augenblick sind die beiden beruflich noch zu sehr engagiert. Sie werden also noch eine Weile Zeit haben, sich das zu überlegen."

Also, das war wieder ein Misserfolg. Oder würde seine Tochter vielleicht noch umsatteln, von der Kinderärztin zur Neurologin?

Nein, entschied ich. Das war jetzt so absurd. Dr. Conti hatte eindeutig von einem Mann gesprochen, der ihn besucht hatte. Und die ganze Sache mit dem Vater, der ein Handwerker war und ihn nicht gut als Sohn behandelte, all das passte nicht. Die freundliche Mutter, der jüngere Bruder. All das, passte nicht zusammen. Ich bedankte mich und verabschiedete mich von dem Arzt, der mir so bereitwillig, ohne große Fragen zu stellen, diese privaten Auskünfte gegeben hatte. Was für ein Glück! Offenbar hatte ich jetzt Routine gefunden und wirkte auf die Leute Vertrauen erweckend und aufmunternd.

Inzwischen war es dunkel geworden, und bevor ich in mein Elternhaus zurückkehrte, stattete ich Renate noch einen kurzen Besuch ab, um ihr vom heutigen Tag Bericht zu geben.

„Es tut mir leid, dass wir bis jetzt noch nicht weitergekommen sind. Zum Glück habe ich noch immer Urlaub und kann es morgen weiter versuchen. Hoffentlich bist du nicht zu sehr enttäuscht."

„Wie kommst du denn darauf?! Wie sollte ich das alles denn ohne dich schaffen?! Du bist mir so eine große Hilfe. Und ich finde, dass wir trotz allem gut vorankommen. Wir haben ja noch einige Tage Zeit, und ich bin ganz zuversichtlich, dass du es schaffst. Außerdem war Helma wieder bei mir, wir haben uns eben sehr lange unterhalten. Es war ein sehr gutes Gespräch, und sie hat sehr viel von sich erzählt, über alles, was mit ihrer Zukunft zu tun hat. Sie ist im Moment wirklich nicht depressiv, im Gegenteil, es macht mir richtig Freude, zu sehen, wie sie sich auf ihre zukünftige Arbeit freut."

„Das ist fantastisch. Das gibt uns jetzt wirklich ein gutes Gefühl für unsere Weiterarbeit. Meinst du eigentlich, es wäre sinnvoll, sie mit Freunden zusammen zu bringen? Im Moment konzentriert sich ihr ganzes Leben auf den Beruf und den Erfolg. Aber vielleicht fehlt ihr im Bereich der Partnerschaft irgendetwas. Hat sie mit dir auch darüber gesprochen?"

„Nein. Das scheint im Moment nicht wichtig für sie zu sein. Und ehrlich gesagt, davor habe ich auch ein bisschen Angst. Stell dir vor, du oder ich, einer von uns Beiden wäre derjenige, der sie mit diesem Mann zusammenführt, mit dem sie sich verlobt, und der dann kurz vor ihrer Hochzeit verunglückt. Wir würden es uns niemals verzeihen. So sehr möchte ich nicht Schicksal spielen, ich wünsche es mir, niemals für das Unglück eines anderen Menschen verantwortlich zu sein."

„Darüber habe ich mir immer schon Gedanken gemacht, schon als kleines Kind. Weißt du diese Bibelstelle, in der Judas Christus verraten hat, oder als Petrus Christus dreimal verraten hat, die hat mich immer bewegt. Da war alles schon geweissagt. Damit wird doch gesagt, dass Menschen auch in gewisser Weise Vollstrecker sein können, ein Schicksal haben können, das anderen Menschen Unglück bringt. Darum habe ich als Kind immer gebetet: bitte lieber Gott, lass mich anderen Menschen nur Glück bringen!"."

„Siehst du, deswegen frage ich Helma jetzt auch nicht, sondern lasse sie ihren Weg gehen. Aber mach dir jetzt auch nicht zu viele Gedanken! Du tust ja, was du kannst. Wir müssen es einfach schaffen für Helma, und wir müssen uns gegenseitig Mut machen, damit wir es schaffen."

Wir nahmen uns zum Abschied kurz in den Arm und ich versprach ihr, sie weiter regelmäßig auf dem Laufenden zu halten.

Ich eilte nach Haus und half meinen Schwestern bei der Zubereitung des Abendessens. Wir beschlossen, unsere Eltern mit einem winterlichen Eintopf zu überraschen und schnippelten gemeinsam Gemüse und Kartoffeln.

Als wir fertig waren, hielt ich den Beiden stolz meinen Brief unter die Nase.

Sie lasen ihn und nickten zustimmend. „Prima", meinte Marlis. „Immerhin bemüht er sich. Und er schreibt sogar in Deutsch. Das muss man ihm hoch anrechnen."

„Und er hat sich sofort gemeldet", gab auch Monika zu. „Eins zu null für dich!"

„Und Papa hat auch nichts dagegen", verriet ich den beiden.

„Nein?" tönte es bei den Beiden wie aus einem Mund.

„Nein. Er machte nur so eine Bemerkung mit der Bedeutung, dass sich alles schon irgendwie ergibt."

„Naja", Marlis sah mich skeptisch an. „Das kann man auch auslegen, wie man will. Das kann auch bedeuten, er meint, es erledigt sich auch alles von allein."

Beim Abendessen mieden alle dieses Thema, und auch mein Vater sprach mich nicht darauf an. Freundlich wie immer erkundigte er sich über unseren Tag und aß mit großem Appetit von unserem Gemüseeintopf.

„Wir sind übrigens auch zu Lenis Party eingeladen, Marlis und ich", verkündete Monika. „Hast du eine Ahnung, was sie sich zum Geburtstag wünscht?"

Ich überlegte kurz. „Wenn es irgendetwas Praktisches sein soll, dann vielleicht etwas für ihren Schreibtisch. Ich glaube, sie sammelt schon schöne Füllfederhalter oder Rotstifte für die Korrekturen. Sie kann es gar nicht abwarten, die ersten Schüler zu benoten. Wenn ihr Leni aber etwas Modisches schenken wollt, dann kann ich euch auch einen Tipp geben. Sie trägt gern Modeschmuckketten, sogar die selbstgemachten. Da könnt ihr euch etwas aussuchen, je nachdem, wie gut euer Portmonee gefüllt ist. Sicher werdet ihr dann auch ihren neuen Freund, den Kommilitonen Oliver kennenlernen. Ich bin auch schon gespannt auf ihn. Er soll ein richtiges Kommunikationsgenie sein."

Monika grinste. „Au weia, das hört sich aber ungesund an. Zwei Lehrer zusammen, möglichst noch an einer Schule, das gibt Zoff."

Marlis lächelte. „Na, wenn das nicht von Anfang an schon zum Scheitern verurteilt ist. Da wird dann auch das Thema Eifersucht ganz groß geschrieben, wenn der mit den anderen Lehrerinnen flirtet."

„Er hat bis jetzt in einer Kommune gewohnt", teilte ich den anderen mit. „Ich glaube, er weiß mit Frauen umzugehen."

Monika grinste noch mehr. „Dann hat er wenigstens keinen Nachholbedarf. Aber sie werden sich schon ganz schön gegenseitig auf die Nerven gehen. Ich werde mal einen Mann heiraten, der einen völlig anderen Beruf hat als ich, dafür aber ein ähnliches Hobby. Dann hat jeder seinen eigenen Arbeitstag, die Freizeit verbringt man angenehm miteinander."

„Willst du nicht anfangen, Skifahren zu lernen?" wandte sich Marlis an mich. „Hier in der Eifel gibt es im Winter doch auch Schnee. Immerhin könnt ihr, du und Giovanni, dann schön hintereinander herfahren."

„Das muss nicht sein. Jedenfalls nicht gleich. Es ist ja auch gar nicht sicher, ob er sein Leben lang dort am Brenner arbeiten wird. Vielleicht wird er mal in den Süden versetzt oder erarbeitet im Innendienst. Mit seiner Ausbildung stehen ihm auch noch einige Wege frei."

„Dann wird es mal Zeit, dass du ein bisschen mehr von ihm erfährst, damit du dich ein bisschen darauf einstellen kannst. Hast du ihm überhaupt schon geschrieben?"

„Nein", bekannte ich. „Aber ich hatte bis jetzt auch immer noch damit zu tun, erst einmal Renate zu helfen. Für heute Abend habe ich es mir allerdings vorgenommen."

Es sah aus, als wollte mein Vater dazu etwas sagen, aber er schwieg.

Meine Mutter sah mich liebevoll an. „Du hast mir heute schon genug geholfen, Leona. Den Abwasch machen wir gleich allein. Geh du ruhig in dein Zimmer und erledige deine Angelegenheiten!"

Nach dem gemeinsamen Abendbrot zog ich mich in mein winziges Zimmer zurück und suchte ein apartes Briefpapier aus. Mit dem Füllfederhalter in der Hand überlegte ich. Dabei schweiften meine Gedanken ab zu Giovanni.

Wie es ihm jetzt wohl ging und was er wohl im Augenblick machte? Obwohl er so weit weg war, hatte ich das Gefühl, ihm ganz nah zu sein. Ich nahm seinen Brief, las die Karte noch einmal und hielt sie kurz an den Mund. Wie schön war es, ihn und seine Eigenschaften jetzt zu entdecken, nach und nach in unserer Post! Wie oft würde er wohl schreiben?

Mein Brief wurde sehr lang, ich schrieb ihm meinen ganzen Lebenslauf, über meine Kindheit mit meinen beiden Schwestern, von meinen Eltern, meinem Beruf, meiner Teilnahme am Kirchenchor, und sogar von unserem Hund Bodo. Sollte ich ihm noch davon berichten, dass es mein Wunsch war, Schauspielerin zu werden? Nach kurzem Überlegen entschied ich mich dazu, damit noch etwas zu warten. Am Ende des Briefes schrieb ich ihm auch, wie sehr ich ihn vermisste und die beiden so hübsch klingenden Worte „ti amo".

In der Stadt hatte ich mich schon erkundigt, was ein Auslandsbrief an Porto kostet, und so traute ich mich, bei meinem Vater an die Bürotür zu klopfen und ihn zu fragen, ob er eine Briefmarke für mich hätte.

„Nach Italien?" fragte er mich. Im Ton seiner Stimme lag weder Vorwurf noch Missbilligung.

„Ja", antwortete ich einfach.

Er suchte mir die passende Briefmarke heraus und reichte sie mir. „Italien ist weit", meinte er nur, und ich überlegte, was er alles damit gemeint haben könnte.

Sicherlich bezog sich das nicht nur auf die Briefmarke. Wollte er mir damit einfach nur sagen, dass er mich vermissen würde, wenn ich mich dann ganz fest für Giovanni entschied?

Hatte ich mich nicht schon entschieden? Ich fragte mein Herz. Was wollte ich?

Mein Herz klopfte stark und sagte mir eindeutig: ich möchte immer mit Giovanni zusammen sein. Dieses Gefühl, dass ich in mir trug, sollte nie wieder verschwinden.

***

12. Kapitel

In den nächsten Tagen schaffte ich es zwar, besonders am Wochenende, sämtliche Adressen anzugehen und alle Personen mit dem Namen Rosen zu befragen, aber nirgends fand ich einen Handwerker, ja nicht einmal mehr einen jüngeren Mann im heiratsfähige Alter, und auch keine Paare, auf die alle Voraussetzungen zutrafen.

Wenn in dieser Zeit nicht täglich wunderschöne Briefe von Giovanni gekommen wären, hätte ich sicherlich weniger Mut gehabt, diese Zeit ohne Hilfe zu überstehen.

Wir hatten nur noch genau eine Woche Zeit, diesen Unbekannten zu finden, und Renate und ich verbrachten viele Stunden damit, nach einer Lösung des Problems zu suchen.

Inzwischen hatte auch Leni für mich weniger Zeit, da sie sich täglich mit Oliver traf, der wegen einer fieberhaften Grippe mehrere Tage lang im Bett bleiben musste.

Für ihn hatte sie auch die Party verschoben, die nun Morgen, am Samstag den 18. Dezember stattfinden sollte. Doch der 17., ein ganz gewöhnlicher Freitag brachte für mich eine riesige Freude. Als ich nach der Arbeit am Mittag nach Hause kam, überreichte mir meine Mutter das große Paket, das der Paketbote ihr überreicht hatte. Ich bat sie, beim Öffnen dabei zu sein, damit ich die Freude mit ihr teilen konnte. Zunächst einmal fand ich darin in Weihnachtspapier eingewickelt einen Seidenschal, in dem sich verschiedene Rottöne harmonisch miteinander verbanden. Ich drapierte ihn um meinen Hals. In einer kleinen Kassette überraschen mich mehrere Schallplatten mit den neuesten italienischen Schlagern, die sich alle mit dem Thema „Liebe" befassten. In einem kleinen goldenen Kästchen entdeckte ich schließlich den Ring, den er mir versprochen hatte: ein breiter goldener Reif mit Blumenornamenten. Innen konnte ich unsere Initialen lesen. Meine Mutter nahm mich mit zum Klavier, sie spielte mir das Liebeslied von Beethoven, während ich mir mit geschlossenen Augen den goldenen Ring über den Finger streifte. Und im Stillen sagte ich es aus tiefstem Herzen: „Giovanni, ich liebe dich!"

Aus dem kleinen Wandschrank im Wohnzimmer holte meine Mutter das Goldwasser und schenkte uns jedem in ein kleines Glas einen Schluck davon ein. Leise wie Glocken klangen die winzigen Kelche aneinander, als sie sagte: „Das ist dein Tag, mein Schatz! Ich gratuliere dir, und ich würde dir wünschen, dass du immer so glücklich bleibst, wie du es heute bist, jetzt im Augenblick. Ich weiß, dass dieser Wunsch nicht in Erfüllung gehen kann, weil wir hier auf der Erde leben und nicht im Paradies. Deswegen wünsche ich dir, dass du dich immer an diesen Moment erinnern kannst, dass er dein Leben reich und schön macht, denn was auch passiert, dieser Moment wird nicht vergehen, er wird in deinem Herzen wohnen und dich trösten, wenn es dir einmal schlecht geht."

Ich fiel ihr um den Hals und küsste sie. Danach ging sie zum Klavier zurück und verwöhnte mich mit einigen Musikstücken der verschiedensten Komponisten.

Kurz darauf hatte sie einen Friseurtermin und ich beschloss, Renate zu besuchen, um sie an meinem großen Glück teilhaben zu lassen.

Ich eilte zu den Baracken am Seerosenteich.

Obwohl sich Renate unentwegt Gedanken machte, wie wir Dr. Rosen, beziehungsweise seinen Vater finden konnten, und die Sorge sie sehr gefangen nahm, freute sie sich ehrlich mit mir.

„Das ist wirklich wunderschön, liebe Leona! Ich gönne dir dieses Glück von ganzem Herzen. Soll ich uns ein Punsch machen zur Feier des Tages?"

„Danke, Renate! Meine Mutter hat uns schon etwas Goldwasser eingeschenkt. Du hättest sie einmal sehen sollen, wie rührend sie war. Diesen Augenblick meiner Verlobung hat sie ganz besonders schön gestaltet mit Musik und mit zu Herzen gehenden Worten, die mich sehr berührt haben. Was habe ich doch für ein Glück, eine solche Mutter zu haben. Es ist wie ein Geschenk für mich, und auch über meinen Vater kann ich mich nicht beklagen. Ist es nicht ein wunderbares Geschenk des Himmels, solche Eltern zu haben?"

Renate nickte. „Das ist es wirklich. Es ist ganz und gar nicht selbstverständlich. Und du wirst sicher daraus viel gelernt haben, und später auch einmal eine gute Mutter sein."

„Das habe ich fest vor. Und ich wünsche mir mit Giovanni einige Kinder. Das hat er mir auch in einem der ersten Briefe geschrieben. Am liebsten hätten wir beide vier Kinder. Was hältst du davon?"

„Wenn wir das dürften, hätte ich jetzt gleich im DVR-Gerät nachgesehen. Aber damit müssen wir jetzt wirklich sparsam umgehen. Ganz winzige Einblicke sind schon noch erlaubt, so viel habe ich schon festgestellt."

„Das ist prima. Vielleicht dürfen wir dann irgendwann einmal ganz kurz für Giovanni nachschauen. Er hat mir nämlich bis jetzt noch kein Foto von sich geschickt. Das hat er mir aber versprochen. Dafür ist er extra zu einem Fotografen gelaufen und nun wartet er darauf, dass er es abholen kann. Kaum zu glauben, dass ich bis jetzt ohne Foto ausgekommen bin. Das liegt wahrscheinlich daran, dass ich ihn immer vor mir sehe, sein Gesicht, besonders seine Augen, seine schöne Nase, seinen sensiblen Mund, aber du weißt ja, wie das so ist, so ein Foto, das macht einen schon glücklich. Mit dem kann man richtig sprechen, und man hat das Gefühl, der andere steht einem gegenüber."

„Wenn du das Foto hast, kommst du einfach zu mir. Du hast bis jetzt schon so viel für mich getan, da will ich auch einmal wieder etwas für dich tun. Wir schauen dann wenigstens einmal in die Zukunft, irgendetwas wird dieses Gerät schon ausspucken."

Ich nickte erfreut und sie fuhr fort:

„Dieses Gerät ist inzwischen sehr eigenwillig geworden, habe ich festgestellt. Vor lauter Sorge schaue ich öfter einmal nach, ob es noch funktioniert, und schalte es dann dafür ein. Dann geht es immer von allein wieder aus. So als ob es mir sagen wollte: „Man soll mich nicht einfach ohne Grund anmachen." Das scheint irgendeine Art Automatik zu sein, vermutlich ebenfalls mit einem Sensor. In der Bedienungsanleitung ist auch ein Schaltbild gezeigt, und dort habe ich dann festgestellt, dass darin eine ganze Menge unglaublich empfindlicher Sensoren arbeiten. Es sieht für mich ganz so aus wie ein kleines Gehirn, mit vielen Nerven und Nervenbahnen, und natürlich mit den ganzen Sensoren an ihren Enden."

„Dein Hermann hat schon eine grandiose Erfindung gemacht, Renate. Und alles in so einem kleinen Gerät. Ich glaube, es ist gut, wenn du es immer versteckt hältst. Stell dir vor, es kommt irgendeinem Geheimdienst in die Hände. Wusste denn irgendjemand davon, dass Hermann an einem solchen Gerät gearbeitet hat?"

„Du meinst, ein Freund oder ein Kamerad? Nein ich glaube nicht. Und ich glaube auch nicht, dass er irgendjemandem etwas davon erzählt hat. Er hatte es so gut versteckt, dass ich es sogar erst nicht gefunden habe. Und während des Krieges war niemand, den wir nicht kannten, hier in der Baracke. Hier hat keiner etwas gesucht, zum Glück. Wir waren hier so versteckt im Wald. Vielleicht kannst du dich noch daran erinnern, wie das hier war nach dem Krieg, als du klein warst. Hier, dieser angrenzende Wald, das ist ja der Kottenforst, der zieht sich bis Meckenheim. Dort waren ja ganz berühmte Frontlinien. Und der ganze Kottenforst war voller Bomben."

„Richtig, Renate! Ich kann mich noch sehr gut daran erinnern. Als ich noch ein Kind war, wurde hier ganz oft irgendein Stück des Waldes abgesperrt, weil wieder mal eine Bombe entschärft werden musste, die noch vom Krieg dort lag. Da hattet ihr aber wirklich Glück in der

Baracke, so nah wie die Front hier verlief. Denn das ganze Klinikgelände war schließlich eine Kaserne und ist nur drei oder vier Kilometer Luftlinie von hier entfernt."

„Vermutlich hat uns das gerade gerettet. Die Flieger haben sich vermutlich auf die Kaserne konzentriert und dort ihre ganze Munition abgeworfen. Wusstest du eigentlich, dass der Seerosenteich auf einem Bombenloch entstanden ist?"

„Nein, das wusste ich wirklich nicht. Das ist auch wirklich sehr makaber. Dieser idyllische, romantische Teich mit wundervollen Blüten birgt so ein dunkles Geheimnis aus der grausamen Zeit des Krieges?"

„Du musst das einmal von einer ganz anderen Seite sehen. Es ist ein Symbol dafür, dass das Böse nicht siegen kann. Du kennst doch bestimmt den Spruch: „Gott schreibt auch auf krummen Wegen gerade". Er biegt schon alles wieder zurecht, wenn er das will. Da haben die Menschen mit ihrer Grausamkeit und Geldgier dieses gefährliche, dunkle Loch in Gottes friedliche Erde gebohrt, aber er zeigt uns seinen Regenbogen, indem er uns seinen Frieden und seine Schönheit der Natur anbietet. Er lässt auf diesem stillen Wasser der Erinnerungen eine der zauberhaftesten Blumen der Natur entstehen. Und das sind die Seerosen."

„Ja, wenn du das so siehst! Das klingt einleuchtend, und der Gedanke daran ist wunderschön. Und gerade in diesem Moment bekomme ich auch eine Idee, wie wir weiter vorgehen können bei unserer Suche."

Ein Leuchten erhellte ihre Augen. „Wirklich? Es ist schön, dass du nicht aufgibst. In den letzten Tagen habe ich meine Angst etwas verdrängt, weil ich gesehen habe, wie gut es Helma geht. Und ich hatte immer die Hoffnung, dass ihr diese Krankheit erspart bleibt, wenn wir weiter so gut für sie sorgen. Aber dann kamen immer wieder die Zweifel, dass wir solch eine schwerwiegende Krankheit nicht einfach verhindern können, wenn wir nicht genügend medizinische Kenntnisse haben. Und kein Mensch wird sie einfach prophylaktisch behandeln. Dann züngelten immer wieder ein paar Flammen dieser Angst in mir hoch, und ich habe immer wieder damit gekämpft. Es war ein Auf und Ab in den letzten Tagen zwischen Hoffnung und Zweifeln. Aber wenn du jetzt wirklich eine Idee hast, dann kommt sie bestimmt vom Himmel, denn ich bete so oft ich kann."

„Ich weiß nicht, wie gut meine Idee ist. Aber ich will es einfach noch einmal probieren. Nachdem wir mit dem Namen keinen Erfolg hatten, will ich jetzt noch einmal alle Firmen besuchen und befragen, die irgendetwas mit Heizungsbau zu tun haben können. Wir haben natürlich bis jetzt noch keine Firma mit diesem Namen gefunden, aber stell dir vor, eine dieser Firmen sucht vielleicht gerade Monteure. Sie haben vielleicht in der Zeitung eine Anzeige aufgegeben. Und in den nächsten Tagen meldet sich vielleicht jemand aus Köln oder Siegburg oder Remagen oder Bad Münstereifel dort und will sich vorstellen. Und dieser Monteur heißt mit Namen Rosen. Lass weiter deine Fantasie mit mir fließen! Dieser Monteur bleibt dann hier im Raum Bonn und er findet eine nette Frau, wie das auch in der Prophezeiung erwähnt ist. Dann heiratet er sie und bekommt diese beiden Söhne, von denen der ältere einmal unser Dr. Rosen wird. Da ist mir jetzt auch die Verbindung eingefallen zu Helma. Sie wird bald fertig sein als Kindergärtnerin und unsere liebe Frau Rosen wird die Kinder zu ihr in den Kindergarten bringen. Die beiden Frauen lernen sich kennen, vielleicht werden sie sogar Freundinnen. Sie werden älter und die kleinen Jungen werden groß. Und als aus dem einen kleinen Jungen der Dr. Rosen geworden ist, entfaltet sich in Helma diese böswillige Krankheit. Aber Helma findet Vertrauen zu dem Sohn ihrer Freundin und lässt sich von ihm behandeln. Und weil die beiden Frauen Freundinnen sind, so redet die Mutter von Dr. Rosen ihrem Sohn auch gut zu, damit er ihre Freundin mit dem neuen Medikament behandelt. Ist das nicht wirklich des Rätsels Lösung?"

Renate atmete tief auf. „Das klingt alles sehr einleuchtend. So kann es gemeint sein. Ich werde dir sofort morgen eine Liste geben, die ich aus dem Branchenbuch herausschreiben werde und zusätzlich rufe ich auch noch die Auskunft an. Die kann uns auch noch weiterhelfen. Morgen ist Samstag, da haben nicht viele Firmen auf. Vielleicht erreichst du telefonisch jemanden, der Notdienst hat. Aber am Montag können wir beginnen, und dieses Mal werde ich dir helfen, weil wir nicht mehr so viel Zeit haben."

„Ja, denn auch wenn dieser Professor Conti sehr zuverlässig ist und wir auf ihn bauen können in seiner Mission, so gehen wir doch besser auf Nummer sicher, wenn wir die Mutter von Dr. Rosen finden. Wenn wir mit ihr gesprochen haben, dann können wir beruhigt sein."

„Ich wüsste auch schon, was wir ihr sagen, Leona. Wenn sie kinderlieb ist, dann können wir sie motivieren, nicht wahr, wir beide werden das doch schaffen?"

„Ich werde es sogar am Wochenende versuchen, so viele Firmen gibt es ja nicht in der Umgebung, und ich werde versuchen herauszufinden, wo die Inhaber wohnen. Wenn ich nur nicht auf diese blöde Party müsste, zu der mich Leni eingeladen hat. Sie ist morgen Abend, aber Helma ist doch viel wichtiger. Wenn mir doch irgendetwas einfiele, wie ich absagen kann, ohne Leni zu beleidigen. Es gehen ja sogar meine Schwestern hin, die könnten mich gut bei meiner Freundin vertreten."

Renate schüttelte energisch den Kopf. „Oh nein! Das kannst du nicht machen, Leona. Das ist die Geburtstagsparty deiner Freundin Leni. Die darfst du wirklich nicht so vor den Kopf stoßen. Und deine Schwestern können dich nicht wirklich vertreten, damit wäre deine Freundin bestimmt nicht einverstanden. Schau mal, wenn wir morgen Vormittag schon einmal einiges telefonisch versuchen, und tatsächlich den einen oder anderen Firmenchef sogar am Sonntag noch erwischen, dann kommen wir schon sehr weit. Am Montag können wir dann noch einmal die restlichen Firmen persönlich besuchen. Und wenn das alles nicht klappt, Leona, dann soll es auf diese Art und Weise nicht sein. Dann müssen wir noch einmal zur Not diesen DVR-Apparat einschalten und uns irgendetwas einfallen lassen, wie wir vielleicht an diesen Dr. Rosen persönlich kommen können."

Ich überlegte fieberhaft. „Die Schwierigkeit ist wohl, dass er noch gar nicht geboren ist. Wer könnte sich da hier auf ihn konzentrieren."

„Und noch einmal nach Venedig fliegen und Conti zu bitten, sich noch einmal an irgendetwas von Dr. Rosen zu erinnern, dass wird zeitlich auch eng. Ganz abgesehen davon, dass ich auch nicht das Geld zu einer zweiten Reise hätte. Und er würde uns auch für verrückt halten. Ich werde auf jeden Fall weiter beten. Vielleicht hilft uns da auch Hermann aus dem Himmel oder meine Schwester Helene."

„Sie ist bestimmt dein Schutzengel", vermutete ich.
„Dann lass uns anfangen. Ich schreibe mir die ersten Firmen aus dem Branchenbuch heraus."

Sie reichte es mir und ich begann, mir die Namen und Adressen zu notieren.

„Und lass dir bloß nicht einfallen, von der Party deiner Freundin fernzubleiben, Leona! Das kannst du nicht machen. Da würde sie zu Recht beleidigt sein. Versprichst du mir das, dass du hingehst?"

Ich gab nach „Gut, Renate! Dir zuliebe und Leni zuliebe, aber nicht den ganzen Abend, nur für ein paar Stündchen."

Es waren weniger Firmen als wir gedacht hatten, kurze Zeit später begleitete Renate mich zu meinem Elternhaus. Am Gartentor nahm sie mich fest in den Arm. „Ich danke dir, Leona! Und ich verspreche dir zum Dank noch einmal diese Reise nach Italien. Ganz bestimmt."

Als ich im Haus meiner Eltern eintraf, packten Marlis und Monika gerade die Geburtstagsgeschenke für Leni ein.

Sie hatten sich für Modeschmuck entschieden, Marlis eine Kette besorgt und Monika das dazu passende Armband. Um das mit Blumen bedruckte Geschenkpapier banden sie rote Schleifen.

„Und was schenkst du deiner besten Freundin?" wollte Marlis wissen.

„Ich habe ihr ein Fotoalbum gebastelt, in der Buchbinderei. Vorne habe ich in Goldschrift „Meine Schüler" darauf geprägt. Ich dachte mir, sie kann dann später immer ihre Klassenfotos einkleben, dann hat sie von jeder Schulklasse, die sie unterrichtet hat, ein schönes Andenken. Ich habe es leider schon eingepackt, sonst könnte ich es dir einmal zeigen."

„Das ist eine gute Idee", lobte mich Monika. „Solch ein Fotoalbum wünsche ich mir von dir auch zu Weihnachten. Da klebe ich dann die Fotos meiner Freundinnen hinein."

Ich zog ein bedenkliches Gesicht. „Das werde ich sicherlich nicht mehr bis Weihnachten schaffen, so ein Fotoalbum ist viel Arbeit, das kann ich leider immer nur nach meiner normalen Arbeitszeit. Mein lieber Chef würde mich sonst vor die Tür setzen. Der beehrt mich momentan sowieso mit unglaublich viel Arbeitsmaterial. Vermutlich denkt er, ich solle alles nachholen, was ich in der Zeit meines Urlaubs versäumt habe."

„Ach bitte! Du hast in der letzten Zeit so viel mit Renate gemacht, alles für eine Fremde. Kannst du nicht morgen ein bisschen länger in der Buchbinderei bleiben und damit anfangen. Weihnachten ist erst nächste Woche Freitag. Bis dahin ist da noch eine ganze Menge Zeit. Ich verspreche dir auch, nie wieder über dich und Giovanni zu lästern."

Ich konnte mir ein Lachen nicht verkneifen. „Da kann ich ja kaum widerstehen. Machen wir es so, ich werde morgen damit anfangen. Aber falls ich bis Weihnachten nicht damit fertig werde, schreibe ich dir einen Gutschein. Bist du damit einverstanden?"

Sie nickte eifrig. „Ja, das ist Klasse. Das kann ich auch dann meinen Freundinnen zeigen, und die werden sehr neidisch sein."

Ich wandte mich an Marlis. „Hast du auch noch einen Sonderwunsch?"

Sie überlegte, rollte die Augen und zog eine Schnute. „Die Idee ist gar nicht so schlecht. Du kannst mir auch ein Fotoalbum machen. Aber ich bin sehr gnädig mit dir. Du kannst dir damit Zeit lassen, es reicht mir, wenn du mir erst einmal einen Gutschein dafür malst. Dann hast du mehr Zeit und mein Fotoalbum wird daher viel schöner als das von Monika."

Die Beiden begannen, sich ein wenig zu plänkeln, daher wünsche ich ihnen eine gute Nacht und zog ich mich zurück.

In meinem kleinen Zimmer verfasste ich noch einen sehr langen Brief an Giovanni, in dem ich mich für die Geschenke bedankte und ihm meine Freude darüber mitteilte. Als im ganzen Haus später Stille eingekehrt war, und alle schon schliefen, schlich ich mich noch einmal hinaus, lief zum Briefkasten am großen Parkplatz gegenüber der Kirche und warf die Post für Giovanni ein.

***

13. Kapitel

Herr Hahnemann lud mir eine ganze Menge Arbeit auf, bei der er mir Heinz als Helfer stellte. Auch Horst, Friederike, und Hans-Josef wurden von ihm mit reichlich Arbeit bedacht, dann verabschiedete er sich von seiner Belegschaft und fuhr mit seiner Frau nach Düsseldorf zu der Hochzeit eines Verwandten.

Das gab uns die Gelegenheit, etwas freier schalten zu können. Schon in der Frühstückspause begann ich mit dem Zuschneiden der Kartons und Pappen für die beiden Fotoalben. Als ich gegen 11:30 Uhr mit meinem geforderten Pensum fertig war, heftete ich die einzelnen Lagen für die Alben, klebte kleine Pappstreifen zwischen jede Lage und leimte die Rücken. Zum Trocknen legte ich sie in meinen Spind. Etwa eine Stunde später schnitt ich mir aus Kunstleder die Einbände zurecht. Das musste für heute genügen, schließlich hatte ich noch vor, bei zwei oder drei Installationsfirmen vorbei zu gehen, um mich dort etwas genauer wegen einer Person mit dem Namen „Rosen" zu informieren.

Die meiste Zeit verlor ich durch die weiten Bahnfahrten im Bus, das hätte ich allerdings noch gern in Kauf genommen, wenn ich dafür irgendeinen Erfolg genossen hätte. Leider hatte ich Pech, alle drei Firmen zeigten mir ihre geschlossenen Türen, nirgends gab es einen Hinweis auf die Wohnung der Inhaber.

Enttäuscht setzte ich mich am Bahnhof in den Bus zum Venusberg. Eine ehemalige Schulfreundin nahm neben mir Platz.

„Bist du heute Abend auch bei Leni eingeladen?" fragte mich Marianne.

Ich nickte. „Da scheint wirklich ganz viel los zu sein. Vermutlich trifft sich da unsere halbe Klasse wieder. Ich denke auch, dass jeder, der eingeladen ist, kommen wird. Bestimmt sind alle neugierig auf Lenis neuen Freund."

„Ich habe ihn gestern schon in der Mensa gesehen", berichtete Marianne. „Mein Typ ist er nicht. Irgendwie langweilig, aber wenn er ihr eben so gefällt?! Sie will mit ihm glücklich werden, und bis jetzt sieht es ganz danach aus, wenn man nach so kurzer Zeit schon überhaupt etwas sagen kann. Er soll übrigens aus einer Handwerkerfamilie stammen."

Ich horchte auf. „Aus einer Handwerkerfamilie? Wie heißt er denn? Ich kenne nur seinen Vornamen Oliver."

„Ach, den Nachnamen kenne ich auch noch nicht. Sein Vater ist Automechaniker."

„Ach so", sagte ich enttäuscht. „Ich hatte gehofft, dass er Heizungsbauer ist, oder so etwas in der Art."

Marianne lachte. „Du bist witzig! Habt ihr zu Hause die Heizung kaputt? Oder warum bist du so scharf darauf?"

„Ach, nee! Das habe ich nur so dahingesagt. Ist doch immer praktisch, jemanden mit so einem Beruf zu kennen. Wenn man so jemanden in der Verwandtschaft hat, kann man sich in der Not gut helfen lassen."

„Wenn du das so sinnvoll findest, dann heirate du doch selber ein Handwerker", schlug sie mir vor.

„Ich heirate einen Zollbeamten", verkündete ich stolz. „Dieser Beruf ist nicht nur sehr verantwortungsvoll, sondern auch sehr gefährlich."

„Ist es denn bei dir schon so weit?"

„Nein, aber ich habe mich verlobt." Stolz zeigte ich ihr meinen Ring.

„Ui, der ist aber schön. Bringst du ihn heute Abend mit, deinen Verlobten?"

„Leider nicht. Er wohnt nicht hier in Bonn, etwas weiter weg."

„Das ist gut", fand sie. „Meine Eltern sehen sich viel zu oft, gehen sich ständig auf die Nerven und zanken sich daher dauernd. Wenn ich mal später heirate, dann werde ich versuchen, dass wir getrennte Hobbys haben, damit wir uns auch immer etwas Nettes zu erzählen haben. Bei meinen Eltern geht es immer um den Haushaltskram und all den ärgerlichen Mist. Sie haben nie ein nettes Thema. Also genieße das so mit deinem Freund, so wie es ist."

„Hm", machte ich. „Ich hätte ihn lieber hier. Ich vermisse ihn."

„Aber du kommst doch trotzdem heute Abend, oder?"

„Ja, Leni ist doch meine beste Freundin. Die darf ich nicht im Stich lassen."

„Na, prima. Dann sehen wir uns später. So viel Zeit haben wir gar nicht mehr, gerade noch für eine kurze Dusche und etwas Schminke."

Wir verabschiedeten uns an der Haltestelle und gingen in verschiedene Richtungen.

Zu Hause warteten meine beiden Schwestern bereits in Cocktailkleidern mit frisch gelockten Haaren auf mich. Marlis zog gerade den letzten Lockenwickler aus einer Haarsträhne.

„Wo warst du denn noch so lange?" erkundigte sich Monika.

„Zuerst in der Buchbinderei, da habe ich schon ein bisschen mit euren Weihnachtsgeschenken angefangen. Später hatte ich noch kurz etwas zu erledigen für Renate, nicht der Rede wert. Aber regt euch nicht auf, wir werden schon pünktlich losgehen können."

Meine Mutter schob mir eine kleine Schüssel mit Milchreis hin. „Nimm erst mal eine kleine Stärkung! Wie ich dich kenne, hast du seit heute Mittag nichts mehr gegessen."

Ich löffelte brav die süße Speise, während Marlis etwas unruhig wurde. „Du musst jetzt nicht unbedingt etwas essen. Gleich gibt es auf jeden Fall Kartoffelsalat mit Würstchen, und jede Menge Salzstangen und Erdnüsse. Wenn du da nicht satt wirst, bist du es selber schuld."

Nach dem letzten Löffel begab ich mich in unseren kleinen Waschraum und begann mich dort zu säubern.

„Ich hoffe, du wächst da drinnen nicht fest", rief Marlis. „Ich habe nämlich keine Lust, als Letzte zur Party zu kommen."

„Die letzten sind immer die Schönsten", scherzte ich.

Zwanzig Minuten später zog ich mir den Wintermantel an und setzte mir eine Mütze auf. Meine Schwestern verzichteten auf die wärmende Kopfbedeckung, denn die hochtoupierten Frisuren vertrugen keinen Druck.

„Deine Frisur, mit den herunterhängenden glatten Haaren, ist wirklich nicht für eine Party geeignet", wendete sich Monika an mich, während wir den Kiefernweg entlang spazierten. „Aber du willst heute vermutlich niemandem gefallen. Du träumst sicher den ganzen Abend nur von deinem Giovanni."

Ich grinste. „Ja, du hast es erfasst. Ich möchte mir heute Abend kein Mann angeln. Einfach nur ein bisschen abschalten vom Alltag, und natürlich dafür sorgen, dass es für Leni ein schöner Geburtstag ist. Aber ihr habt Glück, dass es heute Abend trocken ist. Gestern Nacht hat es ein bisschen geschneit, das würde euren Frisuren jetzt nicht gut bekommen."

Marlis zeigte den Schirm in ihrer linken Hand. „Dafür habe ich vorgesorgt. Und ich bin froh, dass der Weg bis zur Garré-Straße nicht weit es, damit die Luftfeuchtigkeit nicht zu sehr in die Haare zieht."

Monika amüsierte sich. „Du hast ja auch eine halbe Dose Haarspray verwendet. Damit müsste deine Frisur eigentlich bis nächste Woche halten."

Als wir Lenis Elternhaus erreichten, drang aus dem Inneren gedämpfte Musik, ein Lampion und mehrere Luftballons kündigten am Eingang die Party an.

Wie es sich zu einem Geburtstag gehörte, öffnete Leni selbst die Tür und schob uns in das warme Wohnzimmer, wo ein Berg von Papier darauf hindeutete, dass das Geburtstagskind gerade ihre Geschenke öffnete.

Sie begrüßte uns mit einer herzlichen Umarmung. „Falls ihr meine Eltern sucht, die sind heute nicht da, wir haben also eine sturmfreie Bude, auch gleich im Keller, wenn wir zum Tanzen hinuntergehen."

Sie öffnete der Reihe nach unsere Geschenkspäckchen und freute sich ehrlich über den Inhalt.

„Ihr seid richtig süß. Und jetzt werde ich euch Oliver vorstellen, er ist noch im Keller und hat nach der Heizung geschaut, sie wollte nicht richtig warm werden."

„Oh, versteht er was davon?" erkundigte ich mich interessiert.

Leni lachte. „Nein, überhaupt nicht. Aber die Heizung funktioniert nicht. Und ein bisschen Wärme brauchen wir doch da unten, selbst wenn wir uns warm tanzen."

Marianne meldete sich zu Wort. „Ihr müsst nämlich wissen, Leona interessiert sich für Heizungsbauer. Sie ist zwar verlobt mit einem geheimnisvollen Zollbeamten, aber sie liebäugelt mit jemandem, der dafür sorgen kann, dass es im Haus ständig warm ist."

Ich protestierte. „Das ist jetzt wirklich erfunden. Es ist nur generell so, dass es praktisch ist, wenn man einen Handwerker kennt. Gerade in der heutigen Zeit."

Leni reichte uns drei Schwestern als Nachzügler ein Glas Bowle zur Begrüßung. Wir kannten uns fast alle, lediglich drei junge Männer, die Leni uns als Olivers Freunde vorstellte, gehörten bisher noch nicht zu unserem Bekanntenkreis. Da sie ohne Damen gekommen waren, gesellten sie sich sofort zu uns und stellten sich vor als Michael, Andreas und Jürgen. Und weil sie äußerst gesprächig waren, und über eine ganze Menge Anekdoten verfügten, schien dieser Abend unterhaltsam zu werden.

Trotzdem musste ich zwischendurch an Helma denken. Hier schloss man sie aus, hier war sie nicht Willkommen. Eigentlich müsste ich so etwas boykottieren. Und dann tröstete ich mich: Im Moment war Helma fröhlich und aktiv.

Meine Gedanken blieben eine Weile bei ihr. Eines Tages würde einmal unweigerlich die Zeit kommen, wo sie gar kein Interesse mehr hatte an diesen harmlosen Festlichkeiten. Nicht mehr an fröhlichen Menschen, nicht mehr an anderen Menschen. Das durfte ich nicht zulassen, ich musste weitere Überlegungen anstellen, wie man ihr helfen konnte.

Während ich nur noch mit halbem Ohr auf die Gespräche hörte, arbeiteten meine Gedanken fieberhaft.

Leni wurde inzwischen etwas ungeduldig, weil Oliver noch nicht aus dem Keller zurück war und machte sich auf die Suche nach ihm.

Als sie ein paar Minuten später mit ihm zurückkam, machte sie ein betroffenes Gesicht. „Ja, das ist mein Freund Oliver, das ist die gute Nachricht. Aber die schlechte Nachricht ist, dass wir unten im Keller einen Rohrbruch haben, der sogar einen Teil unseres Tanzkellers überflutet hat. Natürlich hat Oliver sofort das Wasser im ganzen Haus abgedreht, damit wir hier nicht alle ertrinken. Und er hat bei genaueren Untersuchungen festgestellt, dass das ganze Drama mit der Heizung zusammenhängt, mit irgendeinem Wasserrohr. Da müssen wir wohl oder übel hier oben weiter feiern. Fangt an und bedient euch mit Kartoffelsalat und Würstchen. Ich wische inzwischen den nassen Keller auf."

Wir protestierten alle. Monika ergriff das Wort. „Du bist das Geburtstagskind, Leni, du bleibst schön hier oben und lässt dich ein bisschen von deinem Freund mit Leckereien verwöhnen. Wir drei Schwestern gehen jetzt in den Keller und spielen ein bisschen mit dem Wasser herum. Und eins, zwei, drei ist alles wieder trocken. Habt ihr denn schon den Notdienst angerufen?"

„Das will Oliver jetzt machen. Wir kennen eine gute Firma, die bei uns auch immer pünktlich die Inspektion macht. Dort kennt wir sogar den Chef und ein paar seiner Leute ein bisschen privat."

Marianne kicherte und wandte sich an Lenis neuen Freund. „Ach ja, die Handwerker untereinander. Da hat ihm dein Vater bestimmt das Auto repariert."

Oliver nickte ungerührt. „Ja, warum auch nicht. Die beiden sind sozusagen Freunde. Warum sollen sich Freunde nicht helfen? Auch wenn hier die Eltern der meisten Anwesenden im Bundestag beschäftigt sind, wir Handwerker werden niemals überflüssig. Ich werde zwar Lehrer wie meine Freundin Leni, aber ich bin froh, dass ich von meinem Vater die praktischen Hände geerbt habe."

Damit lief er hinaus zum Telefon, um für die defekte Heizung Hilfe zu holen.

Während sich die übrigen Gäste um Leni kümmerten und ihr einige Geburtstagslieder sangen, bewaffneten wir drei Schwestern uns mit Eimern, Schrubbern und Putzlappen und begannen den Partykeller vom Wasser zu befreien.

Im Keller sah es schlimmer aus, als wir befürchtet hatten, daher zogen wir an der Treppe unsere Nylonstrümpfe und hochhackigen Schuhe aus und wateten barfuß im Wasser herum.

„Möglicherweise gibt es hier auch Gummistiefel", überlegte Monika und suchte alle Kellerräume ab, in denen sich das Wasser inzwischen gut verbreitet hatte.

„Ach was", meinte Marlis. „Wenn wir alle drei gut anpacken, dann sind wir schnell fertig und können uns die Füße wieder trocknen. Vielleicht stecken wir sie dann hinterher im Badezimmer einmal kurz unter heißes Wasser, damit wir wieder warm werden."

Es dauerte eine ganze Weile, bis wir das Gröbste aufgewischt hatten, um erst einmal wieder ohne Strümpfe in unsere Schuhe schlüpfen zu können.

Oliver kam mit einem jungen Mann die Treppe hinunter und führte ihn zu mir in den Tanzkeller, den ich gerade trocken wischte.

Er stellte ihn mir vor, einen großen blonden Mann mit breiten Schultern und einem sympathischen Gesicht. „Das ist Werner, er kennt sich mit Heizungen aus und arbeitet für die Firma Rückerberg. Netterweise hat er sich bereit erklärt, uns heute hier zu helfen, damit wir doch noch ein bisschen Geburtstag feiern können."

Wir gaben uns die Hand, und er sah mir aufmerksam ins Gesicht. „Nett, Sie kennenzulernen", behauptete er. „Das

Geburtstagskind habe ich eben schon oben begrüßt. Finde ich prima, dass Sie hier so aktiv sind."

„Halb so wild", entgegnete ich. „Falls es jetzt nicht noch mehr Wasser geben wird, dann haben wir es gleich geschafft, dann wird sich das Geburtstagskind freuen."

Er lachte. „Ich hoffe, dass durch mich nicht noch mehr unverhofftes Wasser fließen wird. Jedenfalls werde ich mich bemühen. Wenn Sie aber ganz sicher gehen wollen, dann bleiben Sie noch eine Weile hier unten, bis ich fertig bin."

„Natürlich, kein Problem. Meine beiden Schwestern sind auch noch hier in den Nebenräumen beschäftigt. Aber es wäre wirklich prima, wenn Sie es schaffen, die Heizung wieder in Gang zu bekommen. Wir haben nämlich ziemlich kalte Füße, weil wir hier im Wasser waten mussten."

Er sah auf meine nackten Beine. „Oh, das tut mir aber leid. Dann werde ich mich beeilen, damit sie aus dem kalten Keller kommen."

Er eilte in den Heizungskeller, wo er verschwand und durch einige Klopfgeräusche zu hören war.

Oliver entschuldigte sich. „Sorry, das tut mir jetzt sehr leid! Soll ich euch einen heißen Tee bringen. Oder etwas Alkoholisches zum aufwärmen?"

Meine Schwestern kamen herbeigeeilt. „Habe ich etwas von heißem Tee gehört?" meldete sich Monika.

„Oder von einem Tee mit Rum?" erkundigte sich Marlis. „Es ist doch kälter, als ich dachte."

Sie rieben sich beide die Hände warm.

„Dann geht doch schon nach oben", schlug ich ihnen vor. „Den Rest schaffe ich auch allein."

Nach einigem Sträuben ließen sich meine Schwestern von Oliver nach oben führen, während ich mich beim Trockenreiben des Bodens möglichst viel bewegte, um mich etwas warm zu halten.

Marianne erschien kurz darauf und brachte mir einen heißen Tee. Als ich ihn probierte, bemerkte ich am Geschmack, dass er auch Alkohol enthielt.

„Was habt ihr da hinein gemischt?" erkundigte ich mich bei ihr.

Sie grinste. „Nur ein bisschen Rum. Bist du eigentlich eine Zauberfee?"

Ich sah sie verständnislos an. „Weshalb? Wie kommst du darauf?"

„Du hast doch die ganze Zeit von einem Heizungsbauer gesprochen. Und nun hast du einen hier. Sogar einen feschen jungen Mann von der bekannten Firma Rückerberg. Das nenn ich wirklich Zauberei."

Der Monteur erschien im Türrahmen. „Ich bin gerade fertig geworden. Kleine Ursache, große Wirkung. Ein Stück neues Rohr, und alles ist wieder perfekt. Was habe ich da gerade gehört? Sie brauchen einen Heizungsbauer?" Er sah mich fragend an.

Mariannes Worte hatten mir für einen kurzen Moment die Sprache verschlagen. Ich atmete tief. „Keine Ahnung, was diese nette junge Frau damit meint. Ich finde es gut, dass Sie uns heute, am Samstag so schnell geholfen haben. Es ist schließlich kurz vor Weihnachten, da hat jeder viel zu tun. Und die meisten Menschen haben ihren Samstagabend immer gut für ihre Freizeitbeschäftigungen verplant."

„Ach, nicht so schlimm", meinte er, und während er sprach, betrachtete er mich von Kopf bis Fuß. „Mein Chef, Olivers Eltern und sogar der Herr dieses Hauses, die sind befreundet. Herr Rückerberg ist mein Patenonkel, der hat mir auch schon einmal aus einer Patsche geholfen. Ich hatte heute Abend sowieso nichts Besseres vor. Abgesehen davon werde ich auch dafür bezahlt, mein Onkel steckt mir schon etwas dafür zu. Und wer kann heutzutage nicht gut Geld gebrauchen?!"

Marianne zeigte sich keck und neugierig. „Dann muss Ihre Freundin ihren Samstagabend heute ganz allein verbringen?"

„Ich bin momentan solo", verkündete er munter. „Es wartet niemand auf mich."

„Dann bleiben Sie doch hier, und feiern Sie ein bisschen mit uns", lud ihn Marianne ein.

Er sah an sich herunter und lachte. „Mit diesen Klamotten? Ich trage einen Blaumann, das passt wohl schlecht. Es ist ja schließlich keine Kostümparty."

Leni und Oliver gesellten sich zu uns. „Nett, dass du uns aus dieser Patsche geholfen hast. Ich wusste gar nicht, dass du jetzt auch bei Rückerberg arbeitest, Vinzenz."

Meine Freundin reichte dem Monteur die Hand. Irgendetwas klingelte in meinem Kopf. Vinzenz. Vinzenz? Es dämmerte mir, meine Gedanken sausten im Kopf herum. Da war es: Dr. Vinzenz Rosen. Daher kam mir der Name bekannt vor.

„Wurden Sie uns nicht eben als Werner vorgestellt?" wunderte ich mich.

Leni klärte mich auf. „Das ist Werner Vinzenz. Vinzenz ist sein zweiter Vorname. Aber weil wir so viele Werner kennen, und auch in seiner Familie jede Menge davon vorkommen, haben wir uns privat darauf geeinigt, ihn mit seinem zweiten Namen zu nennen, und der lautet Vinzenz."

Marianne mischte sich ein. „Jetzt hat dieser Werner Vinzenz schon hier unten im Keller geschuftet und seinen freien Samstagabend geopfert, dann ladet ihn doch wenigstens ein, hier bei der Party mitzufeiern!"

„Von mir aus gern", fand Leni. „Ich habe auch noch eine Jeans für dich, von meinem Bruder, der gerade beim Bund ist."

„Nett gemeint", fand der Monteur „Heute lieber nicht. Ich wollte noch einmal nach meiner Großmutter schauen. Wie ihr wisst, wohne ich bei ihr im Haus. Sie ist zwar noch ganz fit, aber ab und zu sehe ich doch ganz gerne nach ihr."

„Dann ruf sie doch einfach an", riet ihm Oliver. „Weißt du ihre Telefonnummer auswendig?"

Werner nickte. „Verena Lange. Unter diesem Namen steht sie auch im Telefonbuch. Das verwirrt die Leute oft, die mich anrufen wollen. Aber ich brauche kein eigenes Telefon, so oft ruft mich keiner an. Und die, die mich kennen, wissen, dass ich unter ihrem Namen zu erreichen bin."

Marianne konnte ihre Neugier nicht zähmen. „Dann heißen sie also nicht Lange wie ihre Großmutter?"

Der Monteur schüttelte den Kopf. „Nein, denn sie ist ja die Mutter meiner Mutter. Mein Name ist noch eine ganze Portion hübscher, darüber machen viele ihre Witze. Ich heiße Werner Vinzenz Rosen."

Die Worte drangen in mein Ohr, von da aus in meinen Kopf, irgendwo mussten sie an einem sensiblen Punkt angekommen sein, denn mir wurde es schwindelig und alles versank um mich herum im Nebel.

**

14.Kapitel

Als ich wieder erwachte, fühlte ich mich von einem starken Arm gehalten. Er gehörte zu dem Mann, dessen Name mich gerade so erschreckt hatte. Leni, Marianne und Oliver standen um mich herum und sahen mich mit besorgten Blicken an.

„Sollen wir dir einen Arzt rufen?" wandte sich Oliver an mich. „Was ist mit dir?"

„Nein danke!" lehnte ich ab. „Das war bestimmt, weil meine Füße zu lange im kalten Wasser standen. Und jetzt habe ich ja auch noch keine Strümpfe an."

„Dann aber schnell nach oben!" bestimmte Leni und dirigierte die ganze Gesellschaft in das darüber liegende Stockwerk, in die Parterrewohnung.

Werner hatte mich kurzerhand auf den Arm genommen und hoch getragen. Im Wohnzimmer setzte er mich auf der Couch ab.

Er sah mir in die Augen. „Am besten rufen wir jetzt einen Arzt an."

„Bitte nicht! Mir geht es schon wieder sehr gut. Es war sicher nur die Kälte."

Leni brachte mir neue Strümpfe und ein paar warme Pantoffeln, Oliver einen weiteren Tee. Ich roch daran, zum Glück war er dieses Mal ohne Rum, und ich wärmte mich daran in kleinen Schlucken.

Nachdem sich meine Freundin und ihr neuer Partner davon überzeugt hatten, dass es mir wieder gut ging, widmeten sie sich den anderen Gästen. Marianne wich nicht von Werners Seite. In meinem Kopf kreisten die Gedanken. Also hatte ich ihn nun gefunden, Werner, den Vater von Dr. Vinzenz Rosen. Sein Sohn würde der bekannte Dr. Vinzenz Rosen sein, der ein Medikament für meine Freundin Helma fand. Aber wer würde seine Frau sein?

Marianne vielleicht? Unmöglich, ich kannte sie als eine zickige und verwöhnte Frau, die nur in sich selbst verliebt war. Sie war mit Sicherheit nicht in der Lage, den Kindern eine vernünftige Erziehung zu geben. Was war jetzt zu tun? Ich konnte nicht so lange warten, bis er vielleicht die Falsche heiratete. Ich musste ihm die richtige Braut zuführen.

Wie war es denn mit meinen beiden Schwestern? Monika vielleicht? Auch wenn sie mich manchmal ärgerten, ich wusste, das war alles nur ein Spaß. In Wirklichkeit hatte sie einen sehr guten Charakter, und würden bestimmt eine sehr liebe Mutter sein.

Oder Marlis? Auch sie neckte mich gern, aber getreu nach dem Spruch: Was sich liebt, das neckt sich. Sie war eine herzensgute junge Frau, die ebenfalls sich bestimmt mit ganzem Herzen um ihre Kinder kümmern würde. Also, ich musste ihm beide vorstellen. Er sollte sich dann selbst entscheiden.

Marianne hatte die ganze Zeit versucht, ihn ein Gespräch zu ziehen, aber er blieb ihr gegenüber einsilbig.

Ich winkte meine Schwester Marlis herbei, die sich gerade mit Michael unterhielt.

Sie sah mich etwas genervt an. „Was ist denn mit dir? Geht es dir wieder besser? Oder sollen wir dich nach Hause bringen?"

„Nein, mir geht es schon wieder gut. Das war nur von dem kalten Wasser im Keller. Vermutlich haben meine Füße zu lange darin gesteckt. Ich wollte dir unseren Retter vorstellen, Werner Vinzenz Rosen, der dafür gesorgt hat, dass wir nachher noch unten im Keller tanzen können."

Sie sah mich ungerührt an. „Tja, ist wirklich nett. Dann bleiben Sie doch noch etwas hier, Herr Rosen. Den Blaumann können Sie ruhig anbehalten, der sieht richtig lustig aus." Sie winkte uns noch einmal zu und verschwand dann wieder.

Anscheinend konnte sie sich nicht vom ersten Augenblick an für den Monteur erwärmen.

Ich blickte mich um und suchte Monika. Ich entdeckte sie mit Andreas, mit dem sie sich prächtig zu unterhalten schien. Auch ihr gab ich ein Handzeichen.

„Was ist denn, Leona", fragte sie ungeduldig. „Soll ich irgendetwas für dich tun. Soll ich Papa anrufen, dass er dich von zu Hause abholt?"

„Nein. Ich wollte dir nur den jungen Mann vorstellen, der die Heizung repariert hat."

Marlis nickte ihm zu. „Ist ja sehr freundlich von Ihnen, und das am Samstagabend. Schicke Hose übrigens." Auch sie entfernte sich ohne Begeisterung.

Nun ja, es muss ja nicht immer die Liebe auf den ersten Blick sein. Vielleicht gab es in den nächsten Tagen auch etwas bei uns im Heizungskeller zu tun. Meine Gedanken rasten im Kopf hin und her. Ich musste dafür sorgen, dass er bald einmal zu uns kam. Aber wie? Vielleicht sollte ich doch noch einmal mit Renate sprechen. Vielleicht wusste sie Rat.

„Sie sind so still", sprach mich Werner an. „Kann ich Ihnen etwas Kartoffelsalat holen? Vielleicht brauchen Sie eine Stärkung. Wenn es Ihnen wieder gut geht, dann werde ich nämlich gleich nach Hause fahren. Ich kenne zwar Leni von Kindheit an recht gut, aber hier zwischen ihren Freunden, von denen ich die meisten nicht kenne, fühle ich mich doch nicht besonders erwünscht. Ganz abgesehen davon, dass ich mir auch nicht unbedingt eine Hose leihen möchte. Ich habe nur gewartet, weil ich dachte, ich könnte Sie vielleicht dann doch noch zu einem Arzt fahren, wenn es nötig wird."

„Wenn Sie mich durchaus irgendwohin fahren wollen, dann hätte ich schon eine Bitte!"

Er sah mich aufmunternd an. „Reden Sie nur! Ich fahre sie gern dahin, wo sie wollen."

„Kennen Sie die Baracken, ganz hinten im Wald? Man findet sie, wenn man den kleinen Weg einschlägt, gegenüber der runden Backsteinkirche."

„Richtig. Die kenne ich. Da habe ich auch schon einmal gearbeitet, und zwar in dem gläsernen Anbau, der erst kürzlich dort entstanden ist. Soll ich Sie dorthin fahren?"

„Das wäre sehr nett von Ihnen, ich habe dort mit einer Freundin ein wichtiges Gespräch zu führen."

„Kein Problem! Möchten Sie sofort gehen? Wie ist eigentlich Ihr Name? Sie sind mir gegenüber im Vorteil, Sie wissen dagegen meinen schon."

„Oh ja!" sagte ich eine Spur zu bedeutungsvoll. „Den kenne ich. Mein Name ist Leona. Ich werde mich nur noch schnell von Leni und Oliver und von meinen Schwestern verabschieden. Dann können wir von mir aus gern fahren."

Die Verabschiedung verursachte einige Probleme, denn weder Leni noch meine Schwestern wollten mich nach Hause gehen lassen. Ich ließ ihnen keine Wahl und verließ gegen all ihre Argumente diese außergewöhnliche Geburtstagsparty.

Im Wintermantel eingehüllt, mit der Mütze auf dem Kopf saß ich neben dem Monteur im Firmenwagen und hing meinen Gedanken nach. Wie sollte ich es nur anstellen, Werner zu meinen Schwestern in den nächsten Tagen nach Hause zu bringen? Mir fiel nichts ein, und so gab ich ihm vor der Baracke nur die Hand und bedankte mich bei ihm.

„Das habe ich doch gern gemacht", versicherte er mir. „Und da Sie eine Freundin von Leni sind, werden wir uns bestimmt einmal wiedersehen. Nicht wahr?" Er sah mir tief in die Augen, und ich hatte das Gefühl, dass ich sie ganz schnell verschließen müsste, damit er nicht in meine Gedanken hineinsehen konnte.

„Ich denke doch", brachte ich leise heraus. Dann eilte ich zur Haustür.

Werner blieb noch stehen, bis mich Renate hineingelassen hatte, dann erst startete er den Motor und entfernte sich.

Drinnen fiel ich Helmas Tante in die Arme.

„Weißt du, wer mich gerade hier zu dir gebracht hat?"

Renate schüttelte den Kopf. „Nein. Woher soll ich das wissen. Ich dachte, du wärst auf der Geburtstagsparty. War das vielleicht ein Partygast?"

Ich schüttelte energisch den Kopf. „Nein, liebe Renate! Bei Leni war ein Rohrbruch im Heizungssystem und dieser junge Mann hat den Notdienst in der Firma Rückerberg seines Onkels übernommen und den Schaden repariert. Er ist also Heizungsbauer, oder so etwas Ähnliches, und er kennt Leni schon seit vielen Jahren. Und sein Name ist Werner Vinzenz Rosen."

Renate sah mich ungläubig an. „Ist das wirklich wahr? Das ist der werdende Vater von unserem Dr. Vinzenz Rosen?"

„Genau der!"

Sie setzte sich auf die Bank. „Das muss ich jetzt erst einmal verdauen, und dafür muss ich mich hinsetzen. Dann hast du ihn gefunden, endlich gefunden?!"

„Eigentlich ist er dort ganz von allein hingekommen. Genau genommen hätten wir ihn gar nichts zu suchen brauchen. Diese ganze Suche nach einer Familie oder Firma Rosen hätten wir uns sparen können. Das Schicksal hat ihn mir dort ganz von selbst vor die Nase gesetzt, durch einen läppischen Rohrbruch."

„Aber wie kommt es denn, dass wir ihn im Telefonbuch nicht gefunden haben?" wollte sie wissen.

„Das lässt sich auch ganz einfach erklären. Er wohnt bei seiner Großmutter im Haus, die hat das Telefon. Aber sie heißt mit Nachnamen Lange, weil sie die Mutter seiner Mutter ist, und daher einen anderen Namen trägt als er. Er selbst benutzt das Telefon seiner Großmutter, und alle seine Freunde wissen das, und denken sich nichts dabei. Aber das ist der Grund, warum wir ihn nicht im Telefonbuch finden konnten. So einfach ist das also. Aber das konnten wir alles natürlich nicht wissen."

Renate schüttelte immer noch verwundert den Kopf und schenkte uns einen Pfefferminz-Tee ein. „Tatsächlich. Da hätten wir uns die ganze Mühe sparen können. Aber vielleicht war es gut so. Wir haben gezeigt, dass wir helfen wollen. Nun sehen wir, dass das Schicksal seine eigenen Wege findet. Aber hast du dir denn jetzt schon überlegt wie es weitergeht? Wer ist seine Frau?"

„Er hat keine Frau. Einerseits ist es gut, weil er dann nicht die falsche hat. Er hat jedenfalls keine, die den Kindern den Willen bricht und sie zu Duckmäusern erzieht. Auf der anderen Seite sind wir jetzt in großer Eile, jemanden zu finden, der wirklich gut für die Kinder ist."

Sie sah mich mit einem geheimnisvollen Blick an. „Und? Hattest du schon an irgendjemanden Bestimmtes gedacht? Du hast doch einen großen Bekanntenkreis, viele Freundinnen noch aus der Schulzeit, Kolleginnen? Ist unter ihnen nicht eine, die eine nette Mama werden kann?"

„Ich habe mir auch jetzt schon die ganze Zeit darüber Gedanken gemacht. Die einzigen, die dafür infrage kommen, sind meine beiden Schwestern. Die sind wirklich liebenswert, denen traue ich auch zu, dass sie ihre Sache gut machen. Bei all den anderen bin ich nicht so hundertprozentig sicher, tut mir leid, die Verantwortung würde ich nicht übernehmen wollen. Dummerweise haben sich meine Schwestern heute auch nicht besonders für ihn interessiert. Aber das lag sicher nur daran, dass er einen Blaumann anhatte. Und das fanden meine Schwestern heute natürlich nicht sehr schick. Schließlich hatten sie sich aufgedonnert für eine Party. Und sie haben sich auch ganz gut amüsiert, jede hatte einen Partner gefunden, der auch unterhaltsam schien."

„Und was hast du nun vor?"

„Ehrlich gesagt, ich weiß es nicht. Deswegen bin ich jetzt zu dir gekommen. Vielleicht hast du eine Idee. Ich habe mir bisher nur überlegt, dass ich versuche, ihn doch näher mit meinen Schwestern bekannt zu machen. Vielleicht verliebt er sich in eine von den Beiden. Vielleicht verliebt sich Marlis oder Monika in ihn. Er macht doch einen ganz manierlichen Eindruck. Das hätte ich mir so auf Anhieb gewünscht. Aber dann hatte ich eben doch ein schlechtes Gewissen."

„Warum denn? Du hast doch wirklich nichts Schlimmes getan. Warum solltest du jetzt ein schlechtes Gewissen haben. Wir haben das Schicksal auch in keiner Weise beeinflusst. Es ist alles so gekommen, wie es sowieso gekommen wäre. Sogar mit dem Professor Conti in Italien. Ohne unsere Hilfe hat er sich selbst für das Medikament eingesetzt, und es wird irgendwann einmal hergestellt im neuen Jahrtausend. Bisher haben wir nicht wirklich eingegriffen in das Schicksal. Auch jetzt ist dieser Mann doch von ganz allein aufgetaucht, ohne unser Zutun. Dann wird er vielleicht von selbst bei deinen Schwestern aufkreuzen, wenn es so sein soll."

Ich seufzte tief. „Weißt du, wir wissen doch, wie er sich seinen Kindern gegenüber entwickelt. Wenn er sie auch nicht schlägt, so versucht er doch, sie in ihrer positiven Entwicklung zu hemmen. Er schimpft mit Ihnen, er meckert, er macht sie klein, anstatt sie zu loben, dann redet er ihnen ein, dass sie faul und dumm sind und noch vieles mehr in dieser Richtung. Die Frau, die ihn heiratet, ja, sie wird dem entgegenwirken. Aber kannst du dir auch vorstellen, wie schwer das sein kann?! Weißt du auch, wie eine Mutter empfindet, deren Kinder schlecht gemacht werden vom eigenen Vater, deren Kinder beleidigt und unterdrückt werden. Das alles wird ihr sehr wehtun. Der Mann wird sie fortwährend verletzen, indem er ihre Kinder schlecht behandelt. Das wird nicht schön und einfach sein für diese Mutter. Das wird sie traurig und vielleicht sogar krank machen. Ich kann mir vorstellen, dass es ihr sehr weh tut, wenn er grundlos mit ihren Kindern schimpft und unfreundlich zu ihnen ist. Und genau das ist es, was mich abhält, ihn mit gutem Gewissen mit einer meiner Schwestern zu verkuppeln."

Renate nickte. „Ja, da hast du Recht. Einer normalen Mutter tut es weh, wenn man ihren Kindern wehtut. Das ist nicht einfach zu ertragen. Und dafür braucht es vermutlich einen starken Charakter. Da muss man eine Mutter suchen, die das aushält, ohne daran zu zerbrechen. Wir brauchen eine Mutter, die diese Aufgabe mutig annimmt. Und dann wird alles gut."

„Meinst du trotzdem, dass ich ihn mit jemandem bekannt machen soll? Wir haben jetzt Samstag, den 18. Dezember, es sind noch ganze sechs Tage Zeit. Sag du es mir, was ist jetzt das Beste?"

„Das Beste ist es wohl, wenn ich dich jetzt erst einmal mit Tobby nach Hause bringe. Dann schlüpfst du in dein warmes Bettchen, natürlich mit einer schönen heißen Wärmflasche. Immerhin haben wir heute viel erreicht, und du kannst erst einmal ganz beruhigt sein, ganz abgesehen davon können wir heute nichts mehr bewirken. Der Tag ist schon fast zu Ende, da hast du die Ruhe verdient. Und morgen, da singt ihr bestimmt erst einmal im Kirchenchor zum vierten Advent. Stimmt's?"

„Ja, obwohl meine Schwestern vermutlich sehr müde sein werden nach der Party. Aber das sind wir so schon etwas gewohnt. Das Adventssingen ist immer besonders schön, sehr feierlich. Vielleicht hilft uns da auch ein Gebet weiter. Kommst du auch hin?"

„Ich werde es versuchen, heute habe ich ziemlich viel mit meinen Rheumaschmerzen zu tun. Aber vielleicht ist es morgen besser. Und nach dem Gottesdienst kommst du einfach zu mir. Wenn uns Beiden bis dahin nicht irgendeine Idee gekommen ist, dann schauen wir einmal kurz in das Leben von Werner Vinzenz Rosen hinein. Du hast ihn ja nun kennengelernt, und kannst dich auf ihn konzentrieren. Sollen wir das so machen?"

Ich überlegte und verzog das Gesicht. „Ein bisschen habe ich Angst davor. Kannst du dir das vorstellen? Wenn wir nun irgendetwas sehen, das uns gar nicht gefällt? Was dann?"

„So schlimm kann es doch nicht sein, Leona. Wir wissen doch, dass die Kinder eine gute Mutter bekommen. Auf jeden Fall wird für die Kinder alles gut werden. Ist das nicht das Wichtigste? Du hast doch gemeinsam mit Leni schon viel für den Frieden gearbeitet. Ihr seid auf verschiedene Demos gegangen, habt Flugblätter verteilt, habt mit Menschen gesprochen, die ihr von der Notwendigkeit des Friedens überzeugen wolltet. Ist diese Aufgabe, Kinder zum Frieden zu erziehen, nicht noch viel wichtiger und viel schöner?"

„Ja, das stimmt", sagte ich leise. „Es ist sehr wichtig. Die Kinder sind die Zukunft dieser Welt. Es ist wichtig, was die Kinder mit dieser Erde und auf dieser Erde machen."

„Gut, meine Liebe, dann bringe ich dich jetzt einmal nach Haus, damit du ins Bettchen kommst."

Sie zog sich einen warmen Mantel an, holte Tobby und seine Leine, nahm mich am Arm und führte mich hinaus. Über dem Seerosenteich lag ein feiner Schleier. Dieses Mal hatte auch ich das Gefühl, dass sie die Formen einer Frau annahmen. Sie lächelte zu uns herüber.

Ich wischte mir die Augen. Vermutlich hatten mir das kalte Wasser und der Tee mit dem Rum doch nicht gut getan.

Dieses Mal brachte mich Renate bis zur Haustür, sie wollte sicher gehen, dass ich gut ankam.

Drinnen begrüßte mich meine Mutter mit einem geheimnisvollen Lächeln. „Es ist wieder etwas für dich angekommen", teilte sie mir mit und reichte mir in Papier eingewickelte Blumen. „Die sind heute vom Blumendienst gebracht worden, ein kleines Kärtchen liegt auch dabei, mit dem Namen des Absenders. Du rätst es sicher schon, wie er lautet."

Ich nickte beglückt. „Oh ja! Jemand von ganz weit weg, hat das Blumengeschäft beauftragt."

Eilig entfernte ich das Papier und entdeckte zwölf langstielige Baccara-Rosen, in einem wunderschönen samtigen, dunklen Rot. Ich führte eine Blüte an meine Nase und sog den verführerischen Duft ein. Einen Moment lang tanzte ich mit dem Strauß im Zimmer umher, dann las ich auf der Karte: „Ich liebe dich... Dein Giovanni".

„Aber das ist noch nicht alles", verriet mir meine Mutter. „Er hat hier angerufen und nach dir gefragt. Stell dir vor, ein richtig teures Ferngespräch! Als er hörte, dass du nicht da bist, war er sehr enttäuscht. Aber er will gleich wieder anrufen. Bleib am besten hier gleich in der Nähe!"

Ich vergaß mein Bett und meine Wärmflasche, vergaß die kalten Füße und setzte mich zu meiner Mutter ins Wohnzimmer.

„Papa ist noch mit Arbeit beschäftigt", verriet sie mir. „Leider gibt es in seinem Beruf nicht so geregelte Arbeitszeiten wie anderswo. Aber nachher, wenn er fertig ist, wird er sich bestimmt noch ein wenig zu uns setzen", vermutete sie. „Und jetzt habe ich ein paar Melodien für dich." Wieder schien sie meine Stimmung zu erraten und spielte ein paar Liebeslieder von bekannten Komponisten.

Eine halbe Stunde später läutete das Telefon. Ich rannte sofort in den Flur, wo der schwarze Apparat auf dem Tisch stand und hob den Hörer, presste ihn an mein Ohr.

„Amore? Bist du es?" hörte ich Giovannis tiefe Stimme.

„Ja", hauchte ich. „Es ist fantastisch, dass du anrufst. Vielen Dank für die wunderschönen Rosen, ich weiß gar nicht, was ich vor Freude sagen soll. Ich wünschte, ich könnte dir all das sagen, was ich fühle, aber ich bin so überwältigt, da fehlen mir die Worte."

„Deine Stimme ist göttlich", versicherte er mir. „Ich sehe dich jetzt vor mir, ich möchte dich jetzt in den Arm nehmen und dich küssen, so wie es war mit uns in diesen kurzen, zauberhaften Augenblicken, die uns geschenkt worden sind. Ich vermisse dich so."

„Ich vermisse dich auch", bestätigte ich ihm wahrheitsgemäß. „Ich möchte dich so bald wie möglich wieder sehen."

„Das werden wir", versprach er mir. „Ganz bestimmt! Ich liebe dich! Vergiss das niemals!"

Ein Klicken im Hörer sagte mir, dass das Gespräch getrennt worden war.

Was für ein himmlisches Gefühl! Er war so viele Kilometer von mir entfernt, aber ich konnte seine Stimme hören, so als stünde er neben mir. Alle Gefühle in mir sammelten sich, wurden groß und größer, wollten sich nach außen drängen. Ich lief zu meiner Mutter und sah sie strahlend an. „Ich bin so glücklich! Mehr könnte ich davon gar nicht ertragen! Und ich bin so dankbar, dass ich Giovanni begegnet bin. Ich weiß, ich fühle es, es ist für immer. Nicht nur für dieses Leben. Ich habe wirklich das feste Gefühl, dass ich dem Mann begegnet bin, der mein Schicksal ist."

Meine Mutter lächelte mich an. „Genieße diese erste Zeit jetzt, Liebling! Die ernste Zeit kommt noch früh genug, mit Sorgen und Problemen, mit Streit, und auch mit Verletzungen, die man sich gegenseitig zufügt. Aber wenn du diese Liebe im Herzen behältst, wirst du ihm immer verzeihen können, egal, was er auch tut."

„Ich kann mir zwar nicht vorstellen, dass wir uns jemals verletzen werden, aber da hast du mehr Erfahrung. Ich werde mich jedenfalls immer an deine Worte erinnern."

Und weil sie so viel Verständnis für mich hatte, bat ich sie, mir ein paar Minuten zuzuhören.

Wir gingen in ihr Schlafzimmer, wo wir uns auf ihr Bett setzten. „Es ist ein Geheimnis, Mama! Aber dir vertraue ich die ganze Geschichte an."

Ich erzählte ihr alles, von Helma und Renate, dem DVR-Gerät und seinen Voraussichten. Ich erzählte ihr von Ulrich, von Professor Conti, von dem zukünftigen Dr. Rosen und auch von Werner Vinzenz Rosen, dem Heizungsbauer. Sie hörte mir aufmerksam zu.

„Da hast du in der letzten Zeit eine ganze Menge erlebt, und zwar sehr viel Unterschiedliches. Du bist mit der schlimmen Krankheit von Helma konfrontiert worden, hast Angst ausgestanden und Sorge gehabt, und in derselben Zeitspanne hast du auch deine große Liebe kennen gelernt. Ich versuche gerade mir vorzustellen, wie es dir ergangen ist. Das war und ist sicherlich nicht leicht für dich."

„Ich bin froh, dass ich es dir jetzt erzählt habe, ich habe nicht gern Geheimnisse vor dir, aber du kannst dir sicher verstehen, dass auch Renate es gern geheim halten wollte. Es hört sich doch sehr verrückt an, die Sache mit dem DVR-Gerät. Andere würden mich jetzt für verrückt erklären."

„Weißt du, Leona, es ist so eine Sache mit dem Schicksal und Gottes Willen. Wenn er etwas mit uns vorhat, wenn er etwas von uns möchte, dann gibt es hier auch auf der Erde oft ganz merkwürdige Wege. Die ganze Bibel ist voll davon von Weissagungen, von Prophezeiungen und auch von Wundern. Daher sollte der Mensch nicht nur an das glauben, was ihm der Verstand erlaubt. Ich habe mir früher immer schon einmal Gedanken darüber gemacht, wie so eine Fata Morgana entsteht. Sie ist ja auch nicht greifbar da, aber sie ist da, zweifellos. Ich weiß natürlich nicht wie dieser Apparat funktioniert, und was bei der Benutzung mit euren Gehirnen passiert, mit eurer Fantasie und euren Vorstellungen. Aber scheinbar wird irgendetwas in Bewegung gesetzt, was wir jetzt noch nicht erforschen können. Das ist im Moment auch völlig unwichtig, wichtig ist hier nur, dass Helma geholfen wird."

Ich atmete erleichtert auf. „Ich habe mir schon gedacht, dass du mich verstehst. Vielleicht kannst du mir sogar einen Rat geben, wie ich weiter vorgehen soll. Nicht wahr, es ist jetzt ganz wichtig, dass Vinzenz die richtige Frau findet."

Meine Mutter nickte. „Ja, das sehe ich auch so. Denn vermutlich wird sich dann auch Conti nur dadurch so sehr für das Medikament einsetzen, weil es bei Helma als Probandin wirklich geholfen hat. Daher bin ich jetzt ganz sicher, dass ihr für ihn die passende Frau finden müsst. Aber jetzt, mein Schatz, wird es erst mal Zeit für dich, ins

Bett zu gehen. Dein Tag war lang und aufregend genug.
Und bevor du einschläfst, genieße noch einmal all die
Liebesbezeugungen, die dir Giovanni übermittelt hat."
Sie füllte eine Wärmflasche mit heißem Wasser, drückte
sie mir in die Hand und küsste mich auf die Stirn. „Schlaf
gut, mein Liebling! Träum was Schönes!"

***

15.Kapitel

Die vierte Kerze am Adventskranz durfte ich anzünden, das war Tradition. Die erste gehörte meiner Mutter, die zweite Monika, die dritte Marlis und die letzte wurde mir zugeteilt. Aber obwohl wir den Frühstückstisch mit festlichen Servietten, ein paar Goldsternen und Nüssen dekoriert hatten, konnten wir uns nicht lange daran aufhalten, unsere Chorleiterin hatte uns schon früh in die Kirche bestellt, damit wir uns einsingen und genügend proben konnten.

„Ihr seht jetzt aus, wie Mädchen aus dem Internat", scherzte mein Vater, als er uns in den schwarzen Röcken mit den weißen Blusen an der Garderobe stehen sah, wo unsere Wintermäntel hingen.

„Aus den Mädchen sind inzwischen junge Frauen geworden", bemerkte meine Mutter in leicht wehmütigem Ton. „Und es wird sicher nicht mehr lange dauern, bis sie dieses Haus nur noch für einen Besuch betreten."

„Das ist der Lauf der Welt", fand er. „Aber es hat ja noch ein bisschen Zeit damit. Es besteht kein Grund, so etwas zu überstürzen."

Die Beiden sahen uns nach, als wir den Weg von der Haustür zum Gartentor hinunterliefen.

„Wie war es denn noch bei euch?" erkundigte ich mich bei meinen Schwestern, als wir den Kirchplatz hochliefen.

„Ganz toll, ich bin für nächstes Wochenende mit Andreas verabredet", eröffnete mir Monika.

„Und mich will Michael heute anrufen", fügte Marlis hinzu.

„Aber ihr seid doch nicht etwa verliebt?" Ich zog die Augenbrauen hoch.

Marlis kicherte. „Hast du etwas dagegen? Willst du etwa die Einzige sein, die hier den ganzen Tag wie im siebten Himmel herumtanzt?"

„Natürlich nicht. Ich wusste nur nicht, dass die Beiden euch so gut gefallen haben. Mir ist nichts Besonderes an diesen Männern aufgefallen. Ich weiß mit Sicherheit, dass ich mich in keinen von Beiden verlieben könnte."

„Das ist auch gut so, Leona", wandte sich Monika scherzhaft drohend gegen mich. „Im Augenblick verstehen wir drei Geschwister uns doch prima, das ist nicht immer so zwischen Schwestern. Aber wenn man sich mit Freunden in die Quere käme, das wäre eine Katastrophe."

„Und wie gefällt euch Vinzenz? Wäre der nicht etwas für einen von euch Beiden?"

Monika lachte laut. „Ganz bestimmt nicht. Vielleicht ist er wirklich ein netter Typ, aber wir haben eben andere Vorstellungen. Michael wird übrigens Gartenarchitekt und Andreas wird Lehrer wie Oliver. Aber jetzt musst du uns doch mal verraten, was du an diesem Handwerker gefunden hast? Hast du dich etwa selbst in ihn verliebt?"

„Nein. Ganz bestimmt nicht. Er ist alles andere als mein Typ. Vermutlich kommt morgen mit der Post ein Foto von Giovanni, dann kann ich euch zeigen, wie mein Typ aussieht: schwarzhaarig mit dunklen Augen, so muss er sein. Temperamentvoll und von großer Spontaneität."

„Gestern hat es aber ganz anders ausgesehen", widersprach mir Marlis. „Es sah schon sehr romantisch aus, wie er dich auf seinen Armen ins Wohnzimmer getragen hat. Danach ist er auch die ganze Zeit nicht von deiner Seite gewichen und außerdem hast du dich später noch von ihm nach Hause bringen lassen. Das passt doch nicht dazu, dass er dein Antityp ist."

Was sollte ich da sagen? Ich konnte ihnen doch nicht verraten, dass ich eine von ihnen mit ihm verkuppeln wollte. Nein, ihnen konnte ich die Geschichte nicht erzählen, sie würden vermutlich meine ganzen Anstrengungen boykottieren.

Zum Glück waren wir an der Außentreppe zur Empore angekommen. „Mir war es einfach nicht gut", wie ich aus. „Aber jetzt möchte ich mich einstimmen auf unseren festlichen Gesang.

Auch in der Kirche brannten die vier Kerzen an dem großen Adventskranz, der von der Decke herabhing. Es duftete überall nach frischen Tannenzweigen.

Unsere feierlichen Lieder brachten die Gemeinde schnell in freudige Vorweihnachtsstimmung, fröhlich sangen sie ihre Strophen aus den Gesangsbüchern mit.

Die Predigt unseres Pfarrers bezog sich wie häufig in der Weihnachtszeit auf den Frieden. Er selbst war „Spätheimkehrer" gewesen und wusste allerlei über Feindschaft und Freundschaft, über Hass und Kameradschaft aus dem letzten Weltkrieg. So brachte er dann auch ein Beispiel, wie jeder Mensch in der Familie den Frieden unterstützen könnte. „Auch wenn wir nach Frieden streben, sollten wir nicht nach den Sternen greifen", beendete er seine Predigt. „Im kleinen Zimmer, im menschlichen Herzen fängt der Frieden an."

Bis zum Schluss-Segen ließen wir noch mehrere Male unsere Stimmen laut und fröhlich durch die Kirche schallen, von dem majestätischen Klang der Orgel begleitet.

Zufrieden schlüpften wir in unsere warmen Mäntel.

Draußen war es kälter geworden, aus den Regentropfen wurden kleine, unscheinbare Schneeflocken, die auf der warmen Erde sofort schmolzen.

Die kleinen Flocken störten uns wenig, hatten wir doch nur wenige Meter vom roten Backsteinbau bis zu dem Haus unserer Eltern.

Wir hängten unsere feuchten Mäntel zum Trocknen auf Kleiderbügel und wärmten uns im Esszimmer vor dem Öl-Kamin.

Als das Telefon läutete, eilte Marlis in den Flur. „Das ist Michael", rief sie uns zu und zog die Tür hinter sich zu.

Doch schon kurze Zeit später kehrte sie zu uns ins Esszimmer zurück und sah mich vorwurfsvoll an. „Das ist nicht für mich, das ist für dich!"

Meine Augen leuchteten auf. „Oh, schon wieder Giovanni?!"

„Nein", brummelte Marlis, „das ist dein Handwerker. Ich hoffe, dass du dich kurz fasst! Du weißt doch, dass ich einen Anruf von Michael erwarte. Wenn ich ihn deinetwegen verpasse, ist die Hölle los, das kannst du mir glauben."

„Ich habe kein Interesse daran, lange mit ihm zu sprechen. Das kannst du mir glauben", antwortete ich und eilte in den Flur zum Telefon.

Werner begrüßte mich freundlich. „Ich wollte mal fragen, wie es Ihnen geht. Ich hoffe, dass Sie sich nicht gestern erkältet haben mit den kalten Füßen."

„Danke, bisher habe ich alles gut überstanden, und ich hoffe, dass es so bleibt und vielen Dank auch noch mal, dass Sie mich gestern zu meinen Freunden gebracht haben, in der Kälte und in der Dunkelheit war das wirklich sehr praktisch für mich."

„Haben Sie etwas dagegen, wenn wir „Du" zueinander sagen? Wir sind doch in etwa gleichem Alter, und ich bin mit Leni befreundet und auch mit Oliver, also gehöre ich schon ziemlich lange zu Ihrem Umkreis dazu."

„Das können wir gern tun, ich bin die Leona."

„Richtig, ich weiß. Und ich bin der Werner."

„Ja dann, dann wünsche Ihnen, ach nein, dir noch einen schönen Adventssonntag", stotterte ich ein wenig.

„Hast du denn heute noch etwas vor?" erkundigte er sich.

Aus dem Esszimmer rief Marlis laut. „Beeil dich! Ich erwarte einen Anruf!"

Was sollte ich tun? Ich wollte Werner mit irgendjemandem verkuppeln, der nett zu seinen Söhnen sein würde, dafür war es gut, ihn näher kennen zu lernen.

„Nein, ich habe heute nichts Besonderes vor. Nur so das Übliche, ein bisschen Wäsche und meine Arbeitssachen zurechtmachen."

„Dann können wir uns doch treffen", schlug er vor.

„Ich gehe später noch mit unserem Hund Bodo spazieren. Da könnten wir uns irgendwo auf dem Venusberg treffen, wenn du Lust hast mitzugehen."

„Ja, gern, Leona. Ich habe heute Nachmittag nichts mehr vor. Was meinst du, so etwa in einer Stunde?"

„Ja, das passt. Bei uns gibt es immer erst abends warmes Essen, da versammelt sich dann die ganze Familie um den Tisch herum. Ansonsten kann sich jeder seine Zeit selbst einteilen."

Wir vereinbarten einen Treffpunkt an einem der beiden Cafés, die sonntags gern von einigen Bewohnern des Venusbergs besucht wurden.

Als ich den Hörer auf die Gabel legte, erschien Marlis mit vorwurfsvollem Gesicht. „Musst du unbedingt so lange telefonieren? Jetzt hat Michael bestimmt inzwischen zwanzigmal versucht."

„Er wird es wieder versuchen", sagte ich ungerührt.

„Was wollte denn dieser Typ von dir?" Marlis sah mich neugierig an.

„Na ja, er hat sich erkundigt, ob ich nach dem gestrigen Drama krank geworden bin. Das ist doch nichts Schlimmes, oder?"

Sie zeigte mit dem Finger auf mich. „Ich wusste es doch. Er hat sich in dich verliebt. Na dann, Prost Mahlzeit! Jetzt musst du sehen, wie du damit fertig wirst."

„Ach, Quatsch! Nur weil er sich danach erkundigt, was aus mir geworden ist, aus lauter Höflichkeit, muss er doch nicht in mich verliebt sein."

Sie grinste breit. „Muss er nicht, hat er aber. Du wirst es sehen! Wir können eine Wette abschließen."

„Um so etwas wette ich nicht. Und wenn, ich bin verlobt, damit muss er eben fertig werden."

„Abwarten!" sagte sie geheimnisvoll.

Erneut klingelte das Telefon, Marlis eilte darauf zu und stürzte sich auf den Hörer.

Kurz darauf hörte ich, wie sie Michael mit sanfter Stimme begrüßte: „Ja, zufälligerweise bin ich zu Hause … Von mir aus … Nein, warum solltest du stören. Bei uns in der Familie ist sonntags immer viel Betrieb, und jeder bringt irgendwelche Freunde mit. Das wirst auch du nicht…Na fein, dann also bis später… Tschüss!"

Sie wandte sich an mich. „Da hast du aber Glück gehabt. Beinahe hätte ich ihn verpasst. Er kommt übrigens gleich vorbei. Ich hoffe, ihr macht mir dann sturmfreie Bude und geht in eure Zimmer, damit ich mich mit ihm hier im Esszimmer vernünftig unterhalten kann. Haben wir noch von den Weihnachtsplätzchen, die wir letzte Woche gebacken haben? Oder habt ihr die alle weggefuttert?"

„Keine Ahnung! Und das mit dem Esszimmer musst du mit Monika ausmachen. Ich bin gleich sowieso weg, mache einen längeren Spaziergang mit Bodo."

Sie schöpfte keinen Verdacht und machte sich daran, das Esszimmer zu kehren.

„Ich habe gestern hier geputzt", mischte sich Monika ein.

„Wieso kehrst du dann hier heute?"

„Ach, das ist doch alles wieder total dreckig. So kann man doch keinen Besuch hereinlassen."

Ich zog mich in mein Zimmer zurück und begann, noch einmal alle Karten und Briefe zu lesen, die mir Giovanni bisher geschickt hatte. Unglaublich, an jedem einzelnen Tag war bisher Post von ihm gekommen, unermüdlich hatte er geschrieben. Ich wunderte mich über seine Ausdauer. Was für ein Mann!

Bevor ich mit Bodo spazieren ging, schlüpfte ich noch einmal in das Zimmer meiner Mutter und berichtete ihr von Werners Anruf.

„Ich bin jetzt ziemlich verunsichert, Mama. Was soll ich nur tun? Mache ich das jetzt alles richtig?"

Sie nahm mich in den Arm. „Dein Gefühl hat dir doch längst Antwort gegeben, mein Schatz. Du hast dich mit ihm verabredet, weil du es für richtig und wichtig hältst. Über mehr brauchst du dir überhaupt keine Gedanken zu machen. Triff dich nur mit ihm, dann lernst du ihn kennen und weißt, wie er ist."

„Gut. Dann verlasse ich mich in der nächsten Zeit einfach mal auf meine Gefühle, obwohl du mir glauben kannst, dass ich liebend gern jetzt ganz woanders wäre. Aber das ist im Moment unmöglich. Giovanni kann nicht dort weg von seiner Arbeit, und ich kann nicht weg von hier. Wir müssen es verschieben und warten. Aber glaube mir, das können wir. Ich weiß, dass unsere Liebe ewig ist."

Sie drückte mich fest. „Du machst das schon!"

Ich zog mich warm an, nahm Bodo an die Leine und spazierte den Haager Weg entlang bis zum Café. Werner wartete dort schon auf mich. Er gab mir die Hand zur Begrüßung, und ich spürte, dass er einen festen Händedruck hatte.

„Schön, dass du gekommen bist", meinte er. „Gehst du viel mit dem Hund spazieren?"

„Ja, ich mag Hunde. Leider ist der nun schon ziemlich alt, und ich hoffe, dass er noch einige Zeit lebt. Ich weiß nicht, wie wir es ertragen könnten, wenn er stirbt."

„Das ist immer schlimm", fand er. „Wie du weißt, habe ich schon früh meine beiden Eltern verloren. Meine Großmutter hat mich ziemlich verwöhnt, das sagen jedenfalls meine Verwandten. Mir fällt es natürlich nicht auf, ich bin es so gewohnt, wie sie zu mir ist. Ist bei dir in der Familie alles in Ordnung?"

„Ja, bei uns ist alles normal. Meine Eltern sind sehr nett und kümmern sich gut um uns. Mit meiner Mutter kann ich über alles reden, sie hat sehr viel Verständnis für mich. Vielleicht, weil wir uns so ähnlich sind. Mit meinen Schwestern gibt es viel Geplänkel, aber das ist alles nicht böse gemeint, im Grunde genommen mögen wir uns sehr. Und ich glaube, eine würde für die anderen alles tun. Ich finde das toll mit Geschwistern."

„Das kann ich mir nicht so richtig vorstellen. Deswegen weiß ich auch nicht wirklich, wie das mit Kindern ist. Aber mit einer netten Frau kann ich mir schon Kinder vorstellen. Ein Haus möchte ich einmal haben, vielleicht wünscht sich das jeder Mann."

Es war ein komisches Gefühl, so neben ihm her zu laufen, so viel von ihm zu wissen, und nicht mit ihm darüber reden zu können.

„Ja, wenn man das Geld hat, ist ein Haus bestimmt ganz schön. Da haben die Kinder dann Platz zum Spielen, einen Garten, in dem sie sich ein bisschen austoben können, und man ist nicht so nah an den Nachbarn dran, das hat schon seine Vorteile. Magst du eigentlich deine Arbeit gern?"

„Als Kind wollte ich immer Arzt werden", verriet er mir. „Aber ich hatte wohl nicht so die Ausdauer beim Lernen. Meine Großmutter konnte mir auch nicht viel helfen, und sie fand es auch nicht schlimm, wenn ich lieber spielte als lernte."

„Kannst du da nicht jetzt noch etwas dazu lernen, später einen anderen Beruf ergreifen?" schlug ich ihm vor.

„Nein, jetzt ist es zu spät. In diesem Alter fange ich nichts Neues mehr an. Ich verdiene ja sehr gut in meinem Beruf. Und weil ich praktisch veranlagt bin, wird es mir auch leichtfallen, das Haus einmal zu bauen, das ich mir wünsche. So wie die Lage im Moment in Deutschland aussieht, sind die Handwerker sehr beliebt. Man braucht sie an jeder Ecke, und deswegen werden sie auch gut bezahlt. Ich könnte es mir nicht noch einmal vorstellen, so ohne Geld dazustehen, nur um etwas zu lernen."

„Und deine Großmutter kann dir nicht dabei helfen?"

Er schüttelte den Kopf. „Das Haus, in dem wir leben, ist nur gemietet. Sie bekommt nur eine kleine Rente, von der sie mir immer viel als Taschengeld gegeben hat. Nein, sie könnte mir auch nicht helfen, aber ich sehe auch nicht die Notwendigkeit."

„Ich dachte ja nur, weil du als Kind Arzt werden wolltest", warf ich ein. „Weil es ja doch dein Kindertraum war."

„Ach, so etwas ist doch nicht ernst gemeint. Viele Kinder haben einen Traum. Die meisten Jungen wollen Lokomotivführer werden, oder vielleicht Pilot. Das ist doch Spinnerei. Ich bin sehr realistisch, und ich weiß, was ich erreichen kann, und was nicht."

Ich widersprach ihm. „Ich habe auch einen Kindertraum. Aber den will ich eines Tages realisieren. Ich will nämlich Schauspielerin werden. Darauf werde ich langsam hinarbeiten, bis jetzt bin ich allerdings noch auf einer unteren Stufe meiner Laufbahn angekommen. Es wird noch viele Stufen geben. Trotzdem bleibe ich fest dabei: Ich will anderen mit meinem Spiel Freude machen."

„Oh!" machte er erstaunt. „Ich kann mir vorstellen, dass du eine gute Hausfrau sein wirst. Vermutlich kannst du gut kochen, vielleicht bäckst du gern Kuchen. Vielleicht spielst du gern mit Kindern, ist das nicht so?"

„Natürlich, aber deswegen wünsche ich mir trotzdem einen Beruf, der mir Spaß macht, sozusagen einen Traumberuf."

„Hat man damit nicht genug zu tun, im Haushalt und mit den Kindern? Ist das nicht Beruf genug? Das sind doch alles sehr schöne und sehr wichtige Beschäftigungen und Arbeiten."

„Natürlich. Das mag ich auch alles. Aber irgendwann einmal sind die Kinder dann auch groß, dann will ich keine Langeweile haben. Man möchte doch immer wichtig im Leben anderer Menschen sein, oder?"

„Ja, das wollen wohl die meisten. Das ist man in der Familie aber auch. Und bei dir habe ich einfach den Eindruck, dass du ein Familienmensch bist."

„Ja, das bin ich auch. Da hast du schon Recht. Aber ich bin sehr vielseitig, ich brauche mehr. Männer können ja auch Väter sein und Ehepartner, und in Haus und Garten helfen und trotzdem einen Beruf haben. Bei denen klappt es ja meistens auch. Könntest du dir das für dich nicht vorstellen?"

„Oh doch. Das kann ich mir sogar sehr gut vorstellen. Und ich wüsste auch schon eine Frau, mit der ich mir das alles vorstellen kann."

Ich staunte. „Tatsächlich? Du hast dir schon jemanden ausgesucht?"

„Ja. Als ich dich gestern zum ersten Mal unten bei Leni im Keller sah, da wusste ich es ganz genau: So soll meine zukünftige Frau aussehen, und so soll sie sein, genauso, wie du gestern dagestanden hast. Gleich, als wir die ersten Worte miteinander gewechselt haben, merkte ich, dass ich mit dir leben möchte, dich heiraten möchte, mit dir Kinder bekommen möchte, und mit dir ein Haus bauen möchte. Das alles habe ich sofort gewusst, als ich dich zum ersten Mal sah."

Ich erschrak. „Nein, das ist völlig unmöglich. Das geht wirklich nicht, und wir passen auch gar nicht zusammen. Da hast du dich irgendwie geirrt. Es gibt so viele wahnsinnig nette Frauen, von denen du bestimmt eine finden wirst. Es geht nicht, es geht wirklich nicht."

„Es tut mir jetzt sehr leid, dass ich dich damit so überfallen habe. Ich würde dir auch heute keinen Heiratsantrag machen. Ich weiß auch, dass du Zeit brauchst für deine Entscheidung. Die will ich dir auch gern geben. Wir können uns erst einmal näher kennen lernen, und dazu gebe ich dir viel Zeit, so viel, wie du willst. Aber eins sage ich dir, und das schon heute. Und das ist mein voller Ernst: Ich habe sofort gesehen, dass du es bist, mit der ich leben will, die ich heiraten will. Und wenn du dich irgendwann einmal gegen mich entscheidest, dann werde ich gar nicht heiraten. Dann bleibe ich allein, mein ganzes Leben lang. Nicht, dass ich dich damit jetzt unter Druck setzen möchte. Es ist ja meine Schuld, wenn ich dann allein bleibe. Aber das wird so sein, das kann ich dir schwören. Ich habe schon viele Frauen kennengelernt, aber ich konnte es mir niemals vorstellen, eine von ihnen zu heiraten. Es ist kein Druck, keine Erpressung, es ist nur eine Feststellung: Ich heirate dich oder keine."

Ich sah ihn entsetzt an. „Das tut mir leid. Da kann ich dir keine Hoffnung machen. Ich glaube, ich geh jetzt lieber nach Hause. Das war jetzt alles etwas zu viel für mich."

„Entschuldige, das wollte ich nicht. Es tut mir sehr leid. Natürlich bringe ich dich jetzt nach Hause, wenn du das möchtest. Aber ich bitte dich, triff jetzt noch keine Entscheidung! Warte bitte erst einmal ab, schlaf erst einmal darüber. Ich werde dich jetzt erst einmal in Ruhe lassen. Ich will dich auf keinen Fall drängen, versteht das bitte nicht falsch. Ich bin nur ein Mensch, der weiß, was er will und sehr realistisch ist. Und ich kenne mich selbst, ich weiß, was ich fühle, was ich empfinde, und vor allen Dingen, was für mich richtig ist. Ja, vielleicht bin ich ein Egoist, weil ich da keine Kompromisse eingehe. Ich kann dir einfach nichts anderes sagen, und werde auch niemals meine Meinung ändern."

In mir drehte sich alles, die Gedanken, die Gefühle. Ich musste ihn schleunigst loswerden, warum war nun alles so falsch gelaufen? Das war doch wirklich nicht meine Absicht gewesen.

„Ich glaube, ich geh jetzt besser allein nach Hause. Alles Gute für dich!"

„Nein, es wird schon dunkel. Sei mir bitte nicht böse, aber ich bringe dich noch nach Hause. Sonst mache ich mir Gedanken, ob dir etwas passiert ist. Dann verschwinde ich auch ganz schnell."

„Also gut", gab ich nach. „Ich finde dich auch wirklich sehr nett. Aber es gibt eine ganze Reihe von Gründen, warum ich dich nicht heiraten kann. Die kann ich dir jetzt alle nicht sagen, das ist zu kompliziert. Wir könnten vielleicht einfach miteinander befreundet sein, das kann ich dir anbieten. Und ich wäre auch sehr froh darüber, wenn wir Freunde wären."

„Das geht leider nicht, Leona. Aber wir wollen jetzt nicht mehr darüber sprechen. Ich möchte, dass du dich ganz frei entscheidest. Morgen wirst du nichts von mir hören, da werde ich nämlich nach der Arbeit noch einen Baum für meine Großmutter besorgen, den will ich da noch aufstellen und schmücken. Sie liebt diese bunten Bäume, das ist eine ganze Menge Arbeit, und ich will es ihr wirklich schön machen. Sie hat es verdient. Am Dienstag werde ich einmal abends bei dir anrufen, und wenn du magst, kannst du an den Apparat gehen. Wenn nicht, dann weiß ich, dass du in deinen Überlegungen noch nicht weitergekommen bist. Und wann auch immer du willst, können wir uns treffen, um uns näher kennen zu lernen."

Ich seufzte tief. „Ach, ich hätte nie gedacht, dass das Leben so schwer sein kann."

An unserem Gartentor verabschiedete ich mich von ihm.

Völlig verwirrt brachte ich Bodo schnell ins Haus und rannte dann mit klopfendem Herzen den kleinen Waldweg entlang zu den Baracken.

Renate zeigte sich überrascht, als ich sie besuchte, aber als ich ihr berichtete, was vorgefallen war, schien sie keineswegs schockiert.

„Seit kurzer Zeit habe ich das befürchtet, liebste Leona. Als Helma dich hierher brachte, damit du mit mir in das DVR-Gerät siehst, da habe ich schon geahnt, dass du in dieser ganzen Sache eine größere Rolle spielst. Aber ich wusste natürlich nicht, wie deine Rolle sein würde. Aber als du mir dann erzählt hast, dass du auf dieser Party ganz schicksalhaft diesen Werner getroffen hast, der dich dann ebenso schicksalhaft die Treppe hinauf getragen und umsorgt hat, da fing ich schon an, mir einige Gedanken zu machen. Nach allem Überlegen scheinst du auf jeden Fall diese Aufgabe übernehmen zu können."

„Wie meinst du das, Renate?"

„Leider sieht es so aus, als könntest du den egoistischen Werner ein bisschen im Zaum halten. Und du könntest als Gegenstück zu dem unfreundlichen Vater in der Erziehung der Kinder entgegenwirken. Tatsächlich könntest du sie lieben und verständnisvoll erziehen, und dabei die Schwächen des Vaters ausgleichen. Du könntest den Kindern erklären, warum ihr Vater gerade so ist, wie er ist, und warum er sich vermutlich niemals ändern wird. Vermutlich bist du diesem Werner begegnet, damit du die Wahl hast. Die Wahl zwischen der Liebe zu zwei besonderen Kindern oder der Liebe zu Giovanni mit rauschenden Gefühlen."

Ich schüttelte den Kopf. „Das ist eine Entscheidung, die kann wirklich keiner von mir verlangen. Jeder würde sich sofort für die Liebe entscheiden, für die Liebe zu einem Mann. Es gibt bestimmt noch irgendwo eine andere Frau, die zu Werner passt, die er lernt, zu lieben."

„Ich befürchte, dass das nicht der Fall sein wird. Ich denke, wir beide werden das nicht allein herausfinden können, nicht ohne das DVR-Gerät. Aber ich glaube ganz bestimmt, dass wir in der Not von diesem Gerät auch Hilfe bekommen werden. Wenn du Zeit hast, können wir es gern jetzt einmal versuchen."

„Wie sollen wir denn jetzt am besten vorgehen, Renate? In wessen Leben sollen wir jetzt hinein sehen?"

„Tatsache ist es, dass wir nicht alles sehen dürfen. Das haben wir bisher ja schon gemerkt. Wir bekommen immer nur diese Ausschnitte zu sehen, die uns nicht beeinflussen. Vermutlich können wir gar keine Fragen stellen, sondern werden immer auf diese Bilder geschickt, die für uns wichtig sind."

„Das ist schon sehr seltsam. Ich hätte lieber einfach so eine Frau für ihn gesucht, ich hätte bestimmt eine gute gefunden, mit etwas Zeit."

Sie sah mich nachdenklich an. „Ich will dich natürlich in gar keiner Weise beeinflussen, Leona. Ich gönne dir das Glück mit Giovanni von ganzem Herzen. Ich habe mir nur gerade vorgestellt, wie stolz du sein könntest auf einen Sohn wie Dr. Vinzenz Rosen. Und du wüsstest immer, dass es auch dein Verdienst ist, wenn Helma geholfen wird, und wenn später so vielen anderen Menschen geholfen wird, die unter Depressionen leiden. Stell dir nur vor, die Selbstmordrate wird drastisch sinken und vielen Menschen ersparst du das Leid."

„Fangen wir erst einmal an. Da ich das Foto von Giovanni noch nicht habe, möchte ich mich auch heute noch nicht auf sein Leben konzentrieren. Ich bin jetzt einmal ganz mutig. Nach diesem Schock kann mich beinahe nichts mehr erschüttern. Im Moment habe ich Werner,seinen Typ noch ganz groß vor mir, vor meinen inneren Augen, von eben diesem Drama, daher werde ich mich ganz einfach auf ihn konzentrieren können, auf ihn, und auf das, was wir von seinem Leben wissen dürfen."

Renate schenkte uns einen Glückpunsch ein, ich schmeckte es, er enthielt irgendeinen alkoholischen Zusatz. Wir nahmen einen großen Schluck davon. Ganz langsam, fast feierlich baute sie das DVR-Gerät auf dem Tisch auf. Dann vergewisserte sie sich noch einmal, dass sie die Tür gut abgeschlossen hatte, überprüfte meine Sitzhaltung und schaltete das Gerät ein.

„Wir versuchen uns zu entspannen", wünschte sie. „Und wir brauchen jetzt unbedingt etwas Hilfe."

Vor meinen Augen erschien zunächst Dunkelheit. Ich versuchte, meine Gedanken vollkommen auf diesen Werner Vinzenz Rosen zu fokussieren. Ein Lichtschein breitete sich vor meinen Augen aus, der sich als Lichtquelle in einem Zimmer entwickelte.

In einer winzigen Wohnung zogen sich ein Mann und eine Frau, die ich nur von hinten sehen konnte, warme Kleidung an. Tatsächlich, sie zogen sich mehrere lange Hosen übereinander und mehrere Pullover. Ich erblickte eine Küchenuhr, sie zeigte eine Uhrzeit von 3:30 Uhr. War das nun Tag oder Nacht? Ich sah hinüber zum Fenster, das nur Dunkelheit hereinließ. Was machten die beiden da nur mitten in der Nacht? Ich erkannte Werner, der sich ein Mantel anzog und auch der Frau eine dicke Jacke hinhielt. Ich konnte sehen, dass die junge Frau einen dicken Bauch hatte, anscheinend war sie schwanger. Jetzt setzten sie sich Mützen auf und zogen sich Handschuhe an. Mit zwei großen, leeren Taschen bepackt, verließen sie die Wohnung und stiegen einige Treppen hinunter bis zur Haustür.

Was hatten Sie vor? Sie wollten doch hoffentlich nicht irgendwo einbrechen oder etwas stehlen gehen! Draußen vor der Tür stand ein kleines Moped, darauf setzten sie sich und fuhren über die Straßen, die vom Frost glitzerten. Ja, jetzt erkannte ich es, sie fuhren in der Innenstadt von Bonn herum. An einer Ecke endlich blieben sie stehen und stellten das Gefährt ab. Dort standen unförmige große, helle Pakete. Beim Näherkommen entdeckte ich, dass es große Bündel mit Zeitungen waren, die dort auf das Paar warteten. Werner schnitt die gedrehten Kordeln auf, die die Pakete zusammen hielten und stopfte Zeitschriften in beide Taschen. Die schwere Tasche hängte er sich selbst über die Schultern, die leichte gab er der Frau. Anschließend trennten sich die beiden und belieferten in unterschiedlichen Straßen verschiedene Häuser mit Zeitschriften. Das ging so eine Weile hin und her, wenn die Beiden ihre Taschen gelehrt hatten, kehrten sie zurück zu der Ecke, um Nachschub zu holen. Als an dieser ersten Straßenecke keine einzige Zeitung mehr zu finden war, setzten sich die beiden wieder auf das Moped und fuhren in einen anderen Stadtteil, wo sie die ganze Arbeit von Neuem begannen. Erst als es anfing, hell zu werden, kehrten die beiden zurück, stellten das Moped vor die Haustür, stiegen die Treppen hoch in den zweiten Stock und wärmten sich dort am Kohleofen die Hände.

War er nicht Heizungsbauer, dieser Werner, schoss es mir durch den Kopf?

Warum gab es da keine Heizung, sondern nur einen Holzofen? Sehr viel Geld schien das junge Paar nicht zur Verfügung zu haben.

Doch ehe ich alles näher betrachten konnte, verdunkelte sich das Bild. Gerade als ich die Brille absetzen wollte, flutete wieder ein Licht hinein. Dieses Mal sah ich einen großen Raum mit sehr viel Weiß. Weiße Wände, weißer Boden und ein weißes Bett. Einen Arzt sah ich, dann eine

Hebamme und eine Krankenschwester. Und danach entdeckte ich es: ein winziges Baby, das mit blauen Augen munter in die Welt blickte. Die Krankenschwester schrieb den Namen auf einen kleinen Zettel, den sie in das winzige Plastikarmband steckte. Mein Blick wurde angezogen von dem Schildchen, so, als ob ich es heranzoomen könnte. Ganz groß strahlten mich die Buchstaben an: Vinzenz Rosen. Sie befestigte das blaue Plastikarmband an dem winzigen Handgelenk des Babys. Jetzt erblickte es mich, und ich hatte das Bedürfnis, es auf den Arm zu nehmen und es mit meinem Körper zu wärmen. Ich streckte die Hände nach ihm aus, aber in dem Moment nahm es die Hebamme und legte es in ein Bettchen. Als ich hinterher laufen wollte, verschwand das Bild in der Dunkelheit.

Ich hatte das Gefühl, den kleinen Jungen nicht allein lassen zu dürfen. Ich spürte, er brauchte mich, ich musste für ihn da sein, und ich wollte für ihn da sein.

Nein, was war denn mit mir los? In welchen Film war ich da hineingeraten? Wie hieß das doch? Interaktive virtuelle Umgebung! Ja, das waren diese Interaktionen, ich wurde hineingezogen in die Handlungen dieses merkwürdigen Films.

„Soll ich ausschalten?" fragte Renate, die meine Unruhe bemerkte.

„Nein, bitte nicht. Ich muss das weitersehen", drängte ich sie.

„Gut. Dann kannst du dich jetzt wieder darauf konzentrieren. Auf den Vater des Babys oder vielleicht auch auf das Baby selbst", riet sie mir.

Ich sah in die Brille und horchte in die Ohrhörer hinein. Aus dem Dunkel erschien der kleine Junge erneut, er mochte etwa ein Jahr alt sein. Ein paar energische Schreie drangen an mein Ohr, aber etwas später begann er mit einer niedlichen, liebenswerten Stimme ein paar Worte herauszubringen, die mich anrührten, und als er Mama sagte, spürte ich, dass mir Tränen aus den Augenwinkeln liefen. Neben ihm stand ein großes rotes Plastikauto, mit dem er sich beschäftigte. Er zeigte mit dem kleinen, mit Spucke benetzten Fingerchen darauf. „Da, Mama! Auto! Auto tut … tut!"

Ich wollte ihn in das Auto setzen und etwas schieben, aber wieder entwand sich das Bild von meinen Augen.

Was für ein aufgeweckter kleiner Junge! Was musste das für eine Freude machen, ihm die Welt zu zeigen, und ihn vorzubereiten auf das abenteuerliche Leben!

„Bitte weiter!" bat ich und konzentrierte mich erneut.

Im nächsten Bild tauchten zwei kleine Jungen auf. Der ältere, etwa drei Jahre alt, baute gerade mit vielen kleinen Autos einen großen Parkplatz auf dem Teppich. Er schob die Wagen hin und her und nannte mir zu jedem Fahrzeug den Typ und den Hersteller. Der kleinere Junge, nur ein paar Monate alt, strahlte mich mit genauso leuchtenden blauen Augen vergnügt an und gab ein paar unverständliche Babylaute von sich. Er strampelte vergnügt auf seiner Matratze, quietschte zwischendurch vor lauter Vergnügen. Ich sang ihm ein lustiges Kinderlied vor, und er lachte herzhaft, so, das ich einfach mitlachen musste. Als ich ihn auf den Arm nehmen wollte, verschwand das Bild wieder von meinen Augen.

„Diese Kinder! Man muss sie einfach lieb haben! Ich möchte so gerne für sie da sein. Sie sind in einem wunderbaren Alter, wo die Welt noch unverfälscht ist und man sie leiten kann auf den richtigen Weg."

Das nächste Bild zeigte Werner, der als Monteur in verschiedene Wohnungen ging und sich um defekte Heizungen kümmerte. Überall wurde er freundlich empfangen, meistens von den Hausfrauen, die tagsüber zu Hause waren. Sie bedienten ihn mit Kaffee, ab und zu auch mit einem Stück Kuchen oder einem Butterbrot. Und einmal öffnete ihm eine junge Frau in Unterwäsche. Sie sah ihn mit einem verführerischen Lächeln an und stellte sich neben ihn, während er den Defekt an der Heizung reparierte. Auch sie bot ihm im Anschluss an seine Arbeit

Kaffee und Kuchen, doch bevor er von beidem probieren konnte, zog sie ihn am Ärmel näher zu sich und dann weg hinüber in ihr Schlafzimmer.

„Nein", rief ich, „das darf er doch nicht. Er ist doch verheiratet mit der Mutter der beiden Jungen!" Ich wartete, ob er nicht vielleicht sofort wieder zurückkehrte, an den Tisch, auf dem der Kuchen stand. Aber der Kaffee wurde kalt.

Ich klopfte mit der Faust auf den Tisch. „Nein, Renate! Das mache ich nicht! Ich opfere meine große Liebe Giovanni doch nicht dafür! Nicht für einen Mann, der mich betrügen wird. Nein, das kann niemand von mir verlangen."

„Möchtest du nicht erst einmal weitersehen?" fragte sie mich sanft.

Ich atmete tief. „Gut. Ich habe mich zwar schon entschlossen, dass dies auf keinen Fall mein Weg sein wird. Aber du hast Recht, jetzt haben wir einmal die Gelegenheit. Und die Programmierung des Apparates scheint momentan nichts dagegen zu haben, dass ich noch eine Weile in die Zukunft sehen kann. Das muss man tatsächlich ausnutzen."

„Gern, Leona. Ich glaube tatsächlich, wir haben momentan eine gute Phase entdeckt. So viel konnten wir bis jetzt noch nicht diesem Gerät entnehmen, aber augenblicklich scheint es sich richtig gut warmgelaufen zu haben."

Ich versuchte, mich auf die Kinder zu konzentrieren, für sie hatte ich ein besonderes Gefühl entwickelt. Es war wie ein Band, das uns zusammenhielt, unsichtbar, aber spürbar. Die nächsten Bilder erschienen nur wie kurze Eindrücke, fast so wie Fotos. Eine Szene auf dem Spielplatz, bei der die beiden Jungen vergnügt spielten, eine Szene beim Kinderarzt, bei der beide unentwegt und laut wie am Spieß schrieen, sodass ich Mühe hatte, sie zu beruhigen, eine Szene im Garten, bei der sich Vinzenz verletzt hatte und ich seine Tränen trocknete, eine Szene mit Vinzenz, als er seinem Bruder ein selbstgemaltes Bild zum ersten Geburtstag schenkte. „Das ist für Rolf", sagte er, und ich musste verhindern, dass der Kleine das Kunstwerk zerriss, weil er es in seinem Alter noch nicht werten konnte und seine Händchen ungeschickt danach griffen.

Die nächste Szene erlebte ich etwas länger. Werner und Rolf standen mit leuchtenden Augen vor dem Weihnachtsbaum, sangen das Lied „Ihr Kinderlein kommet" und schielten erwartungsvoll auf die Päckchen und Pakete, die neben dem Tannenbaum auf sie warteten. Nachdem der letzte Ton verklungen war, eilten sie zu den Geschenken und packten strahlend das Spielzeug aus. Offenbar hatten beide das entdeckt, was sie sich wünschten. Nacheinander sprangen sie zu mir her und umarmten mich. „Schau mal, Mama! Was mir der Weihnachtsmann heute alles gebracht hat", wandte sich der Kleine jubelnd an mich. Der Große zwinkerte mir zu: „Ja ja, der Weihnachtsmann!"

***

16. Kapitel

Ich lehnte mich einen Augenblick zurück und schloss die Augen. Was für ein Geschenk des Himmels sind doch Kinder, die einem unschuldig und erwartungsvoll in den Arm gelegt werden, egal ob es eigene oder adoptierte sind. Sie zu lenken, ihnen die Möglichkeit zu geben, sich in der Welt zu entfalten, es erschien mir als fantastische, verantwortungsvolle Aufgabe. Aber dieser Mann! Warum musste das unbedingt mit diesem Mann sein, der mir so wenige Gefühle abgewinnen konnte?

Nein, ich wollte mich noch nicht entscheiden.

„Ich möchte noch weitersehen", bat ich Renate und das DVR-Gerät. Also öffnete ich die Augen und erwartete neue Einblicke aus der Zukunft.

Überraschend schnell entwickelte sich aus der Dunkelheit das Bild eines Kinderzimmers. Ich sah den kleinen Vincent, der krank war und weinte.

Werner saß vor dem Fernseher, vertieft in einen Film.

„Bitte!" wandte ich mich an ihn. „Komm, wir fahren zu einem Arzt. Dem Kleinen geht es so schlecht."

„Ach, das ist eine harmlose Sache. Morgen geht es ihm bestimmt wieder besser. Kinder sind schnell einmal krank, das weiß doch jeder. Außerdem warst du doch heute Morgen schon beim Arzt. Gib ihm einfach die Medizin vorschriftsmäßig, und dann wird alles wieder gut."

„Schade, dass ich keinen Führerschein habe, sonst würde ich selbst fahren. Bitte lass doch einmal den Fernseher aus und kümmere dich jetzt um Vinzenz! Die Medizin hat bis jetzt noch gar nichts geholfen, und es geht ihm viel schlechter."

„Irgendwann wird sie schon wirken. Du musst eben Geduld haben. Ich habe den ganzen Tag hart gearbeitet, jetzt brauche ich meinen Feierabend."

„Bitte, Werner! Schau dir doch an, wie schlecht es dem Kleinen geht! Wir müssen wirklich einen Arzt aufsuchen."

„Es hat jetzt doch keiner mehr auf", meinte er ungehalten. „Du musst dich nicht immer sofort verrückt machen. Wenn der Kinderarzt gesagt hat, dass die Medizin hilft, dann wird sie auch schon helfen."

„Du willst mich also nicht fahren?"

„Nein!"

„Dann fahr ich eben mit dem Taxi."

„Hast du so viel Geld?"

„Nein, aber du musst mir eben etwas geben, Werner!"

„So viel habe ich es selbst nicht hier. Und es ist auch Blödsinn. Das Geld kannst du dir sparen."

„Dann frage ich eben Michael, den Mann meiner Schwester, ob er mich fahren kann."

„Tu, was du nicht lassen kannst! Du machst ja doch, was du willst!"

Ich packte Vinzenz in eine warme Decke, schnappte meine Tasche, verließ die Wohnung, eilte ein paar Häuser weiter und klingelte bei den Brinkmanns. Meine Schwester Marlis öffnete mir. „Was gibt es? Wo kommst du denn noch so spät her? Ich dachte, ihr schlaft schon längst."

„Leider nicht. Vinzenz ist so krank, und die Medizin hilft überhaupt nicht. Werner will mich allerdings nicht zum Arzt fahren, aber dem Kleinen geht es so schlecht. Er will auch gar nichts trinken. Da wollte ich dich fragen, ob mich vielleicht Michael ausnahmsweise einmal fahren kann."

Ihr Mann hatte das Klingeln gehört, kam aus dem Wohnzimmer und begrüßte mich. Als ihm Marlis die Situation erklärt hatte, schnappte er sofort seine Jacke, steckte sein Portmonee und die Brieftasche hinein und ging voran zur Wohnungstür. „Komm, Leona! Wir fahren jetzt sofort zum Kinderkrankenhaus nach Bonn auf die Koblenzer Straße.

Eilig folgte ich ihm.

Zügig, aber vorsichtig lenkte er den Wagen durch die nächtlichen Straßen.

Im Kinderkrankenhaus mussten wir eine ganze Weile warten, bis ein Arzt gemeinsam mit einer Schwester Zeit für uns hatte und Vinzenz untersuchte.

„Das ist vermutlich ein Infekt", diagnostizierte der Arzt. „Er muss ganz viel trinken, der Kleine."

„Das tut er leider nicht", bedauerte ich.

„Ach! Was reden Sie denn da?! Jedes Kind trinkt." Er befahl der Schwester einen Tee zu holen.

Angespannt warteten wir im Behandlungszimmer. Wenige Minuten später erschien die Schwester mit einem Becher, der angefüllt war mit warmem Tee. Auch einen Löffel hatte sie mitgebracht.

„Na, dann werden wir es jetzt einmal probieren", ordnete der Arzt an, und die Schwester versuchte, dem kleinen Vinzenz den Tee zu verabreichen, erst mit dem Becher und dann mit dem Löffel. Aber der kleine Patient hielt seinen Mund zu, er presste die Lippen eng zusammen.

Der Arzt schüttelte den Kopf. „Aber so etwas! Da können wir dann auch nichts machen. Sie sagten, sie waren beim Kinderarzt heute Morgen? Welches Medikament hat er dem Kind denn verschrieben?"

Ich nannte den Namen des Präparates.

„Ja, das ist ein gutes Antibiotikum. Das wird schon helfen. Sie müssen Geduld haben. Gehen Sie einfach morgen früh noch einmal zu dem Arzt, und stellen Sie ihm das Kind vor. Der wird es dann weiter behandeln."

Er verabschiedete sich von uns und brachte uns bis an die Tür des Behandlungszimmers. „Also dann eine gute Besserung weiter!"

Ich sah Michael an. „Und jetzt?"

Er war ratlos. „Ich weiß es nicht."

Ich überlegte kurz. „So geht das nicht weiter. Ich habe nur noch eine einzige Idee. Als ich in der Kindheit einmal eine schwere Lungenentzündung hatte, wurde ich dabei von einem sehr guten Kinderarzt betreut. Er wohnte in einer Seitenstraße des Kiefernwegs auf dem Berg, und hatte dort auch seine Praxis im Haus. Vielleicht kann er mir weiterhelfen."

„In Ordnung, Leona! Ich fahre dich dorthin."

Mit dem Kind auf dem Arm stieg ich erneut in das Auto meines Schwagers, zügig und sicher lenkte er es durch die Stadt bis hin auf dem Venusberg.

Am Haus des Kinderarztes angekommen atmete ich tief. Hinter allen Fenstern war es dunkel.

Ich nahm all meinen Mut zusammen und drückte mehrmals auf den Klingelknopf. Eine ganze Weile lang rührte sich nichts. Doch in meiner Verzweiflung drückte ich immer wieder auf die Klingel.

Endlich regte sich etwas, ein Fenster im oberen Stockwerk wurde geöffnet und der Kopf des Kinderarztes erschien. Erstaunt fragte er nach meinem Anliegen.

Ich nannte ihm meinen Namen, an den er sich offensichtlich wieder erinnerte und bat ihn, einmal nach Vinzenz zu schauen, da er mir so große Sorgen machte.

„Ich komme einmal herunter", teilte er mir mit.

Tatsächlich öffnete er uns wenige Minuten später die Haustür und ließ uns in den Behandlungsraum eintreten.

Dort untersuchte er den Kleinen gründlich und meinte: „Er ist ja schon fast ausgetrocknet, weil er nichts getrunken hat. Da ist es aber höchste Zeit, dass wir etwas unternehmen."

Er fertigte einen Tee aus drei Litern Wasser und Teeextrakt an, fügte Salz hinzu und bereitete ein Klistier zu, das er dem Kleinen einflößte.

„Das Salz ist dazu da, dass die Flüssigkeit im Körper bleibt", erklärte er uns.

Tatsächlich begann der kleine Junge, aus seiner Apathie zu erwachen.

Der Doktor schrieb ein Rezept für Ampullen, die etliche wichtige Stoffe enthielten, die Vinzenz nun unbedingt brauchte. Als ich dem Arzt berichtete, was in der

Kinderklinik geschehen war, schlug er die Hände über dem Kopf zusammen.

„Das ist unfassbar, man hätte dort dem Kind sofort mit einer Infusion helfen müssen. Aber jetzt können Sie beruhigt sein. Besorgen Sie sich die Ampullen, und wenn Vinzenz nicht selbst trinken kann, geben Sie ihm einfach wieder ein Klistier. Das ist dann eine schnelle Hilfe."

Nachdem ich mich immer wieder bei dem Arzt bedankt hatte, fuhr mich mein Schwager zu einer Apotheke, die Nachtdienst hatte, wo es glücklicherweise dieses Präparat im Vorrat gab. Schon auf dem Heimweg spürte ich, dass es Vinzenz besser ging.

„Dann wünsche ich euch beiden gute Besserung." Michael nahm mich kurz in den Arm. Und eine gute Nacht!"

„Ich weiß nicht, wie ich dir das danken soll! Du hast sicherlich das Leben von Vinzenz gerettet. Erst einmal wirklich von ganzem Herzen danke!"

Als ich unsere Wohnungstür öffnete, sah ich im Wohnzimmer Licht. Werner saß im Fernsehsessel. Das Programm lief in normaler Lautstärke, während er schnarchend schlief.

Ich zog mich aus der interaktiven Umgebung zurück.

„Nein, Renate! So einen Mann kann ich doch nicht heiraten, der sich so wenig um seine Kinder kümmert. Er hat da überhaupt keine Sensibilität, er ist ein richtiger Rabenvater. Das ist bestimmt kein Mann zum Heiraten."

„Und Vinzenz? Irgendjemand wird sich um ihn kümmern müssen, denn du hast ihm gerade mit deinem Schwager das Leben gerettet. Schau mal dort hinten in der Spielecke des Wohnzimmers, da liegt der minikleine Arzt-Koffer."

Ich entdeckte den roten Plastikkoffer in der Ecke des Wohnzimmers.

„Damit spielt der kleine Vinzenz den ganzen Tag. Er hält dir das Stethoskop ans Herz und horcht auf deine Herztöne. Er misst dir den Blutdruck und steckt dir das Spielzeugthermometer ins Ohr, weil er dir Fieber messen will. Dieses Interesse will gefördert werden. Werner wird ihm sagen, dass er statt Arzt lieber Handwerker werden soll, weil das goldenen Boden hat. Vielleicht würde er ihm auch einreden, dass er nicht schlau genug ist zum Studieren. Für diese Entwicklung müssen wir vor allen Dingen eine gute Mutter suchen."

„Dann lass uns weitersehen", entschied ich. „Sehen wir noch einmal in die Zukunft."

Ich konzentrierte mich wieder auf den kleinen Jungen, aber es geschah nichts.

„Was ist los, Renate? Ist das Gerät etwa kaputt?"

Sie überprüfte die Anschlüsse und fühlte, ob es vielleicht überhitzt war. Auf dem kleinen Monitor erschien eine Schrift, das Wort „Pause" erschien.

„Aha", bemerkte sie. Wir haben die Kapazität offensichtlich momentan ziemlich strapaziert. Ich denke, wir machen morgen weiter. Und vielleicht hast du auch für heute schon genug gesehen, weil es darüber viel zum Nachdenken gibt."

„Eigentlich gibt es da gar nichts, worüber man nachdenken muss. Kein Mensch würde freiwillig solch einen Mann heiraten. Und jetzt sag bloß nicht: So sind sie alle! So sind wirklich nicht alle Männer, mein Vater ist ganz anders. Er ist immer sehr besorgt um uns. Natürlich könntest du jetzt sagen, für jeden Topf gibt es einen Deckel. Aber für solch einen Topf kann ich kein Deckel sein. Ja, vielleicht, wenn ich nicht Giovanni kennen gelernt hätte! Vielleicht hätte ich dann diesen Mann geheiratet, damit die Kinder bei mir einen Ausgleich finden können. Aber so? Nein! Wir müssen eine andere Mutter finden."

Renate seufzte. „Ich werde darüber nachdenken, liebe Leona, das verspreche ich dir. Ich will dich auch bestimmt nicht zu irgendetwas überreden. Nein, diese Entscheidung muss aus deinem Herzen kommen. Ich bringe dich jetzt nach Hause, und dann kannst du dich erst einmal etwas ausruhen."

Draußen hatte es geschneit, wie Puderzucker lagen die feinen weißen Körnchen über der kalten Erde. Feiner Nebel schwebte über dem Teich, er bewegte sich langsam. Sicherlich hatten meine Augen schon zu viel in dieses virtuelle Gerät geschaut, denn jetzt sah ich sie auch, die blonde Frau, die wie Elfe über dem Wasser schwebte. Ihre weißen Flügel leuchteten im Mondlicht, sie lächelte mich an.

„Was ist das?" fragte ich Renate. „Habe ich eine Halluzination?"

„Das ist Helene, sie will dich sicher grüßen."

„Will sie mich beeinflussen?"

„Nein, das tut sie nicht. Keiner aus diesen anderen Ebenen will uns beeinflussen. Die Engel behüten und beschützen uns, und manchmal warnen sie uns auch vor Gefahren. Aber sie manipulieren uns nicht."

Die Erscheinung verschwand, jetzt erst wagte ich es, an dem Teich vorbei zu gehen. Renate begleitete mich bis zur Haustür. „Versuche erst einmal, alles zu vergessen, was du erlebt hast. Vielleicht findest du morgen eine Antwort, wenn du geschlafen hast", riet sie mir.

Meine Eltern und Geschwister hatten sich schon zum Abendbrot um den Tisch herum versammelt.

„Wo warst du denn?" wollte Monika wissen.

„Bei Renate", antwortete ich, nicht gerade gesprächig.

„Du bist in letzter Zeit ziemlich oft dort" fand sie. „Was gibt es eigentlich da so Interessantes? Ich wüsste gar nicht, dass sie im Leben furchtbar viel erlebt hat. Was habt ihr euch da immer zu erzählen?"

„Sie hat sehr viel zu erzählen", widersprach ich ihr. „Ihr Mann war Pilot und ist im Krieg gefallen, solch ein Ereignis prägt einen Menschen, und ihre Schwester hat sie auch durch eine schwere Krankheit verloren. Solche Menschen sind oft weniger oberflächlich und machen sich viele Gedanken über den Sinn des Lebens."

„Na ja, mir soll es ja auch egal sein. Jedenfalls hast du versäumt, deinen zukünftigen Schwager kennen zu lernen.

Marlis hatte nämlich Besuch von ihrem Verehrer, dem Michael, und wir haben mit ihm Tee getrunken und Christstollen und Weihnachtsplätzchen gegessen."

„Oh ja, ich weiß", rief ich erfreut aus. „Michael ist wirklich so ein liebenswerter Mensch, so hilfsbereit und sensibel."

Vier Augenpaare sahen mich überrascht an. „Woher weißt du das denn?" fragte Monika erstaunt.

Ich riss mich zusammen. „Das ist doch ganz klar. Ich habe ihn gestern zusammen mit Marlis auf der Party gesehen und ein bisschen beobachtet. Schließlich kann ich ein bisschen in Gesichtern lesen, in der Physiognomie, da kenne ich mich etwas aus. Marlis kann sich glücklich schätzen, wenn sie ihn heiratet."

„Er ist jedenfalls sehr nett", bekräftigte Monika meine Beurteilung. „Nach dem Kaffee hat er sogar hier mit abgeräumt und das Geschirr nach dem Spülen abgetrocknet. Im Haushalt kann man ihn also auch gebrauchen."

Nach dem Abendessen zog ich mich in mein Zimmer zurück, um einen langen, liebevollen Brief an Giovanni zu schreiben. So voller Herzblut wie heute hatte ich die ganzen Tage nicht mehr geschrieben. Ich beteuerte ihm, wie sehr ich ihn vermisste, und wie sehr ich hoffte, ihn so bald wie möglich wiederzusehen.

Als ich den Brief fertiggestellt hatte, stattete ich meinem Vater noch einen kurzen Besuch ab, er erledigte gerade noch einige Arbeiten an seinem Schreibtisch.

„Hättest du vielleicht noch einmal eine Briefmarke für mich, Papa? Morgen gehe ich mir ganz bestimmt auch welche kaufen", versprach ich.

Er sah mich liebevoll an. „Immer noch Italien?"

Ich nickte. „Ja, ich kann mir auch nicht vorstellen, dass sich daran etwas ändert."

Er reichte mir die Briefmarke. „Du machst schon alles richtig. Nimmst du von mir auch ein paar Briefe mit?"

„Gern, Papa! Und eine gute Nacht für dich!"

Nachdenklich trug ich die Post zum Kasten hinter dem großen Parkplatz. Die kühle Abendluft erfrischte meine heißen Wangen. Die Bilder, ich bei Renate gesehen hatte, kamen mir wieder in den Sinn. Was hatte sie gesagt? Nicht darüber nachdenken? Aber ich hatte doch in den nächsten Tagen eine Entscheidung zu treffen. Wenn ich nicht eine nette junge Frau für Vinzenz fand, musste ich selbst die Entscheidung treffen, ob ich ihm das Ja-Wort gab, oder lieber mit Giovanni glücklich werden wollte.

Später fand ich nicht viele Stunden Schlaf, immer wieder tauchten alle Gesichter vor mir auf. Ich sah den netten Werner, wie er mich jetzt höflich und zuvorkommend, ja sogar fürsorglich behandelte, ich sah Werner, den phlegmatischen Mann, der kein außerordentliches Interesse an seinen Kindern zeigte. Die Bilder der Kinder tauchten vor mir auf, die nach mir riefen und mit mir spielen wollten, und dann sah ich Giovanni, der mich in den Arm nahm und mich küsste, immer mehr, erst leidenschaftlich und dann zärtlich, bis ich in einen tiefen Schlaf fiel.

***

17.Kapiel

Es war Montag der 20. Dezember, in der restlichen Nacht hatte es unentwegt geschneit. Der große Schneepflug kam von Ippendorf her und befreite die Straße, den Haager Weg und auch den Kiefernweg, die Straße die zum Klinikgelände führte.

Ich entschloss mich, heute diesen Weg zu gehen, um an der Endhaltestelle des Busses einzusteigen. Dort musste man nämlich nicht in der Kälte an einer Haltestelle zittern, während man auf einen Bus wartete, sondern konnte sich bereits in dem Oberleitungsbus aufwärmen.

Einige andere Bewohner des Venusbergs hatten offensichtlich die gleichen Gedanken gehabt wie ich, sodass der lange Bus sich schon halb gefüllt hatte. Auch Leni war unter den Fahrgästen und stürzte sich direkt auf mich.

„Hallo, Leona! Wie geht es dir heute? Ich habe mir große Sorgen um dich gemacht! Aber zum Glück hat mir Vinzenz schon berichtet, dass es dir wieder etwas besser geht."

„Richtig. Du musst dir keine Gedanken machen, mir geht es wirklich schon wieder gut. Ich habe nicht einmal eine Erkältung bekommen. Ich hoffe, dein Geburtstag und deine Party waren trotzdem schön, dein Oliver ist auch wirklich ein sehr netter Typ."

„Ja, nicht wahr?! Da hatte ich ein gutes Händchen. Und deine Schwestern haben sich auch gut amüsiert. Ich habe den Eindruck gehabt, dass dieser Tag ziemlich magisch war. Ein Tag, an dem sich einige Paare gefunden haben. So etwas gibt es sehr selten. Wie gefällt dir eigentlich Vinzenz?"

„Er ist sehr nett, und ich kann mir gut vorstellen, dass man in ihm einen guten Freund findet. Aber ich denke, du kennst ihn wohl schon länger. Du weißt wohl viel mehr von ihm und könntest mir viel eher sagen, was er für einen Charakter hat."

„Ich glaube, er ist ganz in Ordnung. Stell dir vor, wie gut er sich immer um seine Großmutter kümmert. Das tut auch nicht jeder."

„Aber er wohnt schließlich auch bei ihr, sie hat ihn erzogen und ihm immer alles gegeben, was sie hatte. Er selber sagt von sich, dass er ziemlich verwöhnt ist, und diesen Eindruck habe ich auch. Vielleicht ist diese Oma eine sehr resolute Frau und weiß, wie sie ihn etwas motiviert. Ich denke, er muss mal eine Frau haben, die ihm ordentlich auf die Füße tritt, damit der in die Pötte kommt, damit er nicht bequem und schludrig wird."

Leni schien verwirrt und sah mich fragend an. „Also, da komme ich jetzt wirklich nicht mehr mit. Er hat doch alles für dich getan! Er hat dich aus dem Keller ins Wohnzimmer getragen und sich um dich gesorgt, dann hat er dich noch nach Hause gebracht und sich gestern noch bei der erkundigt, wie es dir geht. Was willst du denn noch mehr?"

„Das ist bei den Männern immer nur am Anfang so", wusste ich. „Wenn man es später einreißen lässt, dann rühren sie nicht mal den kleinen Finger. Und dann stehst du da, und musst alles allein machen. Morgens schon in der Frühe Zeitungen tragen und sogar dafür sorgen, dass die Kinder immer zum Arzt kommen, wenn sie krank sind."

„Kann das sein, dass du dich doch ein bisschen erkältet hast, mit Fieber und so?"

„Nein. Warum? Ich habe das schon gehört und gesehen. Es gibt tatsächlich Männer, bei denen das so ist. Und vermutlich gibt es auch Frauen, die genauso sind, die sich ebenso verhalten. Aber ich muss das nicht unbedingt haben."

„Wie du schon vorhin selbst gesagt hast, man ist sein Unglück oft selber schuld. Wenn jemand wirklich dazu neigt, bequem zu sein, muss der Partner eben entgegenwirken."

„Auf Dauer ziemlich Kraft raubend und nervig", fand ich. „Aber das betrifft mich sowieso nicht. Giovanni ist da ganz anders."

Sie lachte laut. „Wir werden uns widersprechen, in ein paar Jahren. Aber schade, dass du vorgestern nichts von der Party hattest. Das müssen wir unbedingt einmal nachholen. Ich werde dir auch etwas ganz Besonderes zu Weihnachten schenken, als Dankeschön dafür, dass du in unserem Keller Ordnung gemacht hast. Meine Eltern haben sich ziemlich darüber aufgeregt, auch über deine kalten Füße, sie wollen sich auch extra noch einmal bei dir bedanken."

„Ach, was! Nicht der Rede wert. Wenn bei uns demnächst im Keller ein Rohrbruch ist, darfst du auch putzen", scherzte ich.

Wir trennten uns am Bahnhof mit guten Wünschen für die Woche, die diesmal am Freitag, dem 24. Dezember ihren Höhepunkt haben sollte.

In der Buchbinderei empfing uns Herr Hahnemann mit schlechter Laune.

„Er hatte sicher wieder Krach mit seiner Frau", vermutete Friederike, als uns der Chef große Partien aufbürdete mit dem Zusatz: „Aber dieses Mal mit etwas mehr Elan, und es geht auch noch schneller."

„Wie lange wollen die sich noch so weiter streiten?" flüsterte ich meiner Kollegin zu.

Sie kicherte. „Manchen macht das eben Spaß. Ich hatte dagegen ein wirklich schönes Wochenende. Bernd hat tatsächlich um meine Hand angehalten, und außer dem schönen schmalen Goldreif hat er sogar Blumen dabei gehabt. Für Rosen hat es wohl dann nicht mehr gelangt, aber die roten Nelken duften besonders schön."

Ich reichte ihr die Hand. „Herzlichen Glückwunsch! Dann seid ihr demnächst eine richtige Familie. Hast du inzwischen einen Test gemacht?"

„Natürlich, auf das Ergebnis habe ich mit Herzklopfen gewartet. Positiv, so wie ich es vermutet und unser guter Drucker es vorausgesagt hatte."

„Dann muss ich dir noch mal gratulieren. Wie fühlst du dich denn?"

„Außer, dass es mir morgens immer sehr schlecht ist, fühle ich mich fantastisch. Du kannst dir gar nicht vorstellen, wie sehr ich mich auf das Baby freue. Meine Eltern übrigens auch. Und mit ihrem Schwiegersohn sind sie auch einverstanden."

„Ein Baby ist eine ziemlich große Verantwortung", fand ich. „Hast du dich mit deinem Verlobten auch schon einmal darüber unterhalten, wie er sich die Erziehung vorstellt? Im Augenblick gibt es da ja so viele verschiedene Richtungen, von denen man in den Zeitschriften liest."

Friederike nickte. „Ja, wir wollen alles gemeinsam machen, sogar das Baby wickeln. Und er findet auch gar nichts dabei, einen Kinderwagen zu fahren, so wie das bei vielen Männern bis vor kurzer Zeit noch war. Wir werden uns in die ganze Arbeit teilen, das hat er mir versprochen. Er will sogar mit mir zum Vorbereitungskurs gehen. Wir sind beide gegen die antiautoritäre Erziehung, ein paar Grenzen müssen die Kinder schon akzeptieren lernen. Das habe ich nämlich neulich bei den Nachbarn erlebt, und die Kinder haben mir richtig leid getan. Sie durften einfach alles zu Hause, und als sie dann bei Freunden zu Besuch waren, sind sie natürlich mit ihrer scheinbar freien Erziehung überall angeeckt. Auf der anderen Seite habe ich auch mit meinem Verlobten darüber gesprochen, dass wir unsere Kinder ohne Gewalt großziehen wollen, diese Zeit ist ja nun nach dem Krieg glücklicherweise vorbeigegangen. Ohrfeigen und Ähnliches, das alles wird bei uns tabu sein."

„Da hast du wirklich Glück, dass ihr in der Erziehung einer Meinung seid", fand ich. „Alles andere kann Komplikationen geben."

Unser Chef meldete sich. „Wir haben hier noch keine Frühstückspause. Kaffeeklatsch könnt ihr später halten um Viertel vor Neun. Die Partien müssen noch in diesem Jahr fertig werden. Und ihr wollt doch auch schließlich an den Weihnachtsfeiertagen frei haben, oder?"

„Sklaventreiber", flüsterte Friederike. „Kein Wunder, dass er immer mit seiner Frau Krach hat."

Wir arbeiteten schweigend weiter, und ich hing meinen Gedanken nach. Friederike hatte Glück, so schien es jedenfalls bis jetzt. Ich beschloss, für Werner eine Frau zu suchen, die gute Nerven hatte. Kurz vor Mittag schweiften meine Gedanken ab zu Giovanni. Wie es ihm wohl da oben in der Kälte am Brenner heute ging? Ob er wohl an mich dachte? Vielleicht kam das Foto heute mit der Post, dann konnte ich es endlich im Portmonee tragen und allen zeigen.

Glücklicherweise war Herr Hahnemann in der Mittagspause nicht anwesend. So konnte ich mich weiter mit den beiden Fotoalben beschäftigen. Friederike bewunderte die Intarsienarbeiten, mit denen ich die Vorderseite der beiden Alben schmückte.

„Das sieht aber gut aus. Du könntest damit viel Geld machen. Ich habe nämlich gehört, dass von den vielen Buchbindereien, die wir hier in Bonn haben, einige schon Schwierigkeiten haben, zu überleben. Ich habe das Gefühl, dass unser Beruf in der nächsten Zeit aussterben wird. Das ist sehr traurig, aber die Industrie ist auf dem Vormarsch. Ich habe von der Erfindung einer Maschine gehört, die ein ganzes Buch von Anfang an selbstständig herstellt." „Das kann ich mir gar nicht vorstellen. Aber in der Technik wird es bestimmt in den nächsten Jahren weiter unglaubliche Entwicklungen geben. Deine Idee mit den Fotoalben ist gar nicht schlecht. Wenn ich einmal eine arme Hausfrau sein müsste, mit ein paar lieben Kindern um mich herum, dann könnte ich in einer eigenen kleinen Werkstatt Fotoalben herstellen und sie verkaufen. Aber wer weiß, wie man die vielleicht später viel schneller und schöner herstellen kann. Es gibt ja jetzt schon einige, die maschinell hergestellt werden und gar nicht teuer sind."

„Beeile dich ein bisschen!" riet Friederike. „Ich sehe den Chef schon wieder."

„Das passt. Ich bin gerade fertig geworden. Jetzt habe ich wenigstens für meine beiden Schwestern ein hübsches Weihnachtsgeschenk, über das sie sich freuen werden."

Eilig verstaute ich die beiden Alben in meinem Spind.

„Wenn du einmal Zeit übrig hast, kannst du mir auch eins herstellen, eins für unser Baby. Und du? Was hast du so in dieser Richtung vor?"

„Ich weiß es noch nicht. Da lasse ich mich völlig überraschen."

Ich biss noch schnell von meinem Butterbrot ab, bevor die Mittagspause zu Ende war und trank eine Tasse Tee aus meiner Thermosflasche. Eilig packte ich alles in meinen Spind.

Kurz nach der Mittagspause rief unser Chef den Lehrling herbei, packte mit ihm den Lieferwagen voll, einige Partien restaurierter Bücher stopfte er hinein und fuhr mit Heinz zu den Universitäten. Hans-Josef war keck genug, uns das Radio anzustellen, aus dem fröhliche Weihnachtsmusik klang.

Dabei floss die etwas eintönige Arbeit leichter fort, unsere Stimmung stieg. Bald sangen wir mit und freuten uns, dass draußen, vor den großen Fenstern die dicken Schneeflocken tanzend herabfielen.

Pünktlich um 17 Uhr begannen wir aufzuräumen und mit vereinten Kräften die Werkstatt zu säubern, lediglich Friederike schickten wir nach Hause, damit sie sich etwas mehr schonen konnte. Wie immer schlossen wir die Werkstatt und das Büro gut ab und steckten den Schlüssel in den Briefkasten.

Draußen am Springbrunnen vor der Unterführung wartete Ulrich auf mich.

Ihn hatte ich inzwischen völlig vergessen, stellte ich ohne Bedauern fest.

Er begrüßte mich mit einem Wangenkuss. „Weißt du, ich habe es mir überlegt. Ich habe mich ziemlich dumm benommen. Natürlich können wir Freunde bleiben. Deswegen habe ich dir hier auch das Buch mitgebracht, dass ich dir neulich schenken wollte." Er reichte es mir, er hatte es in Weihnachtspapier eingepackt, mit einem goldenen Band und einer kleinen Schleife geschmückt.

Ich dankte ihm. „Das ist lieb von dir. Es ist das Buch über die Liebe, nicht wahr?"

Er nickte. „Ja, von Sigmund Freud. Ich finde es sehr interessant. Es beschreibt nämlich unter anderem, warum man sich bestimmte Partner aussucht. Das hängt oft auch mit dem Elternhaus zusammen und mit den Erfahrungen, die wir dort mit unseren Bezugspersonen gemacht haben. Eigentlich sollte das jeder lesen, damit man etwas vorbereitet ist und nicht allzu große Fehler macht."

Ob er wohl ein guter Vater wäre? Wenn er sich Sorgen um eine gute Partnerschaft machte, dann dachte er doch sicher auch über Kindererziehung nach.

Ach nein, was machte ich denn da. Ordnete ich jetzt etwa jeden Mann in die Kategorie ein, ob er ein guter Vater sein würde? Aber machte das vielleicht nicht jede Frau intuitiv? Oder war die Vaterfigur vielleicht weniger wichtig und es ging bei der Suche mehr um die erblichen Eigenschaften des Partners? Verflixt, jetzt hatte mich Ulrich angesteckt mit seinen Gedanken

„Ich wollte dir auch sagen, dass ich mich geirrt habe, Ulrich. Ich fand immer, dass du an alles viel zu nüchtern herangegangen bist, auch an die Partnerschaft und an die Liebe. Aber wenn ich das so recht bedenke, ist da was dran, an all deinen Überlegungen. Ich werde das Buch lesen, vielen Dank!"

Er begleitete mich bis zum Bahnhof, wo ich in den Bus stieg und ihm nachwinkte.

Auf der Fahrt bis zum Venusberg ging ich noch einmal ganz gründlich in Gedanken alle meine Freundinnen durch. Es musste doch irgendjemanden geben, dem ich es zutraute, eine nette Mutter für Vinzenz und Rolf zu sein. Hieß er Rolf? Woher wusste ich das? Hatte ich das im Film gehört?

Ach, das war jetzt nicht wichtig, unterbrach ich mich, wichtig war es jetzt, eine Partnerin für den Heizungsbauer finden, die seinen gefährlichen Erziehungmethoden entgegenwirken konnte..

Ich seufzte tief, weil mir wieder einmal niemand einfiel, dem ich diese Aufgabe gleichzeitig zutrauen, aber auch wegen Werner als oft schwierigen Partner mit gutem Gewissen zumuten wollte.

Aus diesen Gedanken, die ständig in meinem Kopf kreisten, wurde ich erst herausgelöst, als mir meine Mutter zu Hause Post von Giovanni hinhielt. Obwohl ich den Brief am liebsten vor lauter Ungeduld aufgerissen hätte, bezähmte ich mich und holte ein Messer, mit dem ich den Umschlag vorsichtig aufschlitzte.

Wie eine Trophäe hielt ich es kurz darauf in meinen Händen, das Foto des Mannes, den ich über alles in der Welt liebte. Ich streichelte seine Wangen, strich ihm über das Haar und küsste ihn auf den Mund.

„Das spürst du jetzt bestimmt, mein Liebster", flüsterte ich in einem Freudentaumel. Immer wieder sah ich ihn an.

Ja, alles an ihm war etwas Besonderes, die wunderschönen Augen, die auch aus dem Foto bis tief in meine Seele zu dringen schienen, die schöne große Adlernase, die ihm ein markantes Aussehen gab und der sensible, geschwungene Mund, der so gut küssen konnte. Was für ein Mann!

Er sah sehr gut aus, das konnte nicht nur mir auffallen. Sicher war er auch ein wenig eitel und in sich selbst verliebt, vielleicht auch ein kleiner Macho, aber, was hatte er für eine Ausstrahlung! So einem Mann konnten einige Frauen bestimmt auch Sünden verzeihen, man musste ihn einfach lieben. Ob er auch vielen anderen Frauen gefiel? Sicherlich! Damit würde ich mich abfinden müssen. Und ich entdeckte bei näherem Hinsehen, dass er meinem Vater ein wenig ähnlich sah.

Hatte ich mich mit Ulrich nicht eben darüber unterhalten, dass die Partnerwahl auch gekoppelt ist an die Erfahrungen mit unseren Bezugspersonen der Kindheit? Hatte ich mir Giovanni deswegen ausgesucht, weil er meinem Vater ähnelte?

Ach nein, das war doch Schicksal gewesen. Wir hatten uns beide im selben Moment ineinander verliebt. Es hatte sich nicht einer von uns Beiden den anderen ausgesucht, es war eine Begegnung gewesen wie eine Sternstunde, mit Donner und Blitz, eben Schicksal.

Ich nahm das Foto und zeigte es der Reihe nach, erst meiner Mutter und dann meinen beiden Schwestern. Erwartungsvoll nahmen sie es in die Hand und betrachteten es eingehend.

„Sehr sympathisch. Ich kann dich sehr gut verstehen", bemerkte meine Mutter.

„Du hast gar keinen so schlechten Geschmack", fand Monika.

Marlis überlegte etwas länger. „Als Schwager gar nicht übel, aber ich vermute, nach dem strecken auch andere Frauen ihre Finger aus."

Bevor ich mir durch ähnliche Reden die Laune verderben ließ, steckte ich das Foto zurück in den Umschlag und spazierte damit zu Renate. Seit einiger Zeit machte mir der kleine Weg im Dunkeln keine Angst mehr, ich hatte das Gefühl, von irgendeinem mächtigen Schutzengel begleitet zu sein.

Ich hatte nicht damit gerechnet, dass Renate nicht allein war. Sie teilte gerade das Abendbrot mit ihren beiden Nichten Helma und Marlene, die ich freudig begrüßte.

„Wie geht es euch, und dir?" wandte ich mich an Helma.

Sie strahlte mich an. „Wir feiern gerade ein bisschen. Ich habe nämlich meine Prüfung bestanden. Da kannst du dir vorstellen, was wir für eine gute Laune haben. Setz sich doch zu uns!"

„Oh, ich will nicht stören. Ich kann auch ein andermal wiederkommen", schlug ich vor.

„Nein!" protestierte Helma. „Das kommt gar nicht infrage. Du gehörst doch praktisch mit zur Familie, hast mir und uns immer geholfen. Du musst unbedingt mitfeiern. Ich habe nach einem englischen Rezept einen guten Eierpunsch zubereitet, den musst du unbedingt probieren."

„Setz sich doch!" forderte mich auch Marlene auf. „Du kannst wirklich immer kommen, wann du willst. Das weißt du doch bestimmt. Hast du vielleicht auch das Foto von deinem Verlobten endlich bekommen, von dem uns Tante Renate erzählt hat?"

„Ja, das habe ich. Falls es euch interessiert, kann ich es euch gern zeigen."

Ein einstimmiges und überzeugtes „Ja" flog mir entgegen. Vorsichtig holte ich das Passfoto aus dem Umschlag und reichte es Renate. Sie betrachtete es eingehend. „Das ist wirklich ein sehr schöner Mann. Er sieht übrigens deinem Vater etwas ähnlich. Meine Güte, den muss man zu halten wissen."

Sie reichte das Foto an Helma weiter, die es ebenfalls genau ansah. „Der ist bestimmt ein Frauenschwarm, mein Typ ist er nicht. Aber zu dir passt er bestimmt."

Marlene schaute sich das Bild lange und genau an. „Ein wirklich netter Typ, da hast du Glück gehabt."

Es gab Spekulatius zum Eierpunsch, den wir uns schmecken ließen. Helma erzählte von ihrer Arbeit und von der Prüfung und endete mit den Worten: „Jetzt habe ich für meine Zukunft wirklich ein gutes Gefühl. Vielleicht hatte ich immer Minderwertigkeitskomplexe gegenüber allen den Klassenkameradinnen, die das Abitur gemacht haben. Aber mittlerweile sehe ich, dass mein Beruf sehr wichtig ist, genauso wichtig wie die Arbeit eines Mathematikprofessors."

„Das sehe ich auch so", stimmte ich ihr zu. „Kinder zu leiten und zu erziehen ist bedeutungsvolle Arbeit."

„Ich habe Kinder auch wahnsinnig gern", bemerkte Marlene. „Eine Freundin von mir hat gerade ein Baby bekommen, bei ihr schau ich gern einmal zu, wie sie die Kleine wickelt und wie das alles so läuft."

Marlene! Natürlich, vielleicht war sie eine passende Frau für Werner. „Und was machst du jetzt so? Beruflich und privat?" wandte ich mich an sie.

„Du wirst es nicht glauben! Ich habe gerade ein Auslandsstipendium bekommen. Ich bin dann demnächst nach Paris."

Enttäuschung breitete sich in mir aus. „Dann kommst du wohl so schnell nicht wieder zurück, oder?"

Marlene lachte. „Das fragst du wohl wegen deiner Hochzeit? Natürlich komme ich extra für dich zu deinem Festtag. Aber ich werde wohl schon so zwei oder drei Jahre dort bleiben. Ich liebe Frankreich, meine Französischkenntnisse sind einigermaßen passabel. Also steht dem Ganzen nichts mehr im Weg. Ich habe sogar durch eine Brieffreundin ein preiswertes Zimmerchen gefunden. Was will man noch mehr?"

„Lässt du hier denn keinen Freund zurück?"

„Nein. Ich habe mich gerade von einem Kunststudenten getrennt, der in einer Kommune gelebt hat. Er hat den ganzen Tag nur vor sich hin geträumt von einer besseren Welt, die augenblickliche fand er so schlimm, dass er sie nur mit Alkohol ertragen konnte. Das ist jetzt alles nichts für mich, Leona. Ich werde jetzt erst mal in Paris dafür sorgen, dass ich etwas lerne. Das ist eine gute Voraussetzung für mein zukünftiges Leben. So hat es Helma gemacht, und so mache ich es auch. Mit Männern habe ich im Moment nichts am Hut, die würden mich nur dabei stören. Was nicht heißt, dass ich den wegschieben werde, der mir später einmal über den Weg läuft. Aber im Augenblick, da passt es nicht."

Ich seufzte leise. Also wieder nichts. Und die Zeit blieb auch nicht stehen.

Nachdem wir uns noch eine Weile über die Zukunftspläne von Helma und Marlene unterhalten hatten, verabschiedeten sich die Schwestern von ihrer Tante und mir und begaben sich nach nebenan in ihren eigenen Wohnbereich.

„Jetzt schauen wir aber noch mit dem Foto in das DVR-Gerät", schlug Renate vor. „Ich habe doch gesehen, dass du auf heißen Kohlen gesessen hast."

„Ich will dich so spät aber nicht damit belasten", wandte ich ein.

„Keine Sorge, Leona. Du hast selbst gesehen, wie gut es meinen beiden Nichten, besonders Helma geht. Das macht mich sehr glücklich, und ich bin ganz zuversichtlich, dass wir den Rest auch noch hinbekommen. Du kannst dir denken, ich bete auch sehr viel. Aber jetzt komm! Jetzt wollen wir keine Zeit mehr verlieren."

Sie schloss die Tür ab, baute das Gerät auf dem Tisch auf und reichte mir die Brille und die Hörer, die ich vorsichtig aufsetzte. Mit dem Foto in der Hand konzentrierte ich mich auf das Bild meines Liebsten.

Aus der Dunkelheit entstand ein helles Bild, es war zuerst alles nur ganz weiß, und ich befürchtete schon, dass der Apparat nicht funktionierte. Aber als ich es näher betrachtete, entdeckte ich, dass ich mich im Schnee befand, mitten auf einer Skipiste. Als ich mich dann neugierig umblickte, entdeckte ich hohe Berge ringsherum, das Felsmassiv kannte ich sogar von einigen Fotos, es gehörte zu den Dolomiten, dieser Teil nannte sich „Sella" zu Deutsch „Sessel", weil seine Form einem Sitz ähnelte.

Was machte ich denn hier mitten im Schnee? Ich konnte doch überhaupt nicht Skifahren. Eine Weile schaute ich verschiedenen Skifahrern zu, die an mir vorbeisausten. Dann plötzlich erkannte ich eine Gestalt, die sich von oben näherte: Es war Giovanni, der mit großer Eleganz an mir vorbeifuhr, dicht gefolgt von einer jungen blonden Frau. Das war eindeutig nicht ich, und sie rief ihm zu: „Nicht so schnell Giovanni! Warte doch auf mich!"

Es gab mir einen kleinen Stich in der Herzgegend, aber dann beruhigte ich mich schnell. Entweder war ich jetzt gerade in die Vergangenheit gerutscht, oder diese Frau war einfach nur eine Bekannte.

Ich blieb eine Weile stehen und wartete, ob sie vielleicht wieder vorbei kämen, aber als sich nichts tat, stapfte ich durch den Schnee hinunter bis zu dem kleinen Ort St. Christina in Gröden und schaute mich dort nach den beiden um. Ich lugte in verschiedene Hotels und Gasthöfe und fand die beiden schließlich in einer Bar beim Après-Ski. Sie tranken sich zu und flirteten miteinander.

Das konnte unmöglich in der Zukunft liegen, entschied ich für mich.

„Renate, was meinst du? Er ist gerade mit einer anderen zusammen, bin ich hier in die Vergangenheit gerutscht?"

„Wir müssen aufpassen, ob wir irgendeinen Kalender entdecken. Schau dich doch einmal um, in diesem Lokal.

Alles sträubte sich in mir, als ich die beiden auf der Tanzfläche miteinander tanzen sah. Verzweifelt suchte ich nach einem Kalender, aber ich sah keinen. Als sich die beiden schließlich küssten, wollte ich wegsehen, aber meine Blicke wurden magisch angezogen, von dem Paar, das so verliebt aussah. Wie angewurzelt blieb ich weiter stehen und sah zu, wie sich die Beiden eng aneinandergeschmiegt zu romantischer Musik hin und her bewegten.

So eng, wie die Beiden tanzen, so eng wurde es mir in der Brust.

Als die Beiden später den Raum verließen, folgte ich ihnen unbemerkt. Mir stockte der Atem, als ich sah, dass beide die Treppen hinaufgingen zu den Hotelzimmern. Nein, das konnte nicht sein, das Gerät war sicher defekt. Irgendetwas stimmte nicht. Ich eilte zur Rezeption. Ein netter älterer Herr lächelte mich an. „Kann ich etwas für Sie tun, Signorina?"

„Ich hätte gerne gewusst … Haben Sie vielleicht einen Kalender?"

„Was möchten Sie denn wissen? Soll ich etwas für Sie nachschauen? Ich habe ja auch einen Veranstaltungskalender, wenn ich Ihnen damit dienen kann."

„Veranstaltungskalender? Für wann ist er jetzt."

„Für den ganzen März. Dann gibt es wieder einen neuen, wir haben ja im Moment Saison, da gibt es so viele Veranstaltungen rundherum."

„Dann möchte ich ihn gern einmal sehen, bitte!"

Er reichte mir das Heft, und mein erster Blick fiel auf das Datum: Gültig vom 1. bis 31. März 1966.

Ich schüttelte den Kopf. „Das kann irgendwie nicht stimmen. Hat sich da vielleicht jemand mit dem Datum verdruckt?"

Er sah mich verständnislos an. „Nein, das ist schon alles richtig so, der März hat ja so viele Tage. Gewiss im Februar, da war die Zeit etwas kürzer, der hat ja auch nur weniger Tage. Aber dies stimmt hier schon, da hat sich keiner verdruckt."

„Also haben wir jetzt welches Datum?" bohrte ich weiter.

Seine Stimme klang zwar immer noch freundlich, aber er sah mich an, als ob ich nicht ganz richtig im Kopf sei. „Wir haben heute den 1. März 1966, Signorina. Und zwar schon von heute Morgen an bis später um Mitternacht. Da kann man machen was man will. Haben Sie heute schon etwas zu Abend gegessen? Vielleicht gehen sie einmal in die Gaststube, es gibt dort ein reichhaltiges Menü."

Ich bedankte mich bei ihm und wartete im Foyer. Das musste alles ein Irrtum sein, irgendwie würde sich das schon aufklären.

Zwei Stunden später stieg Giovanni mit der blonden Frau die Treppe herunter, offenbar sahen sie mich nicht.

Am Hoteleingang verabschiedeten sie sich mit zärtlichen Küssen.

„Nein, Renate! Das ist zuviel, das glaube ich nicht. Das ist ja auch nicht besser als mit Werner. Sind dann alle Männer so?"

„Nein, nicht alle, aber doch einige. Vielleicht war das ganze nur ein Ausrutscher. An deiner Stelle würde ich mir das erst einmal weiter angucken!" riet sie mir.

„Ich glaube das auch sowieso nicht. Mein Giovanni würde das niemals tun, er würde mich doch nicht betrügen. Das wird sich alles noch irgendwie ganz harmlos aufklären, glaub es mir. Vielleicht war das nur ein Albtraum oder Angst-Traum von mir. Nein, unsere Liebe ist so groß, das würde er mir nicht antun."

„Dann lass uns einmal weiterschauen, Leona! Wir werden das Rätsel schon am Schluss lösen."

Ich presste das Foto an mein Herz und konzentrierte mich auf den schwarzhaarigen Italiener.

Aus der Dunkelheit sah ich die gleichen Berge emporsteigen, aber diesmal ohne jeden Schnee. Nackte Felsen ragten aus saftig grünen Wiesen empor. Sie dufteten nach Bergblumen und Sommerwind.

Auf einer Bank entdeckte ich meine Mutter, die meinen beiden Schwestern zusah, wie sie Blumen pflückten, während Giovanni aus der anderen Richtung auf mich zukam.

Ich atmete befreit auf. Ja, das musste die Zukunft sein, auf jeden Fall. Bisher kannten sie sich ja noch nicht, meine Familie und Giovanni. Aber hier, in den herrlichen Dolomiten, da waren sie sich begegnet. Ob wir wohl schon verheiratet waren? Vorsichtig sah ich an meine Hand. Golden leuchtete immer noch der Verlobungsring.

Nun ja, das war nicht schlimm, vielleicht wollten wir hier in den nächsten Tagen heiraten?

Giovanni nahm mich in die Arme und küsste mich zur Begrüßung, und ich spürte, dass ich ihn immer noch liebte. Dann musste die andere Begegnung ein Traum gewesen sein, anders konnte ich mir das nicht erklären.

„Schön, dass ihr hier auf mich gewartet habt. Ich habe euch inzwischen allen etwas eingekauft, dort drüben am Pass. Kleine Andenken für deine Mutter und deine Schwestern. Ich mag sie alle wirklich sehr, besonders deine Mutter, sie ist eine wundervolle Frau."

Ich sah ihn mit leuchtenden Augen an. „Oh ja, sie ist die beste Mutter, die ich kenne. Was hast du nun vor?"

Er betrachtete meine Schwestern und lächelte amüsiert. „Die sind wirklich wie die Kinder, sehr liebenswert. Und beide sind schon verlobt und in festen Händen, dann werden deine Eltern bald allein sein. Ich hatte gedacht, ich fahre euch gleich noch ein bisschen in der Gegend herum, vielleicht einmal durch sämtliche Pässe rund um die Sella. Magst du?"

„Natürlich, ich genieße jeden Moment mit dir."

„Schön, dann machen wir das so. Aber hinterher möchte ich dich noch ein bisschen entführen. Wir wollen doch auch noch ein Stündchen für uns allein haben, oder?"

Ich sah ihm in die dunklen Augen und nickte. „Oh ja, das wünsche ich mir."

Nachdem wir noch eine Weile die Bergluft genossen hatten, lud er uns in sein kleines Auto, einen Fiat 500 ein und chauffierte uns durch die Dolomiten.

„Ich wollte dir nur sagen, dass ich mit dir als Schwager einverstanden bin", wandte sich Monika an Giovanni. „Ehrlich gesagt, am Anfang hatte ich schon ein paar Vorurteile. Und die ganzen Umstände waren und sind ja auch nicht gerade einfach. Aber euch beiden traue ich schon zu, dass ihr das hin bekommt. Wirst du eigentlich jetzt immer in dieser Gegend bleiben?"

Er schüttelte den Kopf. „Nein, ich muss ständig damit rechnen, dass ich öfters versetzt werde. Das bringt mein Beruf so mit sich. Aber dadurch lernt man auch die Gegend kennen. Es ist ja überall hier wunderschön."

„Da hast du Recht", fand Marlis. „Man kann viel lernen, wenn man viel unterwegs ist. Aber ich denke, du wirst sicher eher im Norden Italiens bleiben, Giovanni?"

„Vermutlich, ja. Es gefällt mir sehr gut in dieser Gegend, und Leona liebt die Berge auch sehr. Davon werdet ihr in den nächsten Tagen noch mehr sehen, ich habe einige Touren mit euch vor. Und vergesst nicht das Bergfest, ja zum Tanzen will ich euch auch noch ausführen. Ihr könnt euch auf schöne Ferien freuen. Ich habe mich für euch gut vorbereitet."

Im Sonnenschein des Nachmittags zeigte er uns die Landschaft ringsumher, er kannte den Namen fast jeden Berges, einige von ihnen hatte er schon erstiegen."

„Ich bewundere deine Sportlichkeit, Giovanni", sagte meine Mutter. „Ich war früher auch sehr sportlich und in einigen Vereinen, bin Ski gefahren, auch mit meinem Mann, gewandert sind wir auch schon viel, aber auf einen so hohen Berg noch nie gestiegen. Das ist schon eine Leistung."

Er freute sich über das Lob meiner Mutter, und ich gab ihr Recht. Er bewies viel Mut, das gefiel mir an ihm.

„Welches Datum haben wir?" fragte ich ganz unvermittelt.

Meine beiden Schwestern amüsierten sich. Marlis zog einen Kalender aus der Handtasche und reichte ihn mir.

„Jetzt weiß ich auch, wie das ist, wenn man vor Liebe blind ist. Soll ich dir das Datum vorlesen, oder sind deine Augen noch klar genug?"

Mit etwas zittrigen Händen blätterte ich in dem kleinen Taschenkalender herum bis zum Anfang, wo ich das Jahr fand, ich las 1966 und kombinierte an der Umgebung ringsumher, dass es Sommer sein musste.

Ich atmete auf. Was ich auch immer im Februar gesehen hatte. Irgendwie mussten wir es überstanden haben.

Das Bild begann zu verblassen, und ich hoffte, dass es nicht ganz verschwand. Es begann zu zittern und sich zu bewegen, wie ein Schnelldurchlauf in einem Film.

Plötzlich hielt es wieder an. Dieses Mal sah ich meine Mutter und meine Schwestern in einem Gasthof sitzen.
Giovanni und ich standen draußen unter dem kleinen Apfelbaum.
Er sah mich verliebt an. „ Gut, dass du mir eine Chance gibst, obwohl du diesen Werner kennengelernt hast. Wunderbar, dass du mir verziehen hast! Ich bin so glücklich, dass wir uns wieder gefunden haben, meine große Liebe! Das wirst du immer sein und immer bleiben. Deswegen frage ich dich jetzt hier noch einmal: möchtest du mich heiraten? Ich möchte gern einmal der Vater deiner Kinder werden. Und ich liebe dich, mehr als alles andere auf der Welt."
In diesem Augenblick schnurrte das DVR Gerät, das Bild verschwand, und ein Klicken teilte uns mit, dass sich der Apparat selbst ausgestellt hatte.
Enttäuscht riss ich mir die Brille und die Ohrhörer vom Kopf und sah Renate traurig an. „Und was jetzt? Was ist denn passiert?"
Sie reichte mir noch einen Eierpunsch. „Hier, stärk dich erst einmal, dass wird dir gut tun. Insgesamt haben wir nun eine ganze Menge erfahren, und wir können uns daraus auch etwas zusammenreimen."
„Aber was hältst du denn davon? Hat er mich wirklich zwischendurch betrogen, während wir verlobt waren? Sag einmal ehrlich, wie denkst du darüber, Renate?"
„Wenn du mich so fragst, und ich es ganz ehrlich sagen soll, dann halte ich es schon für möglich, dass ihm da ein Ausrutscher passiert ist, als er den Winter über auf dich gewartet hat. Du hast es ja selbst schon entdeckt, dass er ein Frauentyp ist, die ihm sicher überall hinterher laufen. Und ich befürchte auch, dass das, zumindest solange er jung ist, sich nicht ändern wird. Aber in dem Sommer danach konnten wir sehen, dass er wieder zu dir zurückgefunden hat. Genau genommen ist das das Einzige, was zählt. Denn so wie es aussieht, liebt er dich wirklich."

„Wie sollte ich das danach noch erkennen? Nach einer solchen Enttäuschung, nach einem Betrug, wie soll man da noch an eine große Liebe glauben?"

„In dem Fall ist es ganz einfach. Schau mal, um ihn herum sind sehr viele schöne Frauen. Gerade in Italien gibt es genug davon. Da müsste er sich nicht weiter umschauen, überall sind sie um ihn herum. Aber was tut er, er lässt nicht nach, dich weiterhin umwerben. Und er holt dich wieder zurück. Ist das nicht ein Liebesbeweis genug?"

„Hm", machte ich misstrauisch. „Vielleicht liebt er das Exotische. Oder das Unerreichbare, denn offenbar waren wir wohl zwischendurch einmal auseinander, sonst hätte er nicht noch ein zweites Mal um meine Hand anhalten müssen. Aber weißt du, wenn ich mir das Ganze so betrachte, dann sollte ich wirklich überhaupt nicht heiraten. Was passiert denn mit all den schönen Träumen, die man von der Liebe hat? Ich werde es so machen wie deine Nichte Marlene. Sie kümmert sich in Paris erst einmal um ihren Beruf."

Renate nahm einen Schluck Eierpunsch und atmete tief. „Ich weiß, du hast in der Kindheit schon so viele Bücher, so viele Liebesromane gelesen, dass du dir eine bestimmte romantische Vorstellung von einer Partnerschaft gemacht hast. Du kennst schon die Unterschiede zwischen Verliebtheit und Liebe. Und jeder kennt das Klischee, dass die Liebe nicht ohne das Verzeihen existiert. Aber in der wahren Liebe kann es auch romantisch zugehen, obwohl man sich einmal verletzt hat. Sie ist nämlich unsterblich, sie steht immer wieder auf."

„Wie meinst du das, Renate? Beziehst du das jetzt auf Giovanni und mich, weil wir uns wieder versöhnt haben, nachdem er mich eventuell betrogen hat?"

„Nein. Ich spreche da im Moment aus meiner eigenen Erfahrung. Du weißt ja, dass Hermann meine ganz große Liebe war. Dass er immer noch meine große Liebe ist, wird dich nicht wundern, denn du denkst, jetzt, wo er nicht mehr auf der Erde lebt, sehe ich alles in einem verklärten Licht. Es ist alles schon so lange hier, alles Vergangenheit, da könnte man alles rosarot sehen. Aber wir hatten unsere Prüfung schon viel früher gehabt. Da hatte sich dann herausgestellt, ob unsere Liebe echt ist und nicht Illusion war."

Ich sah sie überrascht an. „Das wusste ich gar nicht. Magst du mir das erzählen?"

„Hermann und ich, wir kannten uns schon als kleine Kinder. Wir spielten miteinander und wir sahen uns fast täglich. Da beschlossen wir schon in unserer kindlichen Unschuld, dass wir einmal später heiraten wollten. Natürlich nahm das niemand von den Erwachsenen ernst, das kannst du dir sicher vorstellen."

„Ja, da sagen sicher viele, dass es nur so eine Spinnerei war. Wie heißt doch dieser komische Spruch? Träume sind Schäume, besonders Jugendträume. Aber er gehört wohl zu den Sprüchen, die nur zu einem kleineren Teil wahr sind. Was ist mit euch geschehen?"

„Auch noch, als wir älter wurden, trafen wir uns, so oft wir konnten. Das innige Band blieb bestehen. Aber Hermanns Eltern hatten eine große Firma und ihre eigenen Pläne für ihren Sohn. Sie wählten für ihn als Partnerin die Tochter eines Geschäftsfreundes, der ebenfalls eine Firma besaß. Sie hatten nämlich nicht nur vor, die beiden jungen Leute zu vermählen, sondern auch die Firmen zu verbinden. Das machten sie ihrem Sohn dann auch klar, als er alt genug war.

Als Hermann mir das erste Mal davon erzählte, war ich natürlich todunglücklich, das kannst du dir vorstellen. Und auch er wollte seinen Eltern durchaus nicht nachgeben.

Also suchten wir nach einer Lösung, aber fanden keine."

„Wie schrecklich!" fand ich. „Das ist wirklich eine grausame Geschichte, und dazu noch wahr."

„Ja, du kannst dir vorstellen, wie sehr wir darunter gelitten haben. Natürlich sprach Hermann mit seinen

Eltern, und bat sie um Verständnis für unsere Lage. Er teilte ihnen mit, dass wir uns liebten und uns niemals trennen wollten. Das beeindruckte sie jedoch wenig, und schickten ihn, weil sie sich nicht anders zu helfen wussten, für ein Jahr ins Ausland, in eine Tochterfirma. Sie hofften, dass durch eine räumliche Trennung unsere Liebe erkalten würde. Und um dem allen noch ein i-Tüpfelchen aufzusetzen, starteten sie zusätzlich eine große Intrige in meine Richtung."

Ich stärkte mich mit einem Schluck Eierpunsch. „So etwas Gemeines! Da hast du schlimme Zeiten hinter dir."

„Sie kannten einen jungen Mann, der ein guter Handwerker war und meinen Eltern wie aus dem Nichts erschien und freundlich zur Hand ging. Natürlich hatten sie ihn geschickt, Hermanns Eltern, ihm dafür sogar eine Belohnung versprochen, wenn es ihm gelänge, mich für sich zu gewinnen. Davon wussten natürlich weder meine Eltern noch ich etwas, aber er machte sich bald unentbehrlich in der Familie. Da Hermann zu der Zeit im Ausland war, verbreiteten seine Eltern die Nachricht, dass er sich bald mit einer anderen verloben würde. Zum Glück erfuhr ich durch Briefe von ihm, dass das nicht der Wahrheit entsprach.

Meine Eltern jedoch hatten gar nichts dagegen, dass sich der junge Handwerker oft bei uns aufhielt und auch um mich warb.

Glücklicherweise ging dieses einsame Jahr auch einmal vorüber, Hermann kam zurück und ich hatte mich in der ganzen Zeit erfolgreich gegen den Handwerker und seine ständigen Werbungen gewehrt. Du kannst dir bestimmt vorstellen, wie zauberhaft unser Wiedersehen war! Dennoch gaben Hermanns Eltern nicht auf, sie drohten, ihren Sohn zu enterben, ihn aus der Familie auszuschließen. Doch dann kam uns das Schicksal zu Hilfe. Hermanns Vater wurde krank, und mit seiner Krankheit wurde er verständnisvoller. Gleichzeitig verliebte sich die junge Frau, mit der man Hermann verbinden wollte, in einen ganz anderen, den sie kurze Zeit später auch heiratete. Da gab es dann am Schluss doch noch eine Verbindung zwischen den beiden Firmen, aber nicht die von den Eltern ursprünglich gewünschte Hochzeit. Es gab dann ein Happy End auf der ganzen Linie. Hermann und ich, wir durften heiraten, und kurze Zeit später fand auch der Handwerker eine ganz liebe Frau. Dennoch, das Glück währte nicht lange, kurz darauf begann dieser schreckliche zweite Weltkrieg, und sowohl Hermann fiel und der Handwerker, der im Untergrund gegen die Nazis kämpfte, wurde noch vor dem Kriegsbeginn von ihnen ermordet."

„Das ist eine sehr traurige Geschichte, und ihr habt sehr viel Treue bewiesen. Ihr hattet euch wirklich nichts zu verzeihen. Aber wenn ich mit Giovanni zusammen bleiben will, dann muss ich wohl unsere Liebe retten und lernen, zu verzeihen, oder?"

„Weißt du, dass mit der Liebe, dem Betrügen und dem Verzeihen, das ist so eine Sache. Als Hermann im Ausland war, hat mich seine Mutter immer mit schrecklichen Meldungen versorgt. Er soll dort eine Geliebte gehabt haben, zumindest eine Affäre. Sie zeigte mir sogar ein Foto von dieser Person, und dazu gab es auch einen Namen. Aber natürlich habe ich ihr nicht geglaubt, ich habe an seine Treue geglaubt."

„Das war er doch bestimmt auch, so, wie ihr euch geliebt habt!" behauptete ich.

„Das werde ich nie genau erfahren, Leona. Nach diesem Krieg tauchte nämlich diese Frau irgendwann einmal hier auf und fragte nach Hermann. Sie sprach kein gutes Deutsch, und so verstand ich kaum etwas von dem, was sie sagte. Sie sagte, er sei ihre große Liebe gewesen, und sie hätten etwas miteinander gehabt. Ich konnte Hermann nicht mehr fragen, da lebte er ja schon nicht mehr. Und ich wusste nicht, was an der ganzen Sache wahr war. Ich habe mir erst auch sehr viele Gedanken darüber gemacht, auch nachdem sie wieder verschwunden war. Aber dann bin ich zu dem Schluss gekommen, dass es nicht wichtig ist, ob er dort eine kurze Affäre hatte oder nicht. Er hat mich geliebt, und ist wieder zu mir zurückgekommen. Ist das nicht das Wichtigste?"

„Ich verstehe schon, was du sagen willst, Renate! Das meinst du also, wenn du denkst, Liebe verzeiht alles. So ein Ausrutscher muss also nichts mit der echten, wahren Liebe zu tun haben. Trotzdem, ich weiß es nicht. Ich habe auch meinen Stolz. Ich weiß nicht, ob ich Giovanni wirklich verzeihen könnte. Und da kommen wir wieder einmal zu einem dummen Spruch: Wer einmal lügt, dem glaubt man nicht … Und was ist mit denen, die einen Seitensprung wagen? Die, die es einmal tun, versuchen es vermutlich immer wieder. So etwas muss ich nun wirklich nicht haben. Da wären mir ja wirklich zwei seltsame Exemplare begegnet. Werner, der ständig Frauen auf Montage besucht, und Giovanni, der der Frauenschwarm von ganz Norditalien ist!"

Renate lachte herzlich und laut. „Zum Glück hast du einen guten Humor, und der ist nämlich ganz wichtig im Leben. Damit kannst du eine ganze Menge Aufgaben lösen. An deiner Stelle würde ich mir jetzt nicht zu viele Gedanken machen. Der Tag war wieder einmal lange genug für dich. Du hattest die Arbeit in der Buchbinderei und hier diese ganze Konzentration, das ist schon anstrengend. Wir können morgen weiter überlegen. Ich bin sicher, der Himmel und Helene werden uns helfen und uns sagen, was richtig ist."

„Ich wundere ich mich wirklich über dich, liebe Renate! Es ist bald der 24. Dezember, und es scheint so, als wärst du gar nicht aufgeregt und nervös und schon gar nicht verzweifelt. Dabei geht es doch um so viel, um Helma und ihr Leben. Andere würden da jetzt zittern und bangen, vielleicht weinen oder verzweifeln, wir haben ja noch keine Lösung gefunden."

Sie verpackte das Gerät und versteckte es an seinem gewohnten Platz. „Ich habe mein ganzes Leben lang einen festen Glauben gehabt, und der hat mich immer getragen. Natürlich konnte ich damit viele schlimme Dinge nicht einfach verhindern, weder den Krieg, noch Hermanns oder Helenes Tod. Aber ich bete immer, dass ich Hilfe erhalte vom Himmel, auch von den Engeln, ja sogar von Helene, damit ich immer alles richtig mache. Ich weiß doch, von dir und von mir, dass wir unser Gewissen erst einmal immer genau befragen, bevor wir etwas tun. Und damit wird dann immer alles gut. Du wirst sehen, Leona, irgendwie werden wir eine Lösung finden."

„In der Theorie sagt sich das immer ganz gut, aber irgendwie hast du auch Recht. Sich einfach nur immer Sorgen zu machen ist nicht produktiv. Vertrauen und Hoffnung sind besser."

Sie reichte mir den Mantel, Mütze und Handschuhe, half mir beim Anziehen und brachte mich hinaus. Am Seerosenteich blieben wir kurz stehen, aber es tat sich nichts.

Etwas enttäuscht entfernten wir uns und spazierten über den Waldweg zurück bis zum Haus meiner Eltern. Wir verabschiedeten uns mit einer herzlichen Umarmung.

***

18. Kapitel

Ich hatte jetzt das dringende Bedürfnis nach einem Gespräch mit meiner Mutter, die schon so viel Lebenserfahrung besaß. In ihrem Zimmer lud sie mich ein, neben ihr auf dem Bett Platz zu nehmen.

„Ich sehe es dir an, dass du allerhand auf dem Herzen trägst", sagte sie mir auf den Kopf zu. „Magst du eine Praline?"

Ich nickte, und sie öffnete die Metalldose, die einem Schatzkästchen glich, von außen mit schönen Blumenornamenten verziert, zeigte sie im Innern besondere Kostbarkeiten an Pralinen, die mein Vater ihr ab und zu aus einer Confiserie mitbrachte. Ich liebte diese eiförmigen Schokoladenhälften, die mit Marzipan und Pistaziencreme gefüllt und obendrauf mit einer halben Walnuss dekoriert waren.

Man konnte winzige Bissen mit den Zähnen abnagen und dann auf der Zunge zergehen lassen, eine Köstlichkeit! Je nach Laune konnte man die halbe Walnuss vorher oder hinterher verspeisen.

„Es geht um Giovanni?" riet meine Mutter.

„Ja. Und ich glaube, obwohl ich ihn gerade erst kenne, muss ich schon in mir herausfinden, ob ich nur ihn verliebt bin oder ob ich ihn wirklich liebe. Oder, was am allerschlimmsten wäre, ob ich nur in die Verliebtheit verliebt bin, in die schönen Gefühle, die dieser fantastische Mann in mir auslöst."

„Das hört sich ganz so an, als ob du die ersten Fehler an ihm entdeckt hättest, Leona."

Ich zauberte sein Foto aus meinem Blusenausschnitt und hielt es vor uns hin, damit wir es beide betrachten konnten. „Wenn ich ihn so anschaue, dann denke ich, den oder keinen. Aber, was auch ich immer mit anderen erlebt habe, es hat auch nie so sehr wehgetan: Die Vorstellung, dass er mich verletzen könnte, ist so ungeheuer schmerzhaft. Ausgerechnet er."

Meine Mutter nickte verständnisvoll. „Dann geht es auch sehr tief, meine Süße! Für mich hört sich das nach Liebe an. Mit ihr können tatsächlich Wunden heilen, ohne, dass man beginnt, den Partner zu hassen."

„Es ist einfach so, mein Stolz sagt mir, ich muss alles tun, damit ich nicht verletzt werde, aber noch größere Angst macht es mir, wenn ich daran denke, ich könnte ihn verlieren."

„Das hört sich sehr ernst an", fand sie.

„Wenn ich nur wüsste, was es für einen Sinn haben könnte, dass ich mich nicht für ihn entscheide. Natürlich, diese beiden Kinder, Vinzenz und Rolf, die habe ich jetzt schon ins Herz geschlossen, dafür würde ich alles tun, sie lieben und betreuen zu können. Aber zerstöre ich nicht Giovannis und mein Leben, wenn wir unsere Liebe nicht miteinander teilen können, im Alltag?"

Sie lächelte wissend. „Das Gegenteil ist meist der Fall, Leona. Die Sorgen und Probleme des Alltags versuchen oft, gewaltig am Volumen der Liebe herumzuknabbern. Aus der Ferne aber bleiben alle Träume immer bestehen. Ich glaube, du solltest herausfinden, was ihr beide dann mit dieser großen Liebe anfangt, die ihr nicht im Alltag teilen könntet. Bei dir sehe ich überhaupt kein Problem. Du könntest sie den Kindern schenken und deinem Beruf, wenn du einmal Schauspielerin wirst. Da kannst du sicher vielen Menschen Freude machen, und das aus einem glücklichen Herzen, das immer die Liebe zu Giovanni in sich trägt. Aber vielleicht kannst du herausfinden, wie es Giovanni ergeht, wenn du dich von ihm trennst, wenn du ihm nicht das Ja-Wort gibst. Wird er krank werden und verzweifeln? Tröstet er sich mit anderen? Wie verläuft sein Leben?"

„Wenn ich das nur wüsste! Ich muss das unbedingt noch herausbekommen. Wir wünschen uns beide viele Kinder, er und ich. Mit Werner werde ich nur zwei haben, aber zwei ganz Besondere. Nur, wie geht es dann mit Giovanni weiter? Ich finde es im Moment ganz schrecklich, über solche Dinge mit dem Verstand nachdenken zu müssen. Das tut kein vernünftiger Mensch, wenn er verliebt ist. Die Liebe muss man irgendwie leben, man darf sie nicht sezieren oder mit dem Verstand verwalten. Das ist anormal."

„Du hast Recht, Liebling. Diese ganze Situation ist nicht normal. Und das hat alles mit dem DVR-Gerät zu tun und mit Helmas Krankheit, die immer wieder in den Mittelpunkt gerückt wird, weil du dir vorstellen kannst, ihr zu helfen."

„Am liebsten möchte ich ihr helfen, Mama. Und natürlich wünsche ich mir den Weg, der uns alle glücklich macht."

„Nachdem du heute wieder so viel Neues erfahren hast, das du in Gedanken und Gefühlen verarbeiten musst, ist es besser, wenn du wieder einmal darüber schläfst. Danach sieht man oft klarer. Magst du noch etwas essen? Dann wärme ich dir eine Portion von heute Abend auf."

„Ich fürchte, ich habe bei Renate und ihren Nichten zu viel Eierpunsch getrunken. Davon bin ich schon satt geworden. Vielleicht sind es aber auch die vielen unterschiedlichen Gedanken, die mir im Magen herumtanzen. Ich werde dann schon einmal die Geschenke für meine Schwestern einpacken, das sind die Fotoalben, mit denen ich heute fertig geworden bin. Dann komme ich auf andere Gedanken."

„Zeig sie mir doch einmal!" bat mich meine Mutter.

Ich brachte sie herbei und reichte sie ihr zum Ansehen.

„Eine tolle Geschenkidee", fand sie. „Wenn du einmal gar keine Arbeit mehr hast, kannst du dich damit selbstständig machen. Mit etwas praktischem Geschick kommt man immer gut weiter. Falls du später einmal Zeit hast, du weißt ja, wann ich Geburtstag habe."

„Den werde ich nicht vergessen, Mama."

Wir wünschen uns eine gute Nacht und ich verzog mich in mein Zimmer, in dem ich die letzten Geschenke einpackte, Geschenkkärtchen schrieb und einen Liebesbrief an Giovanni verfasste.

Ich fühlte mich ihm nahe. Weihnachten stand vor der Tür, was würde es bringen? Giovanni war in Italien, und ich hier in Deutschland, da würden auch Marlis und Monika sich ein paar Stunden der Festtage mit Michael und Andreas verabreden, während mein Liebster weit fort war. Auf die festlichen Gesänge in der Kirche, ja, da freute ich mich schon. Weihnachten, ein Fest des Friedens, ein Fest der Liebe. Bis zum Mittag, des 24. Dezember musste ich eine Frau für Werner gefunden haben, eine, die für die beiden Jungen eine verständnisvolle Mutter war. Während ich daran dachte, dass irgendeine fremde Frau die Kinder im Arm hielt, fühlte ich ein eigenartiges Ziehen im Magen. War ich etwa auch darauf eifersüchtig? Ich hatte doch nur dafür zu sorgen, dass sie eine gute Mutter fanden. Hatte ich mich schon in die Kinder verliebt?

Oh! Was für ein Durcheinander! Was für ein Gefühlschaos! Ob ich das jemals herausfand?

Wie war das eigentlich mit den Frauen im Kirchenchor? Hatte ich da vielleicht eine nette junge Frau übersehen? Oder bei denen, die in der Gemeinde arbeiteten? Ich ging sie in Gedanken noch einmal alle durch. Aber entweder waren sie verheiratet, hatten einen Freund oder eigneten sich nicht als verständnisvolle Mutter.

Ich rief mich selbst zur Ordnung! War ich vielleicht so streng mit meinem Urteil, weil ich mich selbst schon zu sehr an die Vorstellung gewöhnt hatte, die Mutter der beiden Jungen zu sein?

Ach, wie schön wäre das jetzt, wenn Giovanni und ich ihre Eltern sein könnten! Ich stellte mir meinen Liebsten als Vater der Beiden vor. Wie er sich wohl ihnen gegenüber verhielt? In einem der Briefe hatte er mir geschrieben, dass er gegen Gewalt, besonders bei Kindern arbeitete. Und in dem Bereich der Hobbys engagierte er sich in einem Tierschutzverein. Das wertete ich als ein gutes Zeichen.

Während ich ihm in einem Brief, den ich mit gemalten Tannenzweigen, Kerzen und Herzen zierte, meine Liebe beteuerte, beschloss ich, am nächsten Abend, es unbedingt noch einmal mit dem DVR-Gerät zu versuchen und in seine Zukunft zu schauen. Ich musste einfach mehr darüber wissen, besonders, wie er mit seinen Gefühlen zurecht kam. Vielleicht kannte ich ihn doch zu wenig, vielleicht war er ein Mensch, der mit der Vergangenheit schnell abschließen konnte? Vielleicht würde er mich dann doch schnell vergessen …

In der folgenden Nacht fand ich wieder einmal nur wenig Schlaf, trotzdem fühlte ich mich voller Erwartung und Tatendrang.

Wie fast den ganzen Winter über stapfte ich durch die Dunkelheit zum Bus, damit ich um 7:00 Uhr pünktlich in Bonn meine Arbeit in der Buchbinderei beginnen konnte. Heute traf ich Marianne, die zu einem frühen Termin in der Zahnklinik bestellt war.

„Du kannst mich ordentlich bedauern", schlug sie mir vor. „Heute vereinbare ich einen Termin für eine Operation, bei der man mir vier Weisheitszähne entfernt. Und spar dir bitte alle Witze darüber, in den letzten Tagen habe ich nämlich schon alle gehört."

„Ich finde das gar nicht witzig, du tust mir leid. Das Ganze ist nämlich ziemlich schmerzhaft. Ich habe es auch schon hinter mir."

„Na, ja, jeder sagt mir doch ständig, dass ich völlig verblöde, wenn ich keine Weisheitszähne mehr habe. Das kann ich nämlich schon nicht mehr hören."

„Nein, tut mir echt leid. Und mit der Weisheit ist das so eine Sache. Die bekommt man vermutlich nicht umsonst. Auf diesem Weg muss man vermutlich viele Federn lassen."

Sie sah mich misstrauisch an. „Du bist aber schräg drauf. Ist das immer noch wegen des vielen Wassers im Keller von Leni?"

„Nein, keine Ahnung. Eigentlich bin ich nicht schräg drauf, sondern freue mich ehrlich auf das Weihnachtsfest, besonders in der Kirche, wenn es immer so schön feierlich ist. So friedlich, wie man es sich für das ganze Jahr dann in der ganzen Welt wünscht."

„Du wirkst etwas frustriert, Leona. Oder hängt das etwa mit diesem Werner Vinzenz zusammen, dem patenten Handwerker, dem wir es zu verdanken haben, dass die Party nachher noch ein Renner wurde."

„Nee, der ist doch sonst ganz in Ordnung. Ein netter Kerl. Da kann ich auch nicht verstehen, dass er im Moment solo ist. Es gibt doch bestimmt auf der Welt ein paar Frauen, die zu ihm passen."

„Oh, alle Welt weiß doch, dass er sich in dich verknallt hat. Ich dachte, aus euch Beiden ist schon längst ein Paar geworden?"

„Na, du weißt doch, dass ich verlobt bin, und außerdem ist der Werner nicht mein Typ. Gefällt er dir vielleicht, Marianne?"

„Du willst ihn wohl unbedingt verkuppeln", schloss sie aus meinen Worten. „Da wüsste ich schon jemanden, der zu ihm passt."

Ich sah sie erfreut an. „Wirklich? Das ist ja fantastisch. Sag doch! Wer ist es?"

„Erinnerst du dich noch an Johanna? Sie ist mit uns zusammen in die Klasse gegangen. Ich habe sie neulich zufällig wieder getroffen. Sie ist Zahnarzthelferin, und arbeitet jetzt in der Zahnklinik. Ich treffe sie gleich, sie assistiert dem Zahnarzt, der mich behandelt."

„Oh, wunderbar! Du kannst ihr direkt etwas von Werner erzählen. Wie ist sie denn so jetzt inzwischen, die Johanna. Erzähl mir was über sie! Was macht sie sonst, was hat sie für Hobbys? Wie stellt sie sich ihr Leben vor?"

„Sonst ist sie völlig normal. Sie geht gern tanzen, geht gern aus. Sie kocht und bäckt gern. Sie geht gern ins Kino und ins Theater. Sie mag die Schlager unserer Zeit, sie geht zum Kegeln und hat einen Schuhtick. Sie geht zweimal im Monat zum Friseur und zieht sich gern modisch an. Sie reist gern, aber liebt auch die

Gartenarbeit. Also, generell von Allem etwas, also sehr vielseitig."

„Toll, die passt zu ihm. Wie sieht es denn mit Kindern aus? Mag sie Kinder?"

„Oh ja, sie verwöhnt die Kinder ihres Bruders, da ist sie eine tolle Tante. Nur eigene Kinder mag sie nicht. Sie sagt, sie will sich nicht die Figur verderben, und außerdem wären ihr die Kleinen zu stressig. Das hätte sie jetzt bei ihrem Bruder festgestellt."

„Ach, du liebe Zeit. Das ist aber Pech! Dann fällt sie natürlich aus, dann ist sie nichts für Werner."

Marianne sah mich erstaunt an. „Warum das? Wer weiß denn, ob er überhaupt Kinder will? Sieht mir auf den ersten Blick nicht so danach aus."

„Aber ich weiß es", behauptete ich. „Dann kannst du deine Vermittlungsversuche gleich stoppen. Weißt du denn niemanden, der so ist wie Johanna, aber auch Kinder mag?"

Sie grinste breit. „Nobody is perfect. Was verlangst du da?! Wenn dieser Werner solche Ansprüche stellt, wird er niemals eine Frau finden."

Ich sah düster vor mich hin. „Das ist es ja. Er wird trotzdem eine Frau finden, und er wird Kinder haben. Und er wird das Ganze nicht einmal zu schätzen wissen, während andere, die sich sehnlichst Kinder wünschen, mit leeren Händen dastehen.

„Na, im Grunde genommen ist mir dieser Werner auch egal", entschied Marianne. „Soll er doch selber sehen, wie eine Frau findet. Erzähl mir doch noch mal etwas von deinem tollen Verlobten! Wann stellst du ihn uns endlich vor? Zu Weihnachten oder zu Olivers Silvesterparty?"

„So einfach ist das nicht mit dem Hin- und Herreisen. Das kostet viel Geld, und man muss auch Urlaub dafür haben. Das wird schon eine Weile dauern, bis ich ihn euch hier vorstellen kann. Aber im nächsten Sommer, da fahre ich auf jeden Fall hin, da bleibe ich dann meinen ganzen Urlaub hindurch dort. Und Weihnachten gehört bei uns der Familie, da freue ich mich jedes Jahr darauf, wenn wir mit meiner Mutter musizieren. Das gilt dann auch für Silvester, da gibt es bei uns auch immer wiederkehrende Rituale."

Sie sah mich neugierig an. „Was denn zum Beispiel? Meine Eltern sitzen vor der Glotze, da bin ich froh, wenn es bei Olivers Party ein bisschen mit Stimmung zugeht."

„Also zuerst einmal, dass Silvester-Essen. Da gibt es jedes Jahr Kartoffelsalat mit Würstchen, und diesen Kartoffelsalat macht dann mein Vater. Da kommt mehr hinein als nur in den normalen Kartoffelsalat, zum Beispiel außer den üblichen sauren Gurken auch noch klein geschnittene, hart gekochte Eier, winzige Apfelwürfel, natürlich viel Zwiebeln, kleine Würfel aus Hartwurst, ähnlich wie Salami, Mayonnaise und Gewürze wie gewohnt, und dann als Besonderheit gehören dort Kapern und kleine Walnussstückchen hinein. Das ist ein prima Rezept, und dazu gehören natürlich die echten Wienerle."

„Hört sich nicht schlecht an, und weiter?"

Dazu macht mein Vater einen besonderen Glühwein, aus Fruchtsäften, Zimt und Nelken und Vanilleschoten und anderen Gewürzen. Da kennt er auch ein besonderes Spezial-Rezept. Und nach dem Gottesdienst in der Kirche gibt es ein gemütliches Plauderstündchen am Kamin. Manches Jahr haben wir auch schon Blei-Gießen gemacht, das ist schon interessant, wenn man sieht, was sich für merkwürdige Figürchen aus dem heißen Blei im Wasser bilden."

„Ihr seid schon eine eigenartige Familie, Leona! Davon kenne ich nicht so viele. Das sieht nach einem richtigen Familienleben aus."

Ich atmete tief. „Ja, irgendwie halten wir alle zusammen. Und so wünsche ich mir das später auch einmal, ein richtiges Familienleben."

„Da bin ich dann mal gespannt, wie wir den Silvesterabend bei Olivers Party verbringen. Auf jeden

Fall gibt es viel Sekt und die machen auch ein eigenes Feuerwerk, habe ich gehört, ein großes Spektakel."

„Fein, dann wünsche ich dir eine tolle Party, und falls wir uns nicht mehr sehen auch noch ein paar schöne Weihnachtsfeiertage, Marianne! Und grüß mir den Rest unserer Freunde!"

Am Bahnhof trennten sich unsere Wege, ich hatte nur wenige Meter bis zur Buchbinderei, wo die Kollegen schon vor der geschlossenen Tür warteten.

Friederike rieb sich die Hände. „Wir stehen hier schon eine ganze Weile, offensichtlich hat der Chef heute Verspätung und niemand hat einen Schlüssel. Da kann man sich doch eine saftige Erkältung holen, und das so kurz vor Weihnachten", schimpfte sie.

„Möchte bloß wissen, wo die heute stecken. Oben im Haus ist alles dunkel", bemerkte Horst. „Soll ich einmal klingeln?" bot ich mich an.

„Das haben wir längst versucht", teilte mir Heinz mit. „Da ist wohl niemand."

Langsam fuhr ein Wagen vor, Frau Hahnemann stieg aus, bahnte sich den Weg an uns vorbei und schloss uns die Tür auf. „Tut mir leid, Leute. Es ist etwas später geworden. Hat alles nicht so geklappt heute. Und damit ihr Bescheid wisst, mein Mann und ich, wir lassen uns scheiden. Es hat ja keinen Zweck, euch das noch lange zu verheimlichen. Für euch wird sich aber nichts ändern, die Firma wird so weiterlaufen wie bisher. Zunächst werden wir auch beide hier weiter arbeiten, daran soll sich anfangs auch nichts ändern. Nur den Kindern werden wir es natürlich nicht mehr vor Weihnachten sagen, sie sind noch so klein, da können sie das noch nicht verstehen."

„Die Armen!" rutschte es Friederike heraus.

„Es ist besser so", erklärte uns Frau Hahnemann. „Es hört sich so banal an, dieser Satz, aber wir haben uns wirklich auseinandergelebt. Wir haben es noch eine ganze Weile versucht. Aber es hat nichts gebracht, die Kinder leiden viel schlimmer darunter, wenn die Eltern immer gegeneinander kämpfen. Ich habe euch hier einen großen Stollen mitgebracht, den könnt ihr alle in der Frühstückspause futtern."

Wir bedankten uns, zogen unsere Kittel an und verteilten uns auf unsere Plätze.

„Was hältst du davon?" fragte Friederike flüsternd. „Die haben doch vier Kinder, wie werden das die wohl verkraften?"

„Vielleicht hat sie Recht. Vielleicht ist es wirklich besser für die Kinder, wenn sie nicht andauernd einen hässlichen Streit miterleben müssen. Ich überlege mir gerade, wie ich es wohl machen würde in so einem Fall."

Sie lachte laut und hielt sich sofort erschrocken Mund zu. „Du bist noch nicht einmal verheiratet und redest schon von Scheidung. Es geht aber alles schnell bei dir."

„Ja, mit der Zeit ist das so eine Sache. Ich glaube, so richtig hat noch keiner erforscht, was Zeit überhaupt ist. Manchmal vergeht sie gar nicht, wenn man auf irgendetwas wartet, aber dann rennt sie einem auf einmal davon, wie bei einem Schnelldurchlauf. Beim Film kann man das immer am besten sehen. Natürlich werde ich versuchen meine Ehe zu retten, wenn wir uns genügend lieben. Aber was, wenn nicht?"

Sie kicherte. „Lass dich doch nicht von den Kapriolen der guten Familie Hahnemann anstecken! Die haben sich wahrscheinlich ihre Situation selbst eingebrockt. Freue du dich erst einmal über dein junges Glück mit deinem Verlobten."

Wortlos zog ich das Foto von Giovanni aus meiner Tasche und reichte es ihr.

Sie betrachtete es eingehend. „Ein echt schöner Mann! Kompliment! Vermutlich hat er schon manches Herz gebrochen."

„Meins auch", wollte ich sagen, bremste mich aber im letzten Moment.

„Was auch immer passiert, Friederike, diesen Mann werde ich immer lieben. Selbst wenn ich ihn nicht heirate."

Friederike ließ vor Schreck ein Buch fallen. „Bist du jetzt total übergeschnappt? Hast du dich jetzt von der Scheidung der Hahnemanns so schockieren lassen? Das musst du nicht. Es wird auch immer weiter Ehen geben, die gut sind, und die halten."

Frau Hahnemann hatte das Geräusch gehört und kam zu uns in die Werkstatt. „Ist irgendetwas passiert?" fragte sie teilnahmsvoll.

„Noch nicht", flüsterte ich fast unhörbar.

„Ach, ich bin nur mit dem Schuh an den Stuhl gekommen", schwindelte Friederike.

Sie sah uns etwas misstrauisch an. „Wie gesagt, Leute, für euch gibt es keine Änderungen hier. Keine Kündigungen und auch keine Aufgabe des Geschäfts." Sie entdeckte Giovannis Bild auf dem Tisch. „Und wer ist dieser interessante, junge Mann?"

Friederike schielte mich von der Seite an. „Das ist Leonas Verlobter. Und obwohl immer wieder Partnerschaften scheitern, versuchen es andere immer wieder. Ist ja so wie bei den Goldgräbern. Viele graben vergebens, aber manche finden auch einen Klumpen Gold, man soll die Hoffnung nicht aufgeben."

Die Chefin kniff die Augen zusammen. „Der Vergleich hinkt aber, liebe Friederike. Wenn sich ein Paar findet, dann sind die meisten erst einmal davon überzeugt, dass sie einen Klumpen Gold gefunden haben. Dann stellt sich aber oft erst nachher heraus, dass es doch nur Katzengold war."

„Und manchmal weiß man, dass es Katzengold ist, und hofft dass es sich zu Gold umwandelt", fügte ich hinzu.

„Und dann gibt es noch die, die genau wissen, dass sich das Katzengold niemals wandeln wird, aber sie wählen es trotzdem für sich aus."

Frau Hahnemann sah mich irritiert an. „Das kann ich jetzt nicht nachvollziehen, Leona. Gibt es jemanden, der freiwillig und wissend lieber das Katzengold als das echte Gold nimmt?"

„Sie ist ein bisschen durcheinander", erklärte ihr Friederike amüsiert. „Vermutlich der Weihnachtsstress."

„Wer mit so einem interessanten Mann verlobt ist, der kann schon mal ein bisschen verwirrt sein", fand die Chefin. „Der sieht charmant aus und wird bestimmt mancher Frau gefährlich gewesen sein. Halt ihn lieber gut an der Leine!" empfahl sie mir. „Mein Mann sieht lange nicht so gut aus, aber sogar er hat eine gefunden, die ihn anbetet." Mit diesen Worten verließ sie uns und ging zurück ins Büro.

„Die hatte aber Redebedarf", bemerkte Friederike. „Das gab es ja bisher noch nie. Die Chefin heult sich bei uns aus. Dann muss sie schon ganz schön weit unten sein. Und das alles jetzt so kurz vor Weihnachten. Sie tut mir echt leid."

„Mir auch", stimmte ich ihr ehrlich zu. „Glaubst du, dass manche Menschen sich absichtlich einen Partner suchen, den sie nicht so sehr lieben, damit er sie nachher nicht verletzen kann."

Erneut ließ Friederike ein Buch fallen. „Um Himmels willen! Jetzt dreh aber nicht noch durch, so kurz vor Weihnachten. Wie kommst du auf solche absurden Ideen?"

Frau Hahnemann erschien im Türrahmen. „Was ist los Friederike? Ist Ihnen nicht gut wegen der Schwangerschaft?"

Meine Kollegin atmete tief. „Ich fürchte, Leona braucht ein paar Tage Urlaub. Allem Anschein nach ist sie im Begriff, krank zu werden."

Frau Hahnemann blickte verständnislos in die Runde. „Aber Leona hatte gerade Urlaub. Da ist jetzt wirklich nichts zu machen. Wir haben doch auch schon Dienstag, den 21. Dezember. In drei Tagen ist Weihnachten, und an

Heilig Abend arbeiten wir sowieso nur bis mittags." Sie überlegte eine Weile. „Wisst ihr was, Kinder? Am 24. kommt bestimmt kaum noch Kundschaft. Das, was wir hier haben, sind doch nur noch Partien von den Universitäten. Die müssen nicht mehr in diesem Jahr fertig werden. Die Privatkunden haben alle ihre Arbeiten schon abgeholt, und die Studenten machen jetzt sowieso Semesterferien. Ihr müsst am 24., am Freitag also nicht hierher kommen. Ich sorge dafür, dass das in Ordnung geht und nehme es auf meine Kappe."

Alle klatschten und Heinz pfiff durch die Zähne. Wir bedankten uns bei der Chefin und steckten unsere Köpfe eifrig in die Arbeit.

„Na dann macht man fröhlich weiter", versuchte uns Frau Hahnemann aufzumuntern und zog sich ins Büro zurück."

Friederike lachte leise. „Jetzt haben wir ihr sogar die Gelegenheit gegeben, eine gute Tat zu tun. Jetzt könntest du doch sogar einen Kurztrip nach Italien machen, oder?"

„Dann musst du nur noch für mich sammeln", scherzte ich. Das Foto von Giovanni steckte ich ein, diesmal in meine Bluse. „Was haben es schöne Menschen doch schwer! Man hält sie viel eher für untreu. Dabei haben sie es doch unvergleichlich viel schwerer, als die anderen, sie werden einfach nur viel mehr in Versuchung gebracht."

„Wenn du nicht willst, dass ich noch mehr Bücher fallen lasse und deswegen noch gekündigt werde, dann hör bitte mit diesen kuriosen Scherzen auf!" mahnte mich Friederike. „Und wenn du das alles jetzt auf deinen schönen Italiener beziehst, dann musst du ihn ganz schön lieben, wenn du ihm jetzt schon eine Brücke baust zur Versöhnung nach eventuellen Fehltritten."

„Hm, ja. Das kann schon sein. Aber noch weiß ich nicht, wo mich das Ganze hinführt."

***

230

19. Kapitel

Den Rest des Tages konzentrierten wir uns auf die verschiedenen Arbeiten, die akkurat und voller Konzentration ausgeführt werden mussten. Erleichtert packten wir unser Werkzeug zusammen, als die Uhr in der Werkstatt mit dem großen Zeiger auf der Zwölf und mit dem kleinen auf der Fünf stand. Frau Hahnemann selbst half uns heute beim Aufräumen.

„Gute Großeltern sind etwas wert", meinte sie dann beim Abschied. „Meine Eltern lieben ihre Enkelkinder, freuen sich über jeden Augenblick mit ihnen. Das verschafft mir ein bisschen freie Zeit, und die kann man ab und zu einmal gebrauchen mit vier solchen Trabanten." Sie wandte sich an Friederike und mich: „Denkt immer daran! Das was man zur Kindererziehung am meisten braucht, sind gute Nerven! Und jetzt freue ich mich wieder auf meine vier Rabauken."

Friederike begleitete mich noch bis zum Bahnhof. Ganz in der Nähe gab es dort eine Frauenärztin, bei der sie einen Termin hatte. Ich wünschte ihr dafür alles Gute.

Im Bus zum Venusberg sah ich den einen oder anderen Bekannten, aber niemanden, mit dem ich Lust hatte, mich zu unterhalten. Ich suchte mir einen Platz am Fenster und betrachtete die Schneelandschaft, die bei mir die Vorfreude auf das Weihnachtsfest erhöhte. Das Fest des Friedens, Fest der Liebe!

Als ich nach Hause kam, saß lediglich meine Mutter am Abendbrottisch und lud mich dazu ein. „Papa muss noch arbeiten", berichtete meine Mutter. „Marlis hat eben angerufen. Sie geht mit Monika, Andreas und Michael ins Kino. Da wollten sie sich vorher ein paar Pommes Frites kaufen. Den großen Eintopf hier, den Irish Stew müssen wir dann einen Tag länger essen."

„Das macht nichts", tröstete ich sie. „Der schmeckt im Winter besonders gut, und am zweiten Tag noch besser als am ersten."

„Bald werde ich mich sowieso umstellen müssen", teilte sie mir etwas traurig mit. „Ich werde nicht mehr so große Töpfe zum Kochen brauchen wir bisher. Denn so wie's aussieht, dauert es nicht mehr so lange, und alle meine Töchter ziehen aus. Und du? Vielleicht ziehst du sogar weit weg von hier. Aber das ist der Lauf der Welt, als ich heiratete, bin ich auch sehr weit weg von meinen Eltern gezogen. Ich kann dich also gut verstehen."

„Ja, Mama, das weiß ich. Danke dir für alles! Hat eigentlich Werner schon angerufen? Er wollte sich melden und fragen, ob sich irgendetwas an meiner Meinung geändert hätte."

„Nein, das hat er noch nicht. Aber es ist auch gerade erst halb sieben, noch früh am Abend. Er wird sich bestimmt noch melden."

„Ich habe Angst davor, Mama. Ich weiß nicht, was ich ihm sagen soll. Und ich habe auch noch keine Entscheidung getroffen."

In diesem Moment klingelte das Telefon. „Das ist er sicher schon", riet meine Mutter. „Dann geh du direkt dran, mein Schatz!"

Ich lief in den Flur und nahm den Hörer ab, in der Erwartung, Werners Stimme zu hören.

Meine Augen leuchteten und mein Herz hüpfte, als sich Giovanni meldete: „Ich habe wieder einmal Sehnsucht nach dir", meinte er liebevoll. „Wie soll ich es nur aushalten solange ohne dich?!"

„Wie schön, dass du anrufst", freute ich mich. „Die Überraschung ist dir gelungen. Hier sind bei uns alle in Weihnachtsvorbereitungen, die meisten jedenfalls. Außer vielleicht, meine Schwestern, die sind mit ihren Freundinnen im Kino. Und was machst du so? Fährst du zu Weihnachten zu deinen Eltern in den Süden?"

„Nein, Amore! Ich bleibe mit meinen Kollegen im Quartier."

„Und was machst du dann an den Feiertagen? Gehst du in die Kirche?"

„Nein, das ist nicht so meine Sache. Nicht, dass ich nicht an Gott glaube. Aber die Kirche, dazu habe ich eine eigene Meinung. Wir werden mit Kollegen ein bisschen feiern, dass ist auch ganz lustig. Und über die Feiertage werden wir Skilaufen, die Wetterverhältnisse sind prächtig. Wir haben eine Menge Schnee im Augenblick."

„Ein echter Winter", fand ich, „sogar hier haben wir schon viel Schnee gehabt, dabei ist der Venusberg keine 200 Meter hoch. Du läufst gern Ski, nicht wahr? Auch mit deinen Kollegen?"

„Wir sind immer eine lustige Truppe! Ich wünschte, du wärst auch dabei. Ich vermisse dich wahnsinnig. Warum sind wir nur so weit voneinander getrennt?! Ich liebe dich, carissima! Ciao Amore, ti bacio! Ti amo!"

„Ich dich auch", flüsterte ich. Ein Klick sagte mir, dass das Gespräch zu Ende war.

Nachdenklich legte ich den Hörer auf die Gabel.

„Das Gespräch hat mindestens 20 DM gekostet", vermutete meine Mutter, als ich mich wieder zu ihr an den Tisch setzte.

„Dabei verdient er gar nicht so viel", wusste ich. „Er wird Weihnachten Skilaufen. Dann macht er wenigstens etwas, das ihm Freude macht."

Meine Mutter streichelte meinen Arm. „Einiges im Leben ist Schicksal. Es gibt Dinge, denen man nicht ausweichen kann. Wichtig ist nur, dass wir da zupacken, wo wir es können. Und dazu findet man immer etwas. Ich werde noch etwas Klavier üben, hast du Lust, mir zuzuhören?"

„Vielleicht später, Mama. Aber jetzt möchte ich noch einmal zu Renate. Ich habe noch ein paar Fragen. Es gibt noch ein paar Dinge, die ich unbedingt wissen muss, damit ich eine Entscheidung treffen kann. Macht es dir etwas aus, wenn ich mich dann nachher dazu setze und dir etwas zuhöre?"

„Nein, mein Schatz, geh du nur! Ich weiß doch, dass das jetzt sehr wichtig für dich ist." Sie küsste mich auf die Stirn.

Ich zog mir den dicken Wintermantel an, stülpte mir die Mütze auf und fuhr mit den Händen in die warmen Handschuhe. Eilig stapfte ich über den frisch gefallenen Schnee bis zu den Baracken. Leise rieselten zarte Flocken auf die Erde. Über dem Teich schien eine Wolke zu schweben, und jetzt sah ich es ganz deutlich: wie Loreley auf dem Felsen oder die kleine Seejungfrau in Kopenhagen, so saß die blonde Frau dort, in einem leuchtenden weißen Schein. Sie lächelte wehmütig und ein wenig flehend.

Was war nur los mit mir? Dieses Mal hatte ich keinen Alkohol getrunken, keinen Punsch, gar nichts, das meinen Blick trüben oder mich vernebeln konnte. Ich blieb einen Augenblick stehen und sprach das Bild an: „Ich werde etwas versuchen, das verspreche ich."

Renate schien mich schon erwartet zu haben und öffnete die Tür. „Komm herein, Leona! Du erfrierst ja sonst da draußen. Sei nicht so leichtsinnig! Du warst als Kind schon oft genug krank, besonders mit den Bronchien und der Lunge. Du solltest dich wirklich in Acht nehmen."

„Ich bin doch gut eingepackt", erklärte ich ihr, „und mir ist es auch ganz warm. Ich hatte noch gerade ein Bild über dem Teich gesehen, eine Frau, die aussah wie Helene."

Renate nickte. „So, dann ist sie also wieder da. Wärm dich schnell ein bisschen auf!" Sie reichte mir einen Becher mit Punsch, von dem ich einen Schluck nahm.

„Schau nur, ich habe das Gerät schon aufgebaut!" Sie zeigte auf das DVR-Gerät, das auf dem Tisch stand. „Und ich habe es auch schon ausprobiert. Später sage ich dir auch, was ich darin gesehen habe. Aber jetzt willst du vermutlich selbst erst einmal etwas nachschauen, stimmt's?"

Ich nickte eifrig. „Ja, zuerst möchte ich mich gerne noch mal auf einen großen Jungen konzentrieren, auf Vinzenz. Nicht, weil ich ihn lieber hätte als Rolf, sondern weil ich sicher gehen will, dass ich es bei ihm auch richtig machen kann. Deswegen möchte ich mal in die Zeit schauen, wo er etwas älter ist. Zum Beispiel in die Pubertät, wo viele Eltern fürchten, keinen Einfluss mehr auf ihre Kinder zu haben."

„Versuch es nur!" bekräftigte mich Renate und reichte mir die Brille und die Ohrhörer.

Ich zog mir beides an, blickte in die Dunkelheit und versuchte mich, auf Vinzenz zu konzentrieren.

Ein Jugendzimmer tauchte vor meinen Augen auf. Vinzenz saß am Computer.

„Darf ich dich einen Moment stören?" fragte ich.

„Ungern", scherzte er und grinste mich an. „Aber wenn du sowieso schon einmal hier bist …"

„Was machst du da?" erkundigte ich mich.

„Das ist hier so ein Lernprogramm. Es geht um den menschlichen Körper", erklärte er mir. „Siehst du diese vielen kleinen Knochen hier? Rate einmal, wie viel der Mensch davon hat?"

„Ich weiß es nicht, ehrlich."

„Ein Erwachsener hat ungefähr 206 Knochen, der eine mehr, der andere weniger, zum Beispiel gibt es Menschen, die haben mehr Rippen als andere. Und die ganz kleinen Kinder haben sogar 300 Knochen."

„Wie kommt denn das?" fragte ich verwundert.

„Ganz einfach, da sind noch viele Knorpel und Knöchelchen, die noch nicht zusammengewachsen sind, das ergibt sich erst im Laufe der Zeit."

„Das ist wirklich interessant", fand ich. „Das hätte ich nicht gedacht. Meinst du nicht, du hättest für heute schon genug gelernt? Es ist so schönes Wetter draußen. Möchtest du nicht etwas Fahrradfahren?"

„Keine Lust heute, Mama. Aber nachher spiele ich mit ein paar Freunden noch etwas Fußball, auf dem Platz. Und heute Abend gehe ich zu Thorsten, wir wollen ein bisschen mit dem Computer herumspielen. Es wird nicht so spät, wir schreiben ja morgen eine Matheklausur."

„Super" fand ich. „Das ist ein abwechslungsreiches Programm. Was liegt denn da für ein Päckchen auf deinem Tisch. Hat dir jemand etwas geschenkt?"

„Oh, Mama! Da darfst du doch nicht hingucken. Das ist doch für morgen, für deinen Geburtstag. Das soll doch eine Überraschung sein."

„Tut mir leid, Schatz! Ich habe wirklich nicht richtig hingeguckt. Pack es am besten direkt weg, ich wollte nachher noch hier Staub wischen."

„Klar packe ich es jetzt weg", meinte er grinsend, „schließlich hast du erst morgen Geburtstag. Da musst du dich noch etwas gedulden. Mit dem Staubwischen kannst du dir Zeit lassen, ist noch gar nicht so staubig, kann ich in den nächsten Tagen auch noch in meinem Zeitplan unterbringen. Setzt sich mal lieber mit einem Buch in den Garten, eine kleine Pause täte dir auch ganz gut."

Ich atmete tief. „Na schön! Und wo ist Rolf?"

„Der Stundenplan hängt in seinem Zimmer. Er hat heute noch Schwimmen, dann wird es immer später. Aber ich rate dir, auch besser nicht in sein Zimmer zu gehen. Er hat nämlich auch eine Überraschung für dich. Heute Morgen hatten wir noch ein Schild gemalt, mit der Aufschrift: „Betreten verboten". Vermutlich hatte er in der Eile vergessen, es aufzuhängen."

„Dann will ich euch jetzt nicht die Überraschung nehmen. Und sonst ist alles o. k. bei dir?"

„Na klar, Mama. Das weißt du doch! Wenn irgendwas wäre, hätten wir längst mit dir darüber geredet. Du stellst aber heute komische Fragen. Ist denn mit dir alles in Ordnung? Hast du dich mal wieder überarbeitet?"

„Nein, Vinzenz! Wirklich nicht. Vielleicht werde ich nur schon langsam alt, und ein bisschen verkalkt im Kopf, oder ich hatte einfach zu viel in meinen Gedanken."

„Na dann! Mix dir mal einen schönen Fruchtsaft zusammen, mit vielen Vitaminen! Vielleicht noch mit ein bisschen Gemüsesaft drin, das wird dir gut tun."

Ich suchte einen Kalender in dem Zimmer, aber bevor ich näher nachschauen konnte, verblasste das Bild und die Dunkelheit starrte mich an.

„Was sind denn das für musterhafte Kinder", staunte ich.

„Die sahen zwar nicht nach Strebern aus, aber Vinzenz war schließlich gerade in der Pubertät, da geht man doch nicht so nett und höflich mit seiner Mutter um, jedenfalls nicht in dieser Generation von Kindern. Das ist mir direkt unheimlich. Hast du gehört, wie der mit mir gesprochen hat, so lieb und kumpelhaft, so voller Vertrauen. Was hat das zu bedeuten?"

Renate lächelte. „Was hast du denn mit ihnen gemacht, als sie klein waren? Hast du sie den ganzen Tag im Laufstall liegen lassen?"

Ich protestierte. „So etwas würde mir im Traum nicht einfallen. Mit meinen Kindern würde ich sprechen, sooft sie es mögen, mit ihnen spielen, ihnen die ganze Welt zeigen, so interessant und so schön, wie sie ist."

„Womit wir wieder einmal bei einem Sprichwort wären. Und dieses ist, glaube ich, gar nicht so dumm: Wie man in den Wald ruft, so schallt es wieder heraus. Du hast nett und vernünftig mit ihnen gesprochen, also sind sie das so gewohnt und reden auch so mit dir. Deswegen können sie trotzdem richtige Jungen sein. Du hast doch gehört, dass sie keine Außenseiter sind, sich auch mit anderen Mitschülern treffen und mit Freunden gemeinsam Fußball spielen. Sie sind also ganz normale Jugendliche."

Ich atmete auf. „Dann bin ich wieder beruhigt. Dann möchte ich doch noch mal versuchen, ob ich den anderen, den Rolf sehen kann. Meinst du, das können wir hinkriegen?"

„Wir werden es versuchen, Leona! Ich schalte den Apparat noch einmal kurz aus und dann wieder ein. Das ist manchmal eine gute Methode, um einen neuen Anfang zu finden. Bei vielen Dingen im Leben, bei Geräten und sogar manchmal bei Partnerschaften."

Ich lächelte. „Du bist aber heute gut drauf. Ja, lass es uns einmal versuchen!"

Sie bewegte den Schalter in verschiedene Richtungen. Als das Gerät erneut Strom erhielt, konzentrierte ich mich auf Rolf. Ich sah sein Gesicht, das aus der Dunkelheit erschien, wir saßen gemeinsam am Küchentisch und aßen zu Mittag. Er knabberte an Fischstäbchen herum und nahm sich aus der Schüssel einen großen Löffel Kartoffelpüree.

„Soll ich dir nicht mal was anderes kochen?" schlug ich ihm vor.

Er grinste mich an „Nee, keine Chance! Im Moment ist das eben mein Super-Essen. Aber tröste dich, irgendwann wird sich das wieder ändern. Dann kannst du deine ganze Kunst an den Mann bringen. Mach dir keine Sorge, Vinzenz hat auch gesagt, dass Fisch sehr gesund ist."

„Und wie war es heute in der Schule?" erkundigte ich mich.

„Ach, wie immer. Nichts Besonderes! Ganz o. k."

„Und was gibt's heute? Irgendwelche wichtigen Termine?"

„Hab nicht viel auf heute, kann ich gleich noch erledigen, bevor ich zum Fußball gehe. Heute Abend kommt Mike vorbei. Wir wollten noch gemeinsam etwas für Kunst machen. Wann kommt denn Papa nach Hause?"

„Wie immer, mein Schatz, so gegen halb fünf. Warum?"

„Ach, weißt du, dann gehe ich lieber später zu Mike hin. Der Vater von ihm ist ziemlich cool. Da können wir dann auch ungestört besser arbeiten, ist doch o. k., oder? Papas Sprüche nerven nämlich ziemlich."

„Ja, Rolf. Das ist leider so. Ich wünschte mir so sehr, dass ich das ändern könnte. Du kennst ihn, und wir haben auch schon darüber gesprochen, warum er sich so verhält. Das ist nicht leicht zu verstehen. Zum Trost kann ich dir nur sagen, dass du später im Leben noch vielen Menschen begegnen wirst, die so sind wie er. Und dann weißt du wenigstens schon einmal Bescheid. Auf dieser Erde gibt es leider nicht die Gerechtigkeit und den Frieden, den man sich wünscht. Und den kleinen Frieden, denn man möchte, den muss man sich selber erarbeiten."

„Ist schon o. k., Mama! Reg dich bloß nicht darüber auf. Das kriegen wir schon alles hin. Also dann weißt du Bescheid für heute. Ich wünsche mir übrigens zum Geburtstag einen neuen Fußball. Gibt es noch Nachtisch? Ein Eis wäre jetzt große Klasse."

Wieder verblasste das Bild, es wurde dunkel vor meinen Augen, und der Apparat schaltete sich aus.

„Was sind das für tolle Jungs!" fand auch Renate. „Magst du noch einen Eierpunsch?"

„Im Augenblick nicht. Das Ganze hat mich doch sehr bewegt. Man kann also wirklich durch eine entsprechende Erziehung sehr viel erreichen. Auf diese beiden würde ich sehr stolz sein." Ich setzte die Brille ab und nahm mir den Hörer von den Ohren. „Das muss ich jetzt wirklich erst mal verdauen, aber es waren fantastische Eindrücke. Trotzdem bin ich noch neugierig auf das, was du gesehen hast. Mit wem hat es etwas zu tun?"

„Ja, es war vorhin. Da wollte ich ausprobieren, ob der Apparat wieder in Ordnung ist. Ich hatte noch ein Foto von einem frühen Kindergeburtstag von Helma. Da warst du dann auch auf dem Bild, du hast ganz am Rand gestanden, hier neben dem Fliederbusch direkt am Teich. Ich habe es gewagt und mit der Schere den Rest abgeschnitten, sodass ich dich allein auf diesem Stück Foto hatte. Ich habe mich vor den Apparat gesetzt, mir erst ein Bild genau angesehen, es dann weiter in der Hand gehalten mir die Ohrhörer und die Brille aufgesetzt. Ja, und dann habe ich mich natürlich auf dich konzentriert."

„Und das hat wirklich geklappt?"

„Zuerst nicht. Es kamen minutenlang nur Streifen, wie bei einem Film, der defekt ist. Immer wieder Streifen und Flimmern, sodass ich es fast schon aufgegeben hatte. Aber dann auf einmal, da sah ich dich."

„Tatsächlich? Wie alt war ich und wo habe ich gelebt?"

„Es war unheimlich schwer zu erkennen. Du warst nämlich nicht zu Hause. In einem Hotel habe ich dich gefunden, du hattest gerade die Koffer ausgepackt, und dich dort im Badezimmer etwas erfrischt. Dadurch konnte ich dich etwas ansehen, auf jeden Fall warst du älter als 50 Jahre alt."

„Du bist ein Schatz, Renate! Das bringt mich wirklich schon sehr viel weiter." Ich stand auf und umarmte sie.

„Warte erst einmal ab. Ich weiß gar nicht, ob dir das Ganze so gefällt."

„Bitte spann mich doch nicht so auf die Folter! Was ist passiert, wo war ich?"

„Du warst in Wien, und zwar mit deiner Theatergruppe. Offensichtlich hast du irgendwann einmal angefangen, Theater zu spielen und einige Erfahrung gesammelt. Dann hast du selbst eine Gruppe gegründet, und die muss sehr gefragt sein. Denn ich habe dich dort auf einer Tournee gesehen. Bei dieser Aufführung war sogar das Regionalfernsehen dabei, das ganze Stück ist übertragen worden, und alle waren sehr begeistert, man hat dich gelobt. Dein Erfolg war unübersehbar."

„Wie schön! Natürlich habe ich mir immer einmal gewünscht, eine richtige Schauspielerin zu werden. Aber immerhin ist es in die Richtung gegangen, und auf jeden Fall habe ich mir den Wunsch erfüllt, dass ich Menschen eine Freude mache. Das war mir immer die Hauptsache dabei."

„Sag mal, hast auch irgendeinen Mann bei mir gesehen? Mit wem war ich verheiratet?"

„Nein, du warst allein. Aber das hat nichts zu sagen, man kann ja auch eine Reise ohne seinen Ehemann antreten. Um dich herum waren ein paar Freunde, es war eine fröhliche Truppe. Ich habe gesehen, dass es dir Spaß gemacht hat. Bist du jetzt sehr enttäuscht wegen der Schauspielerei?"

„Nein, ich bin höchstens enttäuscht, weil ich keinen Hinweis darauf habe, mit wem ich verheiratet war. Kann man das nicht noch einmal versuchen?"

Sie machte ein besorgtes Gesicht. „Wir müssen sehr vorsichtig sein mit dem Gerät. Ich hoffe, dass es bis zum Freitag hält, bis Helma von uns eine Antwort haben möchte. Aber, wenn es für dich wirklich so wichtig ist, dann versuchen wir es jetzt noch einmal."

„Weißt du, es ist wirklich für mich wichtig. Es hängt ja für mich eine sehr schwere Entscheidung davon ab. Es geht darum, ob ich die große Liebe meines Lebens heirate oder nicht."

Sie sah mich eindringlich an. „Ist diese Entscheidung nicht schon längst gefallen? Genau in dem Moment, als du erfahren hast, dass auch Giovanni dich betrügt?"

Ich atmete tief und seufzte. „Das war tatsächlich ein schmerzhafter Augenblick, zu sehen, dass tiefe Gefühle zwischen zwei Menschen nicht verhindern, dass man sich derart verletzen kann. Aber seitdem ich darüber eine Nacht geschlafen habe, kann ich mir vorstellen, dass ich ihm eines Tages verzeihe, dann, wenn es nicht mehr weh tut. Aber irgendwo hast du natürlich Recht. Ich bin kein Märtyrertyp, opfere mich nicht einfach ohne Sinn für einen Macho-Typen auf, selbst wenn ich ihn noch so sehr liebe. Ich fürchte, dass ich dann …"

In diesem Augenblick sprang das Gerät von selbst an. Wir hörten ein Klicken und ein Summen. Eilig baute es Renate wieder auf und reichte mir den Hörer und die Brille, die ich rasch aufsetzte. Tatsächlich hatte sich schon ein Bild eingeschaltet, ein helles Licht blendete mich. Ich konzentrierte mich auf meine eigene Person und schon kurze Zeit darauf entdeckte ich Giovanni. Er hatte inzwischen graue Haare bekommen, und saß mir gegenüber in einem geräumigen Wohnzimmer. Freundlich schob er mir ein Päckchen entgegen. „Das sind einige der Bücher, die ich in der Zwischenzeit geschrieben habe, seit wir uns nicht mehr gesehen haben.

Das ist schon eine ganze Reihe von Jahren her. Bei all den Büchern hast du mich inspiriert, du warst sozusagen meine Muse und wer weiß, ob ich sie überhaupt geschrieben hätte, wenn du damals im Sommer 1966 „Ja" gesagt hättest! Aber ich habe eine Frage an dich. Ich habe es niemals so ganz verstanden, und du hast dich auch nicht so klar ausgedrückt. Was war los mit dir? Warum hast du wirklich „Nein" gesagt. Es war doch ein wunderschöner Sommer mit uns. Wir haben uns alle gut verstanden, auch deine Mutter und ich. Sogar deine Schwestern haben mich akzeptiert, und vielleicht sogar ein bisschen gemocht. Hattest du Angst vor dem fremden Land?"

Ich sah zum Fenster hinaus und erblickte einen Kanal, dahinter das Theater La Fenice, das ich bei meinem Treffen mit Professor Conti in Venedig besichtigt hatte. Wie schön! Giovanni hier zu treffen, nach so vielen Jahren!

Was hatte er gerade gefragt? Ich hatte ihm zu seinem Heiratsantrag eine abschlägige Antwort gegeben? Warum wohl? Ich hörte in mein Herz hinein, vielleicht fand ich dort den Grund.

Es dauerte einen Augenblick bis ich mich in die untersten Gefühle, die dort ein bisschen verdeckt lagen, getastet hatte. Und ich traf mich selbst.

„Es ist schon ziemlich lange her", begann ich. „Zwar hatte dir mein Herz verziehen, aber ich hatte einfach Angst, du könntest mich noch einmal verletzen, und das hätte ich nicht ausgehalten, weil ich dich zu sehr liebte."

Er nickte verständnisvoll. „Ja, das kann ich verstehen. Ich bin nie wieder so glücklich gewesen wie damals. Ja, natürlich habe ich auch geheiratet, eine Tochter und mehrere Enkel, über die ich mich sehr freue. Aber die Gefühle zu dir sind immer geblieben, und so, wie sie damals waren, so sind sie auch heute noch, und das wird auch immer so bleiben, egal was passiert."

Ich ergriff seine Hand. „Was für ein Segen, dass wir unsere Gefühle über diese Zeit hinweg gerettet haben. Wenn ich an dich denke, ist es für mich immer wie eine Sonne, die auch in den trüben Tagen meines Lebens scheint."

Er streichelte meine Hand liebevoll. „Es ist für immer, Amore!"

Das Bild vor meinen Augen verschwand, es wurde dunkel, und ich nahm die Brille und die Ohrhörer vom Kopf.

Eine Träne lief mir über die Wange. „Was sagst du nun? Wir werden uns nicht aus den Augen verlieren. Ist das nicht ein wunderbares Geschenk?"

Renate nickte. „Es ist gut so. Ihr habt euch wiedergesehen, als ihr schon reife Menschen wart, mit einiger Lebenserfahrung. Da sieht man Einiges etwas anders, etwas milder. Und was denkst du nun? Wird dir das deine Entscheidung etwas erleichtern?"

Ich lächelte mit feuchten Augen. „Ja, ich glaube, meine Entscheidung ist fast gefallen Aber jetzt muss ich unbedingt mit Werner sprechen. Da gibt es bestimmt auch Einiges, was ich noch wissen und klären muss."

Sie stellte das DVR-Gerät aus und packte es sorgfältig, fast liebevoll ein. Nachdem sie es im Versteck verstaut hatte, reichte sie mir den Mantel.

„Komm, Liebes! Ich bringe dich jetzt nach Hause. Da gibt es für dich jetzt noch viel zu tun und ich möchte dich nicht aufhalten. Treffen wir uns dann hier bei mir am Freitagmittag um12:00 Uhr, wenn Helma mit dir reden möchte?"

„Natürlich, und wenn meine Entscheidung endgültig ist, dann bringe ich auch Werner mit, damit Helma mir alles glaubt und wirklich berechtigte Hoffnungen haben kann."

Draußen erwartete uns dichtes Schneeflockentreiben, selbst über dem Teich gab es nichts anderes als weiße, gleichmäßig fallende Lichtstreifen.

Tobby hatte heute Spaß und steckte seine warme Schnauze wiederholt in die Schneehügel zu beiden Seiten des Weges. Danach nieste er jedes Mal und schüttelte sich.

„Er ist heute gut drauf", fand Renate. „Tiere haben ein feines Gespür. In den letzten Tagen hat er ziemlich apathisch dagelegen, aber jetzt wirkt er wie befreit."

Er zog an der Leine wie ein Schlittenhund und wir amüsierten uns darüber. Vor der Haustür meines Elternhauses nahm mich Renate fest in den Arm und drückte mich. „Ich hab dich lieb, egal wie du dich entscheidest."

Drinnen hängte ich meinen feuchten Mantel auf einen Kleiderbügel und hängte ihn zum Trocknen. Danach griff ich nach dem Telefonbuch und suchte nach der Telefonnummer

von Verena Lange, Werners Großmutter, aber so viel ich auch nachblätterte, ich fand sie nirgends.

Etwas ratlos rief ich Leni an, die glücklicherweise zu Hause war. „Ich hoffe, du schläfst noch nicht", begann ich. „Hast du vielleicht die Telefonnummer von Werner Rosen, also, ich meine von seiner Großmutter Verena Lange?"

„Habt ihr etwa jetzt auch einen Rohrbruch?" fragte sie überrascht.

„Ach, nein. Im Moment ist bei uns noch alles trocken, wenigstens drinnen. Aber wir hatten neulich ein interessantes Thema drauf, da bin ich ihm noch eine Antwort schuldig. Du erinnerst dich bestimmt noch daran, dass wir noch einmal kurz Kontakt hatten, am Sonntag nach deiner Geburtstagsparty."

„Natürlich! Vinzenz, ich meine Werner, hat sich später bei mir noch einmal gemeldet. Er war von dir so begeistert und wollte einiges über dich wissen. Es sah für mich so aus, als wollte er dich beeindrucken und hätte ernste Absichten."

„Ach ja?" bemerkte ich mit möglichst gleichgültiger Stimme. „Na, jedenfalls muss ich ihn sprechen, finde aber die Telefonnummer seiner Großmutter nicht im Telefonbuch. Da dachte ich halt, du könntest mir weiterhelfen."

„Die kann ich dir geben, warte einen Augenblick", bat sie mich. Nach wenigen Sekunden gab sie mir eine Telefonnummer durch. „Du musst immer lange durchläuten. Es dauert oft, bis jemand dort ans Telefon geht. Werner ist manchmal abends noch länger arbeiten, und die alte Dame hört nicht mehr so gut, und dann ist sie auch etwas langsam zu Fuß."

„Danke dir, Leni. Sehen wir uns irgendwann zu Weihnachten?"

„Ja bestimmt. Ich komme doch zur Kirche, ich muss doch unbedingt hören, was ihr dieses Jahr singt. Und bald danach ist die Silvesterparty von Oliver. Hast du Lust mitzumachen?"

„Eher nicht. Ich nehme an, dass wir wieder mit der Familie feiern. Das wollen wir noch ein bisschen genießen, solange wir noch alle zusammen sind. Auch wenn meine Schwestern den Michael und den Andreas erst vor kurzem kennengelernt haben, es sieht doch aus, als wäre es etwas Ernstes. Und ich mag es mir gar nicht vorstellen, dass meine Eltern so plötzlich ganz allein dastehen."

„Ach, vielleicht werden sie es genießen, dann etwas Zeit für sich zu haben", überlegte Leni. „Dann wünsche ich dir noch viel Erfolg und einen schönen Abend. Oliver sitzt nämlich neben mir, da möchte ich nicht so lange telefonieren."

„Ach richtig, ihr habt ja das Telefon im Wohnzimmer. Bei uns steht es im Flur, damit jeder immer ungestört telefonieren kann. Einen schönen Abend für dich und Oliver, und dann bis bald!"

Ich legte den Hörer auf die Gabel, hob ihn erneut und drehte auf der Wählscheibe die Nummernfolge, die zu Werners Großmutter gehörte.

Wie vorausgesagt tat sich eine Weile nichts, ich versuchte es immer wieder.

Nach einer für mich endlos langen Zeit meldete sich eine Frauenstimme. „Hier Frau Lange. Wer ist denn da?"

„Guten Abend, Frau Lange! Ich hätte gern ihren Enkel, den Werner Rosen gesprochen, ist das möglich?"

„Nein, das tut mir sehr leid, das ist leider nicht möglich. Werner ist nicht zu Hause."

„Können Sie mir denn sagen, wann er zurückkommt? Kann ich vielleicht heute Abend noch etwas später anrufen?"

„Nein, auch da kann ich Ihnen nicht weiterhelfen. Er ist leider bis zum Heiligen Abend nicht erreichbar. Aber da kommt er schon früh, schon so gegen 14:00 Uhr, weil er mit mir zur Christmette gehen will."

Ich erschrak. „Oh, das ist zu spät. Ich muss ihn unbedingt früher erreichen. Können Sie mir denn sagen, wo er jetzt ist?"

„Ja, das kann ich. Er ist bei einem Freund in einem kleinen Dorf in der Eifel. Dort feiert der Peter heute seinen Geburtstag. Und morgen und übermorgen will er dem Peter in der Hütte dort noch irgendeine kleine Heizung einbauen, damit es im Winter dort warm ist. Am Freitag früh wollen sie gemeinsam noch einen Weihnachtsbaum schlagen, den wollen sie dann am Heiligabend mitbringen und hier aufbauen."

„Aber den Weihnachtsbaum, das wollte er doch schon längst gemacht haben", wandte ich ein.

„Ja, das hatte er vor. Aber dann hat ihn sein Chef den ganzen Tag beansprucht für Notfälle. Bei diesem kalten Wetter gibt es oft Rohrbrüche. Die meisten allerdings nach einer großen Kälte, wenn es dann wieder warm wird. Ja, der Werner ist ein fleißiger Junge."

„Wo ist denn diese Hütte, Frau Lange? Kann ich dort einmal anrufen?"

„Der Peter hat in der Hütte kein Telefon", wusste Werners Großmutter. „Das ist auch nicht so schlimm, denn der Werner hat einer Nachbarin hier Bescheid gesagt, dass sie inzwischen mir ein bisschen zur Hand geht."

„Oh, das ist für Sie gut, aber für mich jetzt nicht", fand ich. „Ich müsste ihn wirklich sehr dringend sprechen."

„Da hätten sie vermutlich heute Abend sowieso kein Glück", teilte sie mir mit. „Bei dem Peter in der Hütte wird ordentlich gefeiert. Und bei so jungen Leuten ist dann auch schon einmal Alkohol mit im Spiel. Das kennen Sie doch bestimmt auch, nicht wahr?"

„Ja, bei manchen Partys kommt es vor. Aber es ist wirklich sehr wichtig. Können Sie mir denn die Adresse von diesem kleinen Dorf sagen, dann kann ich vielleicht morgen dorthin fahren."

„Hat das denn nicht Zeit bis zum Heiligen Abend?" erkundigte sie sich.

„Nur bis spätestens am Freitag mittags um zwölf, und da sagten sie eben, er sei noch unterwegs. Bitte vertrauen Sie mir! Ich will wirklich nichts Schlimmes von ihm. Trotzdem gibt es eine Person, für die das lebenswichtig ist."

Einen Augenblick lang blieb es still. „Na gut, junge Frau! Wenn es so wichtig ist, dann sollte ich vielleicht eine Ausnahme machen. Aber ich weiß nicht, ob es richtig ist. Wissen Sie, ich weiß ja nicht, wie der Peter da feiert. Vielleicht sind da nur Männer, vielleicht sind da aber auch Frauen. Und wenn Sie jetzt dort auftauchen und da eine eifersüchtige Szene machen, weil irgendeiner sie dort abgewiesen hat oder so eine ähnliche Geschichte läuft, da wird der Werner nachher ganz sauer auf mich, weil ich ihm und seinen Freunden die ganze Party verdorben habe."

„Ich kann Ihnen hoch und heilig versprechen, dass ich von niemandem dort die Freundin bin und es auch nicht vorhabe, irgendjemandem eine Szene zu machen. Sie dürfen mir das ganz bestimmt verraten. Werner kennt mich doch, vielleicht hat er Ihnen auch von mir erzählt. Ich bin diejenige, die er am Samstag bei Lenis Party aus dem Keller getragen hat."

„Ach so! Dann sind sie diese junge Dame, die ihm einen Korb gegeben hat. Das hat er sich sehr zu Herzen genommen. Dann sollte ich Ihnen die Adresse gar nicht geben."

„Bitte, Frau Lange! An diesem Tag war ich krank, wirklich! Das kam von dem kalten Wasser und dem kalten Keller bei Leni. Das war wirklich eine schlimme Geschichte, und glauben Sie mir, es war nicht der richtige Moment für einen Heiratsantrag. Das tut mir alles wahnsinnig leid, und ich verspreche Ihnen, dass alles gut wird, und dass ich alles wieder in Ordnung bringe."

Sie grummelte etwas Unverständliches. „Ich weiß nicht, ob er sie jetzt überhaupt noch mag, nachdem sie ihn so vor den Kopf gestoßen haben. Vielleicht verliebt er sich heute Abend dort in eine andere. Da kämen Sie ganz bestimmt nicht im richtigen Moment. Wie soll ich denn jetzt wissen, ob ich das Richtige tue?"

„Geben Sie ihm und mir doch bitte eine Chance. Wissen Sie, ich verspreche Ihnen, dass ich sofort wortlos umkehre, wenn er mit mir nichts mehr zu tun haben möchte. Wirklich, dazu gebe ich Ihnen mein Wort!"

Wieder schien sie nachzudenken. „Also gut, weil Weihnachten ist. Das soll ein Fest des Friedens und der Liebe sein, da will ich Ihnen ausnahmsweise mal eine Chance geben, obwohl ich das nicht mit gutem Gewissen mache. Vielleicht ist Werner hinterher furchtbar böse auf mich, und das will ich eigentlich nicht riskieren. Aber es ist wohl eine etwas verzwickte Situation, und es könnte auch sein, dass Werner böse auf mich ist, wenn ich Ihnen nicht seine Adresse gebe. Daher werde ich es riskieren. Dann schreiben Sie sich mal bitte folgende Adresse auf: Kleines Waldhaus Nummer 7 bei Eichen, Nähe

Maulbach. Hoffentlich haben Sie eine Landkarte von der Eifel."

„Ja, ich habe eine Landkarte aus der Region. Allerdings weiß ich nicht, ob dort so kleine Orte verzeichnet sind. Ich werde mich dann dort durchfragen müssen."

„Es wird auch sehr schwierig sein. Hoffentlich haben Sie ein Auto, denn die Busse fahren nicht bis dorthin. Und ich glaube, Sie wissen gar nicht, was im Augenblick dort los ist."

„Nein, das weiß ich nicht. Was ist denn dort los?"

„Es ist dort alles zugeschneit. Solch einen frühen und starken Winter hat es lange nicht mehr gegeben. Da müssen Sie wahrscheinlich ein paar Kilometer zu Fuß laufen. Und wenn Sie Pech haben, verpassen Sie die Hütte, weil man sie im Schnee vielleicht gar nicht sieht."

„Ach, so schlimm wird es doch wohl nicht sein. Das ist doch nur die Eifel, wir sind doch nicht in den Alpen."

„Da würde ich mich nicht drauf verlassen. Heute Abend würde ich es Ihnen auch nicht raten. Also warten Sie besser, bis es morgen hell ist, dann ist die Party vielleicht auch vorbei. Und wenn Sie etwas erreicht haben, können Sie mir auch Bescheid sagen."

„Ich danke Ihnen sehr. Und wenn ich Ihnen das einmal wiedergutmachen kann, dann sagen Sie mir bitte Bescheid. Auch wenn Sie jetzt irgendwelche Hilfe brauchen, während Werner unterwegs ist."

„Das ist nicht nötig, die Nachbarin ist für mich da. Trotzdem danke! Machen Sie das Beste daraus, vielleicht haben Sie ja Glück!"

Immerhin, ich wusste jetzt, wo er war. Aber was nun, ich überlegte. Tatsächlich hatte es wenig Zweck, jetzt in der Dunkelheit in die Eifel zu fahren, die Hütte zu suchen und dann in der Nacht in die Party hineinzuplatzen.

Aber was, wenn sich heute Vinzenz dort in irgendjemanden verlieben würde? Sollte ich mir das nun wünschen oder konnte ich es verhindern?

Vielleicht wusste meine Mutter einen Rat. In der Halle setzte ich mich leise auf das Sofa und hörte ihrem Klavierspiel zu. Sie spielte gerade etwas von Tschaikowski, das sehr melancholisch klang. Die Musik beruhigte mich, die Melodien trösteten mich etwas, und ich hatte mich etwas entspannt, als sie ihr Spiel beendete und den Deckel über die Tasten klappte, über die sie zuvor einem schmalen weichen Schutz -Teppich gelegt hatte.

„Wie war es bei Renate? Konntest du alles klären?" Sie legte den Arm um meine Schultern.

Ich berichtete ihr von meinen Erlebnissen, von den Bildern die ich in der Baracke gesehen hatte, von der Entwicklung meiner Entscheidung und von dem Anruf bei Werners Großmutter.

„Das war eine schwerwiegende Entscheidung, Liebling! Und nun geht es schwierig weiter", fand sie. „Du hast morgen Arbeit, da wird man dir bestimmt nicht schon wieder Urlaub geben. Vermutlich ist die Hütte im Schnee auch wirklich schwer zu finden. Wenn die Leute ringsumher zur Arbeit gehen, dann wirst du dort in dem winzigen Ort auch kaum jemanden antreffen, den du fragen kannst. Außerdem wüsste ich im Moment auch nicht, wer ein Auto hat, um dich dorthin fahren zu können. Papa braucht sein Auto selber zur Arbeit, und sonst gibt es keines bei uns in der Familie. Wie sieht es denn bei deinen Freunden aus? Hat da jemand schon einen Führerschein und ein Auto?"

Ich schüttelte leicht den Kopf. „Nein, da weiß ich leider niemanden außer vielleicht Ulrich, aber von dem habe ich auch keine Telefonnummer."

„Vielleicht steht sie im Telefonbuch, du weißt doch sicher seinen Nachnamen."

Ja, aber es ist ein Allerweltsname, davon gibt es Hunderte. Vielleicht soll ich mir meine Entscheidung doch noch mal überlegen, vielleicht ist das ein Wink des Schicksals. Was meinst du, Mama?"

„Probier es einfach, wenn es dann nicht klappt, hast du erst einmal alles versucht. Dann warten wir bis morgen und hoffen auf neue Ideen."

Nach einigem Suchen fand ich tatsächlich eine Telefonnummer, die zu Ulrich und seinen Eltern passen konnte, weil sie zum Stadtteil Bad Godesberg gehörte, wo er wohnte. Das konnte man an einer bestimmten Zahlenfolge der Nummer erkennen.

Mutig ergriff ich den Hörer und drehte die Wählscheibe.

„Meier", meldete sich eine ältere Frauenstimme.

„Guten Abend, Frau Meier! Entschuldigen Sie bitte, dass ich Sie so spät störe. Bin ich bei Ihnen vielleicht richtig, haben sie einen Sohn, der Ulrich heißt?"

„Ja, das habe ich. Möchten Sie ihn sprechen? Ich hole ihn sofort. Einen Moment bitte!"

Kurze Zeit später erkannte ich die Stimme des Mannes, mit dem mich eine etwas außergewöhnliche Freundschaft verband, an der Stimme. „Schön, dass ich dich höre", meinte er. „Ich wollte dich auch zu Weihnachten einmal anrufen. Das macht man doch unter Freunden so, oder?"

„Das finde ich wirklich nett von dir, Ulrich. Ich habe mal eine ganz verrückte Frage an dich. Ich suche irgendjemanden mit einem Auto, der mich in den nächsten Tagen in die Eifel fahren kann. Wüsstest du da jemanden?"

„Normalerweise wüsste ich schon jemanden, Leona. Das würde ich sofort tun. Ich habe nämlich gute Reifen an meinem Auto. Aber da gibt es ein ganz großes Problem. Wir haben schon die Koffer gepackt, meine Eltern und ich. In zwei Stunden holt uns nämlich ein Taxi zum Bahnhof und dann fahren wir mit dem Zug nach Österreich ins Tuxer Tal. Dort werden wir Weihnachten und Silvester verbringen und zwischendurch möglichst viel Skifahren."

„Oh ja! Skifahren, das ist eine tolle Sache. Dann wünsche ich dir viel Spaß und eine gute Reise! Für dich und deine

Eltern frohe Weihnachten und einen guten Rutsch ins neue Jahr!"

„Das tut mir jetzt wirklich wahnsinnig leid, Leona. Ich hätte dir sonst sehr gern geholfen. Ich wüsste jetzt auch keinen Freund, der ein Auto und gleichzeitig nichts vorhat. Wenn wir dann im Januar wieder da sind, dann melde dich doch bitte. Dann treffen wir uns einfach mal so auf einen Kaffee, versprochen?"

„Hm, ja. Irgendwie klappt das schon mal. Trotzdem danke!"

„Dir und deiner Familie wünsche ich natürlich das gleiche für Weihnachten und Silvester. Hab eine schöne Zeit!" Langsam legte ich den Hörer auf die Gabel. Was nun?

„Ulrich fährt jetzt mit seinen Eltern in zwei Stunden nach Österreich. Ich denke, dann werde ich jetzt wirklich bis morgen warten. Vielleicht gibt es ja irgendjemanden auf der Arbeit, den ich fragen kann. Zum Beispiel den Hans-Josef oder möglicherweise hat Friederike eine Idee."

„Du hast alles versucht, Schatz!" tröstete mich meine Mutter. „Manchmal hilft nur noch zu hoffen und zu beten, wenn du dir im Herzen mit deiner Entscheidung ganz sicher bist."

Während ich mich in mein Zimmer begab und noch einen kurzen Brief an Giovanni schrieb, spielte meine Mutter auf dem Klavier einige Schlaflieder von den verschiedensten Komponisten. Es wirkte beruhigend auf mich, und ich dachte: ich werde alles versuchen, und dann wird es letztendlich so kommen, wie es kommen muss."

In dem Brief an Giovanni wünschte ich ihm schöne Festtage und viel Freude beim Skilaufen. Am Ende fügte ich hinzu: „Denk immer daran, ich liebe dich!"

***

20. Kapitel

Am anderen Morgen schneite es immer noch. Der Schneeräumer war noch nicht bis zu unserer Straße vorgedrungen, und ich stapfte durch die hohen Schneemassen auf dem Bürgersteig. Im Bus traf ich dieses Mal auf Gisela, sie war in die Parallelklasse gegangen und der Schwarm aller Jungen auf dem Venusberg. Sie hatte ein entzückendes herzförmiges Gesicht, dunkle, sprechende Augen und braune lange Haare. Manche Mädchen hatten nicht verstehen können, dass sie von jedem vorgeschwärmt wurde, obwohl sie von einem durch die Kinderlähmung verkrüppelten Bein gezeichnet war. Sie hinkte stark und konnte sich in verschiedenen Situationen nicht selbst helfen. Trotz alledem versammelten sich bei den Partys viele junge Männer um sie herum und flirteten endlos mit ihr. Zwar war ihr Vater ein berühmter und sogar reicher Professor, aber meiner Meinung nach schien das bei dem Interesse ihrer männlichen Verehrer keine so bedeutende Rolle zu spielen. Auch heute saß ein junger Mann neben ihr und machte ihr den Hof. Obwohl ich nicht jedes Wort verstehen konnte, sah ich an seinen ausladenden Gesten, dass er sie mit spannenden und wortreichen Geschichten beeindrucken wollte.

Ich schämte mich, dass ich mich auch hier bei dem Anblick der beiden sofort fragte, ob mir eine der beiden Personen für meine Situation hilfreich sein könnte. Wusste einer von den Beiden für mich vielleicht einen Fahrer? War Gisela vielleicht auf der Suche nach einem netten Mann, mit dem sie sich Kinder vorstellen konnte?

Ich verwarf den Gedanken, mich an die beiden zu wenden. Nein, das war ja fast schon wie ein Tick von mir. Ich wollte die Sache selbst durchziehen, irgendwie. Und wenn ich jetzt an die Kinder, an Vinzenz und Rolf dachte, so konnte ich mir plötzlich gar nicht mehr vorstellen, dass sie bei einer anderen Frau leben könnten. Ich spürte, dass ich über Nacht sicherer geworden war. Meine feste Entscheidung war es, Werners Heiratsantrag anzunehmen, falls er es damit noch ernst meinte.

Und Gisela und ihr Begleiter?

Möglicherweise weckte sie in allen Männern mit ihrer zeitweiligen Hilflosigkeit einen Beschützerinstinkt? Sie konnten sich dann für die junge Frau verantwortlich fühlen, sie beschützen und sich für sie nützlich machen. Diese Erkenntnis nutzte mir persönlich momentan herzlich wenig, und ich begann, in den Gesichtern der übrigen Insassen zu lesen und herauszufinden, welche Schicksale ihnen wohl begegnet waren.

Aber auch damit kam ich nicht recht weiter, und ich gab es endlich auf, damit mich von meinem Problem ablenken zu wollen. Ich beschloss, den Mut aufzubringen, und Frau Hahnemann nach einem Tag Urlaub zu fragen.

Doch das Glück war nicht auf meiner Seite. Heute hatte ihr Mann den Dienst übernommen. Trotzdem nahm ich all meinen Mut zusammen und wandte mich kurz nach meiner Ankunft an ihn.

„Guten Tag, Herr Hahnemann! Es tut mir leid, momentan habe ich eine Phase, in der der Alltag nicht so ganz problemlos abläuft. Könnten Sie es vielleicht so für mich einrichten, dass ich morgen noch einmal einen Tag frei bekomme? Ich habe, glaube ich, noch ein paar Urlaubstage gut, wenn ich richtig gerechnet habe. Kann ich davon vielleicht einen nehmen? Ich habe etwas ganz Wichtiges zu erledigen."

Er sah mich von oben herab an. „Liebe Leona, ich sehe, dass Sie nicht den Kopf unter dem Arm tragen. Krank sind Sie sicher auch nicht. Welche lebensgefährliche Lage besteht also bei Ihnen, weswegen Sie hier den ganzen Betrieb durcheinanderbringen wollen."

„Es geht nicht um mich", berichtete ich wahrheitsgemäß, „sondern um eine Freundin, der ich unbedingt helfen muss."

„Und diese Freundin hat keine eigenen Verwandten, die in ihrer Nähe sind?"

„Doch", stotterte ich. „Die hat sie schon, aber die können ihr nicht helfen. Ich würde die Stunden auch alle irgendwann nachholen, wenn Sie das wollen."

„Wie verlockend! Leichtsinnigerweise hat Ihnen allen meine Frau schon am Heiligen Abend freigegeben. Das sollte Ihnen doch reichen. Wozu müssen Sie dann noch einen ganzen Tag haben?"

„Ich muss in die verschneite Eifel fahren, und dort jemanden benachrichtigen. Das ist wirklich ganz wichtig. Es ist keine Lappalie. Da würde ich Sie sonst wirklich nicht nach einem freien Tag fragen."

Er sah mich eindringlich an. „Bisher hatten Sie ja noch nicht sehr viele Sonderwünsche. Ich will einmal eine Ausnahme machen. Aber das kann jetzt auf keinen Fall die Regel werden. Allerdings kann ich Ihnen heute keinen Urlaub geben, heute brauche ich Sie noch. Und da habe ich nämlich auch noch eine besondere Aufgabe. Aber Sie können morgen einen Tag Urlaub nehmen, wenn Sie mir versprechen, dass das wirklich nicht so schnell wieder vorkommt."

„Oh, vielen Dank! Dann bleibe ich heute hier und versuche es Morgen. Ja, es muss eben reichen, wenn ich erst morgen in die Eifel fahre. Es ist ja dann zum Glück noch rechtzeitig. Es wird schon gehen."

Er sah mich misstrauisch an. „Geht es Ihnen selber wirklich gut?"

„Also, das weiß ich im Moment selbst nicht so genau. Vielleicht bin ich etwas durcheinander. Können Sie mir noch eine Bitte erfüllen? Ich müsste ein dringendes Telefongespräch führen. Geht das an diesem Apparat hier im Büro?"

Herr Hahnemann kniff die Augen zusammen. „Welche Sonderwünsche haben Sie denn dann noch? Normalerweise wird hier nicht telefoniert, draußen gibt es genug Telefonzellen. Aber wenn ich Sie mir so anschaue, sehen Sie nicht so aus, als hätten Sie in den letzten Nächten viel Schlaf gehabt. Dann machen Sie schon! Aber fassen Sie sich kurz, und ich hoffe, es ist ein Ortsgespräch."

„Ja, keine Sorge! Ich kann es Ihnen auch bezahlen, es ist ein Ortsgespräch, aber es ist wirklich dringend. Danke!"

Herr Hahnemann machte sich diskret mit einem Buch in der Werkstatt zu schaffen.

Ich ergriff den Hörer, drehte die Wählscheibe und gab die Nummer von Renate ein. Im Stillen hoffte ich, dass sie auch gerade zu Hause war. In diesem Fall war es wirklich ein Glück, dass sie mit ihrem Rheuma bei diesem Wetter nicht zu oft nach draußen ging.

Kurz darauf meldete sie sich, und nach einer Begrüßung unterrichtete ich sie ohne Umschweife über mein Anliegen. „Hallo, Liebste! Wie du dir vielleicht denken kannst, habe ich Werner noch nicht erreicht, er ist in einer Hütte in der Eifel und wird dort bis zum Nachmittag des Heiligen Abends bleiben. Ich habe mir nun bei meinem Chef für morgen frei genommen, damit ich zu ihm fahren kann. Hast du die Möglichkeit, für mich irgendjemanden zu organisieren, der mich dorthin fahren kann? Mit den Bussen ist das nämlich eine unmögliche Reise, man muss ein paar Mal umsteigen, und die Verbindungen sind wahnsinnig schlecht. Den letzten Weg muss man sowieso zu Fuß gehen. Hast du da irgendeine Idee?"

Sie überlegte einen Augenblick. „Ja, ich habe selbst den Führerschein. Ich bin zwar seit ein paar Jahren nicht mehr gefahren, weil ich kein Auto habe, aber meine Cousine, die in Bonn Beuel wohnt, sie hat noch einen DKW in der Garage stehen. Ich hoffe, dass er es noch tut, denn er steht schon seit zwei Jahren dort, seit ihr Mann gestorben ist. Sie wiederum hat keinen Führerschein, und daher steht der Wagen ungenutzt rum. Aber man könnte die Batterie des Autos aufladen und ihn für morgen fit machen. Ich werde gleich einmal mit ihr telefonieren, und wenn das alles so geht, wie ich mir das denke, werde ich ihn heute Mittag abholen."

„Das ist eine fantastische Idee! Wenn du das schaffst, könntest du alle Probleme für uns lösen."

„Ich werde es auf jeden Fall versuchen, Leona. Und ich bin ganz zuversichtlich, denn meine Cousine und ich, wir helfen uns in jeder Notlage. Vielleicht schaffst du es heute Abend noch einmal, bei mir vorbeizukommen, dann können wir den Rest besprechen."

„Bei mir wird es vermutlich heute später, wenn ich es nicht mehr schaffe, dann rufe ich dich auf jeden Fall noch an."

Wir verabschiedeten uns, ich legte den Hörer auf die Gabel und bedankte mich bei Herrn Hahnemann.

Er kniff ein Auge zusammen. „So, das Gespräch müssen Sie nicht bezahlen. Aber jetzt könnten Sie mir einen großen Gefallen tun. Wie Sie von meiner Frau ja schon wissen, werden wir uns bald scheiden lassen. Meine Frau ist im Moment bei ihren Eltern, aber wir haben beschlossen, den Heiligen Abend wegen der Kinder hier im Haus zusammen zu feiern. Da oben sieht es aber ziemlich turbulent aus. Trauen Sie sich zu, da bis heute Abend, etwas Ordnung hineinzubringen und auch sauber zu machen? Das wäre für mich eine große Hilfe, denn mit Haushaltsdingen bin ich nicht so bewandert. Ich hatte zuerst auch Friederike fragen wollen, ob Sie Ihnen ein bisschen zur Hand geht, aber sie ist in anderen Umständen, da möchte ich sie lieber schonen."

Ich überlegte nicht lange. „Kein Problem. Ist oben alles vorhanden, was ich zum Putzen brauche?"

„Das werden Sie in der Besenkammer schon finden, da hat meine Frau immer alles verstaut. Und wenn Sie noch Zeit haben, können Sie auch noch den Baum schmücken, den ich gestern Abend dort aufgestellt habe. Am besten wäre es, wenn Sie dann auch schon den Esstisch ein bisschen nett eindecken. Sie finden alles nötige dazu in den Schränken. Dann habe ich nämlich morgen genügend Zeit, um noch die Geschenke für alle zu besorgen."

„Ich werde mich bemühen", versprach ich ihm, nahm die Haus- und Wohnungsschlüssel, winkte meinen Kollegen noch einmal zu und eilte in die Privaträume meines Chefs. Die Wohnung sah nicht einladend aus, und so ging ich nach Plan vor, zuerst staubsaugen und kehren, danach putzen und zuletzt am späten Nachmittag schmückte ich den Weihnachtsbaum mit elektrischen Kerzen, roten Kugeln, goldglänzendem Lametta und den selbst gebastelten Strohsternen, die ich in der Kommode im Esszimmer fand. Es war schon eine Weile dunkel, als ich zuletzt im Esszimmer den Tisch eindeckte. Ich fand dazu ein Sonntagsgeschirr, silbernes Besteck, festliche Servietten und zur Tischdekoration goldene Sterne und verschiedene Nüsse. Zufrieden betrachtete ich mein Werk, lief noch einmal kontrollierend durch alle Zimmer und stieg dann hinunter in das Ladenbüro.

Meine Kollegen waren schon gegangen, lediglich der Chef hatte sich noch mit Arbeit beschäftigt, um mich bei meinen Arbeiten nicht zu stören.

„Es ist alles fertig", teilte ich ihm freudig mit und übergab ihm die Schlüssel.

„Prima. Da ist dann hier auch eine Kleinigkeit für Sie!" Er reichte mir eine Weihnachtstüte, in der ich Plätzchen, Apfelsinen und Mandarinen sah, dazu drückte er mir einen 20 DM Schein in die Hand. „Damit können Sie dann die Fahrt in die Eifel bezahlen", schlug er mir vor.

Ich bedankte mich, packte meine Sachen zusammen und wünschte ihm frohe Festtage.

„Dann machen Sie mal, dass Sie nach Hause kommen", rief er mir hinterher „Es ist schon
19:00 Uhr."

Ich eilte zum Bahnhof und zwängte mich in den überfüllten Bus, der mich und die übrigen winterlich dick vermummten Insassen zum Venusberg fuhr.

Als ich zu Hause ankam, erwarteten mich meine Mutter und Renate im Wohnzimmer.

„Denk dir nur, bei der armen Renate ist heute Nachmittag eingebrochen worden, während sie das Auto in Beuel holte", berichtete meine Mutter.

„Ach du Schreck!" entfuhr es mir. „War die Polizei schon da?"

Renate nickte. Sie wärmte sich beide Hände an einer heißen Tasse Tee. „Ich bin fürchterlich erschrocken, als ich am Nachmittag zurückkam und meine Haustür geöffnet vorfand. Natürlich habe ich direkt meine Schwester geholt, wir sind dann zusammen hineingegangen, aber es war niemand mehr zu sehen. Einige Schubladen waren aufgerissen, und auch die Schranktüren. Aber ich hatte nicht viel Wertvolles dort verstaut. Daher fehlt jetzt nur eine Flasche Eierlikör und eine goldene Kette, die ich mir einmal selbst als Wertanlage zugelegt habe. Das werde ich verschmerzen können. Nur eben der Einbruch selbst, der hat mich schockiert."

„Und das Gerät?" fragte ich.

„Keine Sorge, da hatte ich wohl ein gutes Bauchgefühl. Das habe ich vorher bei Helma in einem alten Puppenwagen versteckt, fast so, als hätte ich eine Ahnung gehabt."

„Und was sagt die Polizei dazu?"

„Die hat sich natürlich alles angesehen und die Spuren gesichert. Sie gehen von einem ganz normalen Einbrecher aus, weil er sich den Eierlikör und die Kette mitgenommen hat. Ich bin da nicht so sicher. Er ist nicht in die anderen Baracken eingedrungen, obwohl zu der Zeit auch niemand dort war, nur gerade bei mir und die geöffneten Schubladen und Schranktüren sagen mir eigentlich, dass er auch etwas anderem gesucht haben kann, wie zum Beispiel nach dem DVR-Gerät."

Ich schüttelte den Kopf. „Oh weh! Wer könnte das gewesen sein?!"

„Wenn ich das wüsste, Lena. Die Polizei wird heute Abend auf dem Venusberg vermehrt Streife fahren. Sie hoffen, den Typen noch zu finden."

„Sie können ruhig hierbleiben, Renate!" schlug meine Mutter vor. „Ich denke einmal, Sie stehen noch unter Schock. Gut, dass Sie den Tobby mit dabei hatten, so ist ihm wenigstens nichts passiert."

„Nein danke, ich werde heute bei meiner Schwester in der Wohnung schlafen, und wir haben ja auch den Tobby mit dabei. Der bellt schon, wenn einer kommt. Und außerdem traut sich der Dieb bestimmt nicht noch einmal heute dorthin, es ist auch für ihn anzunehmen, dass die Polizei jetzt dort öfter einmal auftaucht."

„Geht es dir denn wirklich gut, Renate?" fragte ich sie. „Soll ich mir für morgen vielleicht doch einen anderen Fahrer suchen?"

„Aber nein, Kindchen. Mir ist doch nichts passiert. Es geht doch nur um ein paar materielle Werte, und wer weiß, was für ein armer Schlucker das ist, dieser Dieb. Bis morgen bin ich wieder vollkommen fit. Es bleibt alles dabei. Ich hole dich morgen Früh von hier ab. Und natürlich nehme ich sicherheitshalber das DVR- Gerät mit. Nicht nur, damit es nicht gestohlen wird, sondern auch, weil wir es vielleicht dort brauchen. Das sagt mir wenigstens mein Bauchgefühl."

„Das ist gut, Renate", fand ich. „Wenigstens du hast ein Bauchgefühl. Ich habe im Moment überhaupt keins. Und wenn, dann ist es vielleicht nur der Hunger."

Nachdem wir alle gemeinsam einen Abendimbiss eingenommen hatten, erschien Helma, um ihre Tante abzuholen und hatte interessante Neuigkeiten.

„Die Polizei hat den Einbrecher schon festgenommen. Sein Pech war, dass er wohl schon zu viel vom Eierlikör genascht hatte und etwas schwankend an der Bushaltestelle stand. Die Kette ist nun auch wieder da. Es ist wohl ein Obdachloser, der sich vermutlich im Moment für Weihnachten versorgen will. Bis jetzt ist er noch nicht polizeilich aktenkundig geworden. Und da hat er der Polizei eine ganz wirre Geschichte erzählt."

„Oh, erzähl bitte!" forderte ich sie auf. „Wir haben im Moment so viele verschlüsselte Geschichten, das scheint an der Zeit zu liegen."

„Er ist wohl einmal Soldat gewesen und behauptet, den Krieg nicht verkraftet zu haben. Er hätte zu viele Tote gesehen, alles Unschuldige, und vor allen Dingen auch Kinder, überall, wo er gewesen ist. Das nehme ich ihm auch ab. Aber er behauptet meinen Onkel zu kennen, deinen Mann, Tante Renste. Und der hätte einmal ein wertvolles Fernsehgerät besessen, das hätte er ihm vererben wollen. Und plötzlich habe er einen lichten Moment gehabt, bei dem er sich erinnerte, dass ihm dein Mann seinen Wohnort genannt habe. Er schläft sonst immer jede Nacht im Bonner Bahnhof wie viele andere Penner. Aber jetzt sei ihm plötzlich so kurz vor Weihnachten ein Engel erschienen, der habe ihm gesagt, er müsse sich unbedingt sein Erbe holen.."

„Das ist wirklich eine merkwürdige Geschichte", fand Helma. „Wusste er denn Hermanns Namen?"

„Nein, an den konnte er sich nicht mehr erinnern. Aber es ist schon komisch, dass er das Gerät kennt. Irgendetwas Wahres muss schon an der Geschichte dran sein. Vermutlich hat ihm Onkel Hermann nicht verraten, was es mit dem Gerät auf sich hat. Er denkt wahrscheinlich, dass es ein einfacher Fernseher ist."

„Wenn es kein übler Kerl ist, könnten wir alle zusammenlegen, und ihm einen winzigen Fernseher spendieren", schlug ich vor. „Ich habe nämlich heute von meinem Chef 20 DM geschenkt bekommen."

„Keine schlechte Idee", fand Helma.

Renate zweifelte. „Wenn es sich herausstellt, dass er wirklich Hermann gekannt hat, und dass er ihm dieses Gerät ebenfalls vererbt hat, dann werde ich es ihm wohl eines Tages geben müssen. Vermutlich dann, wenn es seinen Dienst hier getan hat."

„Aber der weiß doch gar nichts damit anzufangen, Tante Renate! Ich weiß nicht, ob das eine gute Idee ist, dieses Gerät ihm anzuvertrauen. Wenn ich mir vorstelle, dass er mit anderen Pennern zusammen schläft und von denen vielleicht einmal einer dabei ist, der wirklich kriminell ist, dann könnte mit diesem Gerät auch sehr viel Unheil geschehen. Das würde ich nicht riskieren."

„Wir wollen es einmal abwarten", entschied Renate. „Zuerst einmal ist es wichtig, dass Leona und ich morgen einen kleinen Ausflug machen, es wird eine Weihnachtsüberraschung werden", versprach sie.

***

21. Kapitel

Wir starteten am anderen Morgen, als es noch dunkel war. Das Glück glänzte zunächst auf unserer Seite, es schneite nicht und die trockenen Straßen zeigten keine Behinderung durch bestehende oder überraschende Glätte. „Ich habe übrigens gestern wieder Post von Giovanni bekommen", berichtete ich Renate. „Diesmal war es eine Postkarte aus den Dolomiten, wo er in den nächsten Tagen Skilaufen wird. Die Karte ist von ihm und seinen Freunden unterschrieben, es sind auch ein paar Frauennamen dabei. Das sagt mir einfach, dass die Geschichte wahr ist, die ich in dem DVR-Gerät über seine Skifreuden gesehen habe. Es ist schon merkwürdig, ich liebe ihn noch genauso wie immer, aber es ist begleitet von einem leichten Ziehen in der Brust. Und das will ich nicht immerfort erleben.

„Dann hast du dich also richtig entschieden", freute sich Renate. „Von Vinzenz und Rolf wirst du bestimmt nicht enttäuscht werden, das steht schon einmal fest. Und ein Verbrecher ist Werner schließlich auch nicht, möglicherweise ist er wie ein drittes Kind."

„Offensichtlich doch ein ganzes Teil schlimmer, aber wenigstens ist er kein Schlägertyp. Davon bleiben die Kinder und ich zum Glück verschont. Es wird schon ein paar Jahre gehen, ich habe ja keine zu hohe Erwartung, und werde versuchen, ihn für mich so zu nehmen wie er ist. Und bei den Kindern bleibe ich ihm gegenüber auf der Hut, da werde ich kämpfen wie eine Löwin für ihre Jungen."

Renate lachte. „Das kann ich mir gut vorstellen. Und weil du gerade das Wort „Verbrecher" benutzt hast, fällt mir dazu noch ein, dass ich dir auch von gestern Abend noch etwas zu berichten habe. Ich habe mich mit der Polizei in Verbindung gesetzt und mir den Namen des Einbrechers geben lassen, er heißt Herbert Fröhlich und ist tatsächlich in der Nacht ein Stammgast im Bonner Bahnhof. Ich will ihn auf jeden Fall vor Weihnachten noch aufsuchen, mit ihm sprechen und herausfinden, ob er wirklich Hermann gekannt hat, und wenn ja, was er alles von ihm weiß. Und dann sehen wir mal weiter!"

Ich staunte. „Merkwürdig, wie sich diese Dinge jetzt alle auf einmal entwickeln. Es ist wirklich so, wenn man in eine Dose ein winziges Loch macht, dann kann auch alles heraus laufen."

Wir fuhren über die Orte Röttgen, Meckenheim und Berg nach Maulbach, wo die kleinen Straßen leider nicht mehr vom Schnee befreit wurden. Renate lenkte den Wagen langsam und vorsichtig durch die verschneite Natur. In Maulbach erkundigten wir uns nach dem Weg zu dem Ort Eichen, der nur aus wenigen Häusern bestand. Dort stellten wir das Auto ab, stiegen aus und sahen uns suchend um.

„Du musst einfach schauen, aus welchem Schornstein Rauch kommt. Dort sind die Leute vermutlich zu Hause", überlegte Renate.

Leider schien an dieser Theorie etwas falsch zu sein, denn als wir an einer Haustür klingelten, nachdem wir aus dem Schornstein feinen Rauch hervorquellen sahen, öffnete uns niemand die Tür.

Wir sahen uns fragend an und schauten uns in der Gegend um.

„Wo ist jetzt das Kleine Waldhaus Nummer 7, Leona?"

Ich entdeckte etwa einen Kilometer weiter einen versteckten Hof und suchte den dazugehörigen Weg. „Ich glaube, hier geht es lang zu dem Gehöft, da kommt auch Rauch aus dem Kamin, vielleicht ist dort jemand zu Hause."

Wir beschlossen dorthin zu wandern und stapften etwas mühsam durch den hohen Schnee. Mittlerweile hatte sich der Himmel zugezogen und es begann, heftig zu schneien. Nach etwa einer Viertelstunde erreichten wir das Gebäude und suchten einen Klingelknopf. Den gab es nicht, aber wir entdeckten einen großen Klopfer aus Metall, der beim Bedienen einen mächtigen Lärm verursachte.

Auch hier warteten wir eine ganze Weile ohne große Hoffnung, doch ganz unvermittelt öffnete sich die Tür einen Spalt breit und eine Frau im mittleren Alter sah uns fragend an. „Grüß Gott! Was gibt es?"

„Guten Tag", begrüßte ich sie. „Wir suchen das kleine Waldhaus Nummer 7. Können Sie uns vielleicht den Weg erklären?"

„Das ist sehr schwierig", teilte sie uns mit. „Aber kommen Sie doch erst einmal herein, damit Sie aus dem Schnee raus sind!"

Sie führte uns in die große Wohnküche, in der uns eine wohlige Wärme umfing.

„Lassen Sie erst mal Ihre Mäntel trocknen, ich habe gerade einen heißen Tee hier", empfahl sie uns freundlich. Wir nahmen ihr Angebot an und wärmten uns am Kachelofen und mit dem heißen Getränk.

„Ich schreibe Ihnen jetzt gleich die Wegbeschreibung auf, dass ist etwas schwierig von hier aus, weil es aus dieser Richtung eigentlich gar keine Zufahrt gibt. Da müssen Sie ein Stück durch den Wald gehen und über die Weiden. Die eigentliche Zufahrt zu dieser Hütte ist nicht hier von diesem Ort aus. Da kommen Sie besser von Houverath heran. Die Straße kann ich Ihnen aber im Moment gar nicht empfehlen, die ist ganz glatt. Mit einem normalen Fahrzeug geht da jetzt gar nichts. Höchstens mit dem Jeep oder dem Traktor. Lassen Sie also besser das Auto stehen, und laufen Sie genau nach der Karte!"

Wir sahen zum Fenster hinaus in das Schneetreiben.

„Für eine solche Wanderung hätten Sie sich aber ein besseres Wetter aussuchen sollen", fand sie. „Und für eine Winterwanderung ist Ihre Kleidung auch nicht gerade ideal. Was wollen Sie denn in dem Waldhäuschen?"

„Wir suchen einen Bekannten", begann Renate. „Er hat dort vorgestern mit Freunden seinen Geburtstag gefeiert, gestern und heute sollte dann dort eine Heizung installiert werden. Für seinen Freund haben wir eine ganz wichtige Nachricht."

„Oh je! Da haben Sie sich aber etwas vorgenommen. Ja ich weiß, da hat so ein junger Mann vor einem halben Jahr die Hütte gekauft. Aber er hat wohl nicht rechtzeitig an den Winter gedacht. Und manche Leute nutzen ja hier ihre Ferienhäuschen auch im Winter nicht. Aber wenn man hier wohnen will, braucht man schon eine Heizung. Und da geht ganz ordentlich etwas weg, die Winter sind hier rauh und voller Schnee."

Ich seufzte. „Da haben wir uns jetzt aber etwas eingebrockt. Ich glaube, wir marschieren jetzt lieber los. Es wird so früh dunkel. Wir haben zwar eine Taschenlampe mit, aber die wird uns in der Dunkelheit auch nicht viel nutzen."

Sie zeichnete eine Wegbeschreibung, packte uns ein paar Stücke Stollen ein und reichte sie uns zur Wegzehrung. „Wenn Sie gar nicht mehr klarkommen, kehren Sie lieber um. Und das hier, verwenden Sie am besten auch!" Sie reichte uns einen Beutel, in dem sich unzählige rote Stoffstreifen befanden. „Markieren Sie sich damit an den Bäumen und Büschen den Weg, den Sie jetzt gehen, damit Sie auch notfalls wieder zurückfinden zu mir."

„Danke! Eine wunderbare Idee", fand Renate. „Damit kann man sich gut helfen."

Wir zogen uns die inzwischen etwas trockener gewordenen Mäntel an, verpackten uns auch mit Mützen, Schals und Handschuhen gegen Kälte und Feuchtigkeit und verabschiedeten uns dankend bei der hilfsbereiten Frau.

„Sie können jederzeit wiederkommen", rief sie uns nach.

„Der Vormittag ist schon vorgerückt", stellte ich fest. „Wir sollten ziemlich stramm vorwärtsgehen."

„Das fällt mir nicht leicht mit meinen Knien", bedauerte Renate. „Aber ich werde es versuchen. Leider ist der Schnee so hoch, sodass man nicht vernünftig gehen kann."

„Oh, das tut mir leid. Möchtest du nicht wieder zurückgehen, du könntest bei der netten Frau so lange warten, bis ich von der Hütte zurückkomme."

„Das kommt gar nicht infrage", protestierte sie. „Ich lasse dich doch hier nicht allein durch den Schnee stapfen, ganz allein in einem fremden Wald."

Wir versuchten uns nach der Zeichnung zu richten und vergaßen nicht, überall rote Fähnchen in die Büsche zu hängen.

Es wurde immer schwieriger zu erkennen, wo ein Weg entlang führte, und wo die Wiesen oder die Felder anfingen. In dem kleinen Wald konnten wir überhaupt keinen Weg erkennen, daher beschlossen wir, um das Wäldchen herum zu gehen.

Der Mittag hatte sich schon seit einer Weile verabschiedet, als wir eine Scheune erblickten. Ob das das Waldhaus Nummer 7 war? Mit großen Erwartungen stapften wir darauf zu, mussten aber bald erkennen, dass es nur eine Scheune war, in der sich lediglich etwas Holz und Winterfutter für Rehe befand. Unsere Zuversicht schwand, aber wir stapften tapfer weiter.

Erst als es dunkel zu werden begann, blieb ich stehen. „Nein, Renate, in der Kälte kannst du nicht noch durch die Nacht spazieren mit deinen schmerzenden Beinen. Das werde ich jetzt wirklich nicht zulassen. Es ist schon schlimm genug, dass du den weiten Weg bis hierhin gegangen bist. Aber wer weiß, wie wir uns in der Dunkelheit noch verirren würden. Wir gehen jetzt zurück", entschied ich.

Sie wollte protestieren, aber ich ließ es nicht gelten, und so gab sie schließlich nach und kehrte mit mir um.

Jetzt zeigte es sich, wie gut die Idee mit den roten Fähnchen gewesen war. Tatsächlich wiesen sie uns den Weg, auch wenn wir mit der Taschenlampe meist etwas nach ihnen herumsuchen mussten.

In der Dunkelheit standen wir zur Abendzeit wieder vor der Tür des Bauernhofs.

Die Bäuerin war nicht erstaunt, als sie uns sah. „Das ist wirklich eine dumme Geschichte", fand sie. „Aber jetzt bleiben Sie zuerst einmal hier und essen Sie mit uns zu Abend. Es gibt Bratkartoffeln mit Speck und einen feinen Winterkohl dazu. Mein Mann ist auch schon da, sitzt am Tisch und wartet auf das Essen. Zieht euch rasch die nassen Mänteln aus, wascht euch die Hände drüben am Becken und setzt euch dazu!"

Wir befolgten ihren Rat und begrüßten anschließend ihren Mann.

„Ich bin der Toni", stellte er sich vor. „Und meine Frau, das ist die Elisabeth. Langt nur ordentlich zu, wir haben ja genug."

Wir nannten unsere Namen und blieben beim „Du".

Elisabeth sprach das Tischgebet, danach reichte sie die Schüsseln herum und wir bedienten uns mit den heißen Speisen.

„Das schmeckt aber gut", lobte Renate die Hausfrau. „Und bei der Kälte ist es genau das Richtige.

„Ja, meine Frau kann gut kochen." Toni lud sich eine große Portion auf den Teller. „Aber mit dem Heimfahren, das wird für euch heute nix mehr. Ich hab euer Auto vorhin dastehen sehen, bei Eichen, das ist schon ganz zugeschneit, das kriegt ihr heute Abend nicht mehr fit. Die Straßen zurück bis Meckenheim sind auch viel zu gefährlich in diesem Zustand."

„Ihr könnt bei uns übernachten", schlug uns Elisabeth vor. „Wir haben oben ein Gästezimmer, da schlafen sonst immer die Kinder drin, wenn sie uns mal besuchen. Wir haben nämlich zwei Töchter, die nach Bayern gezogen sind. Sie sind 30 und 31 Jahre alt und haben dort Zwillinge geheiratet. Aber ab und zu sehen sie doch mal nach uns. Wenn das Wetter besser wird, kommen sie sogar am ersten Feiertag."

„Aber das geht doch nicht", wandte ich ein. „Wir können euch nicht solche Umstände hier machen. Wir werden doch bestimmt noch einen Weg nach Hause finden."

Toni lachte laut und polternd. „Das sind doch keine Umstände. Wir haben hier oft Gäste, das ist nichts Besonderes für uns."

Elisabeth stimmte ihm zu. „In dieser Gegend wandern sehr viele Leute, manchmal bestellen sie vorher ein Bett bei uns, aber ab und zu sind es auch mal einige, die sich hier verirren."

„Morgen früh helfe ich euch dann, damit ihr euer Auto wieder flott bekommt. Da werden dann auch die Straßen geräumt, mit dem großen Schneepflug."

„Aber wir müssen noch zu der Hütte, zu dem Kleinen Waldhaus Nummer 7", wandte ich ein.

„Also gut", versprach er uns, „dann fahr ich euch vorher auch da noch vorbei, aber mit dem Jeep, hinten von Houverath aus. Mit dem Auto kommt ihr da sowieso nicht durch im Augenblick. Wer auch da immer sich im Moment dort aufhält, der braucht ein anderes Fahrzeug, eins das hier auch Schnee fahren kann."

„Wie sollen wir euch das bloß wiedergutmachen?" fragte Renate.

„Ach Unsinn!" wehrte Elisabeth ab. „Wir leben hier auf dem Land, da hilft sich jeder. Da wird nicht viel gefragt.

Nach dem Essen halfen wir unserer Gastgeberin beim Aufräumen in der Küche, anschließend beim Beziehen der Betten in der gemütlichen Kammer.

„So, jetzt kommt aber noch einmal mit herunter. Es ist ja der Abend vor Heiligabend, der ist immer etwas Besonderes. Da wird noch etwas gesungen und ich spiele mit der Harfe dazu."

Erfreut folgten wir ihr in die Stube.

Kaum hatten wir uns auf die Eckbank an den Kachelofen gesetzt, schrak Renate hoch. „Um Himmelswillen! Ich habe doch noch das Gerät im Auto, das muss ich unbedingt noch holen."

„Was für ein Gerät ist das denn?" erkundigte sich Elisabeth. „Kann das denn nicht über Nacht im Auto bleiben?"

„Es ist eine Art Fernseher. Wenn ich das wüsste! Ich weiß ja nicht, wie kalt die Nacht hier wird, und ob es im Auto einfriert. Das könnte vielleicht auch jemand stehlen."

Elisabeth wusste Rat. „Ich werde einmal mit Toni reden, vielleicht fährt er noch mal mit dem Jeep oder Traktor hinaus und holt das Gerät für euch. Wartet einen Augenblick hier auf mich, macht es euch schon mal am Ofen gemütlich. Der Tee ist auch schon heiß."

Sie entfernte sich aus dem Raum, während wir erwartungsvoll schwiegen. Wenige Minuten später kehrte sie zurück.

„Ihr müsst euch keine Sorgen machen! Mein Mann hat das Auto vorhin gesehen. Es ist schon total zugeschneit, man sah vorhin schon nichts mehr. Und eingebrochen wird hier nicht, weder in Häuser, noch in Autos. Die meisten Leute haben hier auch große Hunde, die sofort anschlagen, wenn irgendetwas nicht stimmt. Unserer ist leider vor kurzer Zeit gestorben, aber wir werden uns selbstverständlich wieder einen neuen zulegen. Und wegen der Kälte müsst ihr euch auch keine Gedanken machen. Es ist kein Frost gemeldet. Die Temperatur bleibt auch heute Nacht immer gerade so um 0°. Dann ist es im Auto, das schön in den Schnee eingepackt ist, gar nicht so kalt."

Ich wandte mich an Renate „Und? Was willst du jetzt machen?"

„Also gut. Dann vertraue ich mal auf alle guten Mächte und Engel im Himmel. Es wird schon nichts passieren. Es ist in meiner Wohnung nicht weggekommen, dann wird es wohl auch nicht im Auto wegkommen."

„Ist an dem Gerät etwas Besonderes dran?" fragte Elisabeth.

„Es ist ein sehr komfortables Gerät", antwortete Renate ausweichend.

„Wir haben ja gar keins, nur ein Radio", erzählte uns unsere Gastgeberin. „Aber wir haben gewöhnlich auch so viel Arbeit, dass wir gar keinen Fernseher brauchen.

Außerdem handarbeite ich sehr gern, und für das Harfenspiel möchte ich auch immer gern noch ein paar Stündchen in der Woche haben."

Dabei waren wir nun wieder beim Thema. Elisabeth zündete Kerzen an, holte die Harfe und begann, Weihnachtslieder zu spielen. Die meisten von ihnen kannten wir und sangen mit.

In einer Pause fragte Elisabeth. „Habt ihr eigentlich Kinder?"

„Nein!" antworteten wir wie aus einem Mund.

Sie wandte sich an mich. „Bei dir kann es wohl noch kommen. Also, wenn es mal soweit es bei dir, dann denke daran, was ich dir jetzt sage: Die Zeit mit ihnen muss man wirklich genießen. Egal in welchem Alter, ob sie Babys sind, oder kleine Kinder, oder später Jugendliche, das ist einfach ein Geschenk. Die Zeit geht so schnell vorbei, dann sind sie groß und gehen aus dem Haus. Jetzt ist alles hier still und leer, und ich vermisse sie oft. Daher überlegen wir uns auch, ob wir hier im Sommer nicht bald einen Bauernhof für Feriengäste eröffnen sollen, damit wieder etwas Leben in das Haus kommt."

„Und im Winter ginge es auch", fand Renate. „Hier kann man gut Schlitten fahren. Sogar ein bisschen Langlaufski geht. Und für die Kleinen gibt es hier viel Platz zum Schneemänner bauen. Dann wäre es im Winter hier auch nicht einsam."

„Eine gute Idee!" freute sich Elisabeth. „Ich habe es gleich gewusst, als ich euch zum ersten Mal sah, dass ihr irgendeine Botschaft für mich habt. Ich bin sehr gläubig, und ich höre immer auf Botschaften, die mir die Engel bringen, manchmal eben auch durch meine Mitmenschen."

Sie stimmte das Lied an: „Als ich bei meinen Schafen wacht, ein Engel mir die Botschaft bracht…" Sie sang dazu mit so heller, reiner Stimme, als ob sie selbst ein Engel wäre.

Während wir noch dem Zauber der Musik folgten und uns entspannt der Weihnachtsstimmung hingaben, legte sie die Harfe weg und füllte uns Tee in eine Kanne.

„So, und jetzt wird es Zeit für mich, ins Bett zu gehen. Toni wärmt es schon vor, und er schläft sicher schon, denn er will morgen früh aufstehen, damit er die Wege etwas frei räumen kann. Aber ihr Beide habt sicher noch jemanden zu benachrichtigen. Drüben im Wohnzimmer steht das Telefon, da könnt ihr euch bedienen. Die Telefonbücher liegen auch dabei, falls euch etwas fehlt, und notfalls nimmt ihr die Nummer der Auskunft."

„Du denkst wirklich an alles", staunte Renate. „Du bist wirklich ein Engel. Ja, ich denke, Leona wird ihre Familie benachrichtigen wollen, und auch ich sage lieber meiner Schwester Bescheid, dass sie nicht nach mir suchen müssen."

„Nicht der Rede wert", meinte Elisabeth. „Schlaft gut, und denkt daran, was ihr hier zum ersten Mal träumt, das geht in Erfüllung."

Wir wünschten ihr eine gute Nacht und wechselten ins Wohnzimmer, wo zunächst Renate ihre Schwester benachrichtigte und ich später bei meinen Eltern anrief.

Meine Schwester Marlis kam ans Telefon. „Wo steckst du denn, du Ausreißerin? Bist du schon in Italien?"

„Vorerst wohl nicht", antwortete ich mehrdeutig. „Renate und ich sind in einem schönen verschneiten Ort in der Eifel und genießen die Weihnachtsstimmung, weit ab vom Stress, dem sich viele Menschen am Abend vor der heiligen Nacht aussetzen. Sag bitte der Mama Bescheid, dass wir heute Nacht in einem schönen Bauernhaus ein Zimmer gefunden haben, weil wir wegen dem Schneetreiben hier fest sitzen. Aber morgen Nachmittag zur Andacht in der Kirche bin ich auf jeden Fall rechtzeitig zurück."

Sie staunte. „Was du aber auch für Sachen machst?! Weißt du, bei dir muss man auf alles gefasst sein, auf jede Überraschung."

Ich lächelte vor mich hin. „Ja, Liebes! Und daran wird sich auch in der nächsten Zeit nichts ändern."

***

22. Kapitel

Obwohl in meinem Kopf unzählige Gedanken kreisten, und ganz groß die Frage im Raum stand: „Erreiche ich Werner noch rechtzeitig?", schlief ich in dem alten, gemütlichen Bauernbett schneller als erwartet ein. Ich träumte von Giovanni, von einer Reise nach Italien. Er ging neben mir her, hielt sich an meinem Arm und stützte sich mit der anderen Hand auf einen Stock. „Der Himmel wird einmal schön für uns sein", erzählte er mir. „Du hast keine Zeit mehr für deine Fotoalben und für deine Theatergruppe, und ich habe keine Zeit mehr, meine Bücher zu schreiben."

Ich sah ihn erstaunt an. „Warum? Meinst du, das macht uns im Himmel keine Freude mehr?"

Er lächelte mich charmant von der Seite an, seine Augen waren noch die, die mich verzaubert hatten, als ein junger Mann war: „Dafür werden wir keine Zeit haben, wir werden uns den ganzen Tag lieben." Ich nahm seine Hand, die faltig geworden war und küsste sie, so wie er meine Hand damals geküsst hatte.

„Wir müssen jetzt aufstehen, Liebes!" weckte mich Renate.

„Oh weh! Da hätte ich doch beinah einen meiner wichtigsten Tage im Leben verschlafen! Danke, dass du mich geweckt hast. Ich habe doch noch so viel zu tun."

Elisabeth hatte uns ein festliches Frühstück zubereitet, mit selbstgebackenem Brot, hausgemachter Marmelade und Rührei, aus den Eiern der eigenen Hühner.

Sie fragte uns, ob wir gut geschlafen hätten, und wir nickten beide und bekräftigten es mit Worten.

Ich seufzte. „Schöne Träume hat man bei dir, ich wollte gar nicht aufstehen."

„Das ist recht", freute sich Elisabeth. „Dann kommt ihr auch bestimmt einmal wieder."

Toni erschien in der Stube und bat uns, ihm ins Auto zu folgen. Eilig zogen wir uns die Mäntel über und verabschiedeten uns von der freundlichen Gastgeberin.

Draußen im Jeep war es kalt, Renate und ich kuschelten uns aneinander.

„Wir müssen an meinem Wagen noch kurz anhalten", wünschte sich Renate von unserem Chauffeur.

Fast hätten wir das Fahrzeug übersehen, denn das Auto stellte einen Schneeberg dar, dem man nicht ansehen konnte, was er verbarg. Mit vereinten Kräften befreiten wir den Wagen aus seiner Schneehülle. Renate holte den Karton mit dem DVR-Gerät und verfrachtete ihn in den Jeep.

„Dann wollen wir mal versuchen, ob wir den Weg zum kleinen Waldhaus finden", orakelte Toni und fuhr in Richtung Houverath.

Er fand einen kleinen, mit Schnee verdeckten Weg, auf dem etliche Reifenspuren zu erkennen waren.

„Na also", meinte er. „Da sind also heute doch schon Leute gefahren. Also gibt es auch Leben im Häuschen."

Meine Gedanken wanderten zu Werner. Leben in dem Häuschen? Was konnte das zu bedeuten haben? Hatte er eine Freundin gefunden auf der Party, die jetzt in den letzten Tagen mit ihm und Peter dort wohnte?

Die Fahrt kam mir von da an sehr lang vor, und ich atmete auf, als ich das kleine Waldhaus vor mir sah.

„Das sieht sehr verlassen aus", fand Toni, als er die geschlossenen Fensterläden sah.

Wie stiegen aus dem Auto und klopften an die Tür.

Drinnen rührte sich nichts.

Wir begannen, mit vereinten Kräften zu klopfen und zu rufen, aber es tat sich weiterhin nichts.

Was nun? Waren sie alle gerade im Wald, um die Bäume zu schlagen? Ich sah mich um, nichts, keine Spur erblickte ich von Werner, einem Peter oder einem fremden Auto.

„Da ist nichts zu machen", stellte Toni fest. „Sie sind wohl schon alle fort."

„Aber er wollte doch heute noch Weihnachtsbäume schlagen, hat er seiner Oma versprochen", wandte ich ein. In diesem Moment kam ein Förster um die Ecke, er musste meine Worte gehört haben, denn er wandte sich freundlich an mich. „Die Weihnachtsbäume, die haben die beiden Herren schon gestern bei mir geholt. Heute früh sind sie dann zurück nach Bonn gefahren. Da gibt es wohl auch noch einiges zu tun."

„War ... war denn niemand anderes dabei?" stotterte ich.

Der Förster sah mich irritiert an. „Warum? Nein, den Peter kenne ich, der ist jetzt oft hier, und sein Freund Werner war mit dabei. Gestern haben sie hier allein mit mir Bäume geschlagen. Davor ja, an einem Abend, da hatten sie wohl hier ein Fest. Peter hat seinen Geburtstag gefeiert. Da waren wohl eine ganze Menge Leute hier. Eigentlich war ich auch eingeladen, aber ich hatte im Wald zu tun. Jetzt bei dem vielen Schnee gibt es viel für das Wild zu machen."

„Ach so, ja, dann auf jeden Fall vielen Dank für Ihre Auskunft! Dann haben wir die beiden wohl verpasst." Ich wandte mich an Renate. „War jetzt unsere ganze Reise völlig umsonst gewesen? Da hätten wir auch in Bonn bleiben können."

„Umsonst gibt es nicht, junge Frau", meinte der Förster. „Irgendeinen Sinn wird das schon gehabt haben. Auf jeden Fall haben Sie einmal die wunderschöne Eifel in ihrem herrlichen Winterkleid gesehen. Das allein ist schon Grund genug."

Wir verabschiedeten uns von dem Förster und fuhren mit Toni zurück zu dem kleinen Ort Eichen. Wieder luden wir das DVR-Gerät um, dankten unserem Gastgeber und verabschiedeten uns von ihm.

„Ich bleibe hier noch stehen, bis ihr gut weggekommen seid", teilte er uns mit und wartete am Straßenrand. Renate startete das Auto, das einwandfrei ansprang, doch dann gab es Probleme. Es hatte sich im Schnee festgefressen und ließ sich nicht von der Stelle bewegen. Wie gut, dass Toni gewartet hatte. Er befestigte ein Abschleppseil an unserem und seinem Auto und zog uns vorsichtig aus der Gefahrenzone bis hin auf die vom Schnee befreite Straße.

Noch einmal verabschiedeten wir uns herzlich von ihm, und er winkte uns nach, bis wir um die nächste Kurve gefahren waren.

„Die beiden waren richtige Engel", fand ich. „Menschliche Engel. Das ist immer schön, so etwas zu erleben. Das macht einem immer wieder Mut, gerade in der Weihnachtszeit jetzt wieder, wenn wir immer wieder Kraft für den Frieden schöpfen, der dann auch das ganze kommende Jahr halten soll."

„Es macht es einem leicht, an das Gute zu glauben", stimmte mir Renate zu.

Vorsichtig lenkte sie das Fahrzeug über die Straßen, die von Schnee und Eis befreit dunkel und nass vor uns glänzten. An den Rändern bildete sich gemeinsam mit dem Streusalz, ein brauner Matschstreifen.

„Eigentlich schade", fand sie. „Als es früher nur Kutschen gab und noch keine Autos, da sahen die Straßen im Winter romantischer aus. Bis auf die Pferdeäpfel."

Ich lachte. „Siehst du, nichts ist perfekt."

Eine gute Stunde später waren wir in Bonn angekommen.

„Musst du den Wagen nicht wieder zu deiner Cousine zurückbringen?" erkundigte ich mich besorgt. „Aber wir haben schon 10:00 Uhr, und um zwölf müssen wir uns in dem Gerät mit Helma verbinden. Das wirst du vorher gar nicht schaffen."

„Keine Angst, Leona! Sie braucht den Wagen über die Feiertage nicht. Sie ist bei einer lieben Freundin eingeladen. Wir können ihn während der Festtage bei uns stehen lassen."

Eine Viertelstunde später hatten wir den Venusberg erreicht.

Renate hielt den Wagen an. „Möchtest du direkt mit zu mir fahren, dann bist du um zwölf auf jeden Fall bei mir an dem DVR- Gerät? Oder soll ich dich jetzt noch einmal bei deinen Eltern absetzen?"

„Ja, bitte lass mich hier aussteigen. Ich muss jetzt zuerst noch einmal bei Werners Großmutter anrufen. Vielleicht weiß sie, was mit ihrem Enkel los ist. Vielleicht weiß sie sogar, wo er jetzt ist. Und wenn ich ganz viel Glück habe, ist er vielleicht überraschenderweise selbst am Telefon."

„Willst du ihn etwa am Telefon auf den Heiratsantrag ansprechen? Meinst du, dass das auf ihn den richtigen Eindruck macht?"

„Wir haben keine Zeit mehr, Renate. Wenn ich seine Adresse gewusst hätte, ja, wenn sie vielleicht im Telefonbuch gestanden hätte, wäre mein Plan sicher ein anderer gewesen. Wir wären natürlich sofort zu ihm gefahren, denn möglicherweise ist er schon zu Hause. Aber so bleibt mir nur das Telefon als einzige Hoffnung. Und wenn alle Stricke reißen, muss ich Helma eben sagen, dass ich ihn heiraten werde, aber ihr das noch einmal später bekräftigen werde und bezeuge."

„Du vergisst aber dabei, dass er sich vielleicht auch anders überlegt haben kann mit dem Heiratsantrag. Es sind ja immerhin ein paar Tage vergangen, und deine abschlägige Antwort hat ihn bestimmt nicht ermutigt."

„Nein, Renate, das zwar nicht, aber wenn seine Gefühle so kurzlebig oder so leicht zu entmutigen sind, dann ist er auch nicht der Richtige, dann muss ich mich eben darum bemühen, das Kindermädchen von seiner zukünftigen Frau zu werden."

„Du vergisst, dass die beiden nicht sehr viel Geld haben werden. Sie können sich kein Kindermädchen leisten. Und das hat auch nicht einen so großen Einfluss auf die Kinder wie eine Mutter und schon gar nicht dann auf den angehenden Arzt Dr. Vinzenz Rosen."

„Sei nicht so pessimistisch! Heute ist ein besonderes Fest, das seinen Höhepunkt am Heiligen Abend finden wird. Es wird schon alles gut werden. Ich denke dabei an Elisabeth und Toni, diese wunderbaren Menschen, die wir am Vorabend des Festes kennen lernen durften. Und ich bin froh, dass wir diese Fahrt in die Eifel gewagt haben."

„Du hast Recht, Leona! Jetzt hast du mich wieder zur Räson gerufen. Wir sind ein gutes Team, wenn du unten bist, muntere ich dich auf, und wenn ich mich in einem Tief befinde, verstehst du es, mich da heraus zu holen. Aber jetzt Marsch, hinein mit dir ins Haus! Ich wünsche dir Glück!"

Ich sprang aus dem Auto, winkte ihr kurz nach und eilte den Weg hoch zu unserer Haustür.

Meine Mutter schien mich schon von oben gesehen zu haben, sie erwartete mich bereits im Flur."

Sie umarmte mich zur Begrüßung. „Schön, dass du wieder gesund und heil hier angekommen bist. Es gab schrecklich viele Unfälle bei diesem Wetter in den letzten 24 Stunden. Gott sei Dank ist dir nichts passiert!"

„Es waren liebe Schutzengel um uns herum", versicherte ich ihr. „Es tut mir leid, dass ich euch mit den letzten Weihnachtsvorbereitungen alleingelassen habe. Ich hoffe, dass meine Schwestern nicht allzu viel über mich gemault haben."

„Überhaupt nicht. Die meisten Vorbereitungen hatten wir gemeinsam von langer Hand geplant. Es ging nur noch um den Weihnachtsbaum. Den Kleinen haben wir wie immer auf das Tischchen in der Essecke neben die Wand gestellt. Da macht er sich prächtig."

Ich sah sie fragend an. „Wieso den Kleinen? Wir haben doch niemals zwei Weihnachtsbäume. Und seit langer Zeit auch keine großen mehr gehabt."

Meine Mutter lächelte. „Der große Baum ist uns heute frisch geliefert worden. Marlis und Monika schmücken ihn gerade mit dem Lieferanten zusammen."

Ich riss die Augen auf, eine Ahnung kam in mir hoch: „Das ist doch … nicht möglich!"

Ich eilte in die große Wohnhalle, wo auch das Klavier stand, entdeckte Marlis und Monika, die gerade goldene Kugeln an den Zweigen des Weihnachtsbaums mit Klammern befestigten. Auf einer Stehleiter erblickte ich ganz oben eine männliche Person, die den Weihnachtsengel auf die Spitze setzte.

„Ist das so richtig?" hörte ich Werners Stimme von oben.

„Ja", rief ich. „Das ist der Engel dieser Weihnacht, und er ist genau an der richtigen Stelle."

Meine Schwestern und Werner drehten sich gleichzeitig ruckartig zu mir herum.

„Da bist du ja endlich", rief Marlis. „Du wolltest dich wohl nur drücken. Einen Moment lang dachten wir schon, dass du ausgewandert bist."

Monika gab mir einen freundschaftlichen Klaps und lachte. „Du verstehst es, dich rar zu machen, um dich dann im richtigen Moment ins richtige Licht zu setzen. Ich denke, du hast das Talent zu einer Schauspielerin."

Werner stieg von der Leiter herab. „Schön, dass du wieder da bist. Meine Großmutter hat mir verraten, dass du auch in der Eifel warst. Unsere Zeitpläne hatten sich etwas verschoben. Meine Arbeiten bei meinem Freund Peter konnte ich schneller erledigen als gedacht. Gestern haben wir die Bäume gefällt, da sind wir heute Morgen schon zurückgefahren, damit ich meiner Großmutter auch noch den Baum aufsetzen konnte. So kommt alles gerade zur rechten Zeit. Und jetzt auch du."

„Stimmt", sagte ich.

Meine Mutter wandte sich an Monika und Marlis. „Könnt ihr mir gerade helfen, drüben die große goldene Baumgirlande zu entwirren? Wir haben sie jahrelang nicht mehr gebraucht, und an diesen großen Baum würde sie sehr gut passen."

„Aber wieso…?" wollte meine Schwester Monika etwas einwenden.

„Damit könnt ihr mir einen großen Gefallen tun", fuhr meine Mutter fort. „Sie sieht so schön aus, und erinnert mich an die Zeit, als ihr noch kleine Mädchen wart."
Die Beiden folgten ihr etwas verwirrt in die Esstube.
Werner grinste. „Es sieht so aus, als hätte uns deine Mutter absichtlich alleingelassen. Hat sie das jetzt nun bei mir gespürt, oder willst du mir irgendetwas sagen?"
Ich spielte mit einem Lametta-Faden „Oh, ich kann warten. Ich lasse dir den Vortritt."
Er ergriff meine Hand. „Ich hatte dir versprochen, mich zu melden. Aber dann habe ich mir überlegt, dass ich dir nicht zu viel Druck machen will. Schließlich konnte ich so eine wichtige Entscheidung weder von dir erzwingen, noch nach so kurzer Zeit erwarten. Bei mir hat sich an meinen Gefühlen inzwischen nichts verändert, auch nicht an meinen Wünschen. Trotzdem will ich dich nicht drängen. Und auch heute müssen wir uns noch nicht verloben, geschweige denn eine Hochzeit vorbereiten. Ich möchte dich einfach nur fragen, ob du dir vorstellen kannst, mit mir zusammen zu sein. Nicht einfach so zum Spaß oder so unverbindlich wie in den Kommunen, nein ganz ernsthaft mit allem altmodischen Schnickschnack, was dazugehört."
Ja, dieses Schnickschnack konnte ich mir auch ganz gut vorstellen, und um Ernsthaftigkeit ging es mir auch. Das hatte ich mir zuerst auch bei Ulrich gewünscht, der so unverbindlich und rätselhaft geblieben war. Und nach all meinen Blicken in die Zukunft konnte ich mir das Leben mit Werner wahrhaftig schon in großen Zügen vorstellen.
Ich sah ihn an. „Ja, ich will es versuchen."
Er machte einen Schritt auf mich zu, und ich hatte eine Ahnung, dass er mich küssen wollte. In diesem Augenblick betrat mein Vater die Halle und begrüßte ihn mit einem wohlwollenden Lächeln. Während er Werner anschließend in eine Unterhaltung verwickelte und ihn offenbar einer größeren Prüfung unterzog, schlüpfte ich hinaus und eilte zu meiner Mutter in den anderen Teil des

Hauses. Sie hatte inzwischen meine Schwestern mit einiger diffiziler Arbeit versorgt und reichte mir eine Ansichtskarte von Giovanni. Sie glich der vom Vortag, unter den Versprechungen und Liebesschwüren und den gemalten Herzen fand ich die Grüße und die Unterschriften von einem halben Dutzend weiblicher und männlicher Skitouristen.

Ich seufzte. „Vielleicht musst du dich erst einmal austoben, Giovanni", sinnierte ich.

Ich wandte mich an meine Mutter: „Denkst du jetzt bitte gleich an mich! Ich gehe jetzt zu Renate. Und du weißt bestimmt, wie ich mich jetzt entschieden habe."

Sie nickte. „Mit der richtigen Mischung aus Herz und Verstand."

Rasch zog ich mir den Mantel über, für eine Mütze nahm ich mir keine Zeit. Draußen hatte sich das Wetter für den Festtag mit strahlendem Sonnenschein geschmückt.

Auch der Weg bis zu den Baracken erschien mir wie ein Gang durch den Zauberwald. Der weiße Schnee glitzerte auf den Zweigen der alten Bäume und Büsche ebenso wie auf dem festlich funkelnden Boden. Es erinnerte mich ein wenig an eine große Kathedrale, und ein feierliches Gefühl breitete sich in mir aus.

Auch hier, an der Baracke, wurde ich bereits erwartet. Renate öffnete mir die Tür und zeigte mir, dass sie für diesen Augenblick alles vorbereitet hatte. Aus einer Vase, die auf dem weißen Tischtuch stand, duftete ein Zweig mit dunkelgrünen Tannenzweigen in harmonischem Zusammenspiel mit dem Atem der Bienenwachskerzen, die den Raum erhellten.

Das DVR-Gerät stand bereit auf dem Tisch, Renate selbst trug ein silbern schimmerndes Abendkleid, hatte Fotos von Hermann, Helene und Helma auf den Tisch gestellt.

Sorgfältig schloss sie die Haustür von innen zu, damit uns niemand störte und setzte sich neben mich.

Aus dem Radio ertönte leise Weihnachtsmusik. Erwartungsvoll zählten wir die Minuten, bis die Wanduhr die Mittagsstunde zeigte.

Renate schaltete das Gerät ein, reichte mir die Hörer und die Brille, die ich feierlich aufsetzte.

Dunkelheit umfing mich und ich konzentrierte mich auf meine Schulfreundin Helma, die ich in dieser interaktiven virtuellen Umgebung treffen wollte. Das Gerät summte, die multisensorische Repräsentation konnte beginnen. Nach Sekunden, die mir endlos erschienen, erkannte ich endlich Helma.

Aufatmend sah ich, dass ein leichtes Lächeln um ihre Mundwinkel spielte.

„Es wird alles gut", versprach ich ihr. „Dr. Vinzenz Rosen wird dir die Medizin geben."

Sie nickte. „Ich weiß, und ich weiß, dass du das alles schaffst, Leona! Ich weiß viel mehr, als du denkst, als du dir vorstellen kannst. Es ist so Vieles vorbestimmt im Leben, es ist gut, dass das nur die wenigsten Menschen wissen. Aber das Tröstliche daran ist, dass diese Vorhersehung nicht von Menschen gemacht ist, sondern von Gott. Es ist nicht alles zu verstehen, was von ihm kommt, aber es ist richtig so. Das habe ich während meiner Krankheit gelernt. Sie haben mich mit Vielem behandelt, teilweise war es gut, und teilweise war es schlecht. Als ich mich unter der Wirkung von einem bestimmten Medikament befand, hatte ich Kontakt mit Helene, die schon vor langer Zeit verstorben ist. Sie hat mir berichtet von Gottes großer Liebe, wir sollten ihm einfach nur vertrauen.

Aber jetzt wieder zurück zu dir und zu deiner Entscheidung. Vielleicht wirst du es mit Werner nicht einfach haben, er ist aber nicht der Schlechteste. Und du hast den Mut und die Kraft dazu geschenkt bekommen, dass du es schaffen kannst. Dafür werden dir Vinzenz und Rolf auch unendlich viel Freude bereiten, an so manchem Tag wirst du Gott dafür danken!

Ich bin froh, dass ich durch das Medikament eine neue Chance für dieses Leben bekomme, dann habe auch ich vielleicht noch einmal die Möglichkeit, der Welt wieder etwas zurück zu schenken. Das verdanke ich wiederum dir. Das, liebe Leona, ist das Geschenk von Weihnachten. Dieser Friede ist es, den die Welt braucht. Einen anderen wird man hier nicht finden, leider…..." Sie warf mir eine Kusshand zu und winkte noch einmal, dann verschwand ihr Bild in der Dunkelheit.

Stumm saßen wir da, Renate und ich, wir wischten uns die Tränen aus den Augen und nahmen uns in den Arm.

Meine ältere Freundin fand zuerst wieder ihre Worte.

„Seltsam, es ist wieder einmal ohne unser Zutun alles so gekommen, wie es musste. Wir hätten Werner gar nicht verpassen können, pünktlich heute am Vormittag ist er mit dem Baum bei dir aufgetaucht. Unsere Fahrt in die Eifel war genau genommen überflüssig. Und doch soll es wohl immer so sein, dass man sich selbst Mühe gibt."

„Na ja, wenn wir einmal dabei sind, philosophisch zu werden, vielleicht hätte auch einfach ein ganz fester Glaube von uns genügt, der Glaube, dass alles gut wird. Aber im Grunde genommen sind wir beide aus einem anderen Holz geschnitzt. Wir können nicht einfach wartend zusehen, wir möchten auch ein bisschen am Rad der Welt drehen."

***

23. Kapitel

Renate schenkte uns ein kleines Glas Eierlikör ein. „Den habe ich für Weihnachten neu gekauft, für den Eierpunsch nachher mit meiner Schwester und den Nichten. Dem netten Kommissar habe ich auch gleich zwei Flaschen gegeben, eine für die Kollegen und eine für Herbert, mit dem ich so bald wie möglich Kontakt aufnehmen will."

„Oh, da bin ich auch schon sehr gespannt auf diese Begegnung. Vielleicht hat er noch die eine oder andere Erinnerung an Hermann."

„Falls er seinen Verstand nicht völlig vertrunken hat", zeigte sie ihre Befürchtungen. „Aber wenn er wirklich so viel Schreckliches im Krieg gesehen hat, so ist das auch nachzuvollziehen. Vielleicht gibt es Menschen, die so etwas leichter verdauen und vergessen können, andere wiederum nicht. Wir sind alle nicht aus dem gleichen Material. Und die Sensiblen haben es eben schwer."

Ich sah auf die große Wanduhr und erschrak. „Jetzt muss ich mich aber sputen. Für ein Bad reicht es nicht mehr vor der Kirche, aber waschen und umziehen muss ich mich unbedingt noch. Und zum Einsingen müssen wir schon eine halbe Stunde vorher da sein."

Wir nahmen uns kurz noch einmal in den Arm, dann eilte ich zurück zu meinen Eltern und Geschwistern.

„Nie bist du da, wenn man dich braucht", beschwerte sich Marlis, als ich ins Wohnzimmer schaute, festlich geschmückt stand der große Baum in der Halle. „Wir mussten alles mit Werner allein machen. Zum Glück ist er ein Handwerker, er kann gut zupacken."

Monika sah mich forschend an. „Also, was ist denn jetzt los mit dir? Ist das jetzt eigentlich dein Freund und Verehrer oder bist du mit diesem Italiener verlobt? Du kannst doch unmöglich mit beiden gleichzeitig etwas anfangen!"

Ich zögerte einen Moment lang „Ich glaube, das kann ich dir heute alles nicht erklären. Das würde zu lange dauern, denn ich muss mich noch umziehen für die Kirche."

„Ach, das ist doch eine faule Ausrede. Sag es einfach: Wer ist jetzt dein fester Freund?"

Marlis mischte sich ein. „Ich glaube, Leona will Werner und sich eine Chance geben. Ist es nicht so, Schwesterherz?"

Ich nickte eifrig. „Ich will ihm eine Chance geben."

„Na, aber so ganz koscher ist das nicht", fand Monika. „Willst du diesem Giovanni trotzdem weiter schreiben und Liebesbriefe verschicken?"

„Das mit den Briefen wird sich erst einmal erledigen", wusste ich zuverlässig. „Aber sonst … Lass dich einfach überraschen. Die Zukunft wird es zeigen."

Schnell huschte ich in unseren kleinen Waschraum, um mich für die Festlichkeiten des Tages zurechtzumachen.

„Und wenn du wissen willst, wo dein Freund Werner jetzt ist, der konnte nicht länger auf dich warten", rief Monika von draußen. „Er ist jetzt bei seiner Oma und feiert mit ihr Weihnachten."

Sie stellte sich von außen dicht an die Tür. „Aber er will dich heute Abend noch einmal anrufen. Und wenn du es genau wissen willst, ich habe ihm sogar verschwiegen, dass du mit Giovanni verlobt bist. Soll ich dir auch sagen, warum? Ich habe das Ganze mit dem Italiener sowieso für eine dumme Schwärmerei gehalten, die sich mit der Zeit von allein erledigt. Also, ich bin ganz auf deiner Seite."

„Das ist nett von dir, Schwesterchen", rief ich ihr von drinnen zu. „Ich bin auch auf deiner Seite, deswegen habe ich auch nachher ein kleines Geschenk für dich unterm Tannenbaum."

Was hatte sie gesagt? Eine dumme Schwärmerei? Dumm, vielleicht, aber Schwärmerei, nein! Ein jeder Gedanke an ihn zündete eine kleine Flamme in mir an, die mir Kraft geben konnte, so manche trübe Stunde zu überleben.

Schnell wischte ich diese Gedanken fort. Jetzt gab es nur noch Weihnachten, die Stunden voller harmonischer Musik für die Seele.

Etwas später spazierten wir drei Schwestern einträchtig den Weg hinunter zum Tor, ein paar Meter die Straße entlang und dann wieder den Kirchvorplatz hoch zum Aufgang für den Kirchenchor. Unsere Chorleiterin empfing uns mit geröteten Wangen, in festlicher Stimmung und voller Lampenfieber.

Wir gaben uns den Klängen der Musik hin, ließen unsere Stimmen durch das Kirchengewölbe schallen und spürten, wie die Menschen um uns herum bemüht waren, dass Beste in sich zu finden und zu spüren. Die Predigt des Pfarrers tat ihr Übriges, wieder einmal gelang es ihm, aus seinem eigenen Leben ein Beispiel der Nächstenliebe durch eine kleine Geschichte zu vermitteln. Jeder Zuhörer spürte, dass er selbst für seinen Glauben brannte, und die Gemeindemitglieder ließen sich anstecken. So drang dann auch der Jubel unserer letzten Lieder voller Überzeugung durch die Kirche und fand Echo in so manchem Herzen.

Eingehakt spazierten wir drei Schwestern im Anschluss an den Gottesdienst den kurzen Weg nach Hause. Monika grinste. „Was sind wir doch für brave Schwestern! Wie gut wir uns an Weihnachten vertragen können! Aber was wäre das langweilig, wenn es so das ganze Jahr über wäre!"

Marlis lachte. „Mir könnte das auch nicht gefallen. An wem sollte ich sonst meinen Ärger auslassen, wenn nicht an euch."

Ich fühlte mich zu einem Kommentar verpflichtet. „Richtig, wozu hat man schließlich Schwestern."

Meine Mutter hatte inzwischen den Kaffeetisch gedeckt, wir aßen Dresdner Christstollen, tranken Kaffee und heiße Schokolade dazu. Wer jetzt noch Hand an die letzten Geschenke anzulegen hatte, konnte das in der nächsten halben Stunde noch tun, bevor uns die kleine Glocke in die Wohnhalle rief.

Drinnen erwartete uns meine Mutter zu Beginn der Bescherung mit dem Lied: „Ihr Kinderlein kommet", danach folgten weitere, wir sangen zu ihrem Klavierspiel mehrstimmig und mit Ausdauer, während mein Vater auf dem Sofa saß, uns zusah und uns zuhörte.

Im nächsten Teil des Abends folgte die Bescherung.

Traditionsgemäß begutachteten wir zunächst unsere süßen Teller, in denen außer Mandarinen, Apfelsinen und Nüssen, Selbstgebackenes und eine kleine Schachtel Pralinen den Höhepunkt bildeten.

Wir fieberten nun der Hauptsache entgegen: dem gegenseitigen Beschenken. Dazu trafen wir uns einzeln neben der großen Tanne. Alle schauten zu, wie einer nach dem anderen voller Erwartung vorsichtig das Geschenkpapier löste und ein freudiges „Ah" oder „Oh" ausstieß. Meine beiden Schwestern freuten sich sehr über die Fotoalben.

„Ganz toll. wirklich", beteuerte Monika. „Wann hast du das noch geschafft?"

„Ach, wie süß!" rief Marlis. „ Das muss ich unbedingt meinen Freundinnen zeigen." Sie umarmte und drückte mich.

Meine Mutter und mein Vater beschenkten uns mit Büchern, Schallplatten, Parfum und praktischen Gegenständen für die Aussteuer. Für meine Eltern hatten wir gemeinsam ein hübsches Tee- Geschirr ausgesucht und festlich verpackt.

Man sah es ihnen an, dass sie sich ehrlich darüber freuten, sie versprachen, es gleich am anderen Tag einzuweihen. Mein Vater freute sich über die neue Pfeife und den Tabak, die ihm meine Mutter schenkte, und sie selbst durfte sich zum Schluss ein kleines Päckchen vom Baum pflücken, das mein Vater wie in jedem Jahr dort angehängt hatte.

Dieses Mal fand sie als Überraschung ein goldenes Armband darin. Voll Freude legte sie es sich sofort an, und ließ es sich von meinem Vater verschließen. Sie umarmten und küssten sich auf die Wangen.

Später nahm meine Mutter noch einmal die neuen Noten-Blätter zur Hand, die wir Schwestern ihr gemeinsam zum Geschenk an ihren Platz gelegt hatten.

Während sie uns daraus etwas vorspielte, setzten wir uns zu meinem Vater auf das Sofa, tranken von seinem selbst gebrauten Glühwein, mit dem er uns wieder einmal überraschte.

Kurz vor Mitternacht wünschten wir uns eine gute Nacht und trennten uns im Gefühl, ein harmonisches Weihnachtsfest erlebt zu haben. Wir waren uns bewusst, dass dies keine Selbstverständlichkeit darstellte, hatte es doch auch früher schon andere Feste gegeben, bei denen ein Unfall, Krankheit, Streitigkeiten oder sogar Todesfälle das Fest überschattet hatten oder gar ausfallen ließen. Und auch in den kommenden Jahren sollte diese besinnliche Feier nicht die Regel werden.

Als ich mich zum Schlafen in mein Kissen einkuschelte, nahm ich mir vor, noch einmal die Geschehnisse des Tages zu überdenken, aber die Müdigkeit ließ mir keine Chance: Bevor ich mir das erste Bild ins Gedächtnis rufen konnte, war ich schon tief eingeschlafen.

Der erste Weihnachtsfeiertag wurde wie jedes Jahr traditionsgemäß der Entspannung gewidmet. Jeder hatte die Möglichkeit, sich mit seinen Geschenken zu beschäftigen und nach Belieben die Köstlichkeiten vom Weihnachtsteller zu naschen.

Daher schliefen wir lange und gönnten uns nacheinander ein ausgiebiges Bad im Badezimmer meiner Eltern, das im anderen Teil des Hauses lag, unser eigener kleiner Waschraum blieb an diesem Tag verwaist.

Nach einem späten, ausgiebigen Frühstück mit unseren Eltern, stritten wir uns um die Reihenfolge der zu führenden Telefonate, die jede von uns Schwestern für sich selbst als unaufschiebbar und vorrangig empfand.

„Ich muss als Erste telefonieren", behauptete Monika, „denn Andreas fährt gleich mit seinen Eltern fort, sie machen einen Besuch bei seinen Großeltern im Siebengebirge. Und da können wir natürlich nicht mehr telefonieren. Also bin ich als Erste dran."

„Nein, ich muss als Erste telefonieren", verteidigte sich Marlis. „Der Michael hat heute Dienst in der Familie. Er muss ab Mittag seinem Vater helfen, in einem kleinen Eifeldorf, die Straße vor dem Haus seiner Großtante von den Schneemassen zu befreien. Da wechseln sie sich immer ab, sein Vater und seine Brüder. Aber heute ist er dran. Deswegen muss ich zuerst telefonieren."

Ich lachte und scherzte: „Und ich muss als Erste telefonieren, weil meine Freundinnen darauf warten."

Wir ließen schließlich das Los entscheiden und benutzten die Eieruhr aus der Küche, um eine gerechte Aufteilung zu finden.

Nachdem das Telefon ungefähr drei Stunden hintereinander ununterbrochen besetzt war, trafen wir uns zu Stollen, Kuchen, Tee und Schokolade in der Essecke zur weihnachtlichen Kaffeestunde.

Doch aus der Gemeinsamkeit wurde nicht viel, weil nun all diejenigen Freunde und Freundinnen anriefen, die uns in den drei vergangenen Stunden nicht erreichen konnten.

Auch Werner war unter den Anrufenden.

„Ich hatte dir versprochen, mich gestern Abend noch zu melden. Aber leider ging es meiner Großmutter nicht gut, ich habe sie gestern noch ins Krankenhaus gefahren, da konnte ich sie dann nicht allein lassen. Dort wird sie jetzt gut betreut, und es geht ihr jetzt schon wieder viel besser. Sie hatte sich wohl eine Erkältung zugezogen, das kann leicht zu einer Lungenentzündung werden, und ist bei älteren Leuten immer gefährlich."

Vor meinen inneren Augen erschien das Bild des kranken Vinzenz, den Werner nicht zum Arzt bringen wollte. Offensichtlich würde ich damit beschäftigt sein, ihn nicht bequem werden zu lassen. Keine leichte Aufgabe! Ob das vielleicht bei vielen Männern so war? Wenn sie einmal eine Frau an der Angel hatten, ruhten sie sich dann auf ihren Lorbeeren aus? Nach den Eroberungsfeldzügen waren sie sich offenbar dann ziemlich sicher, dass eine verheiratete Frau nicht so schnell davon lief.

„Das tut mir leid, dass es ihr gerade an Weihnachten nicht gut ging, Werner. Wenigstens kannst du jetzt beruhigt sein, dass sie im Krankenhaus wahrscheinlich gut aufgehoben ist. Bei uns gab es sowieso hier ein großes Programm. Gestern und auch heute schon versucht die Familie den ganzen Nachmittag, ein bisschen gemeinsam zu feiern. Wenn es dir zu einsam wird, kannst du gern einmal hier vorbeikommen."

„Das ist nicht so schlimm", versicherte er mir. „Ich bin es doch so gewohnt, ohne so viele Menschen um mich herum. Ich werde meine Oma gleich im Krankenhaus besuchen und ein bisschen ablenken. Wenn du Zeit hast und ich nicht in der Familie störe, würde ich gern morgen Abend kurz zu dir kommen. Vielleicht machen wir einen gemeinsamen Spaziergang mit Bodo?"

„Das müsste klappen. Ich weiß einen schönen Weg zu einem kleinen Seerosenteich. Dort wohnen Freundinnen von mir. Wenn du Lust hast, stelle ich sie dir einmal vor."

„Eigentlich wäre ich lieber mit dir allein und würde gern etwas mehr von dir erfahren. Aber wenn es dir so wichtig ist, dann bin ich damit einverstanden."

„Prima, Werner! Dann werde ich meine Freundin gleich fragen, ob ihr das morgen auch passt. Ich will ihr nämlich noch einen kurzen Besuch abstatten und ihr frohe Weihnachten wünschen. Richte deiner Oma liebe Grüße aus von mir, und ich wünsche ihr eine gute Besserung."

Gerade, als wir uns verabschiedet hatten, erschien Monika. „Aber jetzt bin ich wieder dran mit Telefonieren, meine Freundin wartet schon auf das Gespräch. Welcher von deinen Verehrern war das jetzt?"

„Der Handwerker. Für ihn ist es ein Ortsgespräch."

Während ich mir den Mantel anzog, überlegte ich, ob Giovanni vielleicht auch versucht hatte, bei mir anzurufen. Vielleicht, vielleicht war die Leitung besetzt gewesen. Vielleicht hatte er aber auch nicht genügend Geld für ein so teures Ferngespräch, so kurz vor Ende des Monats. Vielleicht fuhr er aber auch gerade Ski mit seinen vielen Freunden und Freundinnen.

Der Himmel zog sich zu, sicher würde es bald wieder Schnee geben. Ich eilte zu den Baracken und klopfte bei Renate an.

Sie öffnete mir die Tür und begrüßte mich mit einer Umarmung. „Schön, dass du kommst und frohe Weihnachten!"

„Das wünsche ich dir auch, Renate und hoffe, dass ihr auch gestern ein paar schöne Stunden verlebt habt."

Sie nickte eifrig. „Du glaubst gar nicht, wie schön es war. Helma und ihre Schwester hatten sogar eine Gans gebraten, es gab Rotkohl und Klöße dazu, ein richtiges Festessen. Und hinterher Wackelpudding mit Schlagsahne. Helma war wirklich gut drauf. Sie hat sogar die Weihnachtslieder mitgesungen. Ich bin sehr glücklich. Und ich bin auch sehr glücklich und dankbar, dass du Helma gerettet hast. Deswegen habe ich auch ein kleines Geschenk für dich." Sie reichte mir ein weihnachtlich verpacktes Päckchen, dass ich mit Dank annahm und vorsichtig öffnete.

„Eigentlich ist es nicht für dich. Aber du musst es aufheben für später, Leona!"

Ich entdeckte einen kleinen roten Arztkoffer, so wie man ihn für kleinere Kinder kaufen kann. Das Geschenk entlockte mir ein Lächeln. „Das ist aber eine schöne Überraschung! Der erste Arztkoffer für Dr. Vinzenz Rosen. Daran wird er sicher seinen Spaß haben. Meinst du nicht, das ist jetzt ein bisschen zu viel Manipulation", fragte ich scherzend.

„Ach, nein. Alle Kinder haben einen Arztkoffer, aber nur wenige ergreifen dann auch später diesen Beruf. Und wenn du ganz sicher gehen willst, dann gibst du ihn ihm erst, wenn er danach fragt. Ich bin ja nun inzwischen nicht mehr so jung, und weiß auch nicht, ob ich es noch erleben werde, dass dein Sohn erwachsen wird. Dann kannst du dich wenigstens immer an mich erinnern."

„Dazu brauche ich keinen Arztkoffer, aber trotzdem danke! Das ist eine sehr hübsche Idee. Ich werde ihn sehr gut verwahren."

„Magst du einen Eierlikör, ich habe noch etwas übrig?"

„Lieber nicht. An den Weihnachtsfeiertagen isst und trinkt man einfach zu viel. Ich habe übrigens auch noch ein Geschenk für dich, es ist aber leider noch nicht ganz fertig geworden und befindet sich noch in meinem Spind in der Buchbinderei, es ist ein Kasten, in den du alte Fotos einsortieren kannst, zwischen den einzelnen Trennwänden."

„Das ist lieb von dir. Aber kein Wunder, dass es noch nicht fertig geworden ist, du hast ja die ganze Zeit für mich und Helma etwas unternehmen müssen. Wie solltest du dann dafür noch Zeit haben? Aber ich habe dir auch etwas Wichtiges noch zu erzählen, dabei geht es um Hermann."

„Hast du wieder etwas von ihm gefunden?"

„Nein. Aber ich habe noch mal mit dem Kommissar gesprochen. Dieser Herbert war tatsächlich im Krieg aktiv. Er hat für mich noch einmal alles recherchiert, weil ich ihn wegen Hermann danach gefragt habe. Er war tatsächlich auch Pilot, da kann es also stimmen, dass sie gute Freunde waren. Herbert ist über Weihnachten im Obdachlosen-Asyl, und ich habe mit dem Kommissar vereinbart, dass ich ihn dort morgen besuche. Hast du am Nachmittag dann etwas vor oder hast du zufällig Zeit, mich zu begleiten?"

„Für dich nehme ich mir einfach Zeit, liebe Renate! Wenn ich morgen früh am gemeinsamen Weihnachtsfrühstück und mittags noch einmal an einem frühen Familien-Kaffee teilnehme, werden mich meine Eltern bestimmt am Nachmittag nicht vermissen", vermutete ich. „Ich begleite dich gern dorthin. Schließlich bin ich auch neugierig, wie die ganze Sache mit dem Gerät ausgeht und wieviel dieser Hermann wirklich darüber weiß. Wann möchtest du morgen los?"

„Nach dem Kaffee am Nachmittag ist eine gute Zeit. Dann haben die Obdachlosen nämlich dort eine kleine Weihnachtsfeier und sollten alle anwesend sein. Das hat mir jedenfalls der Kommissar so geraten. Wir können dann mit dem Auto runter nach Bonn fahren, am Rheinufer-Bahnhof parken, von dort aus ist es nicht mehr weit."

„Gut, das passt alles, ich werde Werner vorsichtshalber für morgen Abend absagen. Ursprünglich hatte ich nämlich vor, dich mit ihm zu besuchen, damit du ihn kennenlernst. Aber die Sache mit Herbert ist wichtiger."

Sie protestierte. „Oh, nein! Diese Verabredung musst du unbedingt beibehalten. Es wird nicht lange dauern im Obdachlosen-Asyl. Bis zum Abend sind wieder auf jeden Fall längst wieder hier. Vergiss nicht, mit dem Auto haben wir nur eine Viertelstunde bis dorthin und dann auch wieder zurück."

„Dann ist es abgemacht, alles klar. Und jetzt muss ich wieder zurück, bei den Vorbereitungen zum Abendessen wird jede Hand gebraucht. Heute gibt es nämlich wie jedes Jahr einen Rinderbraten mit Kartoffeln und Feldsalat. Den Braten hat meine Mutter schon lange vorbereitet, aber ich habe mich zum Kartoffelschälen angemeldet."

Ich packte den kleinen Arztkoffer sorgfältig wieder ein, verabschiedete mich von Renate und verließ die Baracke. Erwartungsvoll blickte ich über den Seerosenteich, aber es tat sich dort nichts.

Noch während ich zu meinem Elternhaus zurücklief, begann es sanft zu schneien.

+++

24. Kapitel

Marlis, Monika und ich sangen, während wir das Essen zubereiteten, Monika und ich übernahmen dem Sopran, während Marlis den Alt anstimmte.

Meine Mutter kam als erste aus dem Wohnzimmer. „Eure Weihnachtslieder klingen genauso anziehend, wie die kleinen Glocken, mit denen ich euch immer zur Bescherung rufe. Wie ich sehe, habt ihr schon das Abendessen fertig."

Sie sah durch den Türspalt ins Esszimmer. „Den Tisch habt ihr auch schon gedeckt, ihr fleißigen Mädchen. Nur mit dem Zählen, da scheint ihr heute nicht so zurechtzukommen. Ich sehe da sieben Gedecke, wenn mich meine Augen nicht täuschen."

Monika kicherte. „Vielleicht müssen wir uns demnächst ein paar Teller mehr kaufen. Marlis und ich, wir haben eben in die Töpfe geguckt und gesehen, dass Leona viel zu viele Kartoffeln geschält hat. Und da du uns zu sehr sparsamen Frauen erzogen hast, mussten wir noch ein paar Gäste dazu einladen, damit nachher nichts weggeworfen werden muss."

Meine Mutter lächelte dazu. „Lasst mich raten, Kinder! Die Gäste heißen Michael und Andreas, stimmt's?"

„Also genau genommen", begann Marlis geheimnisvoll, „mussten wir uns erst einmal überlegen, welche Gäste geeignet sind, diese riesige Kartoffelportion in nennenswerter Weise verkleinern zu können. Und da fiel uns auf Anhieb natürlich niemand Besseres ein."

„Das war eine logische Schlussfolgerung", gab auch meine Mutter lächelnd zu. „Ich hoffe, die Herren sind auch pünktlich, damit das Essen nicht kalt wird."

Kaum hatte sie das ausgesprochen, klingelte es auch schon an der Haustür, meine beiden Schwestern rissen sich die Schürzen vom Körper, schleuderten sie mit Schwung auf die Ablage und eilten zum Eingang.

„Und du mein, Schatz?" fragte meine Mutter, ich hörte einen besorgten Ton in ihrer Stimme.

„Es ist alles in Ordnung, Mama. Und ich freue mich auf mein abwechslungsreiches Leben. Mit Werner, das wird gehen, sicherlich werden wir in der Kategorie Durchschnittsehen geführt. Ich erinnere mich daran, dass es Zeiten gab, in denen die Eltern die Heiratskandidaten für ihre Töchter auswählten. Möglicherweise ist es gut, wenn man von Anfang an nicht zu hohe Erwartungen hat. Werner hat bestimmt seine Qualitäten."

Sie seufzte leise. „Er wirkt sympathisch."

Wir trugen die Schüsseln mit dem dampfenden Essen auf den Tisch, mein Vater kam hinzu, und es dauerte noch etwas, bis sich meine Schwestern mit ihren Freunden dazu gesellten.

Mein Vater hob die Augenbrauen. „Na, jetzt seid ihr wohl alle da. Das hat aber lange gedauert mit der Begrüßung da draußen im Flur. Fast hätte ich euch eine Anstandsdame geschickt."

„Keine Angst, Papa", meldete ich mich zu Wort. „Meine Schwestern und ihre Begleiter sind hier die bravsten jungen Leute vom Venusberg. Wenn sie so lange im Flur waren, darf man sich dabei nichts Böses denken. Es ist ein sehr kalter Wintertag draußen, da solltest du dir mal anschauen, was man da erst alles an Mützen, Schals und Handschuhen ausziehen und an der Garderobe verstauen muss. Erst gestern habe ich noch festgestellt, dass dort etwas wenig Platz ist. Meine Lieblingsmütze fiel immer wieder herunter, weil der Haken, an dem sie sonst immer hängt, schon besetzt war. Das hättest du einmal sehen müssen, Papa."

Er konnte sich ein Lachen kaum verkneifen, um seine Augenbrauen zuckte es verdächtig. Diesen Anblick nannten wir stets das „kleine Gewitter", und es machte uns jedes Mal viel Spaß, wenn wir es hervorriefen.

Marlis sprach ein kleines Tischgebet, danach reichten wir uns die Hände und wünschen uns einen guten Appetit.

Trotz der vielen Weihnachtsnascherei langten besonders die jungen Herren tüchtig zu, sodass sich die Schüsseln bald leerten und wir sie nachfüllen mussten.

Nach dem Essen halfen wir meiner Mutter in der Küche beim Abwasch und beim Aufräumen, während sich mein Vater mit Andreas und Michael in die Wohnhalle zurückzog, wo er ihnen ein Zigarillo anbot, von denen er stets nur an Weihnachten Gebrauch machte.

Deswegen konnte man davon ausgehen, dass die Beiden ihm offensichtlich gefielen und als Freunde meiner Schwestern akzeptiert wurden.

Etwa eine Stunde lang musizierten wir gemeinsam, wir, das waren meine Mutter am Klavier und wir drei Schwestern, die erst dazu sangen, sie aber später auch mit unseren verschiedenen Flöten begleiteten.

Danach zogen sich meine Eltern zu einem gemütlichen Stündchen in das Zimmer meines Vaters zurück, wo sie der Musik einer Oper lauschten.

Bodo, der nach dem vielen Essen etwas träge im Körbchen lag, blinzelte mich fragend an, so, als ob er sagen wollte: „Und du? Was fängst du jetzt mit deiner Zeit an?"

„Sei kein Frosch!" rief ich ihm zu. „Der Schnee wird uns beiden gut tun. So viel davon hatten wir lange nicht mehr, und du wirst dich wundern, wie schnell die ganze weiße Pracht wieder vorbei ist."

Ich leinte ihn an und lief mit ihm über die verschneiten Wege. Überall konnte man von der Straße aus in die hell erleuchteten Wohnzimmer sehen.

Und überall sah ich geschmückten Tannenbäume, alles sah so friedlich aus und erinnerte mich an das Gedicht von Friedrich von Eichendorff: „Markt und Straßen stehen verlassen, still erleuchtet jedes Haus…" Hier in unserem Land, im Jahr 1965 durften Menschen friedlich ihr Weihnachtsfest verbringen. Wie würde das weitergehen? Wie lange durften wir hier noch in Frieden leben? Wie würde es mit Krieg und Frieden in der ganzen

Welt weitergehen? Was würde ich da im Laufe meines Lebens noch hören und sehen?

Schnee knirschte unter meinen Schuhen, es fühlte sich an, als ob ich mit Pantoffeln durch einen weichen Samt spazierte.

Ich genoss diesen Moment, prägte ihn tief ein in mein Gedächtnis und in meine Seele, und ich empfand, dass solche Eindrücke wie Samenkörner sein können, die man tief in sein Inneres pflanzen kann. Vielleicht würde eines Tages einmal etwas Fruchtbares daraus wachsen und erblühen?

Als ich von meinem Spaziergang zurückkam, teilte mir meine Mutter mit, dass Werner angerufen hatte.

„Er wollte wohl mit dir noch spazieren gehen, Liebling. Seinen Tag hat er mit seiner Großmutter im Krankenhaus verbracht. Aber da sie dann schon früh müde wurde, ist er eher nach Hause zurückgekehrt, als er es ursprünglich angenommen hatte. Er lässt dich auf jeden Fall ganz lieb grüßen und lässt dir ausrichten, dass er heute Abend daheim ist, falls du noch einmal anrufen möchtest."

„Danke dir, Mama. Nein, es ist schon alles in Ordnung so. Ich bin gern etwas mit mir allein, so ab und zu. Da kann ich gut meinen vielen Gedanken nachhängen, die sich wie Webfäden durch mein Gehirn ziehen. Sonst gab es nichts?"

„Nein. Sonst war alles ruhig. Wir gehen jetzt auch schlafen, Papa und ich. So Weihnachtstage sind immer ein bisschen anstrengend. Dann wünsche ich dir jetzt auch eine gute Nacht, mein Schatz!"

Sie küsste mich auf die Stirn.

„Danke, Mama! Und schlaf gut!"

Während sie in ihr Schlafzimmer ging, holte ich mir in der Küche noch ein Glas Wasser und trug es in mein Zimmer. Dort wickelte ich noch einmal Renates Geschenk aus, und betrachtete den kleinen, roten Arztkoffer. Ich öffnete ihn und nahm die einzelnen Teile heraus. Da war das winzige Stethoskop, mit dem man einen Patienten abhören konnte. Und während ich darauf sah, geschah etwas Merkwürdiges. Obwohl ich kein DVR-Gerät vor mir hatte, sah ich plötzlich meinen Sohn Vinzenz vor mir, wie er an einem Krankenbett stand und einen Patienten abhörte. Voller Verständnis und Geduld befasste er sich mit dem Leidenden und horchte ihn sorgfältig ab. Ich spürte, dass der Patient Vertrauen zu ihm hatte und seine Ratschläge ernst nahm. Ich erkannte es, er war ein guter Arzt.

So unverhofft, wie es gekommen war, verblasst das Bild wieder vor meinen Augen.

Ich seufzte mit einem wehmütigen Lächeln.

Nein, er wird es auch genauso wie ich nicht schaffen, den Weltfrieden zu beschleunigen. Aber er wird ein wichtiges Glied in der Kette der Menschen sein, die wahre Humanität weitertragen.

Mit diesem Gedanken schlief ich später sehr friedlich ein.

Am Morgen des zweiten Weihnachtsfeiertages gab es kein langes Ausschlafen. Der Kirchenchor hatte zum Gottesdienst wieder einen größeren Auftritt.

Monika hatte sich eine Erkältung zugezogen, mit heiserer Stimme blieb sie zu Hause und wurde von meiner Mutter mit Vitaminen, Tees und leichten Medikamenten versorgt.

So stapften Marlis und ich allein durch ein mäßiges Schneetreiben über den Platz zum Choreingang.

Heute war die Kirche weit weniger mit Gläubigen angefüllt als am Heiligen Abend, aber es hielt uns nicht ab, den Weihnachtsfrieden, den wir empfanden, in unserem Gesang an die Gemeinde weiterzugeben. Pfarrer Lauber tat sein Übriges dazu, mit seiner feinsinnigen, bildhaften Ansprache erreichte er vermutlich viele Herzen der Zuhörer.

Im Anschluss an den Gottesdienst gab es bei uns ein spätes ausgiebiges und reichliches Frühstück. Dazu gehörten wie an jedem Weihnachten dann auch Rührei mit Speck, verschiedene Käse- und Wurstsorten, kleine saure Gurken und Silberzwiebeln, zartes Rauchfleisch mit Remoulade, Schwarzwälder Schinken, süßes Brot und Kuchen, nebst verschiedenen ausgefallenen Marmeladensorten und Konfitüren.

Und obwohl meine beiden Schwestern schon auf heißen Kohlen saßen, um sich mit Michael und Andreas zu treffen, aßen sie, wie wir übrigen, langsam und mit Genuss, in dem Bewusstsein, dass solche Delikatessen etwas Besonderes sind, für die man an diesem Festtag dankbar sein muss.

Bodo leckte seinen Fressnapf blank und eine ganze Weile danach immer noch sein Schnäuzchen, so als ob er ebenfalls sagen wollte. „Das war ein Festmahl."

„Ihr müsst heute nicht mehr in der Küche helfen", schlug ich Monika und Marlis vor. „Ich muss mich sowieso etwas bewegen, weil ich zu viel gegessen habe. Also, haut schon ab!"

Das ließen sich meine beiden Schwestern nicht zweimal sagen, sprangen vom Tisch auf und begannen sich zu streiten, wer sich als erstes im Waschraum kämmen durfte. Schließlich quetschen sie sich beide gemeinsam hinein, man hörte sie halbherzig schimpfen und gespielt jammern, und zum Schluss zischte es etliche Sekunden lang aus den Haarspraydosen.

Etwas später erschienen sie mit hochtoupierten, glänzenden Frisuren, die garantiert jedem Wind und Wetter standhalten konnten.

Mit Lippenstift, Rouge und Wimperntusche hatten sie etwas mehr Farbe in ihre hübschen Gesichter gezaubert und an den leuchtenden Augen konnte man sehen, dass sie sich auf die Rendezvous freuten.

Monika schien wie durch ein Wunder von ihrer Erkältung geheilt zu sein.

Kurz darauf erschienen Michael und Andreas und holten meine beiden Schwestern mit ihren Autos ab.

Inzwischen war ich mit der Küchenarbeit fertig und wartete auf Renate. Ich nutzte die Zeit, um einen längeren

Brief an Giovanni zu schreiben. Ich berichtete ihm von unserem Weihnachtsfest, von einer abenteuerlichen Autofahrt in den Schnee und von unseren Darbietungen des Kirchenchors. Sollte ich etwas über Werner schreiben? War ich unehrlich oder feige, wenn ich noch nichts von ihm berichtete?

Ich entschied mich dafür, vorerst zu schweigen. Sicherlich hatte er auch schon einige schöne Stunden mit Freundinnen und Freunden verbracht, von denen er mir nichts berichtete. Nein, dieses Mal wollte ich nicht zu früh eingreifen. Sonst, ja, da will ich immer der Macher sein. Aber jetzt: Schicksal, nimm deinen Lauf!

Als ich gerade die Briefmarke auf den Umschlag klebte, klingelte Renate an der Haustür, um mich abzuholen. Eilig stopfte ich den Brief in meine Handtasche, schlüpfte in den Mantel, rief meiner Mutter ein „Tschüss, Mama" zu und folgte meiner älteren Freundin den Weg hinunter bis zum Gartentor, wo sie das Auto abgestellt hatte.

„Hast du auch das DVR-Gerät dabei?" erkundigte ich mich während der Fahrt.

„Nein, das habe ich wieder bei Helma im Puppenwagen versteckt. Sie sind heute Nachmittag alle daheim. Ich muss mir erst ein näheres Bild von Herbert machen, bevor ich etwas unternehme."

Auf den Straßen vom Venusberg bis in die Stadt gab es keinen Schnee, alles war vorbildlich geräumt und vorsorglich gegen Glatteis gestreut.

Da offensichtlich viele Menschen diesen zweiten Feiertag gern zu Hause verbrachten, fanden wir leicht einen Parkplatz am Rheinufer-Bahnhof. In unseren warmen Stiefeln marschierten wir zum Obdachlosen-Heim, aus dem uns weihnachtliche Lieder entgegen klangen.

Eine freundliche Helferin ließ uns ein und zeigte uns auf unsere Frage nach Herbert Fröhlich einen älteren Mann mit einem Vollbart und ungepflegtem langen Haar, das ihm bis fast auf die Schultern herabhing.

Er saß ganz hinten in einer Ecke neben dem Weihnachtsbaum, hielt seine Kaffeetasse in zitternden Händen und starrte vor sich hin.

„Dem geht es aber schlecht", wandte ich mich an die Helferin. „Ich frage mich, wie er mit solch zitternden Händen überhaupt einbrechen konnte."

„Oh, für gewöhnlich zittert er nicht", klärte sie mich auf. „Aber er hat jetzt den ganzen Nachmittag schon keinen Alkohol getrunken. Da wird er unruhig. Warten Sie nur ab, wenn er wieder Alkohol intus hat, dann hat er so ruhige Hände, da könnte er Ihnen ohne Probleme den Blinddarm aus dem Bauch schneiden."

Ich riss die Augen auf. „Kennen Sie ihn so gut?"

Sie lachte. „Nein, das ist ja bei fast allen hier so."

„Darf ich ihm denn jetzt Alkohol geben?" erkundigte sich Renate. „Ich habe eine Flasche guten Rotwein mitgebracht."

„Dem ist Bier lieber. Oder noch besser, ein klarer Schnaps. Warten Sie mal noch ein bisschen mit dem Wein. Die bekommen jetzt alle hier zur Feier des Tages ein Fläschchen Bier. Da wird er wieder munter."

Sie griff auf einen Rollwagen, auf dem zwei Kästen Bier standen, öffnete eine davon und reichte sie Renate.

„Die können Sie schon für ihn mitnehmen. Wir wollten sowieso gerade an alle Anwesenden hier etwas verteilen."

Die Männer und auch einige Frauen, die hier saßen, klopfen mit den Fingern anerkennend auf die Tische, als sie sahen, dass es Bier gab, das von Helfern und Helferinnen verteilt wurde.

Während wir uns zu Herbert durchschlängelten, trafen uns einige unfreundliche Blicke.

„Nehmen Sie das nicht tragisch", empfahl uns die Helferin. „Die fürchten, dass Sie hier nicht hinpassen oder ihnen vielleicht sogar noch etwas wegnehmen. Nicht, dass hier alle so wären, aber ein paar haben eben keinen klaren Verstand mehr."

Herbert sah kurz hoch, als wir vor ihm standen. Aber offenbar konnte er mit uns nichts anfangen und ließ den Kopf sofort wieder sinken.

Renate stellte die geöffnete Flasche Bier vor ihn auf den Tisch. „Guten Tag Herr Fröhlich! Ich bin die Renate, Hermanns Frau. Wie ich gehört habe, haben Sie ihn gekannt und noch gesehen, bevor er mit seinem Flugzeug abstürzte. Ist das so?"

Er hob den Kopf. „Was ist los?" Mit zitternder Hand griff er nach der Bierflasche und nahm einen tiefen Schluck. „Wen kenne ich?"

„Sie haben doch erzählt, dass mein Mann Hermann Ihr Freund gewesen ist. Er hat Ihnen doch vor seinem Tod einen Apparat versprochen, den er Ihnen vererben wollte."

Herbert griff wieder nach der Flasche und trank sie fast aus. Danach atmete er tief, stieß einen Rülpser aus und sah uns an. „Ja. So etwas! Der Hermann, ja! So hieß er! Wirklich, der Hermann! Das war ein feiner Kerl, ein echter Freund! Wir waren echte Freunde, wie Pech und Schwefel! Einer hat für den anderen den Kopf hingehalten. Ich habe ihn mal rausgeholt aus einer ganz verdammten Situation, da wollte ihm einer an den Kragen. War doch Ehrensache! War doch der Hermann! Alles hätte ich für den gemacht! War doch selbstverständlich! Und er? War ein feiner Kerl, so einen gibt es nicht wieder! Hat gesagt, das werde ich dir nie vergessen, niemals, Herbert! Ja, wie Pech und Schwefel. Du kriegst einen Apparat, das verspreche ich dir, kannst ja ein bisschen Geld damit machen. Komm nur nicht auf die Idee, dass du ihn verkaufst. Einen tollen Fernseher hast du dann, kannst du immer rein gucken. Ja, so war der Herbert. Immer ein feiner Kerl!"

Er nahm den letzten Schluck aus der Flasche. „Ist das alles? Komm, Mädchen! Wenn du wirklich Hermanns Frau bist, dann besorgst du mir jetzt noch etwas zu trinken."

„Ich habe Ihnen noch eine Flasche Wein mitgebracht, die bekommen Sie dann später", teilte ihm Renate mit.

„Mach doch keinen Blödsinn, Mädchen! Warum sagst du denn Sie? Wenn du wirklich seine Frau bist, dann darfst du Du zu mir sagen. Lass dich mal anschauen! Nein, du hast keine Ähnlichkeit mit Hermann, so sah er nicht aus. Hast du den Apparat für mich mitgebracht? Ich will endlich meinen Fernseher haben. Den hat mir Hermann versprochen."

Renate nickte. „Ja, du sollst den Fernseher haben, das verspreche ich dir. Aber kannst du mir noch etwas von Hermann erzählen? Ich vermisse ihn so. Vielleicht weißt du noch irgendetwas über ihn? Hat er auch gesagt, wann ich dir den Fernseher geben soll?"

Er sah in die leere Flasche hinein. „Ja, der Hermann, der war ein echter Freund! Wir waren wie Pech und Schwefel. Aber alle die echten Freunde sind tot. Alle weg! Er hat immer gesagt, meine Frau ist die Beste. Geh zu ihr, wenn sie den Film geguckt hat. Nur einen einzigen Film."

„Welchen Film meinte er denn, Herbert? Hat er etwas darüber gesagt? Und was solltest du eigentlich mit dem Apparat machen?"

Er hob den Kopf und sah Renate an, es sah aus, als ob er versuchte, einen klaren Blick zu bekommen, sich auf sie zu fokussieren. „Toller Kerl, dieser Hermann. Aber er kommt nicht wieder. Und er weiß auch, warum. Nichts haben die gelernt in dieser Welt nach dem Krieg. Sie werden es wieder tun, immer wieder. Und das wusste Hermann. Deshalb wollte er auch mit dieser Welt nichts mehr zu tun haben. Was für ein Film? Er hat gesagt, ich bekomme den Apparat, dann kann ich immer Fernsehen, wann ich will und wo ich will. Und seiner Frau soll ich sagen, sie soll dafür sorgen, dass alles gut geht in der Familie. Sag ihr, sie soll nur diesen einen Film ansehen und dann ist es gut. Du durftest ihn nicht behalten, Mädchen. Mir wollte er den Apparat schenken."

„Das tut mir leid, Herbert. Aber ich wusste bis vor Kurzem nichts davon. Und von dir natürlich auch nicht. Warum hast du dich nicht früher bei mir gemeldet?"

„Wo hast du denn die Flasche Wein? Wie heißt du noch mal, Mädchen? Du bist doch wirklich die Frau vom Hermann, oder? Ich wusste doch nicht mehr, wo der Hermann wohnt. Aber dann habe ich mich daran erinnert, ganz plötzlich. Er hat immer vom Venusberg erzählt, und dass es da kaum Häuser gibt. Aber von der Kaserne wusste er, wo jetzt das Klinik-Gelände ist. Du wirst die Baracken schon finden, hat er gesagt. Da wohnen sie alle drin, und ganz vorne, da wohne ich."

Renate sah ihn ungläubig an. „Und daran hast du dich erst jetzt erinnert? Nach all den Jahren?! Der Krieg ist doch jetzt schon 20 Jahre vorbei."

Er blickte in die leere Flasche. „Vorbei, alles vorbei. 20 Jahre sind eine lange Zeit. Und alles ist vorbei. Nein, bisher habe ich keinen Fernseher gebraucht. Aber jetzt wird es kalt. Draußen wird es dunkel. Jetzt will ich meinen Fernseher haben. Hermann hat ihn mir versprochen. Und Versprechen soll man halten. Versprichst du mir, dass ich meinen Fernseher bekomme?"

Renate nickte eifrig. „Natürlich. Ich werde ihn dir gleich nach Weihnachten hier hinbringen. Oder gibt es noch einen anderen Ort, an dem du zu Hause bist, Herbert?"

Er lachte bitter. „Zu Hause? Wo ist denn zu Hause? Vielleicht über den Wolken. Da ist vielleicht ein Zuhause. Es ist doch alles vorbei, und sie sind alle nicht mehr da. Weil die Welt immer noch nicht besser geworden ist, weil niemand etwas aus dem Krieg gelernt hat. Deswegen hat auch alles keinen Sinn. Sie reden doch alle immer nur. Hast du das noch nicht erkannt, Mädchen? Du bist doch Hermanns Frau, oder? Der wusste das, der wusste alles. Nein, ein Zuhause habe ich nicht. Aber ich habe einen Fernseher, von meinem allerbesten Freund. Leute!" Er stand auf und rief es laut durch den Saal: „Leute, ich habe einen Fernseher. Von Hermann! Das ist mein bester Freund."

Ein Helfer und eine Helferin kamen herbei. Sie beruhigten ihn, baten ihn, sich wieder zu setzen und stellten ihm noch eine halbe Flasche Bier auf den Tisch, die er sofort ergriff und in einem Zug austrank.

Langsam beruhigte er sich wieder. Sein Kopf sank herunter.

Renate fasste ihn tröstend am Arm. „Keine Sorge, Herbert. Ich halte mein Versprechen und Hermann hält sein Versprechen. Ich komme morgen vorbei und bringe dir den Apparat dann hast du deinen Fernseher und Hermann freut sich im Himmel. Morgen bin ich wieder da, ganz bestimmt. Und jetzt gehen wir, meine Freundin und ich. Also dann, mach es gut Hermann! Bis morgen!"

Er brummte etwas. „Hermann hat gesagt, meine Frau ist die Beste. Ja, das hat er gesagt. Und er hat gesagt, sie gibt dir den Fernseher, wenn sie den Film gesehen hat. Das war ein echter Freund, der Hermann."

Er war eingenickt, ein Helfer kümmerte sich um ihn, und Renate und ich verabschiedeten uns von unserer Begleiterin und verließen das Asyl.

„Ich bin richtig erschüttert", teilte mir Renate mit, als wir draußen vor dem Heim standen.

„Mir geht es nicht anders. Es ist ganz grausam, wie dieser Mensch dahinvegetiert. Da schimpft man auf den Alkohol, aber wenn man die Schicksale dieser Menschen sieht, die oft so hochsensibel sind, da wundert es einen gar nicht mehr. Und bei ihm, ja, da hat der Krieg wohl sehr übel mitgespielt. Trotzdem wirst du ihm eine Freude machen, wenn er das Gerät bekommt. Das scheint ihm viel zu bedeuten."

„Ja, das sehe ich auch so. Es erinnert ihn an die gute Freundschaft mit Hermann. Und er erlebt, dass es Menschen gibt, die ihr Wort halten, eben wahre Freunde."

Renate überlegte einen Moment lang. „Was er wohl mit dem Gerät anfangen wird? Ich stelle mir das etwas schwierig vor, wenn er am Bahnhof schläft und vielleicht betrunken ist. Ob es ihm dann nicht auch gestohlen werden kann? Und wenn es dann in falsche Hände kommt?"

„Du hast Recht. Das müssen wir verhindern. Ob wir vielleicht noch einmal im DVR-Gerät nachsehen können, was aus ihm wird? Vielleicht könnte man auch das Gerät erst einmal etwas umbauen, bevor du es ihm schenkst."

„Hm, ja. Darüber muss ich einmal nachdenken, was wohl das Beste ist. Auf jeden Fall können wir es später noch einmal anmachen, am besten, wenn Werner wieder fort ist. Oder willst du ihn jetzt schon in deine Geheimnisse einweihen?"

„Nein, Renate. Wir sind ja gerade erst dabei, uns ein bisschen kennenzulernen. Stell dir vor, er wüsste, dass meine Entscheidung in der Hauptsache wegen Helma und Vinzenz gefallen ist, dann würde er womöglich seinen Heiratsantrag wieder zurückziehen. Nein, jetzt dürfen wir die Entwicklung nicht mehr gefährden."

Vorsichtig lenkte sie den Wagen über die immer noch schneefreien Straßen bis auf den Venusberg und hielt vor meinem Elternhaus. „Dann bis gleich, Leona! Ich bin schon sehr gespannt auf Werner. Weißt du, so ganz schlecht kann er doch nicht sein, denn Vinzenz hat bestimmt auch etwas von seinem Vater geerbt."

Ich lächelte. „Zum Glück nur von seinen guten Seiten. Bis später, Liebes!"

Meine Eltern saßen gerade beim Abendessen, das sie zu zweit gemütlich im Wohnzimmer einnahmen.

„Möchtest du mit uns etwas essen?" bot mir meine Mutter an. „Monika und Marlis sind in den Familien ihrer Freunde eingeladen, ich erhielt eben die entsprechenden Anrufe."

Ich freute mich. „Danke, Mama, aber ich muss noch einmal zu Renate, und Werner wird mich gleich abholen. Da habe ich jetzt noch keinen Appetit. Ich mach mir vielleicht später noch etwas warm. Aber ich finde es prima, dass meine Schwestern jetzt schon zu Weihnachten bei den Eltern ihrer Freunde sein können, das bedeutet schon etwas Besonderes. Es ist einfach ein ungeschriebenes Gesetz, dieses Fest gehört der Familie, und wenn man einen Partner dazu mitbringt, dann bedeutet das, man möchte ihn in die Familie einführen."

„Richtig, Liebling. So ist es schon seit ein paar Jahrzehnten, und ich kann mir auch nicht vorstellen, dass sich diese Tradition jemals ändert. Ich finde auch, dass dieses Weihnachtsfest, gerade in diesem Jahr ein ganz bedeutendes ist. Und erstaunlicherweise sogar für alle meine Töchter."

Ich hatte gerade noch Zeit, ihnen einen guten Appetit zu wünschen, als es schon an der Tür klingelte und Werner mich erwartungsvoll begrüßte. Wir umarmten uns kurz, einen Wangenkuss ließ ich gelten.

„Und wo geht es jetzt lang?" erkundigte er sich bei mir.

„Du musst mir den Weg zeigen, ich vergesse das immer wieder."

„Ich bin ihn schon als Kind so oft gegangen, ich kenne ihn im Schlaf. Besonders im Herbst habe ich mich oft gefürchtet, aber jetzt im Schnee sieht er aus, als hätten ihn die Engel verzaubert. Geht es deiner Oma besser?"

Er berührte mit seiner rechten Hand meine linke, und als er merkte, dass ich nicht zurückzuckte, hielt er sie fest. Ich horchte in mich hinein und merkte, dass es kein unangenehmes Gefühl war, seine Hand zu halten. Im Gegenteil, eine wohlige Wärme ging von ihm aus. Irgendetwas daran kam mir bekannt und verwandt vor. Solch ein Gefühl hat man vielleicht zu einem Bruder?

„Es geht ihr schon wieder sehr gut. Und sie möchte morgen unbedingt nach Hause. Bei der Visite wird man ihr dann auch sagen, ob sie entlassen werden kann. Sie lässt dich übrigens schön grüßen und kann es kaum erwarten, dich kennen zu lernen. Ich glaube, ihr werdet euch mögen."

„Am Anfang war sie etwas misstrauisch, als ich mit ihr telefonierte. Aber im Grunde genommen schien sie mir auch ganz nett. Ich habe keine Oma mehr, vielleicht kann sie mir eine Großmutter ersetzen. Das wird sich alles zeigen, jedenfalls wäre das schön."

Und obwohl es dunkel war, sah ich, dass er mich von der Seite her anblickte. „Dann gibst du mir echt eine Chance?"

Ich nickte. „Es spricht eine ganze Menge für dich. Immerhin hast du mich schon einmal auf Händen getragen. Das ist doch ein guter Anfang. Wenn das so weitergeht …"

Er lachte ein sympathisches Lachen. „Wir werden das Kind schon schaukeln", versprach er mir.

„Ja, und dabei bin ich mir ganz sicher."

***

25. Kapitel

Renate empfing uns mit Sekt, den sie in wertvolle geschliffene Gläser einschenkte. Auf dem Tisch standen Salzstangen und Erdnüsse zum Knabbern bereit.

Sie blinzelte mir zu und wandte sich an Werner. „Schön, Sie kennenzulernen. Leona kenne ich schon von Kind an, und in der letzten Zeit hat sie mir sehr viel geholfen. Da haben Sie sich eine nette Frau ausgesucht. Ich denke, Sie haben die richtige Wahl getroffen."

Werner nickte und antwortete ihr mit fester Stimme. „Oh ja! Das weiß ich. Als ich Leona das erste Mal sah, dort im nassen Keller bei Leni, da war es für mich vollkommen klar: Diese Frau möchte ich heiraten und keine andere. Offensichtlich hat jeder Mensch eine Vorstellung von eigenen Traumpartner in seinem Inneren. So, wie Leona aussah und dastand, so habe ich mir immer meine zukünftige Frau vorgestellt."

Wie stießen mit den Gläsern an und ließen sie zart klingen.

„Ja, nicht wahr", fuhr Renate fort. „Offenbar trägt jeder Mensch doch einige Visionen für seine Zukunft mit in sich herum. Und manche Menschen finden dazu eine Verbindung, während andere diese innere Stimme in sich verleugnen oder missachten."

Er lächelte etwas irritiert. „Darüber habe ich mir noch nie Gedanken gemacht. Es ist einfach so, dass ich eben weiß, was ich will. Das ist alles."

„Und wie stellen Sie sich die Zukunft vor?" bohrte sie weiter.

„Da habe ich keine Bedingungen", meinte er. „Gemeinsam mit Leona wird sich die Zukunft schon gut entwickeln. Wir werden ein ganz normales Ehepaar sein, das sich meiner Meinung nach gut versteht, dann kommt vielleicht ein Kind, und dann sind wir eine Familie. So einfach ist das, und darüber mache ich mir auch keine Sorgen."

„Und wie sieht das mit Ihrem Glauben aus? Glauben Sie an irgendetwas?"

„Ja, sicher. Da oben ist schon irgendwer, davon bin ich überzeugt. Das überlasse ich aber auch ganz meiner Partnerin. Leona kann da selbst für sich entscheiden, und wenn ich mich nicht irre, wird bei ihr im Elternhaus viel gebetet, da ist sie wohl auch sehr gläubig."

Ich nickte. „Im Nachhinein möchte ich es nicht vermissen, die vielen Gebete, die meine Mutter mit mir abends vor dem Einschlafen sprach. Sie hat mir damit eine gute Basis für mein Leben gegeben. Ich holte mir aus dem Glauben Hilfe und Trost."

„Wenn dir das wichtig ist, ich bin jedenfalls evangelisch getauft und konfirmiert worden. Einer kirchlichen Hochzeit steht also nichts im Wege", beeilte sich Werner zu sagen. „Ein Häuschen wäre ganz schön für eine Familie. Aber wer wünscht sich das nicht?"

Renate nickte. „Das schaffen Sie als Handwerker bestimmt. So, und nun habe ich Sie genug in die Inquisition genommen, jetzt beginnen wir einmal mit dem gemütlichen Teil des Abends. Und weil ich mir gedacht habe, dass ihr noch nichts Vernünftiges heute Abend gegessen habt, gibt es jetzt eine heiße Gulaschsuppe. Die wird uns allen gut tun."

Im Laufe des Abends zeigte es sich, dass Werner ein Talent hatte, Geschichten spannend zu erzählen, und so unterhielt er uns den ganzen Abend mit amüsanten Anekdoten aus allen Bereichen seines Lebens.

Etwas enttäuscht war er zum Schluss, als ich ihm mitteilte, dass ich noch allein bei Renate bleiben wollte, aber dann besann er sich und verabschiedete sich höflich von ihr.

„Es war ein sehr schöner Abend bei Ihnen, vielen Dank!"

„Nichts zu danken", entgegnete sie. „So hatte ich doch die Möglichkeit, Sie etwas besser kennen zu lernen. Sie werden es vielleicht verstehen, meine junge Freundin liegt mir am Herzen, und ich wünsche ihr für die Zukunft nur das Beste."

Er wandte sich mir zu. „Wann sehen wir uns? Morgen Abend nach der Arbeit?"

Ich schüttelte den Kopf. „Ich fürchte, in den nächsten Tagen wird mich mein Chef tüchtig rannehmen, ich habe noch etwas bei ihm gutzumachen. Sagen wir vielleicht am Mittwoch, das ist dann zwei Tage vor Silvester. Bis dahin ist er mir vermutlich nicht mehr böse."

„Na gut", gab er sich mit meiner Antwort notgedrungen zufrieden. „Aber was machst du Silvester? Das möchte ich schon ganz gern mit dir verbringen. Gibt es da eine Möglichkeit?"

„Bisher gehörte der Silvesterabend immer uneingeschränkt der Familie. Aber ich glaube, dass sich in diesem Jahr etwas geändert hat. Marlis und Monika sind sehr verliebt und haben bestimmt den Wunsch, am letzten Tag des Jahres mit ihren Freunden zusammen sein zu können. Ich werde das auf jeden Fall mit ihnen und meinen Eltern absprechen. Und dann sage ich dir am Mittwoch Bescheid. Ist das in Ordnung so?"

Er nickte. „So machen wir es."

Wir umarmten uns kurz zum Abschied.

„Ihr seid noch ganz schön förmlich", meinte Renate, als er gegangen war. „Du bist wohl nicht verliebt in ihn?"

„Mach dir da keine Sorge! Wie du gesehen hast, kann er also auch ganz nett sein. Langweilig wird es einem mit ihm bestimmt nicht. Er ist mir sympathisch, und ich glaube, das Problem liegt an mir. Ich habe es erkannt."

Sie sah mich erstaunt an. „Was denn?"

„Jetzt weiß ich auch, warum man nicht immer in die Zukunft schauen kann. Es beeinflusst einen viel zu sehr. Wenn ich ihn getroffen hätte, ohne zu wissen, wie er später zu meinen Kindern sein wird, dann hätte ich mich bestimmt in ihn verlieben können, in seine angenehmen Seiten. Aber jetzt habe ich das alles immer im Hinterkopf, seine Entwicklung, sein Verhalten zu unseren Söhnen.

Das alles stört meine Emotionen. Aber auf der anderen Seite ist das auch gut so, ich habe weniger Illusionen, und finde auch nur das Gute an ihm, was ich wirklich sehe."

„Stimmt. Darüber habe ich bis jetzt noch gar nicht nachgedacht. Das ist wohl bei einem Menschen extra gut so eingerichtet, damit er immer unvoreingenommen handeln kann. Ja, und jetzt hast du den Vorteil, dass du genau weißt, was auf dich zukommt. Und was sollen wir jetzt zuerst schauen?" Sie packte das DVR-Gerät aus und baute es auf dem Tisch auf. „Fangen wir mit Herbert an, oder fragen wir das Gerät nach Hermann, der uns vielleicht sagen kann, wie wir mit dem Gerät weiter verfahren, damit es niemandem schaden kann?"

Ich überlegte. „Ich hoffe, dass ich mich auf beides gut konzentrieren kann. Versuchen wir es einmal. Ich fange einmal mit Hermann an."

Sie reichte mir die Ohrhörer und die Brille, ich setzte Beides auf und das Spektakel der multisensorischen Präsentation, die virtuelle Interaktion konnte beginnen.

Mit aller Kraft versuchte ich, mich auf Hermann zu konzentrieren, aber es erschien kein Bild, und erst recht keine Person. Enttäuscht entspannte ich einen Augenblick, um mich dann erneut zu konzentrieren, dieses Mal auf Herbert.

Es dauerte eine ganze Weile, bis sich aus dem Schwarz ein Bild entwickelte. Ich entdeckte ein großes Gehöft, das sich vor dunklen Tannen erhob. Eine Frau mittleren Alters in Arbeitskleidung, einer alten Jeans und einem verschlissenen, karierten Hemd kam mir entgegen, begrüßte mich und fragte: „Kann ich Ihnen irgendwie helfen?"

„Ich glaube, ich habe mich etwas verlaufen. Wo bin ich hier?"

„Ganz in der Nähe von Petersthal im Schwarzwald. Wo möchten Sie denn hin?"

„Ich suche Herbert Fröhlich? Wissen Sie, wo der ist?"

„Freilich, der ist mit meinem Mann in den Wald, die kümmern sich ums Holz. Und wer sind Sie und was wollen Sie von ihm?"

„Ich bin eine Freundin von der Frau seines Kriegskameraden. Ich wollte eigentlich mit ihm sprechen wegen des Fernsehers, wegen des vererbten Gerätes."

„Ach so, ja, deswegen sind Sie hier. Er mag diesen alten Fernseher und abends sitzt er oft davor. Aber dann trinkt er wieder zu viel, deswegen rufe ich ihn lieber aus seiner Kammer, damit er bei uns in dem großen modernen Fernseher weiter schauen kann. Da gibt es jetzt ja auch viel mehr Programme. Ja, das tut mir auch leid wegen damals, dass sie da solche Umstände hatten."

„Umstände?" wunderte ich mich.

„Sicher, erinnern Sie sich denn nicht mehr? Sie hatten meinen Onkel doch besucht in dem Heim für Obdachlose in Bonn. Aber Sie konnten nicht wissen, dass ich ihn am anderen Tag abgeholt habe zu uns in den Schwarzwald. Er ist auch der einzige noch lebende Verwandte von uns, um den muss man sich kümmern. Ja, wir wussten gar nicht, dass er noch lebte, aber dann habe ich ein Bild in der Zeitung gesehen vom Bonner Bahnhof und von den Pennern. Und da habe ich ihn auf einmal wiedererkannt, meinen Onkel Herbert. Da hat mein Mann dann direkt gesagt, hole ihn doch hier, er kann uns ein bisschen zur Hand gehen. Dann trinkt er vielleicht nicht mehr so viel. Und damit hat mein Otto auch Recht. Hier an der frischen Luft, da kann er gut was arbeiten. Hier trinkt er nicht mehr so viel. Na, gut. Es gibt schon den einen oder anderen Tag. Aber da sind dann eben die Erinnerungen zu groß an all die schlimmen Sachen, die er erlebt hat. Tja, so kam das dann eben. Aber dann haben Sie ja durch die Heimleitung unsere Adresse erhalten und uns den Fernseher nachgeschickt. Das war wirklich sehr nett von Ihnen!"

„Und? Wie kommt er denn mit dem Apparat klar? Kann er da wirklich etwas sehen?"

„Natürlich, da kommen zwar nur zwei Programme, für mehr ist er nicht eingerichtet. Aber der Herbert hängt halt sehr daran, weil er von seinem besten Freund ist. Deswegen putzt er auch immer daran herum."

Ich war noch nicht zufrieden. „Und es klappt alles mit den Programmen? Mit diesen beiden? Hat er keinerlei Schwierigkeiten?"

Sie sah mich irritiert an. „Ich weiß von Nix. Ich hab mal kurz mit reingeschaut. Uralt ist der Apparat, und das Bild winzig klein, aber da liefen ganz normale Filme. Einmal war es ein Western, ein anderes Mal ein uralter Liebesfilm, ein ganz nettes Unterhaltungsprogramm."

„Macht es Ihnen was aus, wenn Sie mir das Gerät einmal zeigen?"

Sie kniff die Augen ein wenig zusammen. „Glauben Sie etwa, er hätte den Apparat weggeschmissen? Nein, das denken Sie doch nicht im Ernst. Er ist ganz stolz darauf, den hütet er wie einen Schatz."

„Darf ich ihn vielleicht trotzdem einmal sehen? Ich will nur sicher gehen, dass ihn nicht jemand auf dem Transport hierher vertauscht hat."

„Na, dann kommen Sie mal mit mir herein und überzeugen Sie sich selbst!"

Ich folgte ihr durch das Bauernhaus, erst durch den Flur, dann eine Treppe hinauf in den ersten Stock bis in eine Kammer, die mit Bauernmöbeln gemütlich eingerichtet war. Auf dem Nachttisch entdeckte ich das DVR-Gerät. Es gab keinen Zweifel, solch einen eigenartigen Kasten gab es kein zweites Mal. Also mussten Renate und ich, bevor wir dieses Gerät weitergeleitet hatten, noch herausgefunden haben, wie man es umstellt auf ein reines Fernsehen.

„Richtig! Das ist es! Der alte Fernseher von Hermann. Da bin ich aber froh, dass er heil angekommen ist."

Die Bäuerin sah mich misstrauisch an. „Jetzt muss ich mich aber etwas wundern, sind sie wirklich die Freundin von Hermanns Frau? Sind sie wirklich die Leona?"

„Ja, natürlich!" Ich kramte man Personalausweis aus der Handtasche und reichte ihn ihr. „Hier! Sie können es lesen. Ich habe Ihnen die Wahrheit gesagt."

Sie beruhigte sich wieder. „Aber ein bisschen wirr sind Sie schon, nicht wahr? Der Herbert hat Sie doch angerufen zur Jahreswende letzten Jahres. An Weihnachten waren Sie bei ihm, tags darauf habe ich ihn abgeholt. An dem Tag waren Sie noch im Heim, haben die Adresse bekommen von meinem Hof und sofort den Apparat losgeschickt. Und am Tag vor Silvester hatte Herbert schon das Päckchen in der Hand und es mit zitternden Händen aufgemacht. Er hat natürlich auch sofort daran herumprobiert und direkt einen guten Fernsehempfang gehabt. Und weil er sich so gefreut hat, hat er sich von der Auskunft ihre Telefonnummer geben lassen. In dem Brief, der im Päckchen lag fanden wir doch Ihren Namen und Adressen, von Ihnen Leona, und von Renate. Am Silvesterabend hat er dann den ganzen Abend versucht, die Renate zu erreichen. Aber sie war nicht zu Hause, erst am anderen Tag, da hat er ihr dann ein frohes neues Jahr gewünscht. Aber Sie hat er doch erreicht, junge Frau! Können Sie sich denn da nicht mehr dran erinnern?"

Jetzt musste ich improvisieren. Heute hatten wir erst Sonntag, den 26. Dezember, und nächsten Freitag am 31. Dezember, am Silvesterabend würde er mich anrufen. Was hatten wir da wohl miteinander geredet? Nun, auf jeden Fall hatte er sich sehr gefreut und sich bedankt. Das war jetzt mein Stichwort.

„Ach so, das meinen Sie! Natürlich, jetzt erinnere ich mich. Er hat sich gefreut und hat sich bedankt. Ja daran konnte ich natürlich auch erkennen, dass er heil bei Ihnen angekommen ist. Ich bin aber wirklich im Moment ziemlich vernagelt. Schließlich war er ja auch mal Pilot, und kennt sich daher mit technischen Dingen sehr gut aus. Tut mir wirklich leid, wenn ich mich jetzt etwas dumm angestellt habe."

„Ach, das macht doch nichts!" beruhigte sie mich wieder. „Schließlich hatten Sie auch allen Grund, besorgt zu sein, so betrunken, wie sie ihn in dem Heim kennen gelernt haben, war er ja schon lange nicht mehr gewesen, und wie gesagt, so oft kommt es hier auch nicht mehr vor. Vermutlich haben Sie einen sehr schlechten Eindruck von Herbert bekommen."

„Es ist anders als Sie denken, über Menschen, die viel Alkohol trinken, mache ich mir einige Gedanken. Es gibt doch oft ein „Warum". Renate und ich haben uns gedacht, dass er eben im Krieg viel miterlebt hat. In meiner Kindheit hat man uns beigebracht, den Krieg zu fürchten und zu hassen, und das war gut so. Deswegen haben alle in meiner Generation den Wunsch, etwas zum Frieden auf dieser Welt beizutragen. Aber genau deswegen verstehe ich auch Herbert so gut, der versucht auf diesem Wege all diese schlimmen Erlebnisse zu vergessen."

Sie sah mich dankbar an. „Ja, so sehen wir das auch. Darf ich Ihnen irgendetwas anbieten? Wollen Sie vielleicht warten, bis Herbert wieder zurückkommt?"

Ich schüttelte leicht den Kopf. „Ach nein! Das ist ganz lieb von Ihnen, aber ich hab jetzt noch so Einiges vor, das dringend erledigt werden muss. Aber erst einmal herzlichen Dank, dass Sie mich hereingelassen und mir so freundlich Auskunft gegeben haben. Grüßen Sie bitte Herbert ganz lieb von Renate und mir. Wir werden uns sicher wieder melden."

Sie geleitete mich bis zur Tür. „Schade, der Herbert wird sich ärgern, dass er Sie jetzt verpasst hat. Alles Gute und grüß Gott!"

Ich reichte ihr die Hand. „Für Sie auch! Wir werden bestimmt noch einmal telefonieren."

Sie winkte mir nach und das Bild verblasste, der winzige Monitor füllte sich mit gleichmäßigem Schwarz.

Ich nahm die Brille und die Hörer von Kopf und sah Renate an. „Was sagst du nun?"

„Ja sowas! Also fahren wir morgen zum Heim und werden entdecken, dass Herbert gar nicht mehr da ist. Dann packen wir das DVR-Gerät ein und schicken es in den Schwarzwald zu Herberts Nichte. Wir haben also schon einen Plan für morgen. Aber wie um Himmels Willen schaffen wir es heute Abend, aus dem DVR-Gerät einen einfachen Fernseher zu machen?"

Ich zog die Augenbrauen hoch. „Verflixt, ich habe gar keine Idee."

Sie senkte den Blick und sah vor sich hin. „Lass uns nachdenken, vielleicht fällt uns etwas ein."

„Hast du die Gebrauchsanleitung noch, Renate?"

„Ja, natürlich. Aber die habe ich schon ein Dutzend Mal durchgelesen, da steht nichts von einer Umschaltung. Ich wüsste auch niemanden mit technischer Erfahrung, der uns dabei helfen könnte."

„Das hätte sowieso keinen Sinn. Es wäre nicht gut, jemanden einzuweihen. Je weniger Leute davon wissen, umso ungefährlicher bleibt es", fand ich.

Sie seufzte. „Jetzt sind wir schon so weit gekommen, Helma ist gerettet. Wir werden doch nicht so kurz vor dem Ende dieses Auftrags einen Fehler machen!"

„Ich werde hier heute Abend nicht hier weggehen, bis wir die Lösung gefunden haben", versprach ich.

Sie füllte die Gläser mit ihrem Spezialpunsch und wir nippten daran und dachten nach.

Nach ein paar Minuten sprang ich auf und begann, das Gerät systematisch von allen Seiten her zu untersuchen. Jeden Schalter, jedes Schräubchen begutachtete ich und versuchte seine Funktion zu erraten. Etwa eine halbe Stunde lang drehte ich das DVR-Gerät in meinen Händen von einer Seite zur anderen und suchte nach einer Vorrichtung, die aus dem virtuellen Realitäts-Multisensor einen normalen Fernseher machte.

Auf der schwarzen Unterseite entdeckte ich endlich eine Schraube, die einer Kreuzschraube ähnelte, aber statt der zwei gekreuzten Schlitze, drei von ihnen, in einer sternförmigen Anordnung zeigte. Neben dieser Schraube fand ich auf der linken Seite die Buchstaben TV und auf der rechten Seite die Buchstaben DVR als winzige Erhebungen im eintönigen Schwarz.

„Dies hier ist kein Schalter", teilte ich Renate mit. „Daher muss die Funktion an die Benutzung dieser Schraube gekoppelt sein. Hast du irgendein Werkzeug dazu in dem Karton gefunden?"

Sie holte eine Tüte aus dem Karton. „Da ist nicht wirklich Werkzeug darin, aber ein einzelner Schraubenzieher und ein paar kleine Ersatzschrauben. Die sehen übrigens sehr merkwürdig aus. Ihr Kopf ist genauso wie der dieser Schraube, aber sie haben einen sehr langen Schaft, der hohl ist, und hier mit einem komischen Metall und kleinen Drähten gefüllt ist. So wie etwa im Batterieteil einer Taschenlampe." Sie zeigte mir eine davon und reichte mir den Schraubenzieher. „Ich vermute, dass du jetzt die Schraube unten einmal herausnehmen möchtest, um zu sehen, ob der Apparat dann noch als DVR-Gerät funktioniert. Stimmt's?"

„Genauso ist es, Renate. Und das probiere ich jetzt sofort aus."

Gespannt sah sie mir zu, wie ich den Schraubenzieher ansetzte und die Schraube vorsichtig lockerte, im Anschluss danach mit Fingerspitzengefühl herauszog. Tatsächlich gelang es leichter, als ich es gedacht hatte.

„Zeig mir bitte einmal die anderen Schrauben", bat ich sie. Vielleicht müssen wir jetzt als Ersatz eine andere hineindrehen."

Sie begutachtete die vorhandenen, gleich langen Schrauben und reichte mir eine, die vollkommen hohl war. Rasch drehte ich sie in die dafür gesehene Öffnung und zog sie fest.

„Jetzt bist du dran, liebe Renate! Vollende dein Werk!" sagte ich feierlich.

Sie schaltete das Gerät ein, und schon kurze Zeit später drang uns eine Weihnachtsmusik entgegen, die aus dem winzigen Lautsprecher der Ohrhörer erklang. Ein kleiner Bildschirm in der Innenseite der Brille leuchtete auf, und wir erkannten in dem winzigen Bild die Übertragung einer Weihnachtsandacht.

Jubelnd fielen wir uns in die Arme.

„Wir haben es geschafft!" freute sich Renate. „Jetzt kann Herbert fernsehen, und es besteht keine Gefahr, dass irgendetwas Schlimmes mit dem Gerät passiert."

„Wirst du die Schrauben wegschmeißen?" fragte ich meine ältere Freundin.

„Ich werde sie jetzt im Winter dort verstecken, wo das Gerät bis jetzt war. Aber im Frühling werde ich sie im Garten vergraben, da sind sie dann sicher. Jetzt haben wir wohl unsere Mission erfüllt. Unsere letzte Amtshandlung ist dann, das Gerät am Dienstag zu Herbert zu schicken, nachdem wir uns morgen seine neue Adresse aus dem Heim geholt haben. Was bin ich froh, dass alles so gut gegangen ist!"

„Ich auch", stimmte ich ihr zu. „Wir hatten die Engel auf unserer Seite."

Als sie mich ein wenig später nach Hause brachte, warfen wir einen Blick auf den Seerosenteich, aber er lag dunkel und still in der winterlichen Nacht.

***

26. Kapitel

Die nächsten Tage vergingen wie im Flug. Mein Chef bürdete mir Einiges an Arbeit auf, sodass ich von Montag bis Mittwoch fast nur mit meiner Arbeit in der Buchbinderei zu tun hatte, von 7:00 Uhr morgens an bis abends etwa um die gleiche Zeit, sodass ich an diesen Tagen erst nach 20:00 Uhr wieder in meinem Elternhaus ankam.

Lediglich am Montag hatte mich Renate von der Arbeit abgeholt und war mit mir eine Straße weiter am Bahnhof vorbei bis hin zum Obdachlosen-Asyl gefahren. So wie wir es bereits ahnten, erfuhren wir von der Heimleiterin, dass Herbert am Mittag von seiner Nichte abgeholt worden war, der Nichte, die mit ihrem Mann als Bäuerin einen Hof im Schwarzwald bewirtschaftete.

Die Adresse gab sie uns gern und teilte uns mit, wie sehr sie sich für Herbert freute.

„Endlich gibt es eine Chance für einen dieser armen Kreaturen." Sie drückte uns zum Abschied mit Nachdruck die Hände. „Wenn es doch noch mehr solcher netten Anverwandten gäbe! Aber die meisten schämen sich für die alkoholkranken Leute. Es ist halt noch nicht überall bekannt, dass Alkoholismus eine Krankheit ist. Aber ich hoffe, dass sich eines Tages in dem Bereich der Medizin noch sehr viel ändert!"

„Das hoffen wir auch", fand Renate.

Gemeinsam packten wir eine Stunde später das Päckchen für Hermanns alten Freund, legten einen freundlichen Brief mit hinein, und Renate brachte es ganz früh am Dienstagmorgen zur Post.

Als ich am Mittwochabend nach Haus kam, saß Werner gemeinsam mit meiner Familie am Abendbrottisch. Sie waren fast fertig und bemühten sich alle eifrig, mir etwas Gutes zu tun. Marlis brachte mir Tee, Monika wärmte mir die Bratkartoffeln, meine Mutter reichte mir Spiegeleier und Werner füllte mir ein Schüsselchen mit frischem, grünem Salat.

„Dann tue ich auch mein übriges dazu", scherzte mein Vater. „Denn ich wünsche dir einen guten Appetit."

Ich freute mich über die nette Betreuung meiner Familie.

„Ihr seid wirklich fantastisch", lobte ich sie. „Ich muss meinen Chef fragen, ob ich vielleicht öfter einmal Überstunden machen kann. Es ist so schön, von euch verwöhnt zu werden."

Werner schien meine Familie gut unterhalten zu haben, die Stimmung war gelöst und heiter und Marlis bat ihn, während ich meinen Hunger stillte, um weitere Anekdoten.

Wir Schwestern übernahmen nach dem Abendbrot den Abwasch, während sich meine Eltern mit Werner in die Wohnhalle zurückzogen.

„Und?" Monika erhoffte sich von mir eine Auskunft über meine Absichten. „Was wird jetzt aus deinen Verehrern?"

„Ich denke, sie werden Beide ihren Weg gehen. Der eine bleibt weiter Handwerker und der andere weiter Zollbeamte. Und ich bin sicher, dass sie eine zufriedenstellende Zukunft haben", wich ich aus.

„Du weißt ganz genau, was ich meine", schimpfte sie.

Marlis mischte sich ein. „Es ist jetzt schon ein paar Tage lang keine Post mehr von Giovanni gekommen. Hat das etwas zu bedeuten? Früher hat er doch jeden Tag geschrieben. Oder meinst du, dass das etwas mit dem vielen Schnee zu tun hat?"

Ich lächelte. „Oh ja, der Schnee spielt dabei schon eine bedeutende Rolle. Aber er ist nicht der Grund dafür, dass keine Post von Giovanni kommt. Wenn ihr es unbedingt wissen wollt, ihr lasst ja doch keine Ruhe! Aber weil ihr eben schon so besorgt um mich wart, und mich so schön verwöhnt habt, da will ich euch auch nicht länger auf die Folter spannen. Ich werde Giovanni nicht heiraten, nicht jetzt, und auch nicht in den nächsten Jahren. Und ich gebe jetzt Werner eine Chance, dass wir uns kennenlernen können, damit ich vielleicht auch seine guten Seiten entdecke. Dann kann es etwas Festes mit uns werden."

„Du bist aber auch viel zu anspruchsvoll", fand Monika. „Jeder Mensch hat gute und schlechte Seiten, macht Fehler. Menschen sind eben keine Engel. Aber Werner ist wirklich ein patenter, junger Mann."

„Und er liebt dich auf seine Art", fügte Marlis hinzu. „Wir wissen auch nicht genau, was uns mit Michael und Andreas erwartet. Vielleicht erleben wir da auch noch unsere Überraschungen. Das ist aber das Risiko in der Liebe, und das ist immer da. Und wenn man liebt, dann nimmt man das eben in Kauf."

„Wenn man liebt!" dachte ich im Stillen. Laut sagte ich: „Ich bin sicher, dass wir Drei immer den richtigen Weg wählen."

„Aber du hast immer noch den Ring von Giovanni an", bemängelte Monika. „Willst du ihn nicht endlich ablegen?"

Ich sah auf meine Hand und lächelte geheimnisvoll. „Was bedeutet das schon, ob ich ihn anziehe oder in eine Schachtel lege? Er ist doch nur ein materielles Symbol. Es kommt immer nur darauf an, wie man es im Herzen fühlt."

„Übrigens, an Silvester dürfen wir alle unsere Freunde einladen", teilte mir Monika mit. „Michael und Andreas kommen. Also, mach etwas daraus!"

Nach dem Abwasch wechselten sich meine Schwestern am Telefon ab, während ich zu meinen Eltern und Werner Wohnzimmer ging, wo sich die drei angeregt unterhielten.

Als Werner mich entdeckte, stand er auf. „Gehen wir noch eine kleine Runde mit Bodo durch den Schnee oder bist du zu müde?"

„Gern, ein bisschen frische Luft tut immer gut, mir und auch Bodo."

Meine Eltern wünschten uns einen angenehmen Spaziergang und zogen sich in das Zimmer meiner Mutter zurück, wo sie noch wegen des Silvesterabends einiges miteinander besprechen wollten.

Mit Bodo an der Leine spazierten wir etwas später über die immer noch verschneiten Wege. Werner ergriff meine Hand und ich überließ sie ihm. Wie beim letzten Mal spürte ich, dass sich seine Hand angenehm anfühlte. Eine Weile gingen wir so schweigend durch die Straßen, ich fand diese Stille angenehm, denn wir fanden den gleichen Schritt, das gleiche Tempo und eine Harmonie schien sich einzustellen.

Am Park, der Apfelallee, blieb Werner stehen. „Wie geht es dir?" wollte er wissen.

„Es geht mir gut, mit dir", fügte ich hinzu. „Hast du Lust, am Silvesterabend zu kommen? Oder willst du dann mit deiner Oma feiern?"

Er freute sich ehrlich. „Natürlich komme ich, gern sogar. Deine Eltern sind prima, und deine Schwestern sind auch in Ordnung. Zu meiner Oma kommt die Nachbarin, die beiden wollen sich etwas erzählen. Aber sie hat mir auch schon angedeutet, dass sie vielleicht weit vor Mitternacht müde wird. Dann wird sie von der netten Frau zu Bett gebracht. Es ist also für alles gesorgt."

„Fein. Dann kannst du erleben, wie es so bei uns zugeht. Und du kannst dabei auch sehen, wie mir eine Silvesterfeier gefällt. Nicht unbedingt mit Partys, die mag ich lieber an anderen Tagen. So mit der Familie, das ist mir so am liebsten."

„Na, da bin ich aber gespannt. Wie du weißt, bin ich das nicht so gewohnt, ein solcher Silvesterabend ist für mich ganz neu. Muss ich dann etwa auch in die Kirche gehen?"

„Meine Schwester und ich gehen auf jeden Fall. Wir singen natürlich auch wieder im Kirchenchor, und ich freue mich schon darauf. Aber du musst nicht mitgehen, wenn du nicht magst. Meine Eltern lassen sich in dieser Zeit sicher gern von dir unterhalten. Und wie steht es eigentlich bei dir mit klassischer Musik? Da stehen wir nämlich auch alle drauf, die ganze Familie."

„Na ja, ein bisschen. Die netten Schlager von heute gefallen mir besser oder die Beatles zum Beispiel, was hältst du von denen?"

„Mag ich auch. In der Musik habe ich einen vielseitigen Geschmack. Ab und zu wirst du dich an Klassik gewöhnen müssen, die Liebe dazu habe ich von meiner Mutter geerbt. Wenn ich da also etwas höre, wirst du dich vielleicht gestört fühlen. Bei allem anderen ist mir dein Geschmack egal, da werden wir uns gegenseitig nicht stören."

„Bei der Musik gibt es auch eine Abhilfe", wusste Werner. „Ich werde dir ein paar Ohrhörer kaufen, dann kannst du für dich immer im Stillen die klassische Musik hören."

Ich schüttelte leicht den Kopf. „Keine Chance! Von Ohrhörern habe ich jetzt erst einmal genug. Damit habe ich meine Erfahrungen gesammelt, aber davon erzähle ich dir vielleicht später einmal. Und jetzt will ich auch erst mal eine neue Zeit in meinem Leben beginnen. Und dann hat alles seine Zeit, es wird sich alles entwickeln."

Bevor Werner auf die Idee kommen konnte, mich hier in dem romantischen Park zu küssen, brachte ich das Thema auf seine Arbeit und ließ mir Einiges von ihm darüber erzählen.

Kurz bevor wir wieder an meinem Elternhaus ankamen, fragte ich ihn: „Kennst du auch Kreuzschrauben, die in ihrem Kopf nur drei Schlitze haben?"

„Nein, die gibt es nicht, Leona. Die wird es auch nicht geben, weil das überhaupt keinen Sinn ergibt."

„Vielleicht nicht in eurem Handwerk", entgegnete ich. „Aber in der Elektrik oder Elektronik, da wäre das vielleicht ganz praktisch. Und ich stelle sie mir im Schaft hohl vor, im Inneren verbunden mit irgendwelchen Kabeln. Es entwickelt sich meiner Meinung nach alles immer weiter."

„Das kann ich mir nicht vorstellen. Wie mir scheint, hast du eine ganze Menge Fantasie. Ich habe auch schon vorhin die Fotoalben bewundert, die du deinen Schwestern geschenkt hast. Wenn wir einmal ein Haus haben, dann kannst du deine praktische Ideen aber sicher gut verwerten."

„Und ich hoffe du auch", fügte ich hinzu. „Das werden wir nämlich dann auch brauchen."

An der Haustür verabschiedete ich mich von ihm mit einem Wangenkuss. „Schön, dann komm gut nach Hause, grüß deine Oma und halte die Ohren steif bis übermorgen!"

Er beugte sich zu mir. „Ja, schlaf gut! Ich freue mich auf übermorgen!" Und ehe ich es verhindern konnte, nahm er meinen Kopf in seine Hände und küsste mich.

Es war kein verbrennendes Feuer, kein farbiges, explodierendes Feuerwerk wie bei Giovanni, aber trotzdem stellte ich fest, dass er gut küssen konnte, und ich ließ es geschehen.

***

27. Kapitel

Nachdem der Donnerstag noch einmal vollgepackt mit langweiligen Partie-Arbeiten in der Buchbinderei verging, und ich am späten Abend müde ins Bett gefallen war, zeigte sich der Freitagmorgen unerwartet freundlich und überraschend anders.

An diesem Vormittag des Silvestermorgens hatte die Chefin den Dienst übernommen.

Doch anstatt uns in die Werkstatt hinein zu lassen, lud sie uns in die private Wohnung ein. Dort fanden wir einen festlich gedeckten Tisch vor, daneben ein kleines Buffet, auf dem wir Kaffee, Cola, Berliner Ballen, Krapfen und Kartoffelchips fanden.

Frau Hahnemann sah freundlich in die Runde und verkündete uns, dass sie heute am Tag von Silvester, weder die Werkstatt noch das Ladenbüro öffnen wollte.

„Ihr wart dieses Jahr so fleißig, das möchte ich euch belohnen. Ganz abgesehen davon sind heute die meisten Menschen mit den Vorbereitungen für den heutigen Abend beschäftigt, da werden wir nicht viel Kundschaft haben. In unserer Branche ist es ja nicht so wie bei den alltäglichen Gebrauchsgegenständen und bei den Nahrungsmitteln. Da sieht es alles schon etwas anders aus.

Aber mit euch möchte ich jetzt sozusagen auch einen kleinen Abschied feiern. Wie ihr wisst, haben wir uns getrennt, mein Mann und ich. Inzwischen wissen das auch die Kinder, und sie haben es recht gut aufgenommen. Im nächsten Jahr werde ich nicht mehr hier mitarbeiten, denn ich ziehe zunächst einmal zu meinen Eltern zurück. Und so wie das hier aussieht, werdet ihr bald eine neue Chefin bekommen, die Freundin meines Mannes. Ich hoffe, dass ihr gut mit ihr zurechtkommt. Vielleicht schafft sie es sogar, aus meinem muffigen Mann, einen netten Chef zu zaubern. Wer weiß? Niemand weiß, was die Zukunft bringt, auch wenn wir uns heute Abend alle bemühen werden, durch Blei-Gießen und Knallbonbons ein paar Hinweise zu bekommen.

Ihr braucht mich nicht zu bedauern, meine Ehe war schon lange nicht mehr gut, und ich weiß, dass wir uns gegenseitig nicht gut getan haben. Wir haben es noch eine ganze Weile versucht, das sollte man auch immer tun. Aber dann haben wir festgestellt, dass unsere ganzen Bemühungen zu nichts führen. Seitdem wir das alles geklärt haben, fühlen wir uns beide viel besser. Sicher werdet ihr euch fragen, warum ich euch das alles jetzt erzähle. Ich hätte auch einfach nur Tschüss sagen können. Aber ich finde, die Kommunikation ist etwas ganz Wichtiges. Ich habe darüber eine andere Meinung als mein Mann, und ich weiß, dass es euch oft unter ihm schwer gefallen ist.

Ja, mir liegt es eben eher, mit euch alles zu bereden und im Guten zu klären. Deshalb wollte ich euch auch an meinen Erfahrungen teilhaben lassen. Bis auf Herrn Bergmann seid ihr ja alle noch junge Leute, die vielleicht noch die eine oder andere Illusion haben. Und ihr seid dabei, Partner zu finden, Familien zu gründen oder euch zu verlieben.

Deswegen sage ich euch jetzt: manche Partnerschaft ist auch eine Sackgasse. Bitte achtet darauf, dass ihr dann herausgeht, wenn ihr anfangt, euch weh zu tun oder euch zu hassen. Habt nicht nur den Mut, euch in eine Partnerschaft zu stürzen, wenn ihr verliebt seid, sondern trennt euch auch, bevor ihr euch gegenseitig das Leben schwer macht.

Ich weiß, dass ich jetzt ein neues Leben anfange, das anders sein wird, und dass ich es besser machen werde, das versuche ich wenigstens."

Sie holte aus der Küche ein großes Tablett, auf dem gefüllte Sektgläser standen und reichte es herum. Nachdem wir uns bedient hatten, hob sie ihr Glas. „Wir trinken jetzt auf uns und auf unsere Zukunft. Und ich wünsche euch auch den Mut, die richtigen

Entscheidungen zu fällen und nicht in Lüge und Feigheit zu leben."

Wir hoben die Gläser und prosteten ihr zu. Hans-Josef reichte ihr persönlich die Hand und sprach für uns alle. „Sie waren immer eine gute Chefin. Sie hatten immer Verständnis für uns. So eine Chefin, die wünscht man sich. Und wenn wir Sie jetzt hier als Chefin verlieren, dann wünschen wir Ihnen jetzt wenigstens, dass Ihr neues Leben gut sein wird. Bleiben Sie so, wie Sie sind!"

Wir klatschten und hoben noch einmal die Gläser, ihr entgegen.

Nachdem wir eine Weile mit ihr zusammen gesessen und uns mit Kaffee und Gebäck bedient hatten, erhob sich Frau Hahnemann. „Und jetzt schmeiße ich euch raus, damit ihr endlich nach Hause kommt. Ihr sollt schließlich auch etwas von diesem Tag haben. Ihr seid alle schon vor 6:00 Uhr aufgestanden, wenn ihr euch jetzt nicht noch etwas ausruht, dann werdet ihr die Silvesternacht nicht wach erleben können. Also, macht, dass ihr hier herauskommt."

Wir wollten protestieren, um ihr noch beim Aufräumen zu helfen, aber sie ließ es nicht zu, energisch drängte sie uns zur Wohnungstür hinaus.

Draußen standen wir noch einen Moment lang zusammen und wünschten uns gegenseitig einen guten Rutsch in das neue Jahr.

Winkend trennten wir uns und eilten gutgelaunt in die verschiedenen Richtungen.

Der Bus zum Venusberg transportierte heute viele Besucher zu den Universitätskliniken. Ich entdeckte viele Menschen mit Blumensträußen oder kleinen Geschenken.

Als ich auf dem Berg angekommen war, holte ich aus dem Café den bestellten Neujahrskranz für die Familie ab. Die freundliche Bäckersfrau, die mich von Kind an kannte, schenkte mir ein kleines Schwein aus rosa Marzipan, auf dem ein grünes Glückskleeblatt aus feiner Folie befestigt war. Was für eine nette Idee!

Vor der Ladentür begegnete mir Leni, die gerade mit Oliver aus dem Gemüsegeschäft kam.

„Wie geht es dir, Leona?" fragte meine Freundin.

„Prima. Und wie geht es euch?"

„Auch gut", antwortete sie. „Wir müssen uns bald mal wieder treffen. Ich habe dich richtig vermisst in den letzten Tagen."

„Ich dich auch", versicherte ich ihr. „Also dann, bis nächstes Jahr!"

„Bis nächstes Jahr", riefen mir Leni und Oliver hinterher.

Am alten Kloster „Maria Einsiedeln" traf ich Renate, die gerade eine Freundin im Altenheim besucht hatte.

„Alles in Ordnung, Leona?" Sie sah mich besorgt an. „Du siehst etwas müde aus."

„Es war in den letzten Tagen viel Arbeit in der Buchbinderei, und heute haben wir auch schon wie immer um 7:00 Uhr dort angefangen. Aber morgen können wir uns ausschlafen. Der Neujahrsgottesdienst ist nicht so früh. Das passt schon."

„Und wie geht es sonst? Was macht Giovanni? Was macht Werner?"

Ich seufzte leicht. „Wie erwartet gab es keine Post von Giovanni, und Werner ist als Partner ohne Kinder erst einmal gar nicht so übel."

Sie nickte verständnisvoll. „Ja, das kann ich mir vorstellen. Einzelkind, und von der Oma verwöhnt. Jetzt freut er sich auf dich, eine Partnerin, die ihn auch wieder verwöhnen soll. Aber dann kommen die Kinder, und er muss dich teilen. Und den Kindern geht es so gut, wie es ihm nie gegangen ist, da kommt schon Eifersucht auf. Du wirst den Kleinen allerhand zu erklären haben."

„Ja, das glaube ich auch. Aber ich bin schon sehr gespannt auf heute Abend, auf den Anruf von Herbert. Wenn du Zeit hast, komme ich morgen Vormittag einmal nach der Kirche vorbei, um dir ein frohes Neues Jahr zu wünschen. Dann kann ich dir von dem Gespräch erzählen."

„Natürlich. Du weißt doch, ich habe immer für dich Zeit. Und natürlich möchte ich auch wissen, was Herbert zu dem Apparat gesagt hat."

„Fein, dann bis nächstes Jahr, und einen guten Rutsch, Renate!"

„Ja, wir sehen uns wieder im Jahr 1966, dir auch einen guten Rutsch, Leona!"

Wir winkten uns noch einmal zu, und ich eilte den Weg hoch zu meinem Elternhaus.

In der Küche fand ich meine Mutter und meine beiden Schwestern eifrig werkelnd an. Auch hier gab es duftende Berliner und frische Krapfen, den Kartoffelsalat von meinem Vater und einen Heringssalat, der in Gemeinschaftsarbeit entstanden war.

Ich half die Räume zu schmücken mit Luftballons und Luftschlangen und kümmerte mich um den Abwasch. Viel zu schnell lief uns die Zeit weg bis wir am Nachmittag unsere Schürzen ablegen konnten und nach einem Besuch im Bad in unsere festlichen schwarzen Röcke und seidigen weißen Blusen schlüpften.

Nacheinander kündete die Klingel an der Haustür das Eintreffen von Michael, Andreas und Werner an, die in der Wohnhalle von meiner Mutter mit einem Kaffee bedient wurden.

Die Freunde von Marlis und Monika hatten für meine Schwestern kleine Sträuße mit roten Rosen mitgebracht, Werner hielt mir gelbe Teerosen entgegen und schenkte meiner Mutter einen bunten Biedermeierstrauß.

Es gab ein kleines Gerangel zwischen Monika und Marlis wegen der Blumenvasen, aber nach ein paar beruhigenden Worten meiner Mutter hatten sie sich bald geeinigt und der Familienfrieden war wieder hergestellt.

Etwas später begleiteten uns Michael und Andreas zur Kirche. Während sie sich unten im Hauptschiff niederließen, kletterten Monika, Marlis und ich auf die Chorempore, wo uns unsere Chorleiterin wie jedes Mal voller Lampenfieber und mit geröteten Wangen ungeduldig erwartete.

Die Kirche erstrahlte immer noch im Glanz der Weihnachtsdekoration, hell leuchteten die Kerzen am Tannenbaum und auf dem Altar, der Duft des Tannengrüns erfüllte die Kirche mit unvergleichlich herbfrischem Aroma.

Ein gewaltiges Orgelvorspiel ließ die Kirchenbesucher aufhorchen und symbolisierte die Mächtigkeit eines festen Glaubens. Danach durften wir die Ohren der Anwesenden mit Klängen verwöhnen, die eine Ahnung von der Musik himmlischer Sphären vermittelten.

Wenn man über die Brüstung in den Kirchenraum sah, konnte man manchen ergriffenen Zuhörer entdecken, der sich auch einmal eine Träne aus den Augenwinkeln wischte. Für den letzten Tag des Jahres und die Hoffnung auf ein neues, gutes Jahr hatte sich der Pfarrer einige Gedanken gemacht und eine Predigt daraus zusammengestellt, die voller Zuversicht klang und allen Gläubigen Mut machte. Wieder nahm er ein Beispiel aus der Zeit des Krieges, in dem scheinbar alles vernichtet worden war, aber dennoch aus der Hoffnung neues Leben wuchs.

Nach den besinnlichen Worten, ließen wir die Zuhörer erneut fühlen, wie man seine Seele bei melodischen Klängen schwingen lassen kann. Mit einem besonderen, festlichen Glücksgefühl verließen wir drei Schwestern nach dem Gottesdienst die Orgelempore. Draußen vor der Kirche warteten Michael und Andreas auf uns und begleiteten uns munter plaudernd zu unserem Elternhaus.

Im festlich geschmückten Esszimmer trafen wir mit meinen Eltern und Werner zusammen und versammelten uns um den großen Esstisch herum. Die kulinarischen Festlichkeiten begannen mit verschiedenen in heißem Fett gebackenen Silvesterkuchen in heiterer Runde und endeten gegen 22:00 Uhr mit den diversen Salaten, den Wiener Würstchen und dem traditionellen

Silvesterpunsch. Die fröhliche Stimmung hielt an, etwas später begannen wir nach einer Zitronencreme als Nachtisch mit dem Blei-Gießen, aus dem wir mit viel Fantasie ein paar zukunftsträchtige Hinweise für das Jahr 1966 herauslasen.

Meine Eltern spielten die Jury, während zuerst Monika einen silbernen Blumenstrauß aus dem Wasser zog, den wir einstimmig zum Braut-Strauß ernannten. Das merkwürdige Gebilde von Marlis erschien uns als Zylinder eines Bräutigams, und mein etwas unförmiges Gebilde wurde zum gefüllten Geldbeutel ernannt. Das ovale Bleigebilde von Michael stellte eindeutig ein Hufeisen dar, während wir uns über die Bedeutung des undefinierbaren Klumpens von Andreas nicht einig wurden. Für die einen blieb es ein Goldberg, für die anderen eine Schnecke und für Monika ein Rosenbeet. Andreas behauptete steif und fest, dass es ein Hundehaufen sei, worüber wir alle zu lachen begannen. Werner endlich zog ein langes Etwas aus dem Wasser, das von allen eindeutig als Spazierstock identifiziert wurde.

„Du wirst auf Wanderschaft gehen", prophezeite ihm Monika.

„Brich dir nicht den Fuß!" orakelte Marlis.

„Du gehst deinen Weg", las ich aus diesem Symbol.

Die kleinen Teile, die außer dem Konfetti aus den Knallbonbons heraussprangen, zeigten eindeutig Glückssymbole, wie Schweinchen, Schornsteinfeger, Hufeisen, Glücks-Pfennige oder rote Herzen als Symbol für die Liebe. Wir sammelten sie eifrig auf, bis jeder ein ganzes Sortiment besaß.

Auf Wunsch meiner beiden Schwestern fiel das gemeinsame Anhören einer Oper von der Schallplatte für die junge Generation in diesem Jahr aus, dazu zogen sich lediglich meine Eltern in das Arbeitszimmer meines Vaters zurück.

Monika legte Schallplatten auf mit Schlagern, zu denen man im langsamen Foxtrott oder den beliebten Blues tanzen konnte.

Marlies löschte das Licht der großen Lampe, die kleinen Wandlampen schenkten dem Raum einen romantischen, milden Schimmer. Zuerst fanden sich Monika und Marlies mit Andreas und Michael auf der Tanzfläche ein und wiegten sich harmonisch im Takt.

Auch Werner forderte mich auf, als er die beiden Tanzpaare in der Mitte des Raumes sah, die sich eng aneinander schmiegten.

„Magst du, Leona?"

Ich folgte ihm auf die Tanzfläche und bemerkte, dass wir einen gleichen Rhythmus fanden. Es machte Spaß, mit ihm zu tanzen, ich entspannte mich aufatmend.

In einer Tanzpause zog ich mich kurz in mein Zimmer zurück. Ich betrachtete den Ring an meinem Finger und zog ihn langsam aus. In einem Fach der Schmuckkassette fand ich einen Platz, an dem er in der nächsten Zeit ruhen sollte. Ich berührte ihn einmal kurz mit meinen Lippen, dann legte ich ihn in seinen Schneewittchen-Schlaf.

Als ich mich wieder zu meinen Schwestern und unseren Gästen begab, erkundigte sich Werner: „Bist du vielleicht müde? Möchtest du dich lieber etwas hinlegen? Ich könnte es verstehen."

„Nein, selbst wenn ich jetzt noch so müde wäre, den Übergang ins neue Jahr möchte ich auf keinen Fall verpassen."

Er bemerkte die Veränderung an meiner Hand. „Du hattest bis jetzt immer einen goldenen Ring getragen. Den hast du jetzt nicht mehr an deinen Finger. Hat das eine besondere Bedeutung?"

Ich nickte und sah ihm in die Augen. „Ja Werner. Ich bin jetzt frei für dich."

Er strahlte mich an. „Das ist … Das ist einfach wunderbar."

Er sah zu meinen Schwestern und ihren Partnern und küsste mich flüchtig auf die Lippen. „Ich mag das jetzt nicht so vor deinen Schwestern", entschuldigte er sich. „Das ist mir etwas peinlich. Aber später haben wir bestimmt noch ein paar Minute für uns allein."

„Im nächsten Jahr", antwortete ich.

Monika öffnete die Balkontür. „Es ist fast Mitternacht, gleich beginnen die Glocken zu läuten und ihr könnt ein herrliches Feuerwerk sehen."

In diesem Augenblick läutete das Telefon. Blitzartig dachte ich an Giovanni, aber dann verwarf ich den Gedanken wieder. Eilig lief ich in den Flur. Als ich den Hörer abhob, hörte ich die Stimme von Herbert.

„Hallo? Ist da die Freundin von Renate? Ist da Leona?"

„Ja", rief ich erfreut aus. „Ich freue mich, dass Sie anrufen. Ich hoffe, es hat alles mit dem Gerät geklappt. Haben Sie den Fernseher bekommen?"

„Ja, ich wollte Ihnen danke sagen, dafür, dass Sie ihr Versprechen gehalten haben. Damit haben Sie mir eine große Freude gemacht. Vielleicht kann ich eines Tages wieder an die Welt glauben."

Er sprach sehr klar, entweder hatte er gerade nichts getrunken, oder er hatte sich so viel genehmigt, dass er sich auf einem normalen Level befand.

„Das wäre sehr schön, Herbert. Und gerade in diesem Augenblick, wo das alte Jahr geht, und wir ganz hoffnungsvoll auf einen neue Beginn schauen, da kann man an einen besseren Anfang glauben."

„Für mich hat es ja nun einen besseren Anfang und zwar mit meiner Nichte gegeben", teilte er mir mit.

„Wie schön! Und ich finde es auch ganz schicksalhaft, dass Ihnen gerade jetzt Ihr Freund Hermann gewissermaßen eine Botschaft schickt, die Botschaft, dass es immer neue Anfänge geben kann."

„Ja, und nicht nur für mich. Solche Anfänge und Überraschungen hält das Leben manchmal für uns alle bereit, wenn wir offen dafür sind. Ich habe Sie gerade gesehen."

„Wen? Mich?" Was hatte das zu bedeuten? War er doch stark betrunken?

Er lachte. „Na ja, so ganz knusprig waren Sie da nicht mehr. Sie waren gerade in Italien. Und ihr dunkles Haar schien mir allem Anschein nach schon gefärbt, damit man das Grau nicht sehen konnte. Aber das hat Sie überhaupt nicht gestört, Sie gingen so strahlend an der Hand des weißhaarigen Mannes."

Ich erschrak. Was wusste er? Was hatte er gesehen? Und wo?

„Sind Sie noch da?" fragte er.

„Ja, ich höre", flüsterte ich. „Was haben Sie noch gesehen?"

„Der Name des Mannes war Giovanni, und Sie sind mit ihm auf diesen Berg gegangen, in den kleinen Dolomiten, dort hat er Ihnen das Denkmal des großen Bergsteigers gezeigt. Sie sind ein glückliches Paar, Leona. Ich habe sie eine Weile beobachtet, ja, sie sind zusammen sehr glücklich. Weil Sie wissen, was wirkliches Glück ist, weil sie es gemeinsam in den kleinen Dingen gefunden haben."

„Und das haben Sie wirklich gesehen?" fragte ich staunend, immer noch nicht ganz überzeugt.

„Ja, natürlich. Ich fand es wunderschön, und deswegen wollte ich Ihnen unbedingt sagen, dass Sie im Alter einmal auf besondere Art sehr glücklich werden. Nicht jedem ist das so gegeben."

„Aber, wie konnten Sie das denn sehen? Sie haben doch nur einen Fernseher. Das geht doch gar nicht. Und Sie wussten doch auch gar nichts von dem DVR-Gerät."

Wieder lachte er, diesmal ziemlich laut. „Aber Leona, haben Sie vergessen, dass ich Hermanns Freund war? Haben Sie vergessen, dass ich auch einmal Pilot war? Hermann, ja, der hat den Apparat erfunden, aber die Dreischlitzschraube, die stammt von mir."

Ich war einen Augenblick lang sprachlos. Ich konnte es einfach nicht verstehen.

„Ist das alles auch wahr, Herbert? Kann ich Ihnen das jetzt auch glauben?"

„Warum sollte ich Ihnen die Unwahrheit erzählen, Leona? Aber Sie müssen sich jetzt keine Sorgen machen. Ich werde niemandem etwas davon erzählen, auch nicht von den Eigenschaften meines fantastischen Fernsehers. Ich werde mich hüten, den Mund aufzumachen. Solange ich lebe, bewahre ich dieses Geheimnis, diese kleine Erbschaft bei mir auf und schweige. Das habe ich auch Hermann versprochen, und deswegen sollte ich auch am Ende auf dieses Gerät aufpassen.

Bei Ihnen hat es ja nun seinen Dienst getan. Ach nein, ehe ich es vergesse, da gibt es noch etwas, das ich Ihnen unbedingt sagen muss. Da war noch eine Person, die etwas sagen wollte. Sie kam mir eben noch in dem Gerät entgegen. Eine blonde Frau, mit langen, gelockten Haaren und einem engelsgleichen Lächeln. Ihr Name lautet Helene. Ich soll Sie grüßen, Sie, Leona und Renate. Aber sie wird sich jetzt für ein Weilchen verabschieden, sie geht fort. Wohin, das hat sie nicht gesagt. Es geht ihr jetzt gut, und sie sagt Ihnen „Auf Wiedersehen".

„Wie schön!" flüsterte ich, Tränen traten mir in die Augen.

„Ich muss mich jetzt auch von Ihnen verabschieden, junge Frau! Das ist ein Ferngespräch, das muss ich jetzt beenden, schließlich will ich meine Nichte nicht arm machen. Und außerdem wartet jetzt bei ihr ein Bierchen auf mich. Dann machen Sie es mal gut, Leona!"

„Auf Wiederhören, Herbert", sagte ich zu ihm. „Und vielen Dank!"

Er hatte das Gespräch beendet, ich hörte ein lautes Klicken.

Langsam und nachdenklich legte ich den Hörer auf die Gabel.

Helene ging es gut, sie hatte ihren Frieden gefunden, und mein Leben wartete mit Überraschungen auf mich.

Die Mitternachtsglocken der roten Backsteinkirche läuteten, ihr Klang wälzte sich in meine Ohren, laut, etwas blechern, disharmonisch und fordernd.

Aber sie konnten meine Freude nicht stören, meine Träume würden keine Träume bleiben!

Renate würde Augen machen, wenn ich ihr das alles morgen erzählte!

Ich verbesserte mich in meinen Gedanken:

Nein, nicht **morgen,** endlich hatten wir **Heute.**

Ende

Bonn liegt zu beiden Seiten des großen deutschen
Flusses, dem Rhein.
Diese Stadt war von 1949 bis 1990 provisorische
Bundeshauptstadt und bis 1999
Regierungssitz der Bundesrepublik Deutschland.

Das Wappen von Bonn

Die Münsterkirche zu Bonn

Bonn Venusberg ist ein Ortsteil von Bonn auf dem
Plateau mit Namen Venusberg
etwa 109 Meter über der Stadt Bonn.

Haus auf dem Venusberg (1956 – 1974)

Wohnhaus von Leonas Eltern

VENEDIG

Die Reise von Leona und Renate

Die Seufzerbrücke

Kleiner Seitenkanal in Venedig

Alpenregion in Norditalien

Alpenpass   Passo dello Stelvio in Norditalien

Der Seerosenteich

Die Urkunde

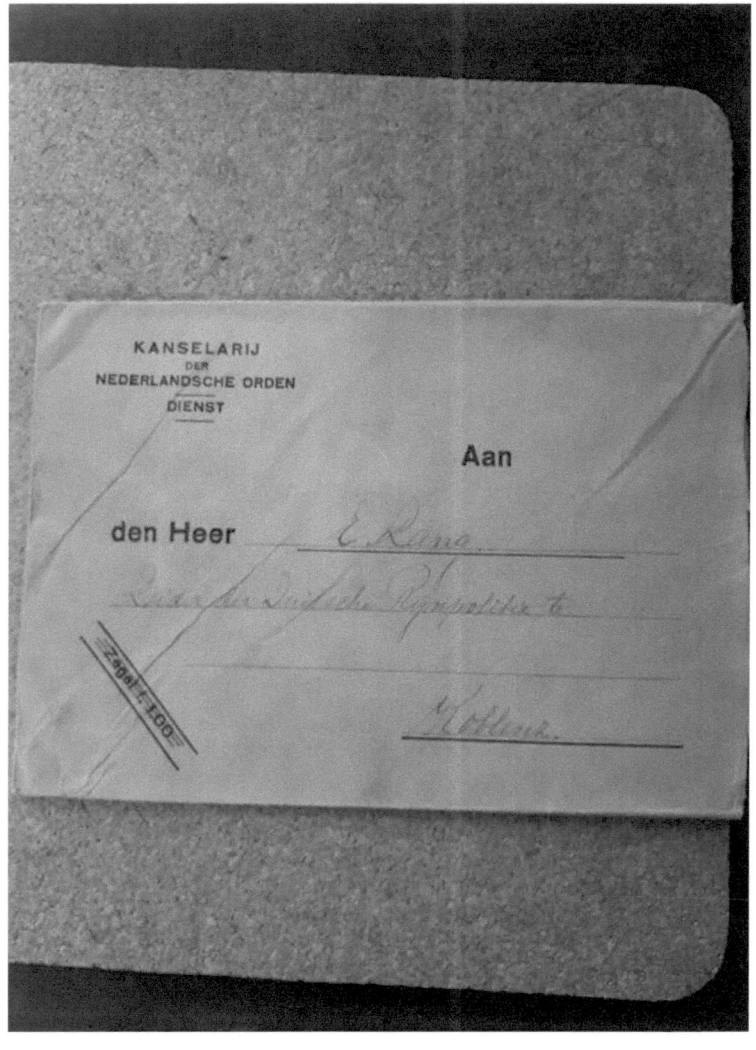

Die Urkunden

Wij WILHELMINA, BIJ DE GRATIE GODS.
KONINGIN DER NEDERLANDEN, PRINSES
VAN ORANJE-NASSAU, ENZ, ENZ, ENZ

12 September 1933

NR. 65.

Op de voordracht van Onze Minister van Justitie van den 9 September 1933, 2e Afd. C no. 4120, Geheim en van Buitenlandsche Zaken van den 6 September 1933, Kabinet van den Minister, No. 4600.

Hebben goedgevonden en verstaan:

te benoemen tot *Ridder* in de Orde van *Oranje Nassau*, den Heer

E. Lang,

Ridder der Duitsche Rijkspolitie te Koblenz.

Onze Ministers van Justitie en van Buitenlandsche Zaken zijn belast met de uitvoering van dit Besluit, waarvan afschrift zal worden gezonden aan den Kanselier der Nederlandsche Orden.

's-Gravenhage, den 12 September 1933
(get.) Wilhelmina.

De Minister van Justitie,
(get.) van Schaik.
De Minister van
Buitenlandsche Zaken,
(get.) de Graeff.

Accoordeert met deszelfs Origineel
De Directeur van het Kabinet der Koningin
(get.) Van Tets van Goudriaan.
Voor eensluidend afschrift,
De jong Luitenant Generaal
Adjudant i.b.d. van H.M. de Koningin
Kanselier der Nederlandsche
Orden,

No. 2027

352

Eigene Erfahrungen in magischer Wirklichkeit: